GELUK®

WILL FERGUSON

GELUK®

Vertaald door Irene Ketman

Uitgeverij Atlas – Amsterdam/Antwerpen

Deze uitgave kwam mede tot stand dankzij een subsidie van
Le Conseil des Arts du Canada

Le Conseil des Arts | The Canada Council
du Canada | for the Arts

© 2002 Wil Ferguson
© 2003 Nederlandse vertaling: Irene Ketman
Oorspronkelijke titel: *Happiness*^{TM}
Oorspronkelijke uitgave: Canongate, Edinburgh

Omslagontwerp: Wouter van der Struys
Omslagillustratie: © Pentagram
Typografie: Arjen Oosterbaan

ISBN 90 450 1193 X
D/2003/0108/505
NUR 302

www.boekenwereld.com

Amerika is één grote samenzwering om je gelukkig te maken

John Updike

Caveat Emptor

(De lezer zij gewaarschuwd…)

Dit is een boek over het einde van de wereld en dus gaat het over kookboeken met afslankdiëten, zelfhulpgoeroes, door het riool kruipende gedetineerden, overwerkte editors, de economische ineenstorting van de Verenigde Staten van Amerika en het zaaien van alfalfa op velden alom. En ik geloof dat een van de personages op een gegeven moment nog een vinger kwijtraakt ook. Hier wordt verhaald van ondergang: het zoete einde. Het gaat over menselijk geluk dat zich ontwikkelt tot een verschrikkelijke plaag, over warm, wollig geknuffel dat zich als een epidemische ziekte verspreidt en over een mysterieuze stacaravan aan de rand van een woestijn…

Het had nog erger gekund. De eerste versie van het manuscript eindigde met een grootscheepse militaire invasie van de VS door een legermacht van Frans-Canadezen. Eerlijk waar. Maar mijn harteloze editor liet me dat subplot in zijn geheel schrappen, en daarmee dringt de belangrijke vraag zich aan ons op: editors – noodzakelijk kwaad of kwade noodzaak? (*overbodig, bedoelt u? – uw editor.*)

De kiem voor Geluk® werd tweeënhalf jaar geleden gelegd. Het begon met een terloopse opmerking van een coördinator van boekpromotietournees naar aanleiding van iets wat ik had gezegd: namelijk dat je op geen enkele boekpromotietournee zulke getroebleerde mensen tegenkomt als juist de auteurs van zelfhulpboeken. In het voorbijlopen reageerde de marketingspecialiste in kwestie hierop met: 'Zal ik je eens wat zeggen. Als het iemand ooit zou lukken om een zelfhulpboek te schrijven dat écht werkte, dan zaten we allemaal met een probleem.' Ze had het over het uitgeversbedrijf in het algemeen, maar terwijl haar opmerking doorzeurde in mijn toch al overvolle hoofd, begon het me te dagen dat de consequenties veel erger zouden zijn dan zij zich kon indenken. Als iemand ooit een zelfhulpboek zou schrijven dat écht werkt, een dat ons verlost van onze smarten en onze slechte gewoonten uitbant, dan zouden de gevolgen catastrofaal zijn.

Het kostte me nog twee jaar geworstel om het thema in zijn huidige vorm te gieten. Ook wanneer ik jongleerde met andere bezigheden en werkte aan naslagwerken en ijshockeyhandleidingen, pakte ik dit ene thema telkens weer op en doordacht het opnieuw, herschreef het, gaf er een andere vorm aan. Er kwam een moment dat de personages in het boek een staatsgreep pleegden en alle macht naar zich toe trokken. Zij begonnen mij voor te schrijven hoe het verhaal zich moest ontwikkelen – en daarmee wil ik maar zeggen dat ik geen enkele verantwoordelijkheid wens te dragen voor iets wat Edwin of May of een van de anderen uitspoken.

Dit is een roman. Het verhaal is van A tot Z verzonnen. Naar mijn weten bestaan er helemaal geen Shilobomen, MK-47's of kogels met een magnesiumpunt. De Latijnse termen waarmee Edwin strooit bestaan wel echt, evenals de diverse zelfhulptheorieën die worden behandeld. De 'onvertaalbare' termen die in het verhaal voorkomen bestaan eveneens echt. Deels zijn ze afkomstig uit mijn eigen aantekeningen, gemaakt tijdens mijn verblijf in Azië. Maar de meeste ervan komen uit het prachtwoordenboek van Howard Rheingold, *They Have a Word For It*. En daarmee houdt het dan ook wel op. De rest van het boek is bij elkaar gelogen.

Onthoud nou maar dat Geluk® zich afspeelt in de toekomst – de nabije toekomst. Tja, laten we zeggen over tien minuten.

Deel 1

Het leven op Grand Avenue

Hoofdstuk 1

Grand Avenue doorsnijdt het stadshart en loopt vanaf 71th Street helemaal door tot aan de kade van de haven. En al heeft ze acht rijstroken, gescheiden door een middenberm met bomen, toch doet de Avenue smal aan en krijg je er een claustrofobisch gevoel.

Aan weerskanten van Grand Avenue rijzen de imposante, Edwardiaanse gebouwen hoog op en hun voorgevels vormen samen twee doorlopende muren. Veel van deze bouwwerken dateren uit het eind van de jaren twintig, de tijd van de grote potas*boom*, en dat is te merken ook. Ze hebben die typisch calvinistisch-kapitalistische elementen en ademen een nare, deprimerende sfeer. Vreugdeloze gebouwen. Vanuit den hoge, waar de engelen zetelen, ziet Grand Avenue er voorwaar statig uit; onbetwistbaar een toonbeeld van bouwkundige voortreffelijkheid. Maar hierbeneden, op straatniveau, oogt het plaatje heel anders: smerige, stoffige, rumoerige rijstroken, verstopt met uitlaatgassen en uitzinnig toeterende taxi's, gekke, verwarde bedelaars en zich voorthaastende employés. Een wereld waar de herrie nooit verstomt; waar het daverende verkeerslawaai wordt weerkaatst door de gebouwen als een onophoudelijk hels gebulder. Hier heerst altijd en eeuwig lawaai. Omdat het nergens heen kan en niet kan ontsnappen, vormt het een permanente staande golf; een voortdurende cirkelgang van stadskabaal. Atmosferische storing, afkomstig van de goden.

Maar de overheersende indruk vanuit den hoge mag dan visueel zijn en die op straatniveau auditief, hier op de bodem van de Loop is het de reukzin die het zwaarst te lijden heeft en het ergst wordt gemaltraiteerd. Hier, in een door giftige dampen verpeste atmosfeer, tadam-ratelen treinen op een eindeloze Möbiusband van werk, zweet, zout en vuig gewin. Een carrousel waar de paarden emfyseem hebben, de verf bladdert en de stank van slechte adem en lijflucht in vettige slierten door de lucht kolkt – de lucht *is*. Lichamen ademen dioxide in, hergebruiken afvalproducten, opeengeperst en reeds klam in *dít*: het ochtendspitsgedrang. In de stad is de onderste laag, het laagste niveau, er een van stank.

Edwin Vincent de Valu (ook bekend als Ed, als Eddie en, toen hij op de universiteit colleges poëzie volgde, als Edwynne) duikt op uit het metrostation op Faust en Broadview, zoals een grondeekhoorntje een torenhoog ravijn in schiet. Op Grand Avenue is de regen vuil nog voordat hij de grond raakt. Edwin had eens één drup op de rug van zijn hand weten op te vangen en was toen blijven stilstaan, zich verwonderend over die ene alreeds met roet vervuilde waterdruppel.

Edwin is een schrale, overgedienstige, jonge man met een lomp, houterig loopje en droog haar als een strodak, waarin geen scheiding blijft zitten. Zelfs in een design overjas en met salamandersnitschoenen van Dicanni aan heeft Edwin de Valu een opmerkelijk gebrek aan persoonlijkheid. Gebrek aan gewicht. Hij is een lichtgewicht in de ruimste zin van het woord en in het ochtendforenzenverkeer gaat hij bijna ten onder. In het spitsuur, dit grootstedelijke natuurlijke selectieproces, moet Edwin vechten om zich staande te houden, moet hij zwoegen om niet ten onder te gaan in de mensenzee. Niemand – en Edwin zelf al helemaal niet – had kunnen bevroeden dat het lot van de westerse wereld weldra op zijn smalle schouders zou rusten.

Op dit verpauperde stuk van Grand Avenue sloeg de stank van zure melk en oude pis, zo alomtegenwoordig dat je het op je tong begint te proeven, Edwin tegemoet als een vertrouwde klap in het gezicht; als een afgezaagd motief. Een metafoor voor iets anders. Iets ergers.

Terwijl Edwin Grand Avenue overstak, opgaand in een drom gekreukelde jasjes, vochtige overhemden en boordevolle diplomatenkoffertjes, en terwijl het verkeerslawaai om hem heen werd teruggekaatst als witte ruis, en de onaangename stadsgeuren hem op de voet volgden... keek hij omhoog, omhoog naar waar de ochtendzon op de hoge rand van de gebouwen viel, een tartende gouden gloed, buiten bereik en vrijwel uit het zicht. En hij dacht bij zichzelf, zoals hij dat iedere dag op precies deze plek en op precies dit moment deed: Ik haat deze rotstad.

Ondanks de architectonische schoonheid van haar gevels en haar historische pretenties is Grand Avenue weinig meer dan een opeengeperste verzameling archiefkasten, naast en op elkaar gepropt, meedogenloos en schier oneindig. In deze archiefkasten vindt men reclamebureaus, bedrijfsadviseurs, clandestiene slavenhokken en moderne software ontwikkelaars, piramideverkooporganisaties en beleggingsmaatschappijen, bescheiden dromen en grote dromen, bazen en knechten, plastic cafetaria's en anonieme amourettes, accountants, advocaten, vervalsers en chiropractors, financiers en oplichters, systeemanalisten, cosmeticaverkopers en beleggingsadviseurs: arena's van het absurde en zichzelf opheffende circus van onvervuld gebleven verlangen.

Dit alles en meer vindt men weggeborgen op Grand Avenue. Maar wat veel belangrijker is, men treft er uitgevers aan, een duizelingwekkende stoet uitgevers: sommige niet veel meer dan een naam op een deur, andere een onbeduidend onderdeel van een multimedia-imperium; een aantal verantwoordelijk voor de aanzet tot geweldige literaire loopbanen, weer andere verantwoordelijk voor Sidney Sheldon – en allemaal hechten ze aan het cachet dat een adres op Grand Avenue geeft.

Uitgevers dringen Grand Avenue binnen als termietenlarven. Verborgen in het labyrint van afgeschoten hokjes en gangen dat verscholen ligt achter de sombere Edwardiaanse gevels, treft men tientallen en nog eens tientallen van zulke uitgevers aan, hun woordenbrij opschrokkend, de mest omwoelend en zich voortplantend in gevangenschap. Hier liggen manuscripten hoog opgetast en groeien grote bergen verkruimelend papier aan. Hier zitten vrouwen zonder make-up en mannen zonder modebesef opeengepakt en met een geslepen, blauw potlood in de hand te krabbelen, te

krabbelen, eindeloos te krabbelen in de volumineuze ontboezemingen van het meest egotistische aller wezens: de schrijver.

Dit is de buik van het beest, de zwerende maag van de nationale boekenuitgeverswereld. En Edwin de Valu, die Grand Avenue
oversteekt op weg naar zijn afgeschoten hokje bij Panderic Books
Incorporated, zit páts in het zompige midden van het moeras.

Panderic Inc. bevindt zich bijna bovenaan in de voedselketen.
Het is niet echt een van de bij de Cabal Clan horende bedrijven,
geen Bantam en zelfs geen Doubleday, maar het steekt met kop en
schouders uit boven de andere middelgrote uitgeverijen. Dat wil
zeggen, Panderic heeft geen fondsauteurs als John Grisham of Stephen King, maar wel een enkele Robert James Waller. Ieder seizoen
publiceert Panderic een lel van een lijst, niet van nieuwe boeken,
maar van 'titels' (in het vakjargon worden boeken gereduceerd tot
hun absolute vluchtige essentie) – titels die variëren van dieetbevliegingen van beroemdheden tot twintig kilo wegende griezelboe-
ken over vampiers. Panderic geeft jaarlijks ruim tweehonderdvijf-
tig titels uit. Op de helft hiervan verdient het amper zijn investering
terug, op meer dan een derde verliest het geld en van het resterende handjevol strijkt het winst op. Deze magische titels, deze zeldzame, luttele, geld-in-het-laatje-brengende titels, houden op de een
of andere manier de hele, zich in de breedte ontwikkelende onderneming draaiende. In de Amerikaanse uitgeverswereld geldt Panderic als financieel gezond.

Hoewel Panderic gespecialiseerd is in non-fictie en genreromans
glipt er weleens – en dan nog grotendeels per ongeluk ook – een
onvervalst meesterwerk doorheen; een boek zo doodernstig en
traag van tempo, zo slepend en boordevol geheimen, dat men gewoon wíst dat dit literatuur met een hoofdletter moest zijn. Tenslotte was het Panderic dat als eerste *De blaam van de tulp* uitgaf,
een 'intellectuele detectiveroman' die zich afspeelde in een middeleeuws nonnenklooster in Bastilla, waarin de hoofdpersoon een
semioticus geworden mathematicus was van middelbare leeftijd.
De auteur, eveneens van middelbare leeftijd en van de mathema-
tica overgestapt op de semiotiek, was het kantoor van Panderic bin-

nen komen zeilen, had zijn lijvig manuscript neergeworpen als was het een uitnodiging tot een duel en liet weten dat zijn werk het hoogtepunt van de 'postmoderne hyperauthenticiteit' vormde. Vervolgens stoof hij het kantoor uit en maakte stormenderhand carrière als fulltime aforist en inleidend spreker (vijfhonderd dollar per aforisme, zesduizend dollar per thema). Dit alles ondanks, of misschien wel dankzij, het feit dat hij zijn hele leven nog niet één lumineuze ingeving had gehad. Het uitgeversbedrijf is wat je noemt een eigenaardige branche. En zoals Ray Charles zong: *'Ain't no son of a bitch nowhere knows what's going to hit.'*

Het was deze wereld, deze postmoderne, hyperauthentieke werkelijkheid, die Edwin de Valu nu betrad.

Edwin werkt al ruim vier jaar voor Panderic, vanaf het moment dat hij zijn oorspronkelijke loopbaanplannen om beroepsbon-vivant te worden opgaf. (Uiteindelijk bleken er zeer weinig vacatures in de bon-vivantsector te zijn.) Edwin werkt op de veertiende verdieping van 813 Grand Avenue, op Panderics afdeling non-fictie. Vandaag, zoals Edwin dat iedere dag doet, blijft hij voor het pand stilstaan om twee koppen meeneemkoffie te kopen bij Louie (van Louies Hotdog- en Zuurkraam). De meeste redacteurs van Panderic prefereren de coffeeshops van het chiquere, kakkineuzere soort, maar niet onze Edwin. Hij heeft iets van het robuuste van de gewone man behouden. Reken maar, Edwin is het type vent dat de voorkeur geeft aan Louies boerenjava boven de met de hand geroosterde huismelange van Café Croissant; een vent die zijn koffie graag zuiver en sterk drinkt. Edwin legt zijn geld met een klap op de toonbank, zegt 'Laat maar zitten!'

'Moet ik kaneel op je *caffe-latte mochaccino* doen of wil je er witte amandelchocola op?' vraagt Louie, met een natte sigaar in zijn mond en stoppels van twee dagen op zijn kin(nen).

Iedere werkdag in de afgelopen vier jaar is Edwin hier bij Louies kraam blijven staan, iedere donderse dag, en nooit, niet één keer, heeft Louie zich hem herinnerd. 'Nootmuskaat en kaneel,' zegt Ed vermoeid. 'Met een snufje zongedroogde saffraan. Extra schuim.'

'Komt eraan,' zegt Louie. 'Komt eraan.'

In de hal van 813 Grand Avenue is het geluid plotseling gedempt: de nagalm van voetstappen, het vage 'ping' van liften, het gemurmel van zo'n honderd dreigende hartaanvallen. Verdwenen is de constante witte ruis van het verkeer buiten. Verdwenen is de bekkenslagerssymfonie van de stad.

Dichter bij de verlossing kun je op Grand Avenue niet komen.

Het duurde enkele jaren voordat Edwin doorkreeg dat hij eigenlijk op de dertiende verdieping werkte. Formeel was 1407 het inpandige adres van Panderic Inc., maar dat klopte niet helemaal. Edwin ontdekte dit op een dag bij toeval, toen hij afwezig in de lift stond en het hem opeens opviel dat de dubbele rij knoppen weliswaar oneven-even (1-2, 3-4, 5-6...) *begon*, maar dat de volgorde boven aan het paneel andersom ging (... 16-17, 18-19, 20-21). Pas toen Edwin de nummers naliep, kreeg hij in de gaten wat er was gebeurd: nummer dertien ontbrak. Door deze weglating liep de boel vast en klopte er helemaal niets meer van de volgorde. Panderic zat niet op de veertiende verdieping; het zat op de dertiende. Toen Edwin tegen de andere editors gewag maakte van dit curieuze feit, hechtte niemand hier belang aan – niemand, behalve de editor – esoterie, die werd een beetje pips van deze mededeling.

Met zijn handen met twee koppen koffie voor zijn buik (en we mogen ons met recht afvragen voor wie die tweede kop dan wel bestemd mocht zijn) duwde Edwin de glazen deuren naar het kantoor met zijn schouder open en trad zijwaarts een wereld van woorden binnen. Een wereld van woorden en verwoed papier schuiven, een wereld waarin al die mensen belandden die tijdens hun studie Engels zo veelbelovend en talentvol waren. En daar zaten ze taalfouten te verbeteren, manuscripten te redigeren, te schrappen en te dromen van de dag dat ze een raam zouden openzetten om hun handen uit te strekken en de goudgerande toppen van de stad aan te raken, nog hoger te reiken naar verdere horizonten, waar het zonlicht kwam...

Tot die tijd moesten ze boeken persklaar maken, flapteksten produceren, heen en weer lopen door lange, met tl-lampen spookachtig verlichte gangen, fotokopieën maken, deadlines halen, de snoei-schaar hanteren, proza ontkrachten.

Tien over negen, en nu al gonsde het hier van de bedrijvigheid. Mensen stormden voorbij, haastten zich met grote vastberadenheid nergens heen. De planten bij Panderic waren van plastic en toch zagen ze eruit alsof ze doodgingen door gebrek aan zonlicht.

Toen Edwin langs zijn eigen erbarmelijke, met plakband bij elkaar gehouden bordpapieren hokje kwam, zonk de moed hem in de schoenen. Daar, op zijn bureau, lag een torenhoge stapel papier. Dikke pakken manuscript. Bagger. Ongevraagd, ongeliefd en zonder toedoen van een agent gearriveerd. Dit was de plek waar dromen om zeep werden geholpen. Ideeën voor boeken, begeleidende brieven, complete manuscripten – ze hoopten zich, zoals bij alle uitgeverijen, op als puin op de bureaus. Edwins hok lag bezaaid met het spul. 'Wat krijgen we nou, verdomme?' Tegen de tijd dat Edwin het kantoor van May aan het eind van de hal bereikte, was zijn woede bijna tot het kookpunt gestegen. Zoals altijd stond Mays deur niet helemaal open, maar ook niet helemaal dicht. ('Op een kier,' kwam zijn zurige editorsgeest onmiddellijk tussenbeide, want die wilde voorgaande zin reduceren tot de eenvoudigst mogelijke elementen; editors staan bekend om hun onwelwillendheid ten opzichte van wijdlopige terzijdes van auteurs.)

Wat doet die stapel bagger, verdikkeme, op mijn bureau?' zei hij, Mays kantoor in lopend. 'Ik dacht dat we een stagiaire hadden aangenomen?'

May keek op van haar werk. 'Jij ook goedemorgen.' In de context van uitgeversland gold May Weatherhill als succesvol – een jonge, moderne carrièrevrouw met een onderbetaalde baan en een in dit tijdsgewricht passende pompeuze functieomschrijving: co-uitgever/fondsredacteur non-fictie, exclusief biografieën, maar inclusief engelen en ontvoeringen door buitenaardse wezens (velen beweerden trouwens dat dit laatste eigenlijk bij de afdeling fictie thuishoorde). May was een tikje mollig, een tikje verlegen en ook best wel een tikje aantrekkelijk. Nou ja, mollig, dat dekt de lading niet helemaal. Ze was gezet. 'Ik heb geen borsten,' grapte ze. 'Ik heb een boezem. In dat opzicht ben ik een neo-Victoriaanse.' Daar waar Edwin mager en strak was, was May ruim bedeeld met rondingen en half verborgen holtes.

Gek genoeg, en zonder dat May dit zelf wist, was het opvallendste aan haar niet haar boezem, hoe weelderig ook; het waren haar lippen, haar rode, wasachtige lippen. Ze hadden een tint die je vrijwel nergens buiten de Wasco-fabriek aantrof. Het leek alsof ze geschilderd waren, alsof ze eigenlijk van was waren, opgeplakt als een stel feestlippen dat nadien nooit meer verwijderd was. Als mensen met May praatten keken ze haar nooit in de ogen maar staarden gefascineerd naar haar lippen. Zoals de meeste editors was May bleek op het anemische af. Maar bij May ging dat veel verder. May Weatherhill was gemaakt van porselein. Zacht porselein. Warm porselein. Maar evengoed porselein. Prachtig en breekbaar. Ook wanneer ze lachte en zelfs wanneer ze glimlachte, leek het altijd alsof ze er met haar gedachten niet helemaal bij was. 'Existentialistische ogen', zo had Edwin ze ooit beschreven. 'Lichtbruin,' had ze hierop geantwoord. 'Jij verwart lichtbruine ogen met Franse filosofie.' 'Misschien wel,' zei Edwin, 'maar misschien ook niet.' May stapte constant van het ene afslankdieet op het andere over, iets wat Edwin al tijden een raadsel was. Als je toch existentialistische ogen had, waarom zou je dan moeten afslanken?

Hoe dan ook, May beschikte in ieder geval over dat ondefinieerbare iets dat we 'macht' noemen. Een aura van macht omhulde haar, ze was van macht doortrokken; het was haar eigen merk parfum. Deels vloeide dit voort uit haar positie bij Panderic, maar vooral kwam het doordat ze het Oor van de Uitgever, de grote baas, had. ('En zijn ballen,' had een wat valser uitgevallen editor gesmoesd.) May Weatherhill – baasje op middenkaderniveau, vertrouweling van de directeur-uitgever en afdelingshoofd – had Edwin de Valu aangenomen en ze zou hem ook kunnen ontslaan. Ze had hem te allen tijde kunnen ontslaan, had hem op staande voet kunnen ontslaan, had hem bij wijze van spreken als het in haar kraam te pas kwam kunnen ontslaan – en God weet dat Edwin ruimschoots voldoende aanleiding gaf tot zo'n beëindiging van de arbeidsovereenkomst. Maar ze had dit nooit gedaan. Ze gebruikte nooit dreigementen in bedekte termen of anderszins tegen Edwin, omdat... tja, vanwege het Voorval in de Sheraton Timberland Lodge. Dat had alles veranderd.

Het gebeurde tijdens een vakcongres in de provincie dat Edwin en May in een roes van champagne en dwaasheid lacherig op een bed neerploften, zoals vrienden dat weleens doen. En toen, binnen de kortste keren, lagen ze te hijgen en aan elkaars kleren te rukken en het zweet van elkaars halzen te likken – en dit *niet* zoals vrienden dat weleens doen. De volgende dag, tijdens een slaapverwekkende voordracht van 'een gevierd auteur' (misschien was het ook wel een gevierd literair agent), had May een druppel – van de 'essentie van Ed', als het ware – traag langs haar dij omlaag voelen glijden, en op dat moment wist ze dat niets tussen hen ooit nog hetzelfde zou zijn.

Ze praatten er nooit over. Af en toe cirkelden ze eromheen, dansten ze gevaarlijk dicht bij de afgrond, maar de woorden, nu een vloek, 'Sheraton Timberland Lodge' spraken ze nooit uit, ze vormden de synecdoche voor het keerpunt in hun vriendschap.

Recentelijk had May voor Panderic de uitgave verzorgd van een wonderlijk woordenboek met onbekende termen. Het droeg de titel *Onvertaalbaar* en het omvatte een lichtvoetige behandeling van termen die in de Engelse taal ontbraken. Complete gevoelens, complete begrippen werden niet benoemd, gewoonweg omdat er nimmer een woord was verzonnen om ze te vangen. Woorden als *mono-no-aware*, 'de droefheid der dingen', een Japanse term voor het aandoenlijke dat direct onder het oppervlak van het menselijk doen en laten altijd latent aanwezig is. Woorden als *mokita*, uit het Kiriwina, een op Nieuw-Guinea gesproken taal, dat 'de waarheid die niemand spreekt' betekent. Dit woord verwijst naar de stilzwijgende overeenkomst tussen mensen dat ze zich ervan zullen onthouden om openlijk te spreken over bepaalde gedeelde geheimen, zoals het drankprobleem van tante Louise of de heimelijke homoseksualiteit van oom Fred. Of het Voorval in de Sheraton Timberland Lodge. Of het feit dat Edwin getrouwd is. Ook die waren mokita.

Dit is wat Edwin en May tot elkaar aantrok en dit is wat hen gescheiden hield: er stond een dunne, ondoordringbare muur van mokita tussen hen in.

'Het is een getrouwde man, het is een getrouwde man.' May bleef dit voor zichzelf herhalen, telkens wanneer haar zelfbeheersing het bijna liet afweten. Telkens wanneer ze in de verleiding kwam om hem aan te raken, zachtjes, in zijn nek. 'Het is een getrouwde man.' En toch, hoe vaker ze dit zinnetje herhaalde, des te prikkelender het begon te klinken. 'We hádden een stagiaire,' zei May en ze glimlachte bij wijze van dank-je-wel, toen Edwin de kop koffie voor haar neerzette. Geen veelzeggende glimlach, begrijp je, en zeker geen flirterige, maar meer een glimlachje dat zei: 'Ik weet waarom je me iedere dag koffie komt brengen. En ik weet dat jij weet dat ik dat weet. En ondanks alles vind ik het toch op een onverklaarbare manier vertederend.' (May kon veel uitdrukken met een enkel glimlachje.)

'En waarom handelt de stagiaire de bagger niet af, als ik vragen mag?' zei Edwin. 'Hoe moeilijk is het helemaal om afwijzingen in een envelop te stoppen?'

'De stagiaire is opgestapt. Meneer Mead liet haar zijn auto wassen en naar de stomerij heen en weer draven. Blijkt dat dit niet was wat ze in gedachten had toen ze zei "helemaal onderaan op de ladder van het uitgeversbedrijf te willen beginnen". Kennelijk verwachtte ze iets wat meer voldoening schonk. Ik geloof dat ze nu in het havengebied de veehokken uitmest. Zei dat het weinig verschil maakte.'

Edwin dronk zijn koffie. 'Verrekte stagiairs ook altijd. Waar is het Amerikaanse arbeidsethos uit de goeie oude tijd gebleven?' De room in zijn mocha latte was geontcoaguleerd – als dat het juiste woord al is – en had een onaangename olievlek van onverzadigd vet gevormd. Louies cappuccino's waren de beste – gesteld dat je 'cappuccino' inderdaad zo pluraliseerde.

'Tot we een nieuwe hebben,' zei May, 'zullen we allemaal ons steentje moeten bijdragen. Ik heb de oogst van vorige week bij elkaar geraapt; ik denk dat het ongeveer honderdveertig manuscripten waren en misschien wel evenveel ideeën voor boeken. Ik heb ze min of meer willekeurig onder de redacteurs verdeeld. Jij hebt er geloof ik een stuk of twaalf, en voordat je nu gaat opspelen, ik heb al een stapel 'na-ampele-overweging'-brieven uitgeprint, zodat je ze meteen kunt beantwoorden.

'Waarom nemen we de moeite eigenlijk? Waarom huren we geen afgerichte chimpansee in om de boel door te nemen?'

'Herinner je je de generaal nog? Herinner je je dat hij zonder bemiddeling van een agent hier zomaar aanbod dumpte voor – ik citeer – "een ingewijde over de oorlog in Kosovo"? Herinner je je nog dat dit boek niet aan te slepen viel?'

'Ach, ja, de generaal. Dolle Hond Mulligan in hoogsteigen persoon. Hoe kan ik dat nou vergeten? De laatste NAVO-bommen hadden de grond nog niet geraakt of *Operation Balkan Eagle* lag al in de winkels. We waren Doubleday en Bantam een week vóór. Het was…'

'Schitterend?'

'Nee, dat is niet het woord waarnaar ik zocht. Het was verschrikkelijk. Absoluut verschrikkelijk. Wat mij betreft was *Balkan Eagle* het toppunt én het dieptepunt van als uitgeverij wegwerpboeken over de schutting gooien.'

'Toppunt? Dieptepunt? Ik vind het heerlijk wanneer je obscene taal tegen me uitslaat.' Zodra ze dit zei, had ze er al spijt van, wilde ze dat ze de opmerking kon backspace-deleten. 'Edwin, doe het nou gewoon effe, ja? Werk je zo snel als je kunt door de bagger heen, want er is nog meer onderweg.'

'Er komt nooit een eind aan de baggerstroom, of wel.' Dit was meer een constatering dan een vraag.

'Nooit,' zei May. 'Het is een kenmerk van beschaving: ongewenste, niet door agenten bemiddelde dromen. Bagger is een van de weinige niet weg te denken onderdelen van het leven. Zie jezelf nou maar als… ach, weet ik veel… Sisyphus met een schep, zoiets. En vergeet niet dat we om tien uur vergaderen.'

'O, god. Is Lamlul alweer terug?'

'Edwin! Je moet ophouden hem zo te noemen. Allejezus, je hebt

Engels gestudeerd. Een mens mag verwachten dat jij een breder repertoire hebt.'

'Het spijt me. *Mea culpa. Mea maxima culpa.* Wat ik eigenlijk wilde zeggen was: 'Is Stront-In-Zijn-Hoofd alweer terug?'

Ze zuchtte. Het was de zucht van iemand die haar pogingen om een hopeloos figuur te veranderen heeft opgegeven. 'Ja, inderdaad, meneer Mead is terug. Hij arriveerde vanmorgen vroeg op de luchthaven en hij verwacht iedereen om tien uur in vergaderzaal 2 – *klokslag* tien uur.'

'Okay. Zaal tien om twee uur.'

'Dag Edwin.'

Hij draaide zich om en vertrok, maar opeens bleef hij staan. 'Zeg, waarom heb jíj geen bagger?'

'Pardon?'

'Toen jij die manuscripten verdeelde, waarom heb je er toen zelf niet een paar genomen? Om te delen in de ellende, weet je wel.'

'Dat heb ik gedaan. Vrijdag heb ik dertig manuscripten en zo'n tien voorstellen mee naar huis genomen en ze diezelfde avond nog doorgewerkt.'

'Ah, ik snap het.' Edwin talmde hierop net iets te lang. Lang genoeg om de opmerking in de lucht te laten hangen. Lang genoeg om het feit te benadrukken dat May de vrijdagavond alleen had doorgebracht, met haar kat, en ideeën voor boeken en ongevraagd toegestuurde manuscripten had gelezen. 'Ik moet eens, uh, terug naar mijn hok,' zei Edwin. 'De vergadering begint over een halfuur. Ik denk dat ik tegen die tijd wel door de helft van de bagger heen kan zijn.'

May keek hem na toen hij vertrok. Dronk haar koffie op. Peinsde over de vele mokita's waarmee we overspoeld worden en die ons leven structuur en betekenis geven.

Hoofdstuk 2

Edwin de Valu trok het bovenste manuscript van de stapel naar zich toe. Er lagen een hoop afwijzingsbrieven klaar, zo voor het grijpen.

De eerste inzending die hij moest beoordelen was van een schrijver uit Vermont en de aanhef van diens begeleidende brief luidde: 'Hallo meneer Jones!' (Jones was de nepnaam die ze altijd gaven wanneer er schrijvers opbelden en naar de acquirerend redacteur vroegen. Wanneer er iets arriveerde TER ATTENTIE VAN DHR. JONES, DRINGEND! was dat het signaal om het linea recta naar de berg bagger af te voeren.

'Hallo meneer Jones! Ik heb een roman geschreven over...' en verder ging Edwin niet.

> Namens Panderic Inc. wil ik u bedanken voor uw uiterst interessante inzending. Jammer genoeg hebben wij, na ampele overweging...

Edwin pakte het volgende manuscript van de stapel. 'Beste meneer Jones: Ingesloten treft u mijn roman aan: *De Manen van Thoxth-Aqogxnir*. Dit is het eerste deel van een driedelige trilogie die –'

> en een lange discussie ter redactie, helaas moeten concluderen dat uw boek op dit moment niet in ons fonds past.

'Meneer Jones! Mijn potentiële bestseller "Advocaat op de Vlucht" wordt gegarandeerd een kassucces en is zonder meer veel beter dan de rommel die die patser John Grisham schrijft en die iedereen zo vet vindt. P.S. Ik heb het manuscript getypt op enkele regelafstand om op papier te bezuinigen. Hoop dat u dit niet erg vindt. : –)'

… We wensen u alle succes bij het vinden van een andere uitgever voor uw werk. Het spijt ons ten zeerste dat we u op dit moment geen contract kunnen aanbieden.

'Mijne heren: Men heeft zo weinig benul van koelkastonderhoudsreparaties, terwijl dit terrein toch zo'n lange, fascinerende geschiedenis kent.'

… Heeft u toezending van uw manuscript aan HarperCollins overwogen, of wellicht aan Random House? (Panderic lag al jaren overhoop met HarperCollins en Random House en over en weer lieten ze elkaar geregeld op deze manier hun bagger toekomen.)

'Beste meneer Jones, "Kijk uit! Kijk uit! Duik weg! Smeer 'm! De roodgloeiende kogels spoten om het hoofd van geheim agent McDermit, die erop was getraind om te doden met zijn berenklauwen…" Zo begint mijn roman vol actie en avontuur, *Slacht de slachter*. Als u meer wilt weten, zult u mij om het volledige manuscript moeten vragen en dan kunt u zelf zien dat ik over mijn werk geen woord te veel heb gezegd.' In plaats daarvan stopte Edwin een standaard 'na-ampele-overweging'-brief in de envelop, en dat was het laatste wat hij ooit hoorde van geheim agent McDermit.

Let wel, Edwin maakte een aantekening van de zin met de 'berenklauwen' voor op het prikbord in de kantine, dat volhing met rare knipsels en voorbeelden van gruwelijk slecht schrijven. De verzameling stond bekend als De Muur van Stijlbloemen, en ook als Juweeltjes van de Ongenoden en Agentlozen, en ook als Opgediept uit de Baggerhoop! Dit zijn enkele voorbeelden van het sprankelende proza dat daar hing:

'Ze stond op de helling, haar gitblonde haar wapperde in de wind.'

En: '"Wat een baarlijke bende bombarie," siste hij.'

Evenals de inmiddels klassiek geworden: 'Ze zei niets. Ze beet alleen maar op haar onderlip en likte over haar bovenlip…' (hetgeen menig editor ertoe bracht de mond te verdraaien in een poging het beschreven kunststukje te volbrengen).

Misschien haalden de 'berenklauwen' van geheim agent McDermit De Muur van Stijlbloemen, maar meer zat er niet in. Edwin zuchtte.

Iedere inzending, of het nu om een volledig manuscript of alleen maar om een idee voor een boek ging, bevatte een gefrankeerde antwoordenvelop (oftewel een GA), hetgeen Edwins vervelende karwei ietwat vergemakkelijkte: openmaken, inkijken, afwijzen en insteken.

Het was een enigszins mechanische oefening in het beoordelen van de literaire waarde van teksten. Edwin kwam zelden verder dan de eerste alinea van een begeleidende brief. En hij begon niet eens aan brieven op felroze papier of aan met een matrixprinter afgedrukte brieven of aan brieven helemaal in cursieve letters of kapitalen (ooit was er een in cursieve hoofdletters gearriveerd; op zich voorwaar een record) of aan iets met een modieus niet-standaardlettertype. In die gevallen viste hij er alleen de door de schrijver meegestuurde GA uit, stak daar de vereiste 'na ampele overweging' in en smeet haar in de uitgaande-postbak.

Vandaag lag er een miserabel zooitje, zelfs naar baggermaatstaven. Edwin nam een slok koude koffie, opende het laatste manuscript – een enorm dikke stapel papier in een bovenmaatse envelop – en wilde het net afwijzen, louter op grond van het volume, toen Nigel zijn grote, verwaande kop om de hoek van Edwins hok stak.

'Edwin! Vergaderen, over vijf minuten. I.D.B.'

'I.D.B.?'

'In de benen. Baas wacht.'

Nigel had eigenlijk met brillantine achterover gekamd haar en een gluiperige glimlach moeten hebben en eigenlijk ook een gouden tand en een broekriem van slangenleer. Het zou bij hem hebben gepast. Maar in werkelijkheid was hij onberispelijk gekleed, nadrukkelijk nonchalant en tegelijk weloverwogen verfomfaaid. Onder editors gold Nigel Simms als een minzame, sexy jongeman. Maar laten we het niet overdrijven, want als je zijn concurrentie (andere mannelijke editors) en de mensen die hem beoordeelden (vrouwelijke editors) in ogenschouw nam, dan viel dat reuze mee. In een normale menselijke omgeving zou Nigels uiterlijk hoogstens als gewoontjes gelden, maar in het konijnenhok van de categorie editors, die qua dijenkletserij en sex-appeal net een graadje hoger scoren dan bibliothecarissen, glansde Nigel als een pas geroskamde hengst. Edwin verafschuwde Nigel. Verafschuwde hem om alle voor de hand liggende, triviale redenen. Verafschuwde hem omdat hij een omgekeerde lachspiegel was, een die de nettere, minzamere en betere versie van hemzelf weerkaatste. Verafschuwde hem omdat hij zo competent was. Verafschuwde hem omdat hij *niet* rookte. Verafschuwde hem om alles.

Niet dat Edwin de Valu wat mode betreft een sukkel was. Absoluut niet. Edwin zorgde er altijd voor dat hij er piekfijn uitzag, of in elk geval niet al te zeer als een pummel. In kleren zag Edwin er goed uit, op dezelfde manier als een Armani-jasje op een hangertje er goed uitziet. Het probleem ontstond zodra Edwin dat jasje moest uittrekken, of shorts en sandalen moest dragen, of – in het allerslechtste geval – zich moest ontkleden in de onmiddellijke nabijheid van getuigen en/of een spiegel. Edwins schrale lijf, een en al armen, benen en ellebogen, vormde de vloek van zijn leven. Edwin was zelfs eens een halfjaar lang intens en op het neurotische af bezig geweest met bodybuilding en eiwitrijke powershakes, in een poging om meer 'massa te kweken' en een 'mannelijke man' te worden. Hij leek er wel door bezeten. Hij smeerde zijn huid in met olie, pompte ijzer, hief cartooneske gewichten boven zijn hoofd tot zijn benen ervan trilden, zijn rug verkrampte en zijn gezicht zich in komische Hulk-Hogangrimassen vertrok (zij het minder artistiek), terwijl een van de steroïden bol staande Cro-Magnontrainer hem aanmoedigende beledigingen toeschreeuwde. Edwin had verscheidene keren een hersenbloeding geriskeerd, had avond na avond zijn vermoeide karkas huiswaarts gesleept en waarvoor helemaal? Een lijf dat niet langer mager was, da's waar, maar nu was datzelfde lijf pezig én mager. Edwins spiermassa was niet gegroeid, zijn spieren stonden alleen strakker gespannen. 'Net een gevilde aap,' zo beschreef Edwin zijn lichaam toen hij een blik van zijn naakte zelf opving in een spiegel.

Nigel Simms leek op zo'n achtergrondmodel dat je in mannenmodebladen tegenkomt. De knullen die niet knap genoeg zijn om het te kunnen opnemen tegen de modellen op de omslag, maar die desondanks best een fotosessie waard zijn. Edwin daarentegen leek op het 'voor'plaatje in een klassieke advertentie zoals je die vroeger voor de Charles-Atlassportscholen aantrof in stripboeken; op de knul die daarin eeuwig en altijd zand in zijn gezicht geschopt krijgt.

'Nog één manuscript,' zei Edwin, met een blik op de laatste van zijn stapel. 'Ik moet er nog één doen. Dit jaag ik er snel doorheen.' Hij haalde de smak papierwerk uit zijn verpakking. Het was iets enorms, minstens twee riem papier, dik duizend vellen. Jezus. Hier waren bomen voor gesneuveld. De begeleidende brief (sterker nog, het hele manuscript, zag Edwin toen hij het doorbladerde om dit te checken) was er op een oude typemachine uit gehamerd. Dit bood een dermate vreemde aanblik dat Edwin de afwijzingsbrief nog even niet pakte. Hij bekeek het titelblad. Het werk heette *Wat op de berg tot mij kwam* en was geschreven door ene Rajee Tupak Soiree. Het blad was bestrooid – en dit ziend bulderde Edwin nog net niet van het lachen – met kleine madeliefjesstickers (let wel, madeliefjes) en helemaal onderaan stond in handschrift 'Leef! Koester! Leer!'

Edwin kon een luidruchtige gniffel niet onderdrukken. Leef! Koester! Leer! Hij verzon meteen allerlei vinnigs dat hij hiertegen in kon brengen: Belazer! Je! Eige! Edwin pakte de begeleidende brief en begon te lezen:

Aan degene die is belast met de bagger, en ik veronderstel dat u dat bent, de persoon die de door mij geschreven brief nu onder ogen heeft en mogelijk stilletjes de spot drijft met mijn zonnige, drie woorden tellende, positieve levensmotto, terwijl u daar in uw kantoor zit, uw saaie grijze kantoor, of misschien niet eens een kantoor en ook niet eens saai grijs – misschien zit u weggestopt in een afgeschoten hokje, een kleine doos tussen grotere dozen, even anoniem en hol als uw onvervuld gebleven verwachtingen en niet verwezenlijkte dromen; de verwachtingen en dromen die u tegen niemand uitspreekt en alleen tegen uzelf fluistert, diep in de nacht, wanneer niemand u kan horen. Niemand, alleen God. Als Hij bestaat. En wat als Hij nu eens niet bestaat? Wat dan? Aan de wezenlijke leegte die men in het leven dikwijls ervaart wordt geen aandacht besteed, ze wordt gewoon weggedrukt, op afstand gehouden... Ach, maar dat wist u allang, nietwaar?

Edwin voelde een lichte beklemming op de borst. Het lachje op zijn gezicht verdween en er bekroop hem een akelig gevoel dat hem kippenvel bezorgde. Het was het gevoel dat je krijgt wanneer je weet dat iemand je bespiedt en het liefste zou Edwin de jaloezieën in de gang hebben neergelaten en een poosje onder zijn bureau zijn gekropen. Gelukkig bezat Edwins hok geen raam, dus hoefde hij zich geen zorgen te maken over gluurders, sluipschutters of, nog erger, dat hij afgeleid zou worden door een uitzicht.

Mijn recept voor de mensheid – dit 'een boek' noemen zou het te kort doen – is de uitkomst van de intensieve retraite van zeven maanden die ik doorbracht op een berg, hoog in Tibet, waar ik dagen achtereen zonder voedsel of water in diepe meditatie verzonken zat. Stapsgewijs werden de problemen van de mensheid en de oplossingen ervoor in hun onderlinge samenhang aan mij geopenbaard. Op mijn beurt bied ik ze u aan. Ik vergun u het recht om dit belangrijke werk te publiceren. Wat zal dit 'boek' van mij doen? Het zal iedereen die het leest geluk brengen. Het zal mensen helpen om gewicht te verliezen en te stoppen met roken. Het zal mensen afhelpen van hun gok-, alcohol- of drugsverslaving. Het zal mensen helpen om innerlijk in evenwicht te komen. Het zal hun leren hoe hun in de linkerhersenhelft zetelende intuïtieve creatieve energie vrij te maken, hun lot in eigen handen te nemen, troost te zoeken, geld te verdienen, van het leven te genieten, hun seksleven te verbeteren (middels mijn baanbrekende Li-Bokvrijtechniek). Lezers zullen zelfverzekerder worden, onafhankelijker, attenter, betrokkener, meer in vrede met zichzelf. Het zal hen tevens helpen bij het verbeteren van hun lichaamshouding en spelling en het zal hun leven inhoud en zin geven. Het is alles wat ze ooit hebben gewild, alles waarnaar ze hebben gesnakt. Het zal de wereld geluk brengen. (En hier was het woord 'geluk' een paar keer onderstreept met een ballpoint. Ook de hele ondermarge van de brief was beplakt met een kwak madeliefjesstickers.) Aan u in dat kleurloze afgeschoten hokje, bied ik het licht aan. Het ware licht. Met vriendelijke groet, Tupak Soiree.

Geachte meneer Soiree: dit is wat je noemt uniek. Ik weet niet waar u het idee vandaan haalt dat het beledigen van de acquirerend redacteur van een gerenommeerde uitgeverij als Panderic Inc. de manier was om het aan te pakken, maar ik kan u verzekeren dat het niet gewerkt heeft. (En trouwens, ik werk in een spatieuze kamer met een lambrisering van glanzend eikenhout en uitzicht op zee, en niet, zoals u zo laatdunkend aannam in een of ander deerniswekkend, grauw hokje.) Ik was van plan om uw met twee vingers uitgetypte verzameling mallotige recepten om je lekker te voelen te retourneren, maar aangezien u duidelijk een geschifte, verknipte, krankzinnige zot bent, zal ik dat niet doen. Ik ga uw manuscript gebruiken om er mijn reet mee –

Maar natuurlijk schreef Edwin dit helemaal niet. Welnee. Hij pakte opnieuw een standaardbrief waarin hij meneer Soiree 'tot zijn spijt' op de hoogte bracht van zijn beslissing en hem aanried om zijn manuscript – en eventueel zoveel als hij er thuis op de plank had liggen – toe te sturen aan HarperCollins of anders aan Random House. 'Vertel hun maar dat Panderic u heeft gestuurd,' krabbelde Edwin onderaan.

Toch was er iets met de toonzetting van die begeleidende brief. Iets wat zowel hypnotiserend als dreigend was en verwant aan de angst die je voelt wanneer een dakloze op straat plotseling je naam roept als je voorbijloopt. Er waren weleens prachtboeken uit de bagger opgediept, hield Edwin zichzelf voor. Net zoals boeken met een boosaardige inhoud trouwens. *Harry Potter* zat indertijd tussen de bagger. Evenals, naar men beweert, *Mein Kampf.* En die naam, die naam: Tupak Soiree. Waar had hij die eerder gehoord?

'Edwin, kun je een beetje voortmaken?' Het was May en ze zag er over haar toeren uit. 'Meneer Mead wacht! Ik ben naar buiten geglipt en heb hiervoor de afleidende schijngrond aangevoerd dat ik een map moest halen. De vergadering is al begonnen, dus ga erheen!'

Edwin draaide zich om in zijn stoel en glimlachte haar toe. 'Gaaf! Je gebruikte "afleidende schijngrond" in een zín.'

'Schiet jij nou maar op!' zei ze. 'Ik moet terug.' En weg was ze.

'Rustig maar, rustig maar.' Edwin rommelde met het manuscript, zoekend naar de vereiste GA. Er was er geen. Hij keek in de envelop, zocht op zijn bureau en zelfs op de grond, voor het geval dat het ding eruit gevallen was. Noppes. 'Dus jij vergat een GA in te sluiten? Nou, meneer Soiree, krijg jij de pleuris maar.' De formele gedragslijn was dat ongevraagd toegezonden manuscripten zonder een ingesloten GA niet werden geretourneerd, maar dat was geleuter. GA-lozen gingen altijd retour. Maar vandaag niet. Het was maandag, Edwins maagzweer speelde op, zijn halvezool van een baas zat in de vergaderzaal op hem te wachten, en het ingezonden werk van Tupak Soiree had hem al meer dan genoeg geërgerd. Edwin propte het buitenproportioneel dikke manuscript plus de begeleidende brief terug in de envelop waarin ze gekomen waren, vouwde die dicht en keilde het pakket in de prullenbak.

'Dat was dat!' mompelde hij, terwijl hij zijn schrijfblok pakte en met haastige spoed zijn hok verliet. En daarmee was het hoofdstuk Tupak Soiree afgesloten. Althans, dat dacht Edwin.

Hoofdstuk 3

Tegen de tijd dat Edwin arriveerde was de vergadering al goed op gang. Hetgeen wil zeggen dat alle muffins inmiddels waren gepakt. Terwijl Edwin zijn keuze deed uit het armzalige resterende aanbod – de bosbessen- en bananenmuffins waren het eerste weg en altijd lag daar dan nog die ene homp courgette-pompoen-zemelen-smurrie die niemand wilde – draaide de almachtige meneer Mead zijn overheadprojector de rug toe en met een glimlach voor Edwin zei hij op neerbuigend frikkerige toon: 'Edwin, wat fijn dat je je bij ons hebt kunnen voegen.'

Meneer Mead was een babyboomer in de ergste zin van het woord. Hij was begin vijftig maar probeerde steevast door te gaan voor, tja, laten we het op hip houden. Of zoiets. Hij droeg jeans naar het werk, maar niemand anders mocht dat van hem. (Zo liet hij zien dat hij, hoewel niet burgerlijk, toch 'de Man', of god mag weten wat, was.) Meneer Mead begon te kalen en zijn dunner wordende grijzende haar – grijs geverfd, zo ging het gerucht, omdat zijn eigen grijs niet natuurlijk genoeg oogde – was in zijn nek samengebonden tot een strak, petieterig paardenstaartje 'als een chihuahuapikkie' volgens Edwins memorabele beschrijving. Zoals elke mannelijke babyboomer die ooit kaal werd had meneer Mead ter compensatie (of als afleiding, wie zal het zeggen) een baard laten staan. Meneer Mead droeg een bril, een raar achthoekig model, bedoeld om aan te geven dat men hier van doen had met een man die tot de absolute voorhoede hoorde in de brilmode en – in het verlengde daarvan -- in de politiek, de zakenwereld en het leven. Edwin haatte meneer Mead. Edwin haatte veel mensen, maar in het bijzonder haatte hij meneer Corduroy-en-Das-Dragende-Heb-Ik-Jullie-Jongelieden-Ooit-Verteld-Over-de-Ware-Geest-van-Woodstock Mead. Edwin haatte het vooral wanneer meneer Mead hem voorhield hoe slecht zijn werkhouding was, hoe onnauwkeurig hij was, hoe jong en ongevormd. Natuurlijk deugde Edwins werkhouding niet. Natuurlijk was hij onnauwkeurig. Natuurlijk was hij chaotisch. Maar het genot dat meneer Mead erin schiep om hem dit telkens weer onder de neus te wrijven, dát was nou ook weer niet nodig.

Voluit luidde meneer Meads naam Léon Mead, maar iedereen wist dat dit gewoon Leon was en het accent pure aanstellerij. Zijn achternaam trof Edwin echter altijd als het perfecte babyboomers-embleem, omdat de klank ervan een combinatie van '*me*' en '*need*'* vormde; de samenvatting van een hele generatie.

Het gebeurde terwijl Edwin al half was weggezakt – de geesteloosheid die vergaderingen teweeg plegen te brengen – en hij kieskauwend op het pompoen-zemelending probeerde niet voorover te vallen van pure verveling, dat hij eensklaps het onaangename gevoel kreeg dat mensen hem aanstaarden; dat ze zaten te wachten tot hij iets zei. Het leek op zijn gewaarwording van zo-even, toen hij de begeleidende brief las bij dat boek over de berg (de titel ervan vervaagde al op het toverlei-oppervlak van Edwins bewustzijn.) Maar dit keer was het niet zomaar een vaag gevoel.

Toen Edwin opkeek, staarde iedereen rond de vergadertafel, niemand uitgezonderd, hem met gespannen aandacht aan – meneer Mead met een neerbuigend lachje, May vol ontzetting.

'En?' zei meneer Mead. Eén lettergreep, maar o, hoe dik en zwaar drukte hij op Edwins geest. Als een gek begon Edwin zijn kortetermijngeheugen door te bladeren, vergeefs proberend verband te leggen tussen wat ze hadden besproken en hemzelf. Edwins schrijfblok bood geen uitkomst. Dat was volgekloddert met neergekrabbelde poppetjes en bezielende kreten als 'chihuahua' en 'blah blah

* 'ik' en 'behoefte hebben aan'

32

blah blah'. Hij keek naar May. Haar gezicht was zo verwrongen van verwachtingsvolle spanning dat hij dacht dat ze elk moment kon gaan bevallen. Dit was niet gewoon een beetje zwanger. Dit was een complete meerlinggeboorte, een waar-zijn-de-pijnstillers-, laat-iemand-een-ambulance-bellenstilte voor het grote gebeuren.

'Ja?' vroeg Edwin.

Meneer Mead was uitgebreid ingegaan op het onverwachte gat in hun herfstaanbieding. De afgelopen zes, zeven jaar had Panderic in oktober altijd een boek uitgegeven van een doctor uit de staat Georgia die bekend was onder de naam Meneer Ethiek: *Wegwijzer in de Ethiek voor Iedereen* het eerste jaar, *Inleiding in de Ethiek voor de Moderne Manager* het tweede jaar, *Hoe Ethisch te Leven in Onze Knotsgekke Chaotische Wereld* het daaropvolgende jaar, enzovoorts. (Hoe succesrijker Meneer Ethiek werd, hoe langer zijn boektitels werden en hoe korter zijn teksten. Men zei dat hij zijn laatste boek aan zijn secretaresse dicteerde terwijl hij zich 's morgens scheerde.) Meneer Ethieks recentste boek, *De Zeven Gewoonten van Hoogst Ethische Mensen – en de Levenslessen die U Daaruit Kunt Trekken!*, verkeerde reeds in de kopijbewerkingsfase. Helaas was Meneer Ethiek enkele weken geleden opgepakt door de fiscale opsporingsdienst op beschuldiging van belastingontduiking. Hij kon een vonnis verwachten van acht tot tien jaar gevangenisstraf, zelfs als hij door schuld te bekennen strafvermindering kreeg. De hele reeks zelfhulpboeken van Meneer Ethiek was in de ijskast gezet. Wat dit nu helemaal met hém te maken had, was Edwin onduidelijk.

'We wachten,' zei meneer Mead, vooralsnog zonder dat het lachje van zijn gezicht week.

'Waarop, meneer?'

'Op jouw voorstel.'

'Mijn voorstel?'

'Inderdaad, jouw voorstel. Herinner je je ons babbeltje nog, vorige week, vlak voordat ik vertrok? Ik informeerde hoe het met je tante ging. Jij antwoordde dat ze het best maakte. We spraken over Meneer Ethieks laatste boek en dat we dat moesten uitstellen. Ik zei: "Jeetje, hoe vullen we het gat in onze aanbieding op?" En jij zei:

"Maakt u zich geen zorgen. Ik heb een briljant idee voor een zelf-hulpboek voor van de herfst." En ik zei: "Subliem, vertel me erover zodra ik terug ben." En jij zei: "Komt voor mekaar!" Herinner je je daar dan níéts van?'

'Maar ik heb geen tante.'

'Allemachtig, man, die tante van je heeft er niets mee te maken! Vooruit, wat heb je ons te melden?' Meneer Meads optreden werd grimmiger. Zijn geduld raakte duidelijk op.

Edwin slikte hard, voelde het bloed in zijn slapen kloppen en zei met bevende stem: 'Tja, ik ben momenteel met iets bezig, meneer.'

'En dat is?'

'Het is, uh, een boek. Een heel opwindend boek. Daar ben ik mee bezig. Een boek.'

'Ga door,' zei meneer Mead.

Nigel glimlachte sadistisch. 'Ja, toe, ga door. We zijn erg geïnte-resseerd in wat je te vertellen hebt.'

Edwin schraapte zijn keel, poogde rustig te blijven en zei: 'Het is een boek over afvallen.'

'Daar zijn er al zat van,' zei meneer Mead. 'Wat is het bijzonde-re eraan?'

'Nou ja, uh, het legt lezers ook uit hoe ze kunnen stoppen met roken.'

'Pulp voor bij de kassa. Wat we nodig hebben is een zelfhulp-boek dat de aandacht trekt, een degelijke paperback. Iets met smoel. Afslanken? Roken? Ik ben bijna twee weken weg geweest en iets be-ters dan dit heb je niet kunnen bedenken?'

'Nou, nee. Dit boek legt lezers ook uit hoe ze hun seksleven kun-nen verbeteren. Het heet, uh, de Li-Poktechniek... het kan ook Li Bok zijn. Het is revolutionair. Heel prikkelend.'

Meneer Mead fronste, maar op een positieve manier. 'Seks,' zei hij. 'Dat bevalt me.' En voordat Edwin het wist ging het momen-tum van het moment met hem aan de haal. Plotseling kwam hij te-recht in een kringloop van positieve feedback; hoe zwaarder hij het overdreef, des te enthousiaster meneer Mead werd, des te naden-kender hij fronste, des te heftiger hij knikte.

'Dit boek vertelt mensen ook hoe ze geld kunnen verdienen.'

'Uitstekend.'

'En hoe ze hun creativiteit kunnen vrijmaken. En innerlijk even-wicht kunnen bereiken.'

'Mooi. Mooi. Ga door.'

'En hoe ze hun lot in eigen hand kunnen nemen en zelfverze-kerder en meer begaan met anderen kunnen worden. En er staan ook, uh, recepten en tips voor beleggen in. Je kunt het niet beden-ken of het staat wel in dat boek. Geld. Seks. Afslanken. Zin van het leven.'

'Tsjonge, dit bevalt me,' zei meneer Mead. 'Het klinkt als het ul-tieme zelfhulpboek.'

Aan de andere kant van de tafel was Nigels glimlach tot erger dan kwaadaardig verworden; er lag nu een duivelse uitdrukking op zijn gezicht. Meneer Mead evenwel straalde verrukt. May keek rade-loos bezorgd. Edwin had het gevoel dat hij zou flauwvallen.

'Fantastisch,' zei meneer Mead. 'Zorg dat het op mijn bureau ligt wanneer ik volgende week maandag weer terug ben.' (Meneer Mead was altijd onderweg naar ergens anders, of dat nu het Symposium over Subsidies voor het Uitgeversbedrijf was of de Frankfurter Buchmesse.) 'O, en wat was de titel ook alweer, zei je?'

'De titel?'

'Ja, man, de titel. Hoe heet het?'

'De titel van het boek, bedoelt u?'

'Doe niet zo suf. De titel van het boek, wat anders. Hoe ga je het noemen?'

'Het heet, uh, *Wat op de berg tot mij kwam*.'

'De berg? Snap ik niet. Welke berg?'

'Het is een berg, meneer. Een hele grote berg. In Nepal. Mis-schien ook wel Tibet. De auteur leerde heel veel dingen op die berg. Vandaar de, uh, titel.'

'Wat op de berg tot mij kwam.' Meneer Mead wreef over zijn kaak. 'Nee. Dat vind ik niks. Helemaal niks. Niet pakkend genoeg.'

'We zouden in de ondertitel iets over het thema kunnen ont-hullen. Iets in de trant van Geweldige Seks, Slank Af, Word Rijk.

We smijten er wat gratuite uitroeptekens tegenaan voor het effect, misschien zelfs –'

'Nee, nee, veel te breedvoerig. Lange titels verkopen niet op de markt van vandaag. Je moet het kort houden, bondig. Misschien gewoon één woord, een dat echt tot de verbeelding spreekt. Of een zinspeling op een populaire film. Iets wat de lezers iets zegt over het soort "magische reis" die ze gaan maken. De tovenaar van Oz misschien.'

'Of Invasie van de peulmensen,' zei Edwin binnensmonds.

'En wat de precieze lengte van de titel betreft,' zei meneer Mead, 'in de *Publishers Weekly* van vorige maand staat het resultaat van een onderzoek naar non-fictietitels. De gemiddelde lengte van een boektitel is... wat stond er, Nigel?'

'Er stond 4,6 woorden.'

'Inderdaad, 4,6. Voor een succesvolle non-fictietitel is dat het beste aantal woorden. Dus laten we daar vooral niet overheen gaan.'

'En wat precies,' vroeg Edwin, 'mag een nul-komma-zeswoord dan wel niet wezen, jij domme, hersendode, grijze, omhooggevallen, afgetakelde sukkel?'

Maar dit was niet exact hoe Edwin zijn vraag formuleerde. 'Komma zes, meneer?' zei hij in werkelijkheid.

'Inderdaad. Het kan gaan om...' Meneer Mead dacht hierover even na. 'Een samentrekking. Of een voorzetsel: een, de, het. Of wacht effe! Een woord met een koppelteken ertussen. Dat zou 1,6 woord zijn, denken jullie niet?'

Hierop volgde een wijdlopige discussie over of 'een' of 'de' al dan niet als een volledig woord of enkel als 0,6 woord gold.

'Misschien,' zei meneer Mead, 'moesten we binnen het eigen bedrijf een onderzoekje doen. Neem het gemiddelde aantal woorden in onze titels uit de laatste tien aanbiedingen, deel dat door 0,6 en dat nemen we als uitgangspunt, akkoord?'

'Ik begin er meteen aan, meneer Mead,' zei Nigel, terwijl hij driftig dit gebazel in zijn schrijfblok neerkrabbelde. (Tegen het eind van de dag zou meneer Mead het verzoek compleet vergeten zijn.)

'Mooi zo. En vergeet voorvoegsels niet, Nigel. Ik denk niet dat we voorvoegsels kunnen uitsluiten. Die kunnen heel wel ook als 0,6 woord tellen.'

'Ik zal daar een aparte aantekening van maken,' zei Nigel.

'En laten we de totale lengte van het boek op exact 352 bladzijden houden. Dat is het gemiddelde voor huidige bestsellers. Dus zorg ervoor dat het aangeleverd wordt met exact... wat zei ik? Driehonderdtweeënvijftig bladzijdes. Okay, Edwin?'

Maar inmiddels had Edwin allang een touw aan de dakspanten vastgemaakt, waaraan hij op dat moment levenloos bungelde.

Meneer Mead draaide zich om naar May. 'Wat is jouw mening? Wat vind je? Zeg maar eerlijk.'

'Ik vind niet dat dit iets is waar we veel tijd aan moeten besteden,' zei May.

'Precies. Je hebt gelijk. Zonde van onze energie, al dat gekibbel over details.' En toen, met een minachtend handgebaar naar Edwin: 'Ik weet niet eens waarom hij het ter sprake bracht. Concentratie, Eddie. Dat is waaraan het jouw generatie ontbreekt. Concentratie. Er schiet me nu een analect van Confucius te binnen, een die in mijn jonge jaren erg in zwang was. Dat was toen ik in Woodstock was, of misschien was het in Selma. Maar de diepzinnigheid ervan is me altijd bijgebleven. Natuurlijk leest het beter in het oorspronkelijke Mandarijns, maar de essentie ervan, om zo te zeggen, was dat in iedere hiërarchie... o, wacht, misschien verwar ik het Peter's Principle met Confucius.'

'Meneer?' Dit was May, die wederom een poging deed om de discussie weer op het spoor van de realiteit te zetten. 'We bespraken toch de veranderingen in de herfstaanbieding?'

'O, ja, de herfstaanbieding. Inderdaad. Goed punt, May. Blij dat je daarover begint. Goed dan, jullie weten allemaal dat we onze mouwen moeten opstropen en er de schouders onder moeten zetten nu de Meneer Ethiek-reeks voor onbepaalde tijd in de ijskast is gezet en blah, blah, blah, blah, blah, chihuahuapikkie.'

Edwin hoorde dit gewauwel allang niet meer, hij negeerde het even effectief als wanneer je een fundamentalistische prediker op de radio met een draai van de knop overstemt met statische ruis.

Hoewel hij de rest van de vergadering onder een dun laagje van uiterlijke kalmte uitzat, was hij in zijn hart ten prooi aan paniek. Hij zat in de val. Hij had zichzelf in een hoek gepraat, had alle vluchtwegen afgesloten, de deur op slot gedaan en de sleutel doorgeslikt. Slechts één man kon hem nu redden: Tupak Soiree.

'… en dat was het moment dat ik besloot om mijn leven aan iets zinvollers te wijden, iets dat ethisch op een hoger plan stond.' Meneer Mead rondde een of andere onbenullige anekdote af. 'En nadien heb ik daar nooit spijt van gehad. Nooit.'

Edwin moest zich bedwingen om niet op te springen, als een gek te applaudisseren en 'Bravo! Bravo!' te roepen.

De jaren zestig gingen nooit verloren, ze werden alleen stom- en stomvervelend.

Toen de staf de vergaderzaal verliet, kwam Nigel naast Edwin lopen. 'Geweldige presentatie, Ed. Wat was het? Brengt geld in het laatje, smaakt te gek, geneest kanker?'

'Ga jíj tegen een touw aan pissen, Nigel!'

'Dat zou dan hetzelfde touw zijn als waaraan jij je zonet hebt opgehangen, toch?'

Edwin ging sneller lopen om van Nigel af te zijn.

Nigel bleef staan en riep vrolijk: 'Ze maakt het trouwens prima!'

Edwin draaide zich om. 'Wie?'

'Mijn tante Priscilla. Ze maakt het goed. Bleek gewoon een griepje te zijn. Maar succes met je boek. Het klinkt veel spannender dan het project waarmee ik bezig was.'

'Klootzak!'

'Doei!' zei Nigel, terwijl hij verdween in zijn kantoor. Met uitzicht.

Binnensmonds scheldend stampte Edwin terug naar zijn hok en bezwoer zichzelf: 'Ik zal ze leren. Ik zal ze allemaal leren.'

May wachtte hem op. 'Weet je,' zei ze met een blik op de wanden van zijn hok, 'het is niet verboden om afbeeldingen op te hangen en een persoonlijk element aan te brengen. Meneer Mead is daar voorstander van. "Bevordert de spontaniteit van het personeel," zegt hij. Ik zweer je, dit hok is vast het sterielste, het…'

'Het is een protest,' zei hij. 'Ik protesteer tegen bloemen en ballonnen en foto's van baby's en uit de strippagina geknipte lollige cartoons.'

'Het is héél Zen.'

May ging op Edwins bureau zitten en leunde met een elleboog op de stapel manuscripten die nu hoog opgetast in de uitgaande-postbak lag. 'Vertel me nu eens,' zei ze. 'Wat op de berg tot mij kwam? Uit welke hoed toverde je die nou? Nooit eerder van gehoord, en ik ben toch degene die de taken verdeelt. Zeg me dat je het niet ter plekke bedacht. Zeg me alsjeblieft dat je dat niet hebt gedaan.'

'May, je begrijpt het niet. Ik ben in de val gelopen.'

'Edwin, we moeten onmiddellijk naar meneer Mead, en wel nú. Dan gaan we hem uitleggen dat jij in een moment van zwakte, in de greep van maandagochtendmoeheid –'

'May, luister naar me. Dit gaat me lukken. Weet je nog, toen je me aannam? Herinner je je mijn allereerste opdracht? Het verzorgen van de uitgave van Panderics best lopende reeks zelfhulpboeken ooit: Kippensoep voor uw hunkerend, behoeftig hart. En weet je nog wat je tegen me zei? Je zei: "Maak je geen zorgen, die boeken schrijven zichzelf praktisch. Mensen zenden hun opbeurende anekdotes in, en de zogenaamde auteurs van deze boeken vegen een stel pathetische verhalen bij elkaar en verzinnen een slimme variatie op de titel. De editor hoeft alleen maar de interpunctie en spelling te controleren." Fluitje van een cent, weet je nog. En wat gebeurde er toen? Mijn tweede week in de slag om de kippensoep – mijn *tweede* week. En daar komen de auteurs binnen zeilen, lekker zongebruind en dieptreurig, en van iedere vinger schitterde het goud je tegemoet. En wat komen ze me vertellen? "We hebben een probleem." Het betrof Kippensoep #217: *Kippensoep voor uw platvoeten.* En wat zeggen ze? Ze zeiden: "Het gaat ons niet lukken. We hebben geen hartverwarmende verhalen meer over kleine kinderen die aan botkanker sterven. We zijn door onze opbeurende anekdotes heen. De hele voorraad is opgebruikt." En wat deed ik? Wat deed ik, May?'

'Weet je, ik heb er een gruwelijke hekel aan als een schrijver een uiteenzetting verpakt als dialoog,' zei May.

'Kwam ik bij je jengelen? Gaf ik me gewonnen? Gaf ik het op? Neen. Ik nam het zoals het kwam en ik zei: "Heren, in een situatie als deze rest ons één ding: de boel belazeren. We namen de archieven door en selecteerden de twee minst memorabele anekdotes uit elk van de 216 voorgaande Kippensoepboeken. We staken ze in een nieuw jasje: *Een ouderwets grote portie opgewarmde restjes troost voor uw hunkerende ziel*. En herinner je je nog wat er toen gebeurde?'

'Ja,' zei May, 'dat weet ik nog.'

'Zeventien weken op de bestsellerslijst van de *Times*. Zeventien weken, verdomme. Dat was twee weken meer dan *Balkan Eagle*. Zeventien weken en niemand, niet één lezer, niet één recensent, niet één vermaledijde boekhandelaar die iets in de gaten had. Niemand die ooit doorhad dat we gewoon oud materiaal opnieuw gebruikt hadden. Dus ga jij me niet vertellen dat dít me niet gaat lukken. Een boek dat gezondheid, geluk en geweldige seks belooft? Geen probleem. Een sinecure. Ik kan het, May. Dit gaat me lukken.'

'Maar Edwin. Je hebt er één week voor. Meneer Mead verwacht het manuscript op zijn bureau als hij terugkomt van zijn reis. En je hebt niets om hem te laten zien. Niets.'

'Ha,ha. Dat heb je verkeerd. Want ik weet iets wat jij niet weet. Laat ik nou precies zo'n manuscript hebben!' Edwin kwam achter zijn bureau vandaan en stak zijn hand met een zwierig gebaar in zijn prullenmand om het weggegooide manuscript eruit op te diepen.

De prullenmand was leeg.

Hoofdstuk 4

'Shit.' Dit was het enige woord dat Edwin voor de geest kwam, het enige woord dat zich in zijn hoofd vormde, het enige woord dat over zijn tong kwam, langs zijn gehemelte rolde. Twee miljoen jaar menselijke evolutie, vijfhonderdduizend jaar taal, vierhonderden-vijftig jaar modern Engels. Het rijke erfgoed van Shakespeare en Wordsworth tot zijn beschikking, en het enige dat Edwin kon be-denken was 'shit.'

Zijn prullenmand was leeg. Het dikke, naar zelfhulp en valse be-loften riekende manuscript was verdwenen en dat gold evenzeer voor Edwins hoop om zich met handigheid te redden uit het hy-perbolische verkooppraatje dat hij zo-even bij meneer Mead had opgehangen.

'Shit,' zei hij.

Shit was, de lezer heeft het wellicht al geraden, een van Edwins lievelingswoorden. Toen meneer Mead kortingscoupons voor the-rapiesessies had uitgedeeld (in plaats van een kerstbonus), had Ed-win de vraag 'Het leven is een veld vol...' op een voorspelbare ma-nier beantwoord. Klaarblijkelijk was het correcte antwoord iets in de sfeer van 'bloemen' geweest. Maar Edwin, niet voor één gat te vangen, betoogde: 'Bloemen groeien in stront, en zodoende komt, *ipso facto*, het woord "shit" zowel logischerwijs als tijdelijk voor "bloemen".' Meteen daarop begon de therapeut over hoofdpijn te klagen en maakte voortijdig een einde aan de sessie. Geconfron-teerd met die lege prullenmand en met de verschrikkelijke conse-quenties die hieruit konden voortvloeien, had Edwin zijn toevlucht tot zijn oude gewoonte genomen.

'Shit.'

'Wat is er?'

'De prullenmand. Hij is leeg. Ik stopte mijn hand erin en hij was leeg. En nu… is hij nog steeds leeg.'

'Ja,' zei May, die opstond om te vertrekken. 'Dit was de slapste goocheltruc die ik ooit heb gezien; dat moet gezegd.'

'Nee, je begrijpt het niet. Het manuscript was hier. Het lag in de prullenmand.'

En toen hoorde Edwin het: één enkel onbestemd geluid, vaag hoorbaar boven het gebrom van de tl-lampen en de gedempte, met elkaar kleppende mummiestemmen achter scheidingswanden: een piepgeluid. Een ijl, klaaglijk gepiep, een zwak geluid. Edwin kende dat geluid en wist de betekenis ervan ten volle te duiden. Het was het gepiep van het vuilnisvat, dat ene vat met het wiebelende wiel, waarvan hij altijd knettergek werd en waar zijn vullingen hem pijn van deden, altijd wanneer – hoe heettie? *Rory!* – altijd wanneer Rory de schoonmaker het ding door de gang rolde, twee keer daags, en prullenmanden leegde en lusteloos de vloer veegde.

Rory was bepaald sloom en juist deze sloomheid zou weleens Edwins redding kunnen blijken te zijn. Als Edwin Rory op tijd kon inhalen, als het hem zou lukken om de dikke envelop te redden…

Ah, maar daar spurtte Edwin al als een dolleman weg.

'Waar ga je heen?' riep May.

'Op speurtocht,' schreeuwde hij terug, terwijl hij door het labyrint van afgeschoten hokjes rende en tussen de omstanders door zigzagde. 'Op speurtocht!'

Edwin sjeesde door het gepuffepuf in de kopieerruimte naar de zijgang en voorbij de koffiekamer; sprintte door fragmenten roddel en vleugen parfum en redactionele lamlendigheid. Edwin was een flits, een krachtsexplosie, een uitbarsting van vertwijfelde haast, een ontketende bliksemschicht. 'Rustig aan!' schreeuwden de figuranten in deze scène, terwijl ze voor hem opzij stapten. 'Rustig aan!'

Edwin hoorde het gepiep luider en luider worden naarmate hij de afstand tussen hemzelf en Rory verkleinde. En net toen hij de

hoek van de gang om stormde, zag hij... een hiel. De Hiel van Rory, precies op het moment dat die in een vrachtlift verdween. En
op dat punt creëerden de snelheden van Edwin en de lift én hun
afnemende afstand samen een merkwaardige optische illusie: terwijl de deuren van de lift langzaam dichtgingen, bereikte Edwin
maximale tijd-ruimtestuwkracht. Hij vloog, zijn voeten raakten de
grond nauwelijks. Hij hoefde alleen maar de lift te bereiken en the-
atraal een hand tussen de deuren te duwen om die te zien wijken
en met een al even theatrale stem en de vuisten op de heupen te
zeggen: 'Geef me het manuscript.' Maar nee. In een perfecte Ze-
noparadox van tijd en afstand sloten de trage, trage liftdeuren zich
juist toen Edwin er zowat met zijn hoofd tegenaan vloog (de rem-
sporen van zijn schoenen staan nu nog op de tegels).

'Shit,' zei Edwin.

Niets aan de hand. Ook al was Edwin in wezen een geleerd man
met een waarlijke bezieling voor de literatuur, toch ging hij naar
de bioscoop (vaak) en hij wist donders goed wat hem nu te doen
stond.

De trap af en de hoek om, de trap af en de hoek om, de trap af
en de hoek om, de trap af en de hoek om, de trap af en de hoek
om, de trap af en de hoek om... tegen de tijd dat hij de achtste verdieping bereikte tolde Edwins hoofd, knikten zijn knieën en besefte hij met een zekere wanhoop dat het in het echte leven anders
toeging dan in films. Weglating zou hém niet redden. Van hem
geen shots dat hij het trappenhuis in stormde om er luttele seconden later op de begane grond weer uit op te duiken, net op tijd voor
de vrachtlift. Nee, Edwin zou iedere rottree van iedere rottrap in
dat verdomde trappenhuis zelf af moeten rennen. Dit kwam als een
lichte verrassing. Hij wist donders goed dat boeken logen, vooral
zelfhulpboeken, maar hij had altijd min of meer aangenomen dat
films écht waren. (Tijdens zijn studie Engelse Taal- en Letterkun-
de kneep hij er vaak tussenuit om films met Schwarzenegger te gaan
zien. Hierin zaten geen verborgen thema's die bediscussieerd moesten worden, geen diepe menselijke drijfveren die je moest trachten
te doorgronden. Zijn lievelingsfilm was *Conan de Barbaar*, ook al

citeerde Arnie Nietzsche erin, wat je humeur min of meer verpestte.) Hadden Edwins literaire vrienden geweten dat hij in plaats van te peinzen over T.S. Eliot en Ezra Pound bij herhaling middagvoorstellingen van *Conan* uitzat, dan zou hij uit de groep gestoten zijn. Of in elk geval hadden ze hem het intellectuele equivalent van een prijsbokser toegekend. Gedurende zijn hele studietijd leefde Edwin dit schandelijke dubbelleven, belezen en aristocratisch aan de buitenkant maar grof en volks vanbinnen. En nu, tijdens de heroïsche achtervolging van Rory de Schoonmaker over een naar het scheen eindeloze reeks trappen, ondervond Edwin de Valu aan den lijve een verontrustende waarheid: Conan-de-Barbaarfilms weerspiegelden misschien niet helemaal de waarheid.

Dus deed Edwin wat iedere echte held onder dergelijke omstandigheden zou doen: hij gaf het op. 'Zeven, het geluksgetal,' bracht Edwin hijgend uit toen hij de zevende verdieping op wankelde en daar een receptioniste verraste, die achter haar balie oplettend waakte.

Terwijl hij naar de liften strompelde en op een knop drukte, zei ze pinnig: 'Waar komt ú vandaan?'

'Van de dertiende verdieping,' zei hij zwakjes.

'Er is geen dertiende verdieping.'

'Exact,' zei Edwin. 'Exact.'

Terwijl de lift langzaam afdaalde, hoorde Edwin het middeleeuwse knarsen en kreunen van ketting en katrol. Dieper en dieper daalde hij af, tot in de donkerste kelderverdiepingen onder het souterrain. Als hij Rory nu maar vond, dan was alles in orde. Daarvan was Edwin overtuigd. Rory mocht Edwin, dat merkte Edwin zo. Al was Edwin een zeer gerespecteerd editor bij een invloedrijke uitgeverij, hij lette er goed op dat dit hem niet naar het hoofd steeg. Altijd deed hij dat extra beetje moeite om 'contact te houden' met de arbeidersklasse. Altijd wanneer Rory zijn piepende kar door Panderic Inc. rolde, zorgde Edwin er bewust voor dat hij even een opgewekt babbeltje met hem maakte. 'Hé daar, Jimbo!' zei hij dan. 'Hoe gaattie?' (Bij nader inzien, misschien heette hij Jimbo en geen

Rory. Nee. Het was absoluut Rory. Er liep vast nog een andere schoonmaker rond, die Jimbo heette.) Soms deed Edwin alsof hij Rory een mep op zijn schouder gaf en dan zei hij: 'Hé daar, ho daar!' of hij vroeg hem naar het ijshockey. Rory was echt gek van ijshockey. Edwin wist dat, omdat Rory eens 'Ik ben echt gek van ijshockey' had gezegd. Dus Ed zei dan weleens: 'Hoe doen de Raiders het?' En dan zei Rory... iets. Edwin kon zich niet herinneren wat. Waarschijnlijk iets in de trant van: 'De Raiders staan er goed voor, man.' Je weet wel, gewoon sportpraat. Dát. Rory mocht Edwin, dat merkte Edwin zo.

Dus tegen de tijd dat de lift niet verder kon afdalen was Edwin opgewekt. Alles zou dik voor mekaar komen. Edwin zou doen of hij Rory een mep op zijn schouder gaf en naar 'de Raiders' informeren en dan als terloops laten vallen dat hij per ongeluk een heel belangrijk pak papier had weggegooid. Hij zou het Rory voor hem laten halen en bij wijze van dank zou Edwin dan zeggen: 'We moesten samen eens een biertje pakken,' en dat zouden ze nooit doen. Alles zou dik voor mekaar komen.

Maar eerst moest hij Rory vinden. Of mogelijkerwijs Jimbo.

Edwin doolde door de ene na de andere duistere verdieping als was hij een personage in een minimalistisch toneelstuk. Bergruimten kwamen uit in verlaten ondergrondse parkeergarages en die kwamen weer uit in vervuilde gangen en lege portalen. Het was hier een dompige, donkere, druipende boel en overal klonk de echo van vallende waterdruppels. De geur van zwavel en koolmonoxide leek zelfs in de muren te zitten. Op een gegeven moment begon Edwin te fluiten.

Eigenlijk zoals een rat zijn weg uit een doolhof weet te vinden met willekeurige pogingen tot uitbraak, ontdekte Edwin ten slotte Bergruimte Schoonmaak en Vuilnisverwerking nr 3. De nummers 1 en 2 had hij al tevergeefs geprobeerd en een nummer 4 scheen er niet te zijn, dus...

'Hé daar, ho daar, hai daar. Rory, kerel! Hoe gaattie?'

Rory, een onverzorgde man van middelbare leeftijd met zachte gelaatstrekken, draaide zich om. 'Edwin?' zei hij. 'Van Panderic?'

'Helemaal!' Brede grijns.

'En je hebt mijn naam goed? Gewoonlijk noem je me Jimbo.'

'O, dat. Pff! Dat komt alleen doordat je me doet denken aan een knul; een vent die we Jim noemden. Zodoende gaf ik je die bijnaam. Mesjogge. Gewoon een beetje flauwekullen, weet je wel.'

'Ja, dat zal wel.' Rory leegde een blik in een grote linnen zak. 'Wat brengt je naar mijn diepte?'

'O, nou ja, weet je, ik heb per ongeluk een belangrijke envelop weggegooid. Ongeveer zo dik, van ene Soiree. Maar goed, jij hebt mijn prullenbak geleegd en ik moet dat pak terug hebben, dus...'

'Gossie. Dat heb ik vast al in de compressor gesmeten. Wacht even.'

Rory liep naar een gehavend bedieningspaneel, drukte op een grote rode knop, en plotseling hield er een geluid op dat Edwin niet eens was opgevallen. 'We persen het samen en daarna gaat het naar het laadperron voor transport. Waarom klim je er niet in om te kijken, dan check ik ondertussen een paar vaten die nog niet zijn geleegd.'

'Erin?'

Edwin rommelde ruim twintig minuten rond. Het was een hopeloze zaak. Toen Edwin eindelijk uit de compressor kroop – er al die tijd nauwelijks op vertrouwend dat Rory het ding niet zou aanzetten, terwijl hij er nog in zat – was hij overdekt met een natte prut van koffiedik en eierschalen.

'Dat zal van de cafetaria zijn,' zei Rory. 'Eerste verdieping. Misschien moest je dan de grootste vuilniscontainer maar proberen, die staat buiten, achter het gebouw.'

Dus wederom haalde Edwin diep adem en stortte zich erin. Maar dit keer was het geen nat afval en geen koffiedik, maar de Dood door Duizend Snedes van Scherpe Papierranden. Het kon niet missen, dit was rotzooi van Panderic. Duizenden vellen papier en hopen weggegooide inktbussen, waarvan Edwins vingers blauw werden. Alles was doordrenkt met fotokopieervloeistof (geen onprettige geur, maar waarschijnlijk een met een cumulatief toxisch effect, oordeelde Edwin).

'Kolere, scheiden jullie de troep niet? Recycling, weet je wel?'

'Zou eigenlijk wel moeten,' zei Rory.

Toen hij, tot zijn knieën in woorden en inkt staand, Panderics ochtendrommel had doorzocht, envelop voor envelop, manuscript voor manuscript, gooide Edwin de handdoek in de ring.

'Ik heb ieder pakje in die container, goddomme, bekeken,' zei hij. 'Niets. Nada. Sodeju, helemaal niks.'

'En dat pakje dat jij zoekt is belangrijk, zie ik dat goed?'

'Ja.'

'Erg belangrijk?'

'Ja. Ja,' zei Edwin kregel. 'Het is heel erg belangrijk. Ik meen dat we het daar inmiddels over eens waren. Ik moet het vinden, Rory. Mijn hele carrière hangt ervan af.'

'Ik weet niet of ik je kan helpen. Over een uurtje ben ik hier klaar; ik draai de vroege dienst. Misschien kan Dave of Marty je helpen. Die beginnen om twaalf uur.'

'Nee, verdomme! Ik kan niet wachten tot twaalf uur.'

En toen, opeens, zei Rory zacht: 'Wacht 'es effe. Dat pakje, was het niet behoorlijk dik? Met stickers van madeliefjes op het voorblad?'

'Ja!' Edwins ogen begonnen te stralen. 'Madeliefjes! Waar is het?'

'Weg. Het zat in het eerste vuilnisvat. De ochtendrit had wat ruimte over, dus ik heb het bij de partij hiervoor gestopt.'

'En daarmee wil je zeggen?'

'Dat het momenteel waarschijnlijk op de wagen ligt.'

Edwin voelde dat het leven in rap tempo uit hem wegvloeide. 'De wagen? De wágen? Wat voor een wagen?' Het klonk zonder meer onheilspellend. En dat was het ook.

'De vuilniswagen. Vertrekt iedere dag precies... Rory wierp snel een blik op zijn polshorloge. 'Nu.'

Zo gebeurde het dat Edwin Vincent de Valu op Belfry Island belandde, temidden van bergen afval. Hij klauterde over onder hem wegglijdende vuilniszakken, liet zich langs glibberige hellingen van plastic omlaag vallen en zocht tevergeefs naar die ene zak met papierafval in een enorm uitgestrekt papierafvallandschap. Bulldo- zers duwden dampende afvalhopen in greppels, en pletten en her- structureerden de almaar veranderende uitgestrektheid. Zeemeeu- wen pikten en krijsten en scheerden in cirkels door de lucht, terwijl de zon zinderende lagen hitte en vocht deed opstijgen. De stank was bijna transcendentaal.

Edwin, chagrijnig als de pest, was overdekt met stukjes eierschaal, koffiedik, printerinkt en nu ook dit: meeuwenpoep. Klodders wit- te, yoghurtachtige uitwerpselen. 'Net als ik denk dat mijn leven niet ellendiger kan worden. Net als ik denk dat ik toch niet nog dieper kan zinken…'

Hij belde May op vanuit een telefooncel in het havengebied, om- ringd door het geloei van sleepboten en het onophoudelijke gekrijs en geschreeuw van zeemeeuwen.

'Ik zie het niet meer,' zei hij.

'Ben je depri?'

'Allebei. Wat maakt het uit.'

'Kom alsjeblieft weer hierheen. Meneer Mead heeft je de hele middag lopen zoeken. Zei dat hij wilde praten over dat "toffe" idee van je voor een herfsttitel.'

'Vertel hem maar dat ik me ziek heb gemeld. Builenpest. Zee- meeuwenpoep. Geknakte geest. De hele reut. Het doet er niet meer toe.'

'Edwin, ik kan je niet in bescherming blíjven nemen.'

'Ik weet het, ik weet het.' Plotseling voelde hij zich moe, onuit- sprekelijk moe. Vanmorgen nog was hij gelukkig geweest. Zuur, verbitterd en gebukt gaand onder het leven, maar voor het overi- ge in zijn algemeenheid gelukkig. Hij had zich uitstekend gevoeld, of in elk geval in een uiterst plezierige sleur gezeten. Zijn leven zo- als het was liep wel lekker. Maar vanaf het moment dat dat manu- script op zijn bureau belandde, leek het alsof alles de mist in ging. Het einde van de kade en de diepe wateren lonkten…

'Edwin, ben je daar nog?'

'Hmm?'

'Gaat het wel goed met je?'

'Ik denk dat ik nu naar huis ga.' Zijn stem klonk zwak en kwam van ver. 'Zeg tegen meneer Mead dat ze het goed maakt.'

'Wie?'

'Mijn tante. Ze maakt het best. Blijkt gewoon een griepje te zijn.'

Hoofdstuk 5

Edwin woonde op Upper South Central Boulevard in een blok met herenhuizen. Ze lagen aan een armzalig stukje gras met daarop een verwaarloosde rij puistige bomen die druk bevolkt waren met kettingrokende eekhoorns en astmatische vogels van niet te onderscheiden pluimage. En dan nog, zelfs hier, woonde Edwin boven zijn stand. Met hun dubbele inkomen konden Edwin en zijn vrouw de afbetaling van hun hypotheek nauwelijks bijsloffen, konden ze het zich net veroorloven om op dit adres op Upper South Central Boulevard te blijven hangen – een adres dat tegelijk keurig en elegisch was.

De grote potas*boom* die had bijgedragen tot de bouw van mooie Edwardiaanse gebouwen op Grand Avenue, had eveneens bijgedragen tot het ontstaan van Edwins eigen buurt: vele rijen voorname patriciërshuizen, inmiddels gesplitst in appartementen. Je woonde er als in een kasteel, lang nadat de heer was overleden.

Edwin had vanaf het veer een taxi genomen naar het dichtstbijzijnde metrostation, had daarna de Grey Line in noordelijke richting gepakt tot aan 47th Street en was toen eerst overgestapt op de LRT, daarna op de CTR en de ABC en ten slotte op de XYZ. Zijn leven was een dagelijkse brij van forenzenroutes, een alfabet van herhaling. Hij dacht er weleens over om uit te stappen, om omhoog en weg te zweven, weg van woorden, weg van de stad, naar een onbestaanbaar dromenland. Ergens aan gene zijde van het bewustzijn en de last die dat onvermijdelijk met zich meebrengt.

Edwins huis onderscheidde zich slechts in twee dingen van de rest in zijn blok: het nummer (668, 'de buurman van de antichrist', zoals Edwin graag placht te zeggen) en de zonnig gele blinden voor het voorraam.

Jenni – Edwins jongere, slimmere, knappere echtgenote – werkte als online-consultant voor een makelaardij in een andere staat. Ze bracht haar tijd merendeels door in de logeerkamer (nu een dynamisch virtueel kantoor), waar ze pakketjes elektronische informatie ontving en verzond. Edwin en zijn vrouw leefden beiden met woorden (in een zee van woorden), maar het verschil was zowel diepgaand als subtiel. Edwin verwerkte papier, streng zwart op wit, alsof de letters gaatjes in het papier waren, die de duisternis aan de andere kant lieten zien. Dat waren de woorden waar Edwin iedere dag doorheen waadde. Jenni's woorden lichtten groen op. Ze gaven een griezelige gloed af, als beelden op een radarscherm; ze verspreidden licht; ze flikkerden en rolden omhoog over het beeldscherm; ze schoven door telefoonlijnen, verspreidden zich door mainframes, leefden in glasvezelkabels.

'Weet je dat je de instellingen kunt veranderen,' had Edwin eens gezegd. 'Die letters hoeven niet groen op te lichten. Als je wilt kun je ze ook zwart op wit maken.' Waarop Jenni, met een lachje, slechts antwoordde: 'Ik zie mijn woorden graag opgloeien.'

Jenni werkte thuis, hetgeen wil zeggen dat ze ontiegelijk veel vrije tijd tot haar beschikking had. Vandaar de altijd schone, altijd leeggeschepte kattenbak van Sukkel. Vandaar de regelmatig vervangen luchtverfrissers in het toilet in de hal (het toilet dat ze zelf nooit gebruikten, gereserveerd als het was voor de gastenpoep van bezoek). Vandaar de prulletjes, vandaar de hobby's, vandaar de eeuwige dieetbevliegingen en de metavitaminentherapiesessies. De helft van de kwakzalvers in zuid werd gesubsidieerd door ruimhartige donaties van Edwins echtgenote.

Jenni *geloofde*. Wat ze geloofde deed er voor haarzelf niet toe, wel dát ze geloofde. Ze zag een kosmisch plan in een toevallig gebeuren; ze zag voortekenen van iets groters in alledaagse toevalligheden. Wanneer ze Chinees gingen halen, liet ze haar hand boven de gelukskoekjes hangen om vibraties op te vangen en te voelen hoe de krachten uit het universum haar keuze stuurden.

'Het zijn maar koekjes!' kon Edwin dan wel gillen. 'Ze worden en masse geproduceerd in een fabriek in Newark. Allejezus, ze zijn in plastic verpakt.' Maar hij deed het nooit. In het diepst van zijn hart was Edwin bang voor Jenni. Ze had iedereen voor de gek gehouden, maar bij hem was dat haar nooit helemaal gelukt. Hij wist dat er een vlijmscherp lemmet in haar kern zat. Ze was een met caramel overgoten appel op een stokje, het soort waarover je hoort in stadsfabels en in sensatieverhalen rond Halloween – het soort waarin een scheermesje verborgen zit. En Edwin wist dat het slechts een kwestie van tijd was voordat hij erin zou happen.

En nu stond hij hier dan, weer thuis. De vier stoeptreden op, sleutel in de deur. Met zijn afzakkende schouders leek Edwin een jongere, minder imposante uitgave van Willy Loman. (Doorgaans kwam Loman niet getooid met vogelpoep en eierschalen uit de zijcoulissen op. Althans niet in de opvoering van het stuk dat Edwin en Jenni hadden gezien. 'Dat ben ik,' had Edwin na afloop gezegd. 'Dat ben ik over twintig jaar.' 'Doe niet zo mal,' was de reactie van zijn vrouw geweest. 'Die acteur was veel kleiner dan jij.')

Edwin deed zijn overjas uit. Deed zijn stropdas af. Staarde naar zichzelf in de spiegel in de vestibule, naar zijn afgetobde gezicht, waarin zijn ogen net in goedkoop linoleum gebrande gaten leken. Ik had echt schrijver moeten worden, dacht hij. Ik ben goed in vergelijkingen.

Zo gefocust op zijn contranarcistische fascinatie met zijn eigen afgepeigerde gezicht was Edwin, dat hij bijna het gele vierkante papiertje over het hoofd zag dat onderaan in de hoek van de spiegel was geplakt. Het was een Post-it Note en er stond op: 'Kop op! Je bent beter dan je zelf denkt.'

Krijg de…

'Dag, schat! Wat ben je vroeg thuis!' Edwins vrouw sprong vanuit de keuken de vestibule in en weer terug naar de woonkamer; een plotse flits paars met roze spandex. Op de achtergrond klonk vaag een mesmeriserende monotone dreun: 'En ene, tweeë, drieë. Laat het branden, laat het branden.'

Hun kat – Jenni's kat – wreef zich spinnend en met trillende staart tegen Edwins schenen, geïntrigeerd door de geur van rotte vis en groenten die nog in de zomen van zijn broek hing. 'Jij leert het ook nooit, hè?' zei Edwin, terwijl hij Sukkel met een rotschop door de vestibule deed vliegen. Het beest krijste een keer en schoot soepel weg tussen de meubels door.

Toen Edwin de vestibule door liep, ontdekte hij nog veel meer gele vierkante velletjes, een ticker-tapeparade van positieve boodschappen. 'Onthoud: je bent zo goed als je zelf zegt dat je bent! En nog veel beter!' 'Weten hoe te leven is de eerste stap in weten hoe lief te hebben.' 'Ja, je kunt het! Ja, het gaat je lukken!'

Krijg de…

In het voorbijgaan plukte hij een velletje weg. 'Niet vergeten jezelf vandaag een knuffel te geven?' stond er in een opgewekt handschrift.

'E-eng!' riep hij, de woonkamer in lopend. (Zij nam altijd aan dat zijn koosnaampje voor haar een afkorting van 'engel' was. Dat was het niet. 'Eng,' zei hij, 'waarom zitten er –'

'Oog ik dik?' Ze was midden in een reeks diepe kniebuigingen en pauzeerde nu om naar hem op te kijken. Haar haren, glanzend kastanjebruin en boven op haar hoofd bijeengebonden met een lint, deinden na, nog lang nadat zijzelf was gestopt. Natuurlijk was ze niet dik. Jenni was strak. Fit. Ze moest haar best doen om zoveel cellulitis bij elkaar te knijpen dat het zorgwekkend was. Dit maakte haar niet bepaald populair bij haar vriendinnen.

'Ik ben zo dik.' Sommige mensen hengelden naar complimenten. Jenni zond hele Liberiaanse treilervloten uit om de zeebodem af te stropen.

Zou je me niet eens vragen waarom ik naar vullis stink en meeuwenpoep op mijn hoofd heb? Ben je er niet benieuwd naar waarom ik zo vroeg thuis ben? Of hoe ik het 'em zonder enige hulp van wie ook heb gelapt om mijn carrière bij Panderic naar de barrebiesjes te helpen?

'Je bent niet dik,' zei hij voor de 327 304de keer sinds ze getrouwd waren. 'Je bent niet dik.'

'En in een Schotse ruit?' Denk je dat ik dik oog in een Schotse ruit?'

'Schotse ruit?'

'Já, een Schotse ruit. Eerlijk zeggen. Wat vind je echt van een Schotse ruit?'

'Wat ik vind? Wat ik vínd? Het kan me geen barst schelen, da's wat ik vind. Je hebt mijn leven verpest. Ik had nooit met je moeten trouwen, afschuwelijk, afschuwelijk mens dat je bent.' Maar natuurlijk is dit niet wat Edwin echt zei. Edwin was bang voor Jenni en dus zei hij: 'Een Schotse ruit staat je goed.'

'Echt waar? Je zegt dat niet zomaar, hè? Want ik voel me vandaag dik. Ik weet niet waarom. Ik voel me gewoon zo. Weet je zeker dat ik niet iets ben aangekomen?'

Edwin zuchtte. 'Betty Jane Wyler, een schrijfster, heeft eens gezegd: "De meeste mensen vinden dat hun leven compleet zou zijn als ze nou eens die vier kilo konden kwijtraken".'

'Nou,' zei Jenni. 'Dat is absoluut waar.'

'Wat is waar?' vroeg Edwin korzeliger dan hij had bedoeld. 'Je syntaxis is slordig. Bedoel je dat de meeste mensen inderdaad zo denken of dat de uitspraak feitelijk waar is? Dat het leven van die mensen compleet zóú zijn als ze die vier kilo kwijt konden raken?'

'Ik weet het niet. Allebei, denk ik. Hé, kijk 'es, Post-it Notes!' Ze pakte een blokje op en hield het omhoog.

'Ja, ik was van plan om je te vragen wat –'

'*Swirl*,' zei ze alsof dat alles verklaarde. En ja hoor, de *Swirl* van deze maand was gearriveerd en prijkte op de salontafel. En ja hoor, een van de hoofdartikelen heette 'Beter leven met Post-it Notes!'

'Je schrijft positieve uitgangspunten voor jezelf op en dan plak je ze door het hele huis heen op als geheugensteuntjes.'

'Geheugensteuntjes?'

'Om gelukkig te zijn! Hier, wil jij het ook proberen?'

Ze gaf hem het blokje en een pen, maar het enige dat in hem opkwam waren dingen in de trant van 'Probeer door de dag heen te komen zonder iemand te vermoorden', hetgeen niet was wat Jenni bedoelde, vermoedde hij.

Edwin dwaalde door de zalen van hun huis, als een vreemdeling die door het leven van een ander dwaalt. Vaak gebeurde het wanneer hij rustig alleen in de woonkamer zat, dat hij om zich heen keek en probeerde om iets – wat dan ook – te ontdekken waarin hij zichzélf kon herkennen. Het hele decor riekte naar Jenni, van de zonnige kleuren tot de wilde-bloemenmotieven tot de glimmende, nooit aangeraakte piano in de hoek. Er was niets van Edwin in te bekennen. Hij was louter een bewoner.

Waar je ook keek zag je gele Post-it Notes: in de keuken, in de eetkamer en vast ook op de plee. Er hingen Post-it Notes op de lampenkap ('Energieverbruik! Denk aan de grote blauwe planeet!'), boven de vaatwasmachine ('Schone borden! Schone Geest!') en op de koelkastdeur ('Een betere gezondheid en een mooier lichaam', en was Jenni's woordkeus niet onthullend? Geen 'mooi lichaam', maar 'een mooier lichaam'). Met een zwaai trok Edwin de koelkastdeur open en pakte een blikje bier. Op het blikje – op ieder blikje in de doos – hing een geheugensteuntje van Jenni: 'Heb je dat biertje echt nodig? Weet je het zeker? Het lijkt erop dat iemand de laatste tijd vreselijk veel drinkt.'

Diep opgelucht wist Edwin eindelijk het antwoord op een Post-it Notevraag van Jenni. *Wist hij zeker dat hij een biertje nodig had?* 'Wis en waarachtig wel.' Edwin wipte het lipje open en goot het bier min of meer direct door zijn strot. 'De zwaarmoedigheid van de arbeider,' zei hij somber tegen zichzelf.

Ooit was Edwin een liefhebber van Zweedse likeur en diepbruine cognac geweest, een fijnproever die de tijd rekte en nipte en zijn tong met gevoel voor nuance masseerde. Maar toen hij zich in de botsautowereld van het uitgeversbedrijf begaf, toen hij besloot 'een baan' te nemen, wist hij dat hij moest gronden in de realiteit, meer met beide benen in de dagelijkse werkelijkheid moest staan. Dus nam hij het bewuste en, naar zijn eigen idee, moedige besluit om voortaan alleen nog binnenlands bier te drinken. Zo uit het blikje. Zoals de echte Amerikaan het dronk. (Het moet echter gezegd dat hij van bier hield. Het liever dronk dan cognac en pepermuntschnapps. En trouwens, dit was niet zomaar bier. Om de donder niet. Het was een 'authentieke, koud gefilterde, op beukenhout gerijpte drank'. Niet dat Edwin wist wat dit betekende. Niet dat iemand wist wat dit betekende.)

Jenni hupste de keuken in, net toen Edwin het blikje ledigde. 'Je dag,' zei ze. 'Hoe ging het vandaag?'

'Mijn dag? Laat me eens kijken...' Hij wipte nog een blikje open. 'Ik deed onbesuisd beloften die ik niet kon nakomen, ik snuffelde in menselijk vuil, ik werd ondergescheten door gevederde, vliegende ratten en, ik vergat het bijna te zeggen, ik heb mijn carrière bij Panderic om zeep geholpen.'

'Wat? Alweer?' Het was deze maand voor de derde keer dat Edwin zijn carrière bij Panderic om zeep had geholpen.

'Maar dit keer is het menens. We moeten het huis verkopen en de hypotheek aflossen, in een kartonnen doos wonen, koude kaas van weggegooide pizzadozen krabben en rondsjouwen met onze spullen in boodschappenwagentjes. Die dingen.' Edwin vermande zich en trok een gezicht. 'En hoe heb jij het vandaag gehad?'

'Heerlijk! Ik heb Post-it Notes gekregen.'

Edwin sloeg zijn tweede blikje zo snel achterover dat het bier zowat uit zijn neus schuimde. 'O, ja. Post-it Notes.' Hij hield het koude blikje tegen zijn slaap en dacht er ernstig over om te ontsnappen.

'Schat,' zei ze, 'je drinkt de laatste tijd veel bier en ik begin me er zorgen over te maken. Ik ken een kennis van een kennis die een hypnotiseur kent, in the Village, die –'

'Eng, luister. Met mij is alles in orde. Mijn carrière ligt aan barrels. Ik word straks ontslagen. Ik heb waarschijnlijk vijftien verschillende besmettelijke ziektes opgelopen. Maar afgezien daarvan gaat alles puik. Mijn leven is één grote show met limericks en jolige vakantieliedjes. Alles is in orde. Met het bier is niks mis. Met mij is niks mis. Met ons is niks mis.' Hij vermande zich. 'Trouwens, Eng, op bier alleen kun je geen volslagen dégénéré worden. Geloof me, daarvoor moet je overstappen op zwaarder spul. Als je me de Lonesome Charlie of de Southern Comfort zo uit de papieren zak achterover ziet slaan, dan is de tijd gekomen dat je je zorgen mag maken. Maar tot die tijd niet.'

'Als je dat met alle geweld wilt, okay, maar…' En daarop mepte ze, met meer kracht dan strikt noodzakelijk was, een Post-it Note op zijn borst. 'Iemand heeft behoefte aan een knuffel,' stond erop.

'Kom hier,' zei hij, haar in zijn armen trekkend.

'Jasses. Waarom stink je zo?'

'Dat is een lang verhaal,' zei hij. 'Een erg lang verhaal.'

Hoofdstuk 6

Die nacht droomde Edwin van madeliefjes. Een eindeloos veld met madeliefjes, dat zich uitstrekte tot aan de horizon. Maar het waren geen echte madeliefjes. Het waren kras-en-ruik-Post-it-madeliefjes, achtergelaten door iemand die er ongeremd mee had gestrooid en nu hard lachte. Toen Edwin zich bukte om eraan te ruiken, werd hij kokhalzend wakker.

'De madeliefjes,' zei hij. Er was iets met die madeliefjes. Iets belangrijks. Iets wat hij niet had opgemerkt.

Hij lag wakker, luisterend naar Jenni's zachte, engelachtige gesnurk (zelfs hoe ze snurkte was vertederend – het deed eerder denken aan het spinnen van een kat dan aan het gekrijs van een zeemeeuw). Niet in staat het iets weer uit zijn onderbewuste op te diepen stond hij op en sjokte naakt de keuken in. In het voorbijgaan trapte hij de kat opzij. (De waarheid gebiedt te zeggen dat het beest hem helemaal niet voor de voeten liep. Edwin moest een korte omweg maken om bij Sukkel te komen.)

Eerder, nadat Edwin zich had gedoucht en geschoren, had Jenni hem uitgenodigd om a) de liefde te bedrijven; b) te vrijen; c) echtelijke geslachtsgemeenschap te hebben. Zoals altijd was het voorspelbaar verlopen, ongeïnspireerd, en ietwat tegengevallen. Hetgeen zeggen wil dat c) het correcte antwoord was gebleken. Op een gegeven moment tijdens het gebeuren, op het hoogtepunt van hun verschaalde hartstocht (getrouwde stellen kunnen best vrijen zonder er aandacht aan te besteden), toen hij zijn gezicht tussen haar benen vlijde, trof hij op de binnenkant van haar dij een Post-it Note aan met daarop: *'Denk erom, kleine cirkels en niet al te veel directe druk!'*

Wat moet dat, verdomme? Lessen in cunnilingus?

Dus daar lag hij kleine cirkels met zijn tong te beschrijven en angstvallig directe druk te vermijden, terwijl hij ergens anders aan dacht… aan iemand anders.

En nu, met blote billen die door het residu van liefdessappen en zweet aan de keukenstoel vastplakten, bladerde Edwin door Jenni's stapel *Swirls*. Hij besteedde er niet echt aandacht aan. Eigenlijk zat hij zich meer te verwonderen over de kennelijk onuitputtelijke voorraad 'advies' en 'tips'. En toen, alsof hij een kopstoot kreeg die hem plots het licht deed zien, zei Edwin: 'Verhip! Wacht 'es effe. Dat kan ik ook. Dit is kul.' Hij bladerde nog meer tijdschriften door, snel en met een groeiend gevoel van opwinding. Kennelijk waren tests een verplicht nummer ('Hoe sexy ben je?' 'Ben je getrouwd met de juiste man?' 'De foute man?' 'Neem jij tests in tijdschriften veel te serieus? Doe de *Swirl*test en je weet het!'). Er waren enkele handige artikelen over 'hoe breng je mannen het hoofd op hol', over 'hoe maak je jezelf onweerstaanbaar voor mannen', en over 'om gelukkig te zijn heb je geen man nodig'. (In de tijdschriften was men geobsedeerd door mannen en waarom vrouwen hen niet nodig hadden.)

Edwin was in de wolken met het lage niveau van de pennenvruchten, de magere ideeën en de kwebbeltoon die aan schoolopstellen deed denken. 'Ha! Dit is een fluitje van een cent. Dit schrijft zichzelf praktisch. Laat die Tupak Soiree doodvallen, ik schrijf godverdegodver mijn eigen zelfhulpboek.'

Edwin raapte een stapel tijdschriften bij elkaar en pakte een schrijfblok alsook een ruime keuze aan potloden. Hij ging met frisse moed zitten. Het was twee uur 's morgens, de straten waren in diepe rust en Edwin voelde zich lekker. Hij rekte zijn armen, liet zijn knokkels knakken en ging aan de slag.

'Goed. Daar gaan we dan. Effe logisch nadenken, Edwin. Romans tellen doorgaans negentigduizend woorden of meer. Maar bij zelfhulp volstaan zestigduizend ook. Komt de nood aan de man dan blaas je vijftigduizend op: bredere marges, grotere regelafstand, groter lettertype.' De boeken van Meneer Ethiek, bijvoorbeeld, waren ieder jaar dunner geworden. Bij het laatste was Panderic zodoende gedwongen geweest om de marges zodanig te verbreden dat er bijna meer witte ruimte dan tekst in stond ('Duidelijk en overzichtelijk', zo hadden de vertegenwoordigers de opmaak getypeerd tegenover boekverkopers). En het werkte. Het grote publiek haakt nooit af als het minder moet lezen. *De bruggen van Madison County* en *Hartstocht als schaduw* vormden hiervan het onomstotelijke bewijs. Hetzelfde uitgangspunt gold voor zelfhulp: beloof het maximum en eis het minimum van je lezers. Dit was bijna een vanzelfsprekendheid in het vak.

'Eens kijken,' zei Edwin. 'Wat heb ik beloofd? Stoppen met roken, afslanken, betere seks, geluk, betekenis, doel... Hij stelde een lijst op van alle terreinen die hij tijdens de vergadering had opgelepeld. Dat waren er vierentwintig. Perfect. Dat werd dan een hoofdstuk per begrip (hoewel 'geluk' vast wel in de intro behandeld kon worden). Goed, geluk dus naar de intro en de rest uitsmeren. Dat is drieëntwintig hoofdstukken verdeeld over zestigduizend woorden en dat wordt dan, 'es effe zien, ruwweg zesentwintighonderd woorden per hoofdstuk. Geen probleem. (Als Edwin geen zesentwintighonderd woorden uit zijn pen kreeg over 'het bereiken van innerlijk evenwicht' of 'het vinden van je doel in het leven', dan was hij de bijnaam 'broodschrijver' niet waard.

'Als ik nou 'es begon met het eenvoudigste: afkicken van tabaksverslaving.' Hoe moeilijk kon dat helemaal zijn? Edwin was al minstens twaalf keer met roken gestopt. Boven aan het vel schreef hij de hoofdstuktitel op met een dikke streep eronder: 'Stoppen met roken: *Stap Een*.' Hij leunde achterover. Overpeinsde het onderwerp. Krabde diep in gedachten even aan zijn scrotum. Besnuffelde zijn vingertoppen. Tikte met het potlood op het tafelblad. Dacht er nog wat over na. Kauwde op het gummetje. Streepte toen 'Stoppen met Roken' door en schreef erboven: 'Moeiteloos Afslanken: Een wonderbaarlijke moderne doorbraak!' Afslanken was beter om mee te beginnen. Roken deed hij later wel. Diëten waren makkelijker; tenslotte had hij tijdens zijn huwelijk met Jenni op de voorste rij gezeten bij het aanschouwen van minstens een dozijn dubi-euze eetregimes. Had hij nou maar beter opgelet...

Na nog enkele vruchteloze momenten van fronsen, krabben en snuffelen besloot Edwin het schrijfproces als het ware op gang te 'helpen'.

'Plagiëren is erg moeilijk te onderscheiden van parafraseren,' hield hij zichzelf voor. 'En niemand heeft het copyright op een idee.' Dit waren de eerste twee geboden van de Derivatieve Richting in het Uitgeversvak. Edwin sloeg een aantal willekeurige tijdschriften van Jenni open, op zoek naar te jatten, of beter gezegd, in een an-der jasje te steken suggesties. Na een stuk of tien van zulke strooptochten was hij alleen maar in de bonen. In de meeste artikelen bleek cholesterol een factor van belang, maar Edwin wist niet pre-cies wat cholesterol was. Het berekenen van je juiste lengte-ge-wichtratio was klaarblijkelijk eveneens een factor, maar Edwin was nooit een echte kei in rekenen geweest. (Om die reden was hij ook Engels gaan studeren. Aan Engelse literatuur kwamen geen feiten te pas, alleen interpretaties.) Nee. De harde, van getallen vergeven informatie moest wachten. In plaats daarvan zou Edwin met iets abstracters beginnen. Met iets wat minder grijpbaar was, minder welomlijnd, iets waarin hij zijn ware talent het beste kon uitleven.

Aha! Een omslagverhaal in een oud nummer van *Swirl* heette 'Motivatie: de sleutel tot afslanken'. Perfect. Motivatie was vaag en abstract genoeg, zodat Edwin in de vrije val kon gaan, zonder bang te hoeven zijn dat hem werd gevraagd empirisch bewijs te leveren. Alsof hij weer een werkgroep Engelse literatuur deed.

'Okay, daar gaan we, Edwin. Hup. "Afslanken: stap een".' En met grote voortvarendheid schreef hij: 'De sleutel is motivatie. Als je ge-motiveerd bent om af te slanken, dan zal dat een sleutel blijken te zijn. Men zou kunnen stellen dat voor zover sleutels tot succesvol afslanken belangrijk zijn, motivatie een van de belangrijkste, zo niet de allerbelangrijkste sleutel is. Maar hoe motiveren we onszelf?' Hier aangekomen stopte Edwin even. Keek naar het plafond. Frons-te nog wat. 'Dit is een heel goede vraag,' schreef hij. 'Velen be-schouwen deze vraag als de belangrijkste sleutel (wat motivatie betreft).' En toen, in een plotse vlaag van inspiratie, wel zo verbluffend vernuftig dat Edwin bijna hardop giechelde toen het in hem op-kwam, schreef hij: 'Post-it Notes! Post-it Notes zijn een heel goe-de manier om de motivatie te kweken die nodig is om af te slan-ken. Je kunt, bijvoorbeeld, motiverende teksten op de deur van je koelkast plakken. Teksten als: "*Eet niet zoveel, vies, vet varken.*"'

Edwin stopte. Hij herlas de laatste zin en omdat hij besefte dat de hierin uitgedrukte gevoelens mogelijk als harteloos geïnterpre-teerd zouden worden, schrapte hij het woord 'vies'.

Dit gedaan hebbende stond Edwin op, rekte zich uit en over-woog heel even om een pot koffie te zetten. Maar het enige dat ze hadden was een espressomachine met een melk-/lattecreamer en die zou Eng en de halve buurt uit hun slaap halen. Als alternatief telde hij toen maar snel het aantal woorden van zijn productie tot dusver. Het waren er zo'n vierhonderdvijf. Dus schreef hij 'vies' er weer bij: vierhonderdzes. Hij krabbelde het sommetje 60 000 min 406 neer. Nog 59 594 te gaan. Meneer Mead kwam over zeven da-gen terug. Dus moest Edwin voor die tijd ruwweg vijfentachtig-honderd woorden per dag uitbraken. Edwin rekende het drie keer na, kreeg telkens een andere uitkomst en pakte toen het gemiddel-de. Hoe hij er ook mee goochelde, de vooruitzichten bleven be-roerd. Tot nu toe had het Edwin – hij keek op de keukenklok – iets meer dan twee uur gekost om vierhonderdzes woorden af te schei-den. Zijn schrijftempo lag dus op tweehonderddrie woorden per uur, dus (hij berekende het op zijn schrijfblokje) Edwin zou de ko-mende week tweeënveertig uur per etmaal moeten schrijven, iede-re dag, hetgeen dankzij Einsteins relativiteitstheorie wetenschap-pelijk onmogelijk was.

Edwin duwde het schrijfblokje van zich af en legde rustig zijn pen neer.

'Ik hang,' zei hij.

Hoofdstuk 7

'De corrector is knettergek geworden,' zei May.

Ze zaten in O'Malley's op Donovan Street tussen glimmend hout en messing dropzwart bier te drinken en op zijn Iers poëtisch-zwaarmoedig te worden. Edwin was niet naar zijn werk gegaan. Hij had opgebeld en gezegd dat hij 'vandaag thuis werkte', maar dat was gelogen. Thuis werken betekende de dag met Jenni doorbrengen, iets wat op Edwins voortdurend verbeterde, almaar aanwassende lijst met Dingen Die Ik Probeer Te Vermijden maar nét na een dag doorbrengen in de stoel van een tandarts-met-de-hik kwam. In plaats daarvan was hij op kroegentocht gegaan, beginnend bij O'Callaghan's en toen door naar O'Toole's en toen naar O'Reilley's en ten slotte naar O'Feldman's, voordat hij hier belandde, bij... waar zaten ze ook alweer? O'Malley's. Op Donovan Street. Edwin, half bezopen, had May opgebeld en haar gesmeekt naar hem toe te komen. 'Kom een borrel drinken met een lijk,' zei hij met dikke tong. 'Kom een afgeschreven jongen gezelschap houden.'

'Jeetje,' zei May droog. 'Hoe zou een meisje zo'n uitnodiging kunnen afslaan.' Maar ze kwam toch.

Edwin verwelkomde haar alsof ze een van het slagveld teruggekeerde generaal was. 'May! May! Hier!' Hij was verfomfaaid maar geschoren, en May vatte dit op als een gunstig voorteken. Hij was nog niet zó diep gezonken, zat daar nog niet als een totale karikatuur. Nog niet. Maar hij rookte weer, viel haar op. Hij rookte niet gewoon, maar verwoed. Edwin zat daar gehuld in een blauwe rooksluier en de asbak voor hem lag boordevol smeulende peuken als overdadige tekenen van een langzame zelfmoord.

Dus ze zaten en ze dronken. Edwin rookte en May vertelde kleine anekdotes. Edwin gebaarde dat er meer bier moest komen en hij lachte net iets te lang en te hard om Mays grapjes.

'Ik realiseer me goed dat correctors betaald worden om geestelijk geconstipeerd te zijn,' zei ze. 'Om de hele tijd grammatica en interpunctie te kunnen controleren, moet je dat ook wel wezen. Maar deze knaap maakt het echt te bont. Heus. Hij schrapte "handgeschreven manuscript", zei dat het een redundantie was, aangezien de Latijnse wortel *manus*, "hand" is.'

'Phah!' zei Edwin. 'Latijn! *E pluribus unum. Carpe diem. Dum spiro, spero!* Correctors, phah! Allemaal gek. Gek, dat zeg ik je.'

Een waarheid als een koe. Want het enige dat erger was dan een grammatica-editor met een prop in zijn oren en een ijzeren paal in zijn reet (over redundantie gesproken), waren de juristen die Panderic inhuurde om hun boeken door te nemen, pagina voor pagina, regel voor regel, om er alle leven uit weg te zuigen. Een wel zeer geconstipeerde jurist – waar gebeurd – maakte eens bezwaar tegen de zin 'hedendaagse politici staan stijf van de bromium', omdat dit volgens hem 'verslaving impliceerde'. Kennelijk was het begrip 'overdrachtelijk' de man vreemd. Zelfs een kleuter zou gesnapt hebben dat niet werd bedoeld dat politici en masse grote hoeveelheden van dit kalmeringsmiddel slikten, maar dat ze slaapverwekkend saai waren.

'Stijf van de bromium!' brulde Edwin. 'Weet je nog, May?' Herinner je je hoe heettie? De schrijver. Hoe heettie nou?'

'Berenson.'

'Juistement, Berenson. Ging uit z'n dak, toen hij zag dat ze 'stijf van de bromium' hadden geschrapt. Weet je nog. Hij kwam ons kantoor binnenstormen, begon met stoelen te smijten en dreigde de jurist om zeep te brengen en iedereen... wat zei hij ook alweer?'

'En iedereen "die knoeide met zijn onschendbare proza".'

'Juistement. Onschendbare. Phah!'

May boog verder naar Edwin. 'Luister, Edwin. Je bent niet goed bezig. Ik weet dat je onder grote druk staat, maar –'

'Ik beloofde een boek en toen gooide ik het weg. Of misschien was het ook wel omgekeerd. Doet er niet toe. En niet zomaar een boek, maar godverdegodver het beste zelfhulpboek uit de wereldgeschiedenis. Een boek dat uit de hemel zelf kwam vallen.'

'Dan vertellen we meneer Mead dat de deal is afgeblazen. Dat de auteur een exorbitant voorschot vroeg, of begon te zeiken, of dat we mot kregen en hij zijn manuscript terug wilde hebben, het naar Random House stuurde; je weet hoe paranoïde meneer Mead over Random House is en altijd denkt dat ze er daar op uit zijn om ons te naaien. Zelfs als Random House ontkent dat ze ons onze auteur afpikken, sterkt dat hem alleen maar in zijn achterdocht. Het haalt jou uit de puree, Edwin. En,' zei ze, 'het is maar een boek, hoor.'

'Nee, nee. Het gaat niet alleen om het boek. Het gaat om alles. De zoveelste blunder, weer een... ik weet het niet.' Hij zat met gebogen hoofd en mompelde iets onverstaanbaars. Maar toen opeens bracht hij met een ruk zijn gezicht omhoog, liet zijn blik op May rusten en zei onverwacht en met een tederheid zo oprecht dat het haar hart bijna brak: 'God, je bent mooi.'

'Stop daarmee.'

'Het is waar.'

'Stop daar onmiddellijk mee.'

'Maar je bent mooi. Je bent zo verschrikkelijk mooi.'

'En jij,' zei ze ad rem, 'bent zo verschrikkelijk dronken. Kom. Ik zal je thuisbrengen.'

'Mijn echtgenote,' zei hij, terwijl hij nog net niet tegen May aan viel en in haar hals ademde, 'mijn echtgenote is een koe.'

Bij deze woorden verstijfde May. 'Edwin, mag ik je een advies geven. Als jij een getrouwde man bent die een ongebonden meisje probeert te versieren, kraak dan je vrouw niet af, gesnopen? Dat maakt geen beste indruk.'

'Maar het is waar,' zei hij. 'Ze is een koe. Ze is afschuwelijk.' Hij maakte harde, treurige boegeluiden, zelfs toen hij nog dichter tegen May aan leunde, zelfs toen zijn hand op haar knie lag.

May schoof van hem weg, stond op. 'Kom. Ik breng je thuis.'

'Wil niet naar huis. Vrouw is knetter. Net zo'n Stepford-vrouw, herinner je je dat boek nog? Mijn vrouw heeft haar verstand in die mate verloren dat ze verstandig líjkt. Maar dat is ze niet. Ik ben bang voor haar, May. Ik ben bang voor haar verstandigheid.'

'Nou, waarom ga je dan niet gewoon bij haar weg?' Haar stem klonk nu vlijmscherp.

'Kan ik niet,' zei hij treurig.

'En waarom niet?'

'Omdat ik zoveel van haar houd.'

'Pak je jasje,' zei May. 'We gaan.'

Jenni was op de oudjes (Van Halen en Bon Jovi) aan het springen toen de taxi voor het huis stopte. Ze ging naar de deur en terwijl ze die van het nachtslot deed stond ze haar gezicht nog met een handdoekje af te vegen.

'Daar ben je dus!' zei ze.

Edwin steunde tegen de deurpost en May zorgde dat hij overeind bleef staan.

'Hij heeft te veel op,' zei May ten overvloede.

'Is dat zo, schat? Is dat waar?'

Maar Edwin zei niets. Hij maakte alleen langgerekte boegeluiden toen Jenni hem mee naar binnen nam. 'Ontzettend bedankt, May. Je bent fantastisch.'

Anders dan Edwin haatte May niet erg veel mensen. Maar ze haatte Jenni. Haatte haar niet hartstochtelijk, maar met een kille, zakelijke onverschilligheid. Als ooit het einde van de wereld komt, als de maatschappij ineenstort en op straat het oorlogsrecht geldt, dacht May, dan is het eerste dat ik doe Jenni opsporen en haar vermoorden.

Edwin bleef gevoelvol loeien, met gesloten ogen, en hij probeerde vergeefs zijn schoenen uit te trappen.

'We waren in een bar,' zei May. 'Samen. Alleen wij tweeën. Hij heeft veel gedronken – met mij – dus heb ik maar een taxi gebeld.' Buiten was het donker en May gaf een verfomfaaide echtgenoot terug aan zijn vrouw.

Jenni, die Edwins schoenveters losmaakte, keek op. 'Als ik eens iets voor jou kan doen, May,' zei ze opgewekt. 'Zullen we jou nu maar eens in bed leggen, schat?'

'Boeh,' zei Edwin. 'Boehoeh.'

'Ik weet niet wat me meer dwarszit,' zei May, toen ze buiten op de stoep stond. 'Dat ik ooit met haar man naar bed ben geweest of dat ze me niet eens als een bedreiging ziet. Zelfs niet in de verste ver- te.'

De taxichauffeur zat met een lopende-metergrijns te wachten. 'En,' zei hij, 'waarheen nu?'

De hele nacht lag voor haar uitgestrekt, zoals de stad zelf, badend in licht en mogelijkheden. 'Naar huis,' zei ze.

'Wat, zo vroeg al? Een mooie meid zoals u? Vooruit, de nacht is jong en u ook.'

'Nee,' zei ze. 'Dat ben ik niet.'

Hoofdstuk 8

In de loop van de volgende paar dagen kwam er een vreemde rust over Edwin. Het was de rust van een man die zijn lot heeft aanvaard, of dat nu de dood door een vuurpeloton was, door een dodelijke injectie of het onder ogen moeten komen van een autoritaire baas met niets anders dan loze excuses en slappe uitvluchten. Het was een diepe, existentiële rust. Een rust die hem in staat stelde met het grootste aplomb over de woeste baren te glijden. Met gratie zelfs. Aplomb en gratie, dat waren de deugden die Edwin nu trachtte te cultiveren.

Toen Nigel vervelende opmerkingen maakte over het vermiste zelfhulpboek – 'dat boek dat de mensheid zelf veranderd zou hebben,' zoals Nigel het honend beschreef – en aan Edwin vroeg of de auteur zich ook gereedmaakte om op water te lopen en wellicht ook om de blinden en de lammen te genezen, draaide Edwin zich om en zei met de grootst mogelijke waardigheid: 'Lazer op en crepeer, Nigel.' Zomaar, met aplomb en charme. 'Lazer op en crepeer.'

'Ach, Edwin, je kent het gezegde. Woorden doen geen pijn.' Nigel stond over Edwins bureau gebogen, zijn gezicht vertrokken tot iets wat voor een glimlach moest doorgaan,

'O, maar woorden gáán je pijn doen, Nigel. Ooit weleens een mep op je kop gehad met een woordenboek? Wil je weten hoe dat voelt?'

'Toe, Edwin. Als ik geen vreugde kan putten uit jouw ophanden zijnde zelfvernietiging, waar moet ik dan vreugde uit putten?'

'*Schadenfreude*,' zei Edwin. Dat was een van Mays onvertaalbare termen: 'Het plezier dat men heeft bij het zien van andermans tegenslagen.' Een Duits woord (tuurlijk).

Edwin draaide zich naar Nigel toe en zei op aangename toon: 'Waarom stop je die voorliefde voor schadenfreude van je niet in je...'

'Weet je wat jouw probleem is, Edwin?'

Edwin richtte een zelfingenomen vinger op Nigels borst. 'Jaah. Ik speel het spelletje niet.'

'Niks, hoor. Jij speelt het spelletje wel degelijk. Alleen speel je het heel erg slecht. Ik bedoel, waarom in vredesnaam zou je zoiets bizars beloven? Wat had je daarmee op het oog? Het is net als met dat boek waarvoor je je in de strijd wierp, vorig seizoen. Hoe heette het ook alweer?'

Edwin wendde zich af. 'Laat me met rust,' zei hij.

'*Sterf, babyboomers, sterf!* Zo heette het. Dat was de titel toch? "Een generatie op de rand van de dood wordt geconfronteerd met ouderdom, grijzend schaamhaar, impotentie en prostaatkanker. De generatie die dacht altijd jong te blijven zakt weg in lijden en aftakeling. Ze worden kaal, winderig, dik en kwabbig." Dat was het toch? Zo probeerde je het te slijten. Man, wat dacht je daarmee te bereiken? En je bracht het, godbetert, als een humoristisch boek.'

'Nou, ík vond het grappig.'

'Luister...' Nigel leunde zo dicht over Edwin heen dat zijn stropdas op het bureaublad bengelde. 'Wat probeerde ik je duidelijk te maken toen je dat voorstel in elkaar flanste? Ik zei: "Babyboomers beweren van alles, maar zelf hebben ze geen incasseringsvermogen. En ze haten het als je de spot met ze drijft." Dat heb ik je gezegd, en luisterde je naar me? Nee. L.O. zei jij. Dat waren jouw woorden om het maar eufemistisch te zeggen. L.O. Jij bent altijd zo grof, Edwin.'

'Dat babyboomersboek zou verkocht hebben. Het zou hebben gelopen als een tiet.'

'Edwin, Amerikaanse babyboomers denken dat ze beter zijn dan iedereen. Beter dan hun ouders. Beter dan wij. En wat hun eigen plaats in de geschiedenis betreft bezitten ze totaal geen gevoel voor humor. Jij weet dat. Ik weet dat. Iedereen weet dat.'

'Nou, ja. Ik dacht dat we de trend konden veranderen. Ik dacht dat we voor de verandering misschien eens wat ruggengraat konden tonen.'

Maar wat Nigel niet wist, wat zelfs May niet wist, was dat de schrijver van *Sterf, babyboomers, sterf!*, Douglas C. Upland, zich van een pseudoniem bediende en eigenlijk Edwin Vincent de Valu was. Hij had tijdens de vergadering zijn eigen boek zitten aanprijzen. Het was zijn eigen manuscript dat meneer Mead had gehekeld als zijnde 'kinderachtig, infantiel' en welk ander adjectief ook maar dat 'jong' betekent. En ook nu Nigel hem kapittelde lag Edwins manuscript in het geniep in zijn la; het ademde, was springlevend en weigerde te sterven. (En wie weet hoeveel andere editors al even geheime manuscripten in hun la verborgen hielden; zachtjes ademend, wachtend op het juiste moment om op te duiken... Misschien had zelfs meneer Mead er een paar liggen in een schuilplaats in zijn kantoor.)

'Nigel,' zei Edwin, 'ik weet niet of je dít al hebt uitgeknobbeld, maar ik veracht je. De griebels lopen over mijn grabbels als ik je zie.'

Nigel boog zich verder voorover en zei met een stem die nog laatdunkender klonk dan normaal: 'Je haat mij niet, Edwin. Je haat wat ik vertegenwoordig. Je haat het succes dat ik heb geoogst, ondanks alles waar wij tegen op moeten boksen. (Met 'wij' bedoelde Nigel natuurlijk Generatie Nix. Nigel sprak erover als betrof het een broederschap van aanzien in plaats van een demografische klont stuurloze jonge volwassenen.) Ik ben het niet die jij haat, Edwin.'

'O, zeker wel,' zei Edwin met een glimlach, terwijl hij op datzelfde moment Nigels stropdas in de puntenslijper stopte. 'Wis en waarachtig wel dat jij het bent.'

'Hoor 'es, als je wilt dat ik je help met meneer Mead wanneer hij terugkomt, zal ik... hé! Wat krijgen we...' Nigel begon naar adem te snakken. 'Verdomme, Edwin!' Naar lucht happend door de zich strak trekkende knoop rukte Nigel zijn inmiddels gedraaide en voor de helft aan flarden gescheurde stropdas uit de puntenslijper, waarvan de zwengel nu met schokjes terugdraaide. 'Verdomme! Krijg de pest!'

'Foei,' zei Edwin, met een vermanend vingertje zwaaiend. 'Let op je taalgebruik.'

Nigel was rood aangelopen; tegen de tijd dat hij de restanten van zijn das uit Edwins puntenslijper had verwijderd stond hij snuivend te blazen. 'Dat was zuivere zijde!'

'Dan is het nu zuivere rotzooi.'

'Ik stuur je een nota,' zei Nigel, helemaal over zijn toeren, terwijl hij Edwins hok uit stormde. 'Reken daar maar op!'

'Kom nog eens langs!' zei Edwin. 'De deur staat altijd voor je open!'

Edwin ging met zijn armen achter zijn hoofd achterover zitten en verbaasde zich opnieuw over de diepe rust die hij voelde. Zijn maagzweer hield zich koest, zijn hoofd was helder en hij genoot. Genoot op dezelfde manier als waarop een parachutist wiens valscherm niet opengaat van de wind geniet. Ik ben in de vrije val, dacht hij. En ik heb zonet Nigels stropdas aan flarden gescheurd.

Hij kon niet ophouden met giechelen.

En zo verstreek de week. Edwin voelde zich rustiger en had een voor zijn doen ongekend aplomb. Hij voelde zich zo rustig dat hij bijna een toestand van *satori* bereikte. Of van stagnatie. Bij tijd en wijle viel dat moeilijk te zeggen. Nog even en hij zou te pletter slaan en sneven, dat wist hij en ook wist hij donders goed dat Mays plan ('de deal is afgeblazen') niks zou uithalen. Ieder ander bij Panderic zou daar misschien mee weggekomen zijn, maar niet Edwin. Er zouden vragen komen. Zijn verhaal zou nagetrokken worden bij Random House. Dreigementen, beschuldigingen, vernietigende antwoorden en dan zou de strik zich sluiten en kreeg Edwin de volle lading over zich heen. Meneer Mead had hem nooit helemaal vertrouwd en dit met recht en reden. Tenslotte had Edwin ooit een uiterst lastige schrijver laten doodgaan. Hem om hals gebracht als het ware. Niet letterlijk natuurlijk. Edwin had gewoon een punt achter de relatie gezet. En toen de afdeling verkoop hem onverwacht over de man lastigviel, had hij gezegd: 'Die is uh... overleden.' Nee. Het zou nooit in Edwins hoofd opkomen om een van zijn auteurs écht te vermoorden. Hij hoopte de mysterieuze meneer Soiree op een dag tegen het lijf te lopen, zodat hij hem fatsoenlijk kon bedanken. Bedanken voor het inzenden van dat enorme op een typemachine geschreven manuscript. Bedanken voor het teweegbrengen van de crisis die Edwin het uitgeversbedrijf uit joeg, hem de armoe in joeg, en hem dwong om in een kartonnen doos te gaan wonen en zich te voeden met uit weggegooide pizzadozen geschraapte koude kaas. Bedanken omdat hij hem uit de sleur had gejaagd.

Terwijl de uren en de dagen verstreken en het moment van meneer Meads terugkomst naderde, pakte Edwin zijn leven in dozen. Hij ruimde zijn bureau leeg, drukte wat diskettes achterover en nam afscheid van de collega's die hij kon uitstaan en omgekeerd. (De lijst was bijzonder kort. Alleen May stond erop.) Nigel presenteerde hem een rekening van 126 dollar voor de stropdas die hij had gemold, en Edwin stopte die plichtsgetrouw in zijn onderbroek en bleef er de hele dag op zitten. Het was een heerlijke, vreugdevolle tijd. Edwin bracht het zelfs op om zich, zij het verlaat en onhandig, bij May te verontschuldigen. 'Het spijt me,' zei hij. 'Je weet wel, omdat ik je zat te bepotelen in de taxi, die dag dat ik me ziek had gemeld. Het spijt me oprecht en ik wil dat je weet dat ik dat nooit gedaan zou hebben als ik niet zo dronken was geweest. Heus, nuchter zou ik nooit geprobeerd hebben om je te versieren.'

Merkwaardigerwijs leek ze zich hierdoor niet beter te voelen. 'Ik weet dat je dat niet gedaan zou hebben,' zei ze. *Dat weet ik.*

Edwin nodigde May vrijdag na het werk uit om een borrel met hem te komen drinken, maar erg spraakzaam toonde ze zich niet. Ze zat daar maar wat te spelen met haar mineraalwater en ze beperkte haar antwoorden tot hoofdknikjes en schouderophalingen. Haar dik opgebrachte rode lipstick liet pastelkleurige wonden achter op de rand van haar glas.

Hoofdstuk 9

Maandag, vroeg in de morgen.

Edwin schoot overeind in zijn bed, als was het een sprongcoupure in een slechte horrorfilm. Tuurlijk! De madeliefjes! Als bij toverslag begreep Edwin alles. Hij begreep de betekenis van de madeliefjes; wist waarom ze zo cruciaal waren; wist waarom hij nacht op nacht over ze had gedroomd, vanaf het moment dat hij het manuscript kwijtraakte.

Het was dertien minuten voor zes. Het vloeibare neon van de wekker lichtte zachtgroen op. Zijn echtgenote lag naast hem te spinnen en te snurken, te snurken en te spinnen. De slaapkamergordijnen bewogen in een zuchtje wind, ademden in en ademden uit, in en uit: langzaam in en lang uit. Het was dertien minuten voor zes in de morgen en Edwin wilde in de lucht springen en keihard 'Eureka!' roepen. Hij raapte zijn kleren bij elkaar en terwijl hij zijn broek nog aan het aantrekken was hinkte hij de vestibule door. De madeliefjes. Natuurlijk! Opgetogen rende hij de voordeur uit. Bleef stilstaan. Liep weer naar binnen, schopte de kat en rende opnieuw naar buiten. Er viel fijne regen neer, zacht als dauw. Het kon Edwin niet deren. Hij stormde door de nog ochtendfris glimmende straten, helemaal tot aan het dichtstbijzijnde metrostation.

Tegen de tijd dat Edwin Faust en Broadview bereikte, zong zijn hart. Hij nam de trap met een paar treden tegelijk, kwam boven in het Edwardiaanse ravijn van Grand Avenue en sprintte over het trottoir. Zijn overjas wapperde als een cape achter hem aan.

'Geef me je geld, lulhannes!' Het was een van de op Grand Avenue residerende straatrovers, die vroeg in de ochtend al enige ondernemingszin toonde en zijn slag probeerde te slaan bij de eerste golf forenzen.

'Sorry,' schreeuwde Edwin in het voorbij sprinten. 'Vandaag niet. Volgende keer beter.'

En hij rende Grand Avenue verder af tot aan de voordeur van 813. Hij bonkte er met platte handen op, net zolang tot de beveiligingsbeambte voldoende uit zijn duffe doezel was ontwaakt om eens een kijkje te komen nemen. Edwin liet de man zijn identiteitskaart zien en liep met grote stappen door de hoge lobby, waar hij een vrachtlift pakte en afdaalde.

Bergruimte Schoonmaak en Vuilverwerking nr 3: Rory was er. Hij stond met zijn rug naar Edwin toe losse papieren in de vuilverbrandingsoven te stoppen. De geur van stoom en zwavel hing zelfs nu al zwaar in de bedompte gerecyclede lucht van de kelder.

'Jimbo!' riep Edwin, terwijl hij naar hem toe rende. 'De madeliefjes! Hoe wist jij dat er op het titelblad madeliefjes zaten? Ik had het manuscript teruggestopt in de envelop voordat ik...'

Maar het was Rory niet. Het was iemand anders in Rory's uniform. Een slome met rood haar en een puntbaard en lodderige ogen, die zich omdraaide en 'Rory. Hij gegaan,' zei.

Edwin bleef abrupt stilstaan. 'Hij gegáán?' zei hij meer in reactie op 's mans abominabele grammatica dan op de inhoud van wat hij had gezegd. 'Hij gegaan?'

'Dat juist.'

'Dat juist? Hij gegaan? Wat voor een deerniswekkend analfabetendialect spreek jij? Waar ga Rory?'

'Hij ga naar huis.'

'Huis? Wat, werkt hij vandaag niet?'

'Niet vandaag. Niet morgen. Niet nooit. Ontslag genomen.'

'Ontslag genomen? Wat voor een deerniswekkend...' Edwin maakte de zin niet af toen tot hem doordrong dat het hier correct taalgebruik had betroffen.

'Hij heeft ontslag genomen?'

'Dat juist. Belt op, zegt "Ik moet mijn eigen mogelijkheden heroverwegen."'

'Dat zei hij zomaar?'

De slome knikte. 'Zomaar.'

Edwin maakte zich op om te vertrekken, niet goed wetend hoe hij het verder moest aanpakken. 'Nou, daar ben ik niet echt blij mee.'

'U meneer Edwin, van dat boekgedoe, ja?'

'Inderdaad. Hoezo?'

De man lachte. 'Ah, u helemaal wat Rory zei.'

Het lukte Edwin om de demonische schoonmaker om te kopen met beloften van gratis exemplaren van Panderics eerstvolgende boek uit de reeks *Erotiek voor vrouwen: macht en kracht* (oftewel 'streel-boeken', zoals ze in het vak genoemd werden). De man krabbelde Rory's adres op een vodje bruin papier. Het was in een pand niet ver van Grand Avenue. 'Rennend misschien tien minuten.'

Dus rende Edwin. Rende als de wind (hoewel zijn snelheid in-middels niet meer overhield en hij een paar keer moest stoppen vanwege steken in zijn zij). Rory woonde in een afgebladderd pand tegenover een braakliggend terrein met hekken van roestig har-monicagaas eromheen. In deze buurt geen spoor van de enorme potas*boom*. Het was een buurt die vergeefs had gepoogd om een soort sjofel trefpunt voor bohémiens te worden, waar kunstenaars en toneelschrijvers en meer van dergelijk drijfhout uit de samenle-ving konden samenkomen om de scènes in hun eigen Jack Kerou-ac-fantasieën te spelen. In plaats daarvan was het een tot armoede vervallen volksbuurt geworden, waar de huurders in ruil voor een lage huur een hoog misdaadcijfer voor lief moesten nemen en zich dag na dag door het leven sloegen, van loonzakje naar loonzakje. De muren waren overdekt met dreigende graffiti en naamtekenin-gen van bendes, die als door honden achtergelaten geurvlaggen ter-ritoria markeerden. Wie weet welke gezagsgrenzen Edwin nú over-schreed. Wie weet welk ondoorgrondelijk achterbuurtprotocol Edwin op datzelfde moment schond.

De dichtgetimmerde ramen keken op hem neer. De droge schar-nieren van de voordeur knarsten niet maar kreunden. In de gangen hingen de peertjes gebroken in de fittingen, glasscherven die er onmogelijk uitgedraaid konden worden, laat staan vervangen. Duisternis en schimmellucht, dat was al. Toen Edwin Rory's bovenwoning bereikte klopte hij eerst voorzichtig, maar allengs harder aan. Niets. Edwins ogen hadden zich langzaam aangepast aan het donker en nu hij details kon onderscheiden, viel hem een kartonnetje op dat aan de deurknop hing. 'Ben vissen,' stond erop.

Achter hem stapte plots een gestalte uit het duister naar voren. 'Meneer Edwin?'

'Ja?' Edwin, die het ergste verwachtte, draaide zich langzaam om.

Het gezicht bleef verborgen in het schemerduister. 'Ik denk zo dat u Rory zoekt.' Het was een vol en diep stemgeluid.

'Ja. Dat is correct.' Toen de woorden uit Edwins mond kwamen klonk zijn stem hoog, haast als met helium gevuld in haar schrilheid.

'Hij zei al dat u misschien zou komen aanwippen.'

'Komt hij gauw terug? Of moet ik het een andere keer proberen?'

Er klonk een diep, klankrijk gegrinnik. 'Ah, meneer Edwin. Hij is vertrokken.'

'Vertrokken? U bedoelt om te gaan vissen?'

'Nee. Hij is vertrokken. Vorige week verhuisd.'

Edwin schraapte nerveus zijn keel en deed zijn uiterste best om zijn stem niet te laten trillen. 'En hoe kan ik hem vinden?'

'O, nee.' Weer die diepe grinnik. 'U vindt hem niet, meneer Edwin. Hij zal ú vinden.' Het stemgeluid stierf weg en de gestalte loste zich op in het duister.

Geschokt, maar nog steeds gedragen door een golf adrenaline, verliet Edwin gezwind het pand (in feite stapte hij zo flink door dat 'vluchten' waarschijnlijk een accuratere beschrijving is).

Bij zijn vertrek, met bonkend hart, liep hij rakelings langs een groot reclamebord. In pas geschilderde koeienletters werd er een of ander op stapel staand project op aangekondigd. Maar Edwin liep er in zijn haast straal voorbij, en dat is jammer. Want was hij gestopt om het te lezen, dan had het vast zijn interesse gewekt.

BINNENKORT VERWACHT! DE RORY P. WILHACKER STICHTING PRE-
SENTEERT 'HERSTEL VAN TROTS IN DE VERPAUPERDE BINNENSTAD'.
DE HUURDERS VAN DIT PAND LANCEREN EEN NIEUWE INNOVATIE-
VE METHODE VAN WINSTGEVEND, COÖPERATIEF DEELTIJDEIGE-
NAARSCHAP MET 500 PROCENT WINST OP GEDANE INVESTERINGEN.
NIEMAND DAKLOOS. NIEMAND UITGEZET. 'EEN NIEUWE DAGERAAD
BREEKT AAN!'

Tegen de tijd dat Edwin Grand Avenue weer bereikte, was de och-
tendspits goed op gang. De witte ruis van het daverende verkeerslawaai werd al weerkaatst door de gebouwen en op bevel van de
stoplichten rezen en daalden de golven forenzen. Toen Edwin bij
41th Street de Avenue overstak dacht hij bij zichzelf, zoals hij dat
iedere dag precies op deze plek en op precies dit moment deed: Ik
haat deze rotstad.

Vandaag was het D-day. Laatste bedrijf. Meneer Mead was terug van om het even wat voor directeursreisje op kosten van de
zaak. Edwin stond voor die ochtend als eerste in zijn agenda ge-
pland om hem zijn 'inspirerende nieuwe zelfhulpboek' voor te leggen. In ieder geval zou Edwin minstens wild om zich heen schie-
tend van het toneel verdwijnen. Over hoe hij zou afgaan had hij al
van allerlei bedacht en gerepeteerd. Deze scènes varieerden van het
sublieme ('Meneer Mead, u heeft mij diep teleurgesteld. U leidt deze onderneming alsof het een tweederangs universiteitskrantje is
en ik vind dat voor mij het moment daar is om de overstap naar
iets beters te maken') tot het openlijke ('Misselijke kotskop! Braakmiddel! Het kan me niet verdommen, ik stap op! Hoor je me, ik
stap op!') Hij overwoog zelfs bondige non-verbale communicatie:
een stevige ruk aan meneer Meads belachelijke paardenstaartje.
Maar ondanks dit alles wist Edwin diep in zijn hart dat de ontknoping anders zou verlopen. Zelfbeschuldiging, zielige smeekbe-
den om genade en het lekkerbekkende leedvermaak van Nigel. Dáár
zou het op uitdraaien. En afscheid moeten nemen van May. Misschien wel voor altijd.

Edwin stopte voor zijn laatste bak leut bij Louies Hotdog- en

Zuurkraam. 'Twee koffie,' zei hij met een zucht, terwijl hij zijn portefeuille te voorschijn trok. 'Een gewone en een –' Maar voordat hij had kunnen uitspreken, sprak Louie, zijn natte sigaar tussen zijn tanden geklemd: 'Zelfde als altijd?'

'Ja,' zei Edwin, haast barstend van vreugde. 'Ja, hetzelfde als altijd. Ik neem hetzelfde als altijd. Ik kom hier iedere ochtend en dat is wat ik ga nemen. Hetzelfde als altijd.'

Louie had het nog goed ook. 'Effe zien: extra schuim, nootmuskaat, kaneel en een snufje saffraan. Zongedroogde, vanzelf.'

'Bedankt, Louie,' zei Edwin uit de grond van zijn hart en innig oprecht. 'Hartstikke bedankt.'

'Ik heet geen Louie, knul. Ik heet Thad. Louies is gewoon de bedrijfsnaam. We horen bij de Coca-Colagroep.'

'Toch bedankt, Thad. Ik zal je missen. Echt waar.'

'Zal best, knul.'

En Edwin voelde zich fantastisch. Fantastisch omdat hij in zo'n ruwe, ordeloze stad werkte, omdat ene Louie (of Thad) hem 'knul' had genoemd, omdat hij iemand als May had die hij kon ergeren en iemand als Nigel om te verafschuwen. Vreselijk dat dit nu allemaal ten einde liep.

Edwin betaalde voor de koffie en liep verder. En op dat moment trok de limousine op.

Ze was lang, glimmend zwart, chic en gestroomlijnd. Ze dook op uit het niets, gleed geruisloos als een haai voort en hield Edwins tempo aan, terwijl deze over het trottoir liep. Zoetjesaan kreeg Edwin in de gaten dat hij werd gevolgd. Hij draaide zich om en toen stopte de limo. Er ging een getinte ruit omlaag en er verscheen een hand, een met goud beladen hand die Edwin naderbij wenkte.

'Rory?'

'Meneer de Valu.'

Edwin gluurde naar binnen. Daar zat Rory, gekleed in wat een Italiaans, zijden maatpak leek. Naast hem zat een stralende vrouw, die Edwin een gelukzalige glimlach schonk.

'Edwin, herinner je je mijn echtgenote, Sarah?'

Sarah boog zich naar voren, stralend. 'Hai, Eddie.'

'Sarah was het? Neem me niet kwalijk, maar hebben we elkaar al eerder ontmoet?'

'Personeelsfeest,' zei Rory. 'Jij dacht dat ze de schoonmaakster was. Vroeg haar of ze de asbakken wilde legen.'

'O, werkelijk? Het spijt me, dat staat me niet bij.'

'Natuurlijk niet,' zei Rory op warme, geruststellende toon. Op zijn gezicht lag een glimlach, een glimlach wel zo sereen dat hij Edwin aan boeddhistische beeldhouwwerken deed denken. Het was een glimlach die totale tevredenheid en totale voldoening uitdrukte.

'Jij hebt het manuscript,' zei Edwin. 'Je had het de hele tijd.'

'Ach, Edwin. Ik vroeg me af hoe lang het je zou kosten om dát te bedenken. Ik vroeg me af hoe lang het zou duren voordat je het rooster voor die ochtend zou controleren om te ontdekken dat er voor het vuil geen ochtendrit bestond.'

'De madeliefjes hebben me op het spoor gezet. Jij noemde ze, maar ze zaten ín de envelop. Jij kon er niet van af geweten hebben, tenzij je het pak had geopend om erin te kijken. Dat gebeurde toen ik in de afvalcompressor rondrommelde, hè?'

'O, nee. Daarvoor al. Toen ik jou naar de lift zag rennen, wist ik dat je iets van grote waarde weggegooid moest hebben. Trouwens, ik hield de "sluiten"-knop de hele tijd ingedrukt.' Rory lachte, een milde, zenuwslopende lach, een lach (als zoiets al kon) die volkomen gespeend was van kwaadwillendheid. Een lach die in overeenstemming was met de golfbeweging van harmonie en dwaasheid van het universum. O, heb ik je bij de neus gehad of niet? De gedachte dat jij liep rond te wroeten in een enorme berg afval verwarmde mijn hart.' En het lachen borrelde weer op, rustig als daarvoor.

'Maar waarom?'

'Waarom? Omdat ik je niet mag, Edwin. Ik heb je nooit gemogen. Nu niet, nooit niet. En hetzelfde geldt voor mijn vrouw. Is dat niet zo, lieverd?'

'O, ja,' zei ze, nog steeds een en al glimlach. 'We kunnen je niet uitstaan, Edwin.'

Ze spraken alsof ze een simpel en zonneklaar feit vaststelden, op ongeveer dezelfde toon als waarop men zou kunnen zeggen: 'de hemel is blauw' of 'regen valt neer, ballonnen stijgen op'.

'Jullie haten me?' vroeg Edwin, die helemaal verstomd stond.

'We verachten je.' Een geheim compartiment in het limokastje schoof open. Rory stak er zijn beide handen in. 'Ik stel me voor dat je dit nodig hebt,' zei hij, het dikke manuscript door de open ruit aanreikend.

Edwin gooide zijn net aangeschafte koffie weg en pakte het manuscript aan met een mengeling van ongeloof en verwarring. Het was uit de envelop gehaald en nu zaten er elastieken omheen, maar het was even lijvig als daarvoor. De madeliefjesstickers prijkten nog op het titelblad en de begeleidende brief was er opgevouwen in gestoken. *Ach meneer Soiree, daar komen we elkaar weer tegen...*

'En geloof me,' zei Rory, 'Li Bok werkt echt. Nietwaar, schat?'

Zijn vrouw liet een onderdrukt gegiechel horen en verkocht hem een mep op zijn arm. 'Toe, schei uit,' zei ze.

Edwin richtte zijn aandacht weer op de voormalige schoonmaker en zijn vrouw. 'De limo, de kleren? Hoe kan dat?'

'O, dat,' zei Rory op een toon van 'waar heb je het over'. 'Gewoon geld, meer niet. Zodra je inziet dat geld geen wiskundige schepping is maar veeleer een organisch iets, dan begin je het allemaal te doorgronden.'

'Maar –'

'Ik investeerde in kortlopende schatkistpromesses tegen 4,85 procent op een converteerbare eenheid en voordat ik me verplicht binnen een etmaal bekend moest maken, verkocht ik en investeerde elders. Vervolgens bracht ik de winst onder bij verschillende beleggingsmaatschappijen, herinvesteerde het oorspronkelijke vermogen en verkocht weer halverwege de cyclus. Daarna werd het gewoon een kwestie van surplus herinvesteren en het proces herhalen. Met de drie uur tijdverschil tussen de oostkust en de westkust en de vier tijdzones, kon ik mijn geld een paar keer per dag laten omgaan. En toen plukte ik nog een samengestelde rente mee op het verschil en, tja, moet je me nu zien.'

'Dat heb je allemaal in één week gedaan?'

'Welnee. Dat kostte maar een paar dagen. Tijdzones, Edwin. Tijdzones vormen de sleutel. Je moet je je investeringen voorstellen als een reusachtige sneeuwbal die langs de ene steile, besneeuwde helling omlaag rolt en langs de andere omhoog. De afstand wordt korter en korter, terwijl de snelheid toeneemt en de sneeuwbal almaar groter wordt. Wanneer hij zijn maximale massa heeft bereikt, komt hij tot stilstand. Geld maakt geld, Edwin. Momentum voedt massa. Ach, maar luister eens naar me. Ik citeer gewoon wat er in het boek staat.' En de manier waarop hij 'het boek' zei klonk zonder meer spiritueel.

'Dat is... dat is ongelooflijk,' zei Edwin.

'Ach, nee. Gewoon elementaire organische economie,' zei Rory. 'Dat zal natuurlijk veranderen zodra het bekend wordt. Het hele systeem neutraliseert zichzelf. Een beetje zoals de sneeuwbal die uitgroeit tot een rotsblok, zo groot dat hij niet meer van zijn plaats komt. Maar tegen die tijd zal de hele basis van onze economie zijn getransformeerd en bestaan uit micro-coöperatieve economische kringen. De volgende stap, de echte uitdaging is om "het geld te laten zingen".'

'Zingen?' vroeg Edwin.

'Ja. Dat je het naar jouw pijpen laat dansen in plaats van andersom. Dat je geld gebruikt als katalysator voor bevrediging in plaats van dat geld een doel op zich is. Maar luister 'es. Ook nu herhaal ik alleen maar wat een veel wijzer man heeft geschreven. Het boek,' zei Rory, 'je moet het boek uitgeven.'

'Absoluut. Ik ga het meteen redigeren.'

'Zoals het is,' zei Rory. 'Geef het uit zoals het is. Verander er geen woord aan. Geen enkel woord. Het is een samenhangend geheel, Edwin. Haal één stukje uit het geheel en je bent alles kwijt.'

'Tja, ik kan niet beloven dat we het niet bewerken. Ik bedoel... toe nou. Het is me een lel. Dit zijn vast duizend pagina's.'

'Niet één woord,' zei Rory. 'Niet één woord. O, ja. Nog één ding, voor ik het vergeet. Het is de *Rangers*, niet de Raiders, stomme zak.' Hij zei dit laatste met dezelfde rustige sereniteit, dezelfde afstandelijkheid als waarmee hij alles had gezegd. 'Vaarwel, Edwin. Ik hoop je van mijn leven niet meer te zien.'

Daarop schoof de ruit geruisloos omhoog en de lange, chique, gestroomlijnde limo voegde zich weer in de verkeersstroom op Grand Avenue.

'Nou, ik mag hangen...' zei Edwin (en dat is wat er letterlijk zou gebeuren).

Hoofdstuk 10

Edwin de Valu nam de trap naar de voordeur van Grand Avenue 813 met grote sprongen en ging zo snel door de draaideur dat hij een paar treuzelaars meesleepte in zijn wilde vaart. Hij rende langs de portiersbalie, de hal door, naar de liften. Hij hield het manuscript tegen zijn borst gedrukt op de manier zoals je een baby of een idee kunt omhelzen.

Hij had het 'em gelapt! Was de dans ontsprongen. De blinddoek was aangebracht, de laatste sigaret gerookt, het bevel tot schieten gegeven… maar Edwin de Geweldige, de Houdini van de Hokjes, was ontkomen. 'Geen gevangenis houdt mij tegen!' wilde hij schreeuwen. 'Ik lach in het aangezicht van de dood!'

Tegen de tijd dat hij de dertiende/veertiende verdieping bereikte grijnsde hij zo breed dat het ernaar uitzag dat hij een aangezichtsspier ging scheuren. Toen de liftdeuren opengingen, trok hij een sprint.

'Meneer Mead is in zijn kantoor!' schreeuwde May. 'Je bent te laat.'

'Ik houd van je, May!' riep hij in het voorbijgaan. Nigel kwam vanachter zijn kamerdeur te voorschijn en tikte op zijn horloge op het moment dat Edwin langs rende. 'Jij zit D.D.S.'

'Bespaar me je afkortingen, kloothommel. Ik heb het manuscript!' Hij hield het omhoog, met beide handen, als was het een onschadelijk gemaakte bom, als was het een triomfantelijk in de lucht gehouden hoofd van de vijand. Door glanzende deuren ging het, door glanzende deuren het grote kantoor binnen, het kantoor met het weidse uitzicht.

'Je bent te laat,' zei meneer Mead zonder op te kijken. Hij zat te werken aan zijn bureau, een enorme lel mahoniehout die zijn Koninklijke Zelf van Edwin scheidde. 'Ik zou net vertrekken,' zei hij. 'Ik ben onderweg naar de Wacoma Schrijversworkshop. Ik ben de inleider en kan het me niet permitteren om mijn vliegtuig te missen. En, laat 'es horen?' Hij keek Edwin over zijn achthoekige bril aan.

Edwin legde het manuscript met een klap op het bureau.

'Hier is het, meneer. Het zelfhulpboek dat ik u beloofde. En over de inhoud heb ik geen woord te veel gezegd.'

'Jezus, man, wat een pak! Hoeveel pagina's?'

'Uh.' Gehaast bekeek Edwin de bovenhoek van de laatste pagina. 'Elfhonderdvijfenzestig pagina's, meneer.'

'Goeie god! Dat is geen manuscript, dat is een miniserie.'

'Ik haal er een hele hoop uit, dat spreekt. Bewaar alleen de lekkere brokken.'

'Goed, Edwin.' Meneer Mead rolde zijn stoel naar achteren en legde zijn handen achter zijn hoofd. 'Verkoop het me maar.'

'Sorry?'

'Het manuscript. Steek maar van wal. Hoe begint het? Wat boeit de lezer? Wat is de belangrijkste invalshoek? Onze doelgroep? De inhoudsopgave? De stijl? Laat maar 'es horen.'

Hierop liep Edwin langzaam naar het raam, opende het en sprong zijn dood tegemoet.

'Tja, meneer,' zei hij, 'met die details ben ik nog bezig. Ik heb met de mensen van marketing gesproken om te zien hoe we het het beste kunnen plaatsen door te kijken naar andere boeken, *ipso facto*, in het genre. Zogezegd.' (Bij twijfel kan men beter Latijn gebruiken.)

'Ik snap het,' zei meneer Mead. 'Je hebt beneden met de mensen van marketing gesproken.'

'Inderdaad, meneer.'

'Nee. Dat heb je niet. Onze marketingmensen hebben nog nooit van dit boek gehoord. Ik ben niet lekker op mijn luie reet blijven zitten terwijl ik wachtte tot jij me met je aanwezigheid zou vereren.

Ik heb marketing gebeld, met Sasha gesproken. Zij wist er niets van af. Niemand daar. Hetzelfde geldt voor distributie. Voor publiciteit. Voor vormgeving. Afgezien van May wilde niemand van de redactie ervoor instaan dat een dergelijk manuscript zelfs maar bestond. Ook ik begon mijn twijfels te krijgen, tot je er net mee kwam aanzetten. Dacht dat je misschien probeerde oom Léon voor het lapje te houden. Nigel vertelt me overigens dat je hier vorige week nauwelijks geweest bent.'

Ja, nou... dat komt doordat Nigel een sperma zuigende, giftige pad is met gal in zijn aderen.

'Ja, nou... dat komt doordat Nigel er niet van op de hoogte is dat ik thuis heel hard aan het werk was en al mijn tijd en middelen in dit ontiegelijk inspirerende project heb gestopt.'

'Tijd en middelen, hm? Vertel me dan eens, wat zijn de hoofdthema's van het boek?'

'Thema's?'

'De structuur dan? Is het hoofdzakelijk anekdotisch? Of statistisch? Richt het zich op een specifieke leeftijdsgroep of is het weer zo'n verschrikkelijk 'voor elk wat wils'-boek?'

'Tja, meneer. Laten we het erop houden dat dit niet zo een-tweedrie uit te leggen valt.'

'Je hebt het helemaal niet gelezen, hè?'

'Nee, meneer. Niet exact. Niet *per se.*'

Meneer Mead zuchtte, duwde zijn stoel naar achteren en stond op. Terwijl hij zijn jasje aantrok, boog hij zich voorover om op de intercom te drukken. 'Steve, zorg ervoor dat de auto achter het gebouw voor me klaarstaat. Ik moet om twaalf uur een vliegtuig halen.'

Edwin rechtte zijn schouders, vastbesloten om het over de 'braakmiddel! braakmiddel!'-boeg te gooien, deed een stap naar voren en zei: 'Meneer, als ik nog iets mag zeggen, voordat u vertrekt –'

'Bied hem meteen vijfduizend dollar en zeven procent op de eerste tienduizend verkochte exemplaren en voor alles daarboven de percentuele standaardverhogingen. Met het voorschot mag je tot vijftienduizend dollar gaan. Maar je gaat de Britse rechten niet weggeven en ook geen toezeggingen doen over publicatie van volgend werk. Buckingham Press heeft lopen jammeren over in het verleden aangegane verplichtingen tot overzeese distributie en we moeten hun een kluifje toewerpen.'

'Meneer?'

'Zit er niet mee, joh,' zei meneer Mead, die ondertussen wat losse dossiermappen bij elkaar raapte en in zijn aktetas stopte. 'Zelf las ik de helft van de boeken niet die ik voor Panderic aankocht toen ik nog acquisitie deed. Zorg er nou maar voor dat het half augustus naar de drukker kan. Je kunt de voor Meneer Ethiek ingeroosterde ruimte bij de drukker overnemen. En vergeet niet vormgeving in te lichten. Zeg hun dat ik over twee, drie weken een voorlopig omslagontwerp moet hebben. We zullen een nieuwe catalogus moeten maken, of misschien gewoon een inlegvel toevoegen. Nu Meneer Ethiek wegvalt, zullen we moeten improviseren.' Meneer Mead deed zijn tas dicht en sloeg een sjaal over zijn schouder. 'Had je al gehoord dat ze hem niet op borgtocht vrijlaten?'

'Ja, meneer. Een grote slag voor ons allemaal. Ik weet dat ik namens iedereen op de redactie spreek, als ik zeg dat Meneer Ethiek een vitaal onderdeel van onze –'

'Laat 'em doodvallen. Die man was een idioot. Iedereen weet dat je geen papierspoor achterlaat wanneer je je fondsen naar de Kaaiman Eilanden overbrengt. Daar gaan ze het eerst zoeken. Trouwens, onze hele Meneer Ethiek-lijn is ingestort. We worden bedolven onder retourzendingen van zijn laatste zes boeken. Barnes and Noble, Borders, zelfs Amazon.com; ze laten ons allemaal zitten. In de pers werden al misselijke grappen gemaakt. David Letterman zag er een buitenkansje in. 'Meneer Ethiek? In de gevangenis? Sapperloot.' Daar valt niets meer aan te redden. We zullen die hele lijn moeten afschrijven. Dus, ik weet niet wat je hebt, Edwin, maar het kan maar beter goed zijn.'

Edwin slikte hard. 'Ik zal mijn best doen.'

'Jóúw best? Jouw best is niet goed genoeg. Doe Nigels best. Of Mays best.' Hij gaf Edwin een zachte por tegen zijn schouder. 'Grapje, Eddie. Kijk niet zo angstig. O, en over Nigel gesproken; ik heb de boekhouding opgedragen om het geld dat je hem voor zijn stropdas schuldig bent op je volgende salaris in mindering te brengen. Net als iedereen hou ik van grollen, grappen en gebbetjes. Maar, Edwin, van een man zijn stropdas blijf je af.'

Een 'adieu' en een 'tot in de pruimentijd' en weg was hij.

Edwin bleef alleen achter in het kantoor met het weidse uitzicht en het mahoniehouten bureau. Hij pakte het manuscript, bladerde het door. Meneer Mead had de moeite niet eens genomen om ernaar te kijken of zelfs maar de elastieken te verwijderen. 'Ik had hem kunnen belazeren,' zei Edwin. 'Ik had kunnen binnenstormen met een titelblad boven op een pak blanco papier met een strik eromheen geknoopt.' Bij het verlaten van de kamer deed hij het licht uit.

'Zo,' zei hij, 'leef en leer.'

Hoofdstuk 11

'Meneer Soiree? Bent u het? Hallo, ik ben Edwin de Valu. Ik bel u over –'

'Soiree is niet thuis. Hij zit in de woestijn of zo.'

Er zat zware ruis op de lijn, het was alsof Edwin in een andere eeuw opbelde. Een andere tijd. Naar een andere plaats. De achterkant van de maan misschien. Of misschien wel naar nog verder weg, het stadje Paradise Flats in Dacob County. Oorspronkelijk droeg het stadje een andere naam, Salt Flats. Dat was ter ere van de in de zon bakkende zoutgroeven die het gebied aanvankelijk aantrekkelijk maakten voor investeerders. Maar de stichters van het stadje veranderden die naam alras in Paradise Flats, om zo beter spoorwegmaatschappijen en onnozele kolonisten te kunnen lokken. ('Paradise Flats! Wat een mieterse naam. Daar moet ik heen.') Bijgevolg bestond de bevolking van Paradise Flats hoofdzakelijk uit sukkels. Paradise Flats was een gat in het midden van nergens dat zich koesterde in de hitte en de anonimiteit. In Paradise Flats was de woestijn het enige waaraan je niet ontkwam en het was die woestijn waarin Tupak Soiree nu verdwenen was. Edwin kon zijn oren niet geloven.

'De woestijn?' zei hij.

'Dat is juist. Droog, dor oord. Misschien heeft u daar weleens van gehoord? Meneer Soiree brengt daar zijn tijd door. Mediteert, doet mystieke dingen. Zegt dat hij in harmonie is met de samenhang van het universum. Die vent is goed gestoord, als je het mij vraagt.'

'En met wie heb ik de eer?'

'De eer? *Eer?* Je moest jezelf eens kunnen horen met je bekakte taal. Wie ik ben? Ik ben Jack McGreary. Ik ben zijn huisbaas, met die heb jij de eer. Meneer Soiree heeft twee maanden huurachterstand, dus als jij van een incassobureau bent kom je maar in de rij staan, vader.'

'Nee, nee. Ik bel namens Panderic Incorporated. Meneer Soiree stuurde ons een manuscript en we willen dat wel uitgeven... deze herfst in feite.'

Een lange, van ruis vergeven stilte. Even dacht Edwin dat de verbinding verbroken was, maar nee, aan de andere kant van de lijn klonk de stem weer. 'U wilt een contract aanbieden of zoiets?'

'Dat is correct. Luister, waarom stuur ik geen fax van onze standaardovereenkomst, ons modelcontract zoals wij het noemen – dan kan meneer Soiree ernaar kijken en contact met ons opnemen. Heeft hij een faxnummer?'

'Zeker. Stuur maar per adres van de Gemeentelijke Bibliotheek van Paradise Flats. Als hij niet in de woestijn zit, hangt hij naar alle waarschijnlijkheid in de bibliotheek rond. Ik ken geen vent die zoveel boeken heeft gelezen als hij. Stapelgek issie, als je het mij vraagt. Maar goed, volgens mij ligt dat faxnummer hier ergens. Ogenblikje.'

Dus faxte Edwin de twaalf pagina's met ingewikkeld juridisch jargon en verborgen landmijnen naar meneer Soiree, samen met een eerste aanbod van drieduizend dollar en royalty's van 5 procent van de verkoopprijs. Tot Edwins verbazing kwam er enkele uren later al antwoord. Het was één pagina, waarop alleen stond 'Ik ga akkoord met het contract zoals het er ligt'. Edwin bleef staan. Akkoord? Dit was ongekend. Geen veranderingen in een standaardovereenkomst? Standaardovereenkomsten waren erop geschreven om veranderd te worden. Dat was de diepere gedachte erachter. Een aantal schandalige clausules waren er juist in gestopt om ze eruit te halen, zodat agenten en schrijvers iets om te eisen en uitgevers iets om 'toe te geven' zouden hebben. Zaken zoals Panderics beruchte optieclausule, waarin van auteurs geëist werd dat ze Panderic hun volgende twee boeken gaven, in voltooide eindversie, en die het bedrijf vervolgens zes maanden de tijd gaf om te besluiten of men er al dan niet een bod op uitbracht. Of de vernietigingsclausule, die het een auteur vrijwel onmogelijk maakte om rechten op zijn werk terug te krijgen, ook wanneer het niet meer gedrukt werd en in de ramsj was gegooid. Of de clausule die het Panderic mogelijk maakte om 'een redelijk bedrag' van de royalty's achter te houden met het oog op eventuele toekomstige retourzendingen van het boek. (In de uitgeverswereld is het zo dat boekverkopers het product tegen een volledige vergoeding retourneren, wanneer het niet verkoopt. Vrijwel geen bedrijfstak op aarde werkt op deze basis.) 'Een redelijk bedrag met het oog op retourzendingen' werd natuurlijk nooit nader gedefinieerd. Zo had Panderic het in sommige gevallen kunnen flikken om 50 procent van het inkomen van een auteur vast te houden, zuiver op grond van genoemde eventualiteit. En wat te denken van de clausule die de auteur verplichtte zijn hele voorschot binnen zes (6) maanden terug te betalen, indien het werk 'na inlevering ongeschikt voor publicatie' werd bevonden? Voorschotten aan auteurs waren in principe niet terugvorderbaar, maar dat had Panderic er niet van weerhouden dit toch te proberen. En wat te denken van die onschuldige clausule over 'elektronische rechten en technologieën die thans bestaan of op enigerlei moment in de toekomst hun intrede doen'?

Edwin was van zijn stuk gebracht. Meneer Soiree was bereid om alles over te dragen aan Panderic – álles. En voor wat? Een karig voorschot en miezerige royaltypercentages. Edwin schudde nog ongelovig met zijn hoofd toen hij onder het bericht een kort briefje aantrof. En daar stond op: 'Alle wijzigingen in het contract moeten van u komen, meneer Edwin. U kent donders goed de verborgen valkuilen die het bevat. Een terugvorderbaar voorschot? Kom nou, meneer Edwin. U houdt me toch niet voor een domme vent? Breng de wijzigingen aan – en u weet welke wijzigingen dat zijn – en ik zal het contract met genoegen ondertekenen. Leef, koester en leer. Tupak Soiree.'

Daar had je het weer. Dat gevoel. Het gevoel dat iemand je over je schouder heen in de gaten hield; je aldoor twee zetten voor was.

Edwin nam een ogenblik om zijn gedachten bijeen te rapen en toen, na diep ademgehaald te hebben, begon hij...

Voor het eerst in de geschiedenis van het uitgeven – voor de allereerste keer – ging een editor zitten om zonder hiertoe gedwongen te zijn een contract te veranderen *in het voordeel van de schrijver*. Edwin schrapte de tweede helft van de vernietigingsclausule, zette het copyright weer op naam van de auteur en verwijderde de toegevoegde stipulatie over het voorschot – hij deed alles wat een agent gedaan zou hebben. Hij verhoogde zelfs de royaltypercentages en zette een één voor de drieduizend dollar. Niettegenstaande al het gebabbel over 'partnerschap' en 'samenwerken', staan schrijvers en uitgevers als aartsvijanden tegenover elkaar wanneer het aankomt op het uitonderhandelen van een contract, en uiteindelijk vallen de beste brokken de uitgever toe. En toch had je hier Edwin de Valu, adjunct-fondsredacteur, die het onvoorstelbare deed: hij liet de belangen van de auteur prevaleren. Het was een vreemde en ook wel zenuwslopende ervaring. Het voelde alsof alles iets verschoven was, alsof het fundament van het hele uitgeverswezen en de daar heersende ingewortelde, onuitgesproken hiërarchie (namelijk dat de auteur helemaal onderaan kwam in de pikorde) plots plooibaar was geworden.

Het kostte Edwin ruim een uur om het hele contract door te lopen, er de diverse verborgen valstrikken uit te verwijderen en er de juiste beschermende clausules in te stoppen. Tegen de tijd dat Edwin klaar was, had Tupak Soiree een van de rechtvaardigste contracten die Panderic ooit had aangeboden. 'Wat kan ik erop zeggen,' zei Edwin met zeker ontzag, zij het node. 'De man is een keiharde onderhandelaar.'

Buiten pakten donkere wolken zich samen.

Hoofdstuk 12

'Iedereen praat over de banaliteit van het kwaad,' zei May, gezeten achter mineraalwater en een spinaziesalade. 'Maar niemand schrijft ooit over de banaliteit van talent.'

Edwin en May hadden laat doorgewerkt en zaten nu samen te eten en te praten in O'Tanner's Irish Pub and Old Towne Restaurant®. Edwin verzwolg enorme hoeveelheden bier en at uiringen en gefrituurde kaassticks. May echter, was in de greep van alweer een ander afslankdieet. Ze had het uit *O*, en je mocht er zoveel mineraalwater bij drinken en spinaziesalade bij eten als je kon verstouwen.

'De banaliteit van talent?' zei Edwin.

'Nou ja, zoals wanneer je grote bewondering hebt voor het werk van een auteur en je hem dan ontmoet. Herinner je je *Waarom ik Oekraïners haat* nog?'

'Jaah. "Een keiharde veroordeling van de pysanka-denkrichting".'

'Exact. En dan ontmoet je de auteur en hij blijkt een knulletje met een onverzorgd sikje en met een voorliefde voor naar hemzelf verwijzende, zijn ego strelende humor. Het is altijd weer zo'n afknapper. Zoals vanmorgen ook. Belt marketing me op. Alle jongens en meisjes van boekpromotie komen om in het werk. Iedereen een bomvolle agenda. Dus wie rijdt er rond met Nilös Janovich? Ik.'

'Je meent het? Janovich, de Grote Slowaakse Poëet?'

'Die, ja. Ik geloof dat "Grote" echt zijn voornaam is. Ik denk dat hij hem wettelijk heeft laten veranderen in "de Grote Janovich". Ik heb hem tenminste nooit anders horen noemen. Maar goed, ik met de Grote Janovich naar interviews, fotosessies, neem hem zelfs mee naar de Strand om hem zijn boeken te laten signeren. Ik moet bekennen dat ik dat ook wílde. Ik heb genoten van zijn boeken. *Onbeduidendheid*, *Nederigheid* en *Ik ben maar een vlekje*, prachtig vond ik ze. Toen ik hoorde dat onze boekpromotoren omhoogzaten, stond ik vooraan om ze uit de brand te helpen. Een dagje weg van achter mijn bureau, en tsjonge, ik kreeg de gelegenheid om met de Grote Nilös Janovich te kleppen. En daar ontmoet ik die man en het is een verschrikking. Schreeuwerig. Schunnig. Nukkig. Verwaten. Arrogant. Banaal. Dat is waar ik het over heb: de banaliteit van talent. Daar zou iemand eens een boek over moeten schrijven.' (Binnen ieder uitgevershuis was dit natuurlijk een van de meest gebezigde zinnen: 'Daar zou iemand eens een boek over moeten schrijven.')

'Wat is dat trouwens toch met die boekpromotoren?' wilde Edwin weten. 'Waarom hebben ze allemaal namen die op y, i of ie eindigen? Ik meen het serieus. Wij hebben een Kelly en een Lucy. MacMillan heeft een Jamie en een Marnie. En dan heb je Kathy en Holly bij Doubleday. Het hoofd boekpromotie bij M&R is Lindsey en Hornblower heeft een Terri.'

'Terri*lee*,' zei May.

'Dan ben je helemaal gedoemd. Dus wat is dat? Is dat een zichzelf waarmakende voorspelling? Gaven hun ouders hun zulke parmantige namen zodat hun niets anders overbleef dan een al even parmantig beroep te kiezen? Laten we wel wezen, je moet een buitensporige hoeveelheid parmantigheid in je hebben om in dat vakgebied te slagen.'

'Ik weet het,' zei May. 'Kijk maar naar Jerri.'

'Of naar Larry. Herinner je je hém nog?'

Ze moesten allebei lachen. Larry was de meest goedlachse, geanimeerde en vrolijke boekpromotiecoördinator uit de geschiedenis van de boekpromotie. Tot op een dag de stoppen bij hem doorsloegen en hij auteurs van de Maynard Gate Bridge af begon te rijden. Meer dan eens had men Larry en een stel doorweekte auteurs uit de plomp moeten vissen. Uiteindelijk viel hij een jonge schrijver aan, halverwege de uitzending van een live-interview. (De auteur had zich naar Larry omgedraaid en, alsof hij een kelner wenkte, met zijn vingers geknipt omdat hij meer water wilde.)

'Goeie, ouwe Larry,' zei Edwin. 'Wanneer komt hij vrij?'

May zat nog steeds te lachen. 'Ik geloof over twee jaar, met goed gedrag. Misschien stoppen ze hem in één cel met Meneer Ethiek. Dat zou pas lollig zijn.'

'Já,' zei Edwin. 'Dan kunnen ze samen een gevangenisdagboek schrijven. Gevangenisboeken verkopen altijd goed. Heeft vast iets te maken met voyeurisme en het god-wat-ben-ik-blij-dat-ik-het-niet-ben-gevoel. Of misschien organiseren Ethiek en Larry de Grote Ontsnapping. Graven ze zich een tunnel naar de vrijheid.'

'Ik betwijfel of ze in dezelfde gevangenis zullen zitten,' zei May. 'Heb je het niet gehoord? Meneer Ethiek zal het zwaar voor zijn kiezen krijgen. Er zit drie keer levenslang in.'

'Wat? Voor belastingontduiking?'

'Nee, het blijkt dat er drie lijken in zijn achtertuin begraven lagen; van de laatste drie accountants die de belastingdienst op hem afstuurde.'

'En daar krijgt hij levenslang voor?'

May was hierover al even verbijsterd. 'Ik weet het. Je zou niet denken dat het vermoorden van een accountant van de belastingen als een misdaad gold. Een misdrijf misschien, maar geen misdaad. Maar goed, Meneer Ethiek zal de rest van zijn levensdagen achter de tralies doorbrengen.'

'Ach, net goed,' zei Edwin. 'Die man was achterlijk. Iedereen weet toch dat je de lijken niet in je eigen achtertuin begraaft. Da's het eerste waar ze gaan kijken.'

May zat inmiddels achter haar derde spinaziesalade met extra dressing, extra Parmezaanse kaas, extra stukjes bacon. Edwin wilde haar hier niet op attenderen, maar hij wist vrijwel zeker dat het Oprah-dieet gebaseerd was op één salade per maaltijd. Deed er niet toe. Het leven was goed. Edwin voelde zich tevreden met de wereld. Okay, Grand Avenue was nog steeds een ravijn van wanhoop;

meneer Mead liep iedereen nog steeds in de weg; Nigel was nog steeds een rioolwezel in mensenhuid en Jenni was nog steeds… tja, Jenni. Maar dat maakte niet uit. Edwin had toch maar, en dat zowat uit het niets, een manuscript weten te overleggen; was er, en dit niet zo'n beetje verbazingwekkend ook, wederom in geslaagd om zijn baan te houden.

'En, hoe is het?' vroeg May. 'Je boek. *Wat op de berg tot mij kwam.* Zit alles wat je ons hebt voorgespiegeld er ook echt in?'

'O, ja. En nog wel wat meer ook,' zei Edwin. 'Ik faxte meneer Soiree een contract, hij tekende het, en vanmiddag ben ik aan een eerste tekstlezing begonnen. Het is een heel raar manuscript. Lang, ondoorzichtig en voor zover ik het nu kan beoordelen zonder waarneembare vorm of structuur. Ik nam aan dat het op de gebruikelijke manier was opgebouwd, onderverdeeld in hoofdstukken; je weet wel, een over roken, een over financiële planning, een over het bereiken van een staat van innerlijk geluk enzovoort enzovoort. Maar niks hoor. Het leest als een lange, wijdlopige monoloog waarbij de afzonderlijke elementen ineengevlochten zijn tot één geheel. En toch… een raar iets, hoor. Er zit geen enkele structuur in – niet in de traditionele zin van het woord – maar wel een duidelijke lijn. Niets staat op zich, het houdt allemaal verband met elkaar. Soiree laat zijn gedachten allemaal door elkaar heen lopen, zodat je nooit echt weet waar het ene thema ophoudt en het andere begint. Het is een allegaartje. Een kwak Norman Vincent Peale, een dot Chopra, een snufje Dale Carnegie. Ook baseert hij een heel stuk op het hindoebegrip *moksha* – ik weet niet of ik het goed uitspreek – wat staat voor bevrijding van verkeerde begeerte.'

'"Bevrijding van verkeerde begeerte", klinkt als een van mijn onvertaalbare termen,' zei May.

'Nou je het zegt. Moksha. Het gaat uit van het idee dat het leven een reis is, van de ene fase naar de andere. Eerst begeren we sensueel genot. Dat is de hedonistische fase van ons leven. Daarna zijn we uit op materieel succes. Dat is de rijkdom-en-kleinodiënfase. Vervolgens streven we roem na of, als we daar niet in slagen, iets van blijvend belang, enigerlei nalatenschap. Iets wat we achterlaten voor onze kinderen of onze kleinkinderen zelfs. Op het eerste gezicht mag dat nobel lijken, maar volgens Tupak Soiree is dit niet anders dan gesublimeerde angst voor de dood. En…' Edwin zweeg abrupt.

'Wat?'

'Toen ik die passage las, overviel me het gevoel dat dit het enige moment was dat Tupak Soiree zich eventjes in de kaart liet kijken. Angst voor de dood en het verlangen om voort te leven; hoe dan ook. Al was het maar via onze kinderen. Of onze kleinkinderen. Een Don Quichotachtig streven naar onsterfelijkheid. Dat is tegelijk triest en heroïsch en tot mislukken gedoemd. Let wel, Soiree stopt daar niet. De laatste fase, een die slechts weinigen bereiken, is die van volmaakte innerlijke rust. Verlichting. De meesten van ons raken onderweg verstrikt in een of meer "verkeerde begeerten". Tupak Soirees doel is om iedereen op weg te helpen naar dat vierde en hoogste niveau. Tamelijk heftig, vind je niet? Het is allemaal reuze diepzinnig en spiritueel en dan – klabang! – geeft hij ons à la *Cosmo,* gezellig!, een vijfpuntentest om te kijken in welke fase van de Grote Hindoelevensreis we ons bevinden. Dat boek is net een roetsjbaan. Het is alsof' – en hier aarzelde Edwin, omdat de consequenties van wat hij op het punt stond te suggereren hem niet bevielen – 'je het geraaskal van een krankzinnige leest. Iemand die is weggeborgen in een gecapitonneerde isoleercel, iemand die veel te veel boeken heeft gelezen. Of misschien is het het geraaskal van' – en weer aarzelde Edwin, omdat hij niet wist of de consequenties van wat hij nu wilde zeggen hem evenmin zouden bevallen – 'een genie.'

'Krankzinnige. Genie. Het een sluit het ander niet uit,' zei May.

'Of wie weet was het een comité. Misschien is dit boek door meer mensen geschreven. Toon en stijl veranderen hier en daar abrupt. Alsof het een collage is. Haast een lukraak aan elkaar geplakte pastiche. Op een gegeven moment roert Soiree boeddhistische moraalfilosofie en kapitalisme met een indeterministische inslag door elkaar. En het gekke is, het werkt.'

'Hmm. Klinkt meer naar filosofie dan naar zelfhulp,' zei May met een frons. (Er bestaat niets ergers dan een boek dat je niet in een hokje kunt stoppen.)

'Is het ook, is het ook!' zei Edwin. 'Het ís filosofie. En psychologie. En fysica. En tips om af te slanken. Ik heb nog nooit zo'n ratjetoe van ideeën gezien – geleerde en van de kouwe grond, dwaze en sublieme – in elkaar geknutseld als een eksternest. Hij speelt leentjebuur bij de meest uiteenlopende bronnen, maar dan geeft hij er zijn eigen rare draai aan. Zo bestaat er een hindoegezegde: *De vinger die naar de maan wijst is niet de maan.* Wat ze daarmee bedoelen is dat we de geloofssymbolen niet moeten verwarren met de onderliggende realiteit waarvoor ze staan. Standbeelden. Iconen. Vingers. Ze mogen niet verward worden met het sacrale object, want dat is niet in woorden te vangen, niet te representeren. Maar Tupak Soiree gaat nog een stapje verder. Hij schrijft: *Dezelfde vinger die naar de maan wijst, pulkt ook in onze neus.*

May lachte. 'Dat is aards, neem ik aan.'

'Zeker, het is aards. En pretentieus. En banaal. Het is al het vorige en nog wat meer. Op een gegeven moment vertelt hij ons dat het prima is om pauze te nemen van ons verleden. Dat we een bordje mogen ophangen om de wereld te vertellen: "Ben vissen".'

'"Ben vissen?"'

'Inderdaad: "*Ben vissen.*" Kun je je iets banalers voorstellen? Maar daarna, meteen in het volgende stuk, slaat hij een zijweg in. Dan heeft hij het over de fysica achter karma en over het eeuwigdurende evenwicht van de energiekrachten in het universum. Op de ene bladzijde citeert hij Spinoza, op de volgende deconstrueert hij de Keynesiaanse economische theorie en daarna begint hij te praten over het geven van "zoenen om te zoenen" en "omhelzingen om te omhelzen".' Alles wordt op een hoop gegooid: ideeën, adviezen, filosofische begrippen. En toch, soms is het boeiend. Het laat je niet los. Ik heb nog nooit zoiets gelezen.'

'Wat wil je daarmee zeggen?'

'Dat we een probleem hebben. Een heel groot probleem. Als we dit boek uitgeven zoals het is, wordt het een flop. We mogen onszelf gelukkig prijzen als we onze productiekosten eruit krijgen. Het is gewoonweg te vreemd. Wie zou het kopen? Het is niet geschikt voor een specifiek segment van de markt, tenzij je "de mensen die voelen dat er iets in hun leven ontbreekt" daartoe rekent. En wat zou dat zijn? De helft van de bevolking?'

'Oh, meer,' zei May. 'Iedereen heeft wel iets wat hij of zij graag anders wil, iets wat ze willen veroveren. Of heroveren. Jeugd. Een herinnering. Een moment. Een ontbrekend stukje van de puzzel. Maar je hebt gelijk. Zo te horen bestrijkt dit boek een veel te breed terrein om geschikt te zijn voor gespecialiseerde verkopen –'

'En is het veel te eclectisch voor algemene verkopen. Toch denk ik dat ik het kan redden. Ik moet er alleen doorheen zien te komen. Dan laat ik de stukken die echt over zelfhulp gaan intact, haal de mystiek en de metafysica eruit, halveer de omvang, bedenk een slimme titel en doe er een aansprekende omslag omheen. Als dat me allemaal lukt, zou het best nog wat kunnen worden. Wat ons niet doodt, maakt ons sterker. Wie weet wordt het toch nog een klapper. Tijd, dat is het echte probleem. Ik heb maar een week of zo om het persklaar te maken en het ter goedkeuring naar de auteur te sturen. Maar weet je wat, May. Ik denk dat ik het kan. Ik denk dat het me gaat lukken.' Hij moest een beetje lachen om zijn eigen stelligheid.

May glimlachte nu ook en ze hief haar glas. 'Proost.'

'Op mij!' zei Edwin, terwijl ze klonken. En opeens, als een PS, maar wel een dat van grote betekenis zou blijken, toen de gebeurtenissen in de daaropvolgende paar maanden hun loop namen, zei Edwin: 'Het is gek, maar een paar stukken in het manuscript kwamen me erg bekend voor, weet je. Ik zei dat het las als één grote pastiche, en dat is ook echt zo. Het is net alsof ieder bestaand zelfhulpboek in de mixer is gegooid en daarna door kaasdoek werd gewrongen, waarbij toch de essentie van het genre werd gevangen. Zo had hij een paragraaf "De essentiële wetten die het geld regeren" en dat klonk me net een beetje te bekend in de oren. En toen wíst ik het. Tijdens mijn studie heb ik eens een boek gelezen, ik moest het bestuderen voor een college dat ik volgde. Het heette *De zeven wetten van het geld*. Dat zette me aan het denken. Wat als Soiree regelrecht materiaal uit andere boeken jat?'

'Plagiaat, parafrase; het is erg moeilijk om te bewijzen wat wat is,' zei May, het Tweede Gebod aanhalend.

'Weet ik. En een idee is niet auteursrechtelijk beschermd. Maar toch, er was iets aan wat Tupak schreef wat me een onbehaaglijk gevoel gaf. Ik bedoel, het was bijna exact zoals ik me *De zeven wetten van het geld* herinnerde. Dus tijdens mijn lunchpauze ben ik naar die grote tweedehandsboekenzaak op Fifth Street gegaan. Je weet wel.'

'Bryant's Books?'

'Nee, die andere, verderop. Tegenover de kruidenier. Hoe dan ook, *De zeven wetten van het geld* wordt niet meer gedrukt, maar ik heb een exemplaar op de kop weten te tikken. Het is geschreven door ene Phillips. En ja, Tupak Soiree baseert die paragraaf in zijn boek inderdaad direct op wat Phillips schreef. Da's zonneklaar.'

Hiervan keek May op. 'Plagiaat?'

'Nee. Geen plagiaat,' zei Edwin. 'Maar hier komt het: hij parafraseerde de tekst ook niet écht. Deels zat hij ernaast, andere stukken gooide hij door elkaar en de rest veranderde hij. Weet je wat het was, May? Het leek alsof hij het vanuit zijn geheugen schreef. Tupak Soirees interpretatie zat feitelijk dicht bij hoe ik me *De zeven wetten van het geld* herinnerde. Ons geheugen verandert dingen altijd: sommige details vervagen, andere worden sterker, andere ondergaan subtiele veranderingen. Dat is er gebeurd. Het was alsof Soiree opzettelijk niet het oorspronkelijke boek samenvatte, maar dat wat we ervan hebben onthouden. Het is verwarrend. En in de war raken is niet wat de mensen die zelfhulp kopen willen. Ze willen worden herbevestigd in hun gevoel van eigenwaarde. Ze willen worden geaaid en gepaaid en gesust met gemeenplaatsen –'

'"Geaaid en gepaaid en gesust met gemeenplaatsen"? Da's een goeie.' (May was gek op alliteratie. Als editor had zij zo haar zwakheden. Geef haar een glas wijn en een paar allitererende spitsvondigheden en je kon niet meer stuk bij haar. Ze had Edwin deels aangenomen omdat ze het idee van een ed. geheten Ed grappig vond.

'Ik maak me zorgen,' zei Edwin. 'Panderic heeft al in geen jaren een bestseller meer gehad; niet sinds *Balkan Eagle*. Okay, de Kippensoepreeks loopt nog steeds aardig, maar we hebben al een hele tijd geen echt kassucces gehad. We hebben een goudmijntje nodig.'

'Dat laatste zelfhulpboek dat jij hebt bewerkt. Hoe heet dat ook alweer?'

'*Wees wie je niet bent,*' zei Edwin.

'Dat liep goed.'

Zelfs Edwin moest toegeven dat *Wees wie je niet bent* aardig had verkocht. 'Maar toch…'

'Maak je geen zorgen,' zei May. 'Ik zal je een geheimpje verklappen. Onze afdeling biografieën heeft bijna een deal rond met een werkster die zegt dat ze seks had met de vice-president en met de voorzitter van het Huis van Afgevaardigden…' Hier pauzeerde May even ter verhoging van het dramatische effect. '…Tegelijk.'

'O, god!' zei Edwin. 'De VP is democraat en de voorzitter republikein.'

'Weet ik. Is dat schokkend of niet? Alleen al met dit schandaal dekken we de kosten van de hele herfstaanbieding. Dus maak je niet al te veel zorgen over je zelfhulpboek. Zolang we de kosten maar dekken en een kleine winst maken, zit je goed. Panderic gaat miljoenen maken met die ontboezemingen over *Seks in het Capitool.*'

'Tsjonge. Een republikein én een democraat.'

'Tegelijk,' zei May.

'Ongelooflijk.' Edwin streek een lucifer af, stak pas de tweede sigaret van die avond op (hij probeerde te minderen) en inhaleerde diep. 'Nou, seks verkoopt. Mensen kunnen er niet genoeg van krijgen. Het is net een soort honger,' zei hij, het Eerste Gebod aanhalend. En het begrip seks – of liever gezegd het beeld ervan – hing tussen hen in als een zware, klamme belofte die er lang over deed om op te lossen.

'Mokita,' mompelde May, maar niet zo zacht dat Edwin het niet kon horen 'Mokita.'

Hoofdstuk 13

Bij thuiskomst trof Edwin een huis zonder Post-it Notes aan; alsof ze als vlinders naar het zuiden waren gemigreerd. Jenni zat nu midden in een feng-shuifase. Ze had de hele dag met meubels gesleept om de opstelling in harmonie te brengen met de kosmische adem. De blauwe objecten in het huis waren in de oosthoek gegroepeerd. Geel was naar de westkant verbannen en roze naar de noordkant. Televisie en koelkast waren abnormaal schuin neergezet – 'om het stromen van energie te vergemakkelijken'. De ringen van het douchegordijn hadden een raar fluorescerend oranje tintje gekregen. Dat moest Edwin en Jenni rijk en geslaagd maken. (Kennelijk zijn de goden stapel op feloranje douchegordijnringen.)

Terwijl Edwin door het product van deze nieuwste vlaag van zelfverwerkelijkingsdrift van Jenni doolde, moest hij denken aan iets wat May ooit tegen hem gezegd had. Iets over wat zij de Bruce-Springsteen-Middelbare-School-Compatibiliteitstest noemde.

'Toen Bruce Springsteen met zijn eerste vrouw trouwde, las ik een tijdschriftartikel over hem,' had May gezegd. 'Zij was een elitair fotomodel, Julianne en-nog-wat. De redactie van het tijdschrift had de hand weten te leggen op oude foto's van de bruid en de bruidegom uit de jaarboeken van hun middelbare scholen. De foto's waren naast elkaar afgedrukt bij het artikel. En weet je wat? Op de middelbare school zou Julianne Bruce nooit een blik waardig gekeurd hebben. Ze was een rijke meid, de koningin van het schoolbal. Cheerleader, zat in de leerlingenraad. Was Miss Populariteit. Hoorde bij de incrowd. Bruce zijn jaarboekfoto daarentegen laat een onbeholpen, verlegen paria zien. Julianne kwam uit Lake Oswego aan de westkust, een slaapstad waar de rijken wonen. Iets totaal anders dan de fabrieken en de kroegen in New Jersey. Bruce en Julianne kwamen uit verschillende werelden. Als ze op dezelfde middelbare school hadden gezeten, zou Julianne op hem hebben neergekeken. En nu trouwden die twee? Zuiver en alleen op grond van hun jaarboekfoto's zei ik meteen dat hun huwelijk tot mislukken gedoemd was. En ik had gelijk. Uiteindelijk verliet hij haar voor zijn achtergrondzangeres, Patti Scialfa, een toffe meid uit New Jersey. Op de middelbare school zouden Patti en Bruce het prima met elkaar hebben kunnen vinden.'

May noemde het een compatibiliteitstest: mensen die op de middelbare school nooit van z'n leven met elkaar zouden zijn opgetrokken, moesten later nooit met elkaar trouwen. 'We stijgen nooit wezenlijk boven onze middelbareschooltijd uit,' zei ze. 'We onderdrukken alleen wie we toen waren. Wie we zijn verandert nooit echt. De mooiste en populairste meid op school zal altijd de *belle* van het bal blijven. En een buitenbeentje blijft altijd een buitenbeentje.'

May had in zijn algemeenheid gesproken, maar in haar opmerkingen had iets van venijn gezeten. Edwin veinsde dat hij het niet echt met aandacht had gevolgd. 'Interessante theorie. Weet je al wat je gaat nemen? Het dagmenu lijkt me wel wat.' Vanbinnen echter, vrat het aan hem. Hij had Jenni's jaarboek gezien, wist dat ze indertijd het populairste meisje was op een middelbare school in een uiterst statusbewuste, betere buurt. Hij wist dat Jenni zich nog niet verwaardigd zou hebben om met hem te praten. Hij met zijn acne, zijn dikke brillenglazen en zijn *Norton Anthology* onder de arm. Hij, die slungelige figuur die vooral opviel door zijn Latijnse citaten en droge, sarcastische terzijdes. En dat gebrek aan aandacht zou hem hebben gekrenkt. (Ofschoon hij zijn medeleerlingen minachtte, hunkerde hij toch naar hun goedkeuring.) Een groot deel van zijn schooltijd had Edwin de Valu geprobeerd om in de gunst te komen bij veel dommere mensen dan hijzelf. En hoewel dit hem een gezond ego en een zekere mate van arrogantie opleverde, had dit tevens zijn eigen positie als permanente buitenstaander onderstreept.

Toen Jenni, vlak nadat hij bij Panderic was begonnen, voor het eerst – wonder boven wonder – wel een afspraakje met hem wilde maken, gaf dit hem het gevoel eindelijk als persoon bevestigd te worden. Toen ze voor het eerst lachte om zijn gevatheid (de avond ervoor had hij die grap voor de spiegel ingestudeerd), toen ze gretig toehapte bij zijn volgende uitnodiging, toen wist Edwin dat hij met haar zou trouwen. Wist het nog voordat ze voor de tweede keer uitgingen. Hij zou haar trouwen om zijn vroegere zelf te onderdrukken. Hij zou haar trouwen opdat hij zijn eigen jaarboekfoto kon uitgummen, opdat hij tegen zichzelf kon zeggen: 'Kijk 'es, het is je gelukt!'

En nu dit. De koperen ring sloeg groen uit. Het huis was ingericht volgens een grillig kleurenschema; zijn televisie was omgedraaid volgens denkbeeldige energielijnen en hij had het gevoel dat hij leefde met een vervanger. Jenni leek amper echt. Leek eerder op een jaarboekfoto van zichzelf. Een knipplaat op ware grootte. Een permanente koningin van het eindexamenbal.

Misschien had May gelijk. Misschien bevatte haar theorie een harde kern van waarheid. Misschien overstijgt niemand ooit de middelbareschooltijd. In elk geval had Edwin door haar theorie enige affiniteit en halfslachtige sympathie opgevat voor Bruce Springsteen.

Hoofdstuk 14

Die nacht gebeurde er iets vreemds.

Edwin was thuis. Het manuscript lag voor hem uitgespreid. Hij zwoegde om Tupak Soirees monster in een ietwat hanteerbaarder vorm te dwingen. Inmiddels had hij enkele thematische hoofdlijnen onderscheiden en geïsoleerd, het merendeel van de ondergeschikte ingekort, de meer abstracte overpeinzingen eruit gegooid, de lange omslachtige passage over liefde samengevat in zeven overzichtelijke punten en hij was zich door een mistig geschreven paragraaf over 'de cognitieve dissonantie van het zelf' aan het worstelen toen hij op Tupak Soirees aanwijzingen stuitte over stoppen met roken. En dit gebeurde precies op het moment dat hij een nieuwe sigaret pakte – wat je noemt een buitengewone samenloop van omstandigheden.

'Luister naar me!' schreef Tupak. 'Luister. Nu, en ik bedoel nú, pak je alle sigaretten die je hebt en je vult een glas voor een kwart met warm water. Nu houd je één sigaret apart – eentje maar. Dit is de allerlaatste sigaret die je ooit nog zult roken. En wel zo dadelijk. Je staat op het punt om voorgoed met roken te stoppen. Ga naar het toilet en gooi er de rest van de sigaretten in, maar je trekt niet door. Kijk naar die drijvende sigaretten. Kijk dan in de spiegel naar jezelf. Steek die ene laatste sigaret op. De allerlaatste sigaret die je ooit nog zult roken. Maar savoureer hem niet. O, nee. Rook hem niet langzaam op. Streel hem niet. Geniet er niet van. Je moet niet treuzelen met je laatste sigaret. Doe je dat wel, dan wordt dit zeker *niet* je laatste sigaret. Ik wil dat je die laatste sigaret zo vlug mogelijk, zo snel als je kunt oprookt. Houd de rook binnen en stop niet om adem te halen. Rook! Rook! Snel! Doe het nu!'

Edwin blafte en hoestte, trok zo snel als hij kon, zoog de rook in terwijl het papier knisperde en het oranjerode kooltje een askegel werd.

'Laat de peuk nu vlug in het glas vallen. Gooi hem in het glas. Kijk naar hoe hij daar doorweekt drijft en het water langzaam zwart kleurt. Daar heb je hem. Je laatste sigaret. De allerlaatste. Breng nu het glas naar je lippen…'

Dus daar stond Edwin, met zijn mond vol goor water. De peuk dreef in zijn mond, terwijl hij ingespannen in de spiegel keek. Hij onderdrukte de neiging om te kokhalzen of te slikken, te spuwen of te kotsen. Hij stond en staarde en begon aan wat Tupak Soiree noemde: 'de scheiding van gewoonten van de identiteit'.

'Het is meer dan roken of niet roken. Het is meer dan gokken of te veel of te weinig eten. Dit zijn louter de symptomen van een uit zijn evenwicht gebrachte ziel. Het zijn niet anders dan verkeerd gerichte gewoonten. Concentreer je geestelijk op het anders richten van deze gewoonten. Laat ze maar naar hun plaats zweven, een voor een.'

En er verschoof iets. Iets, net onder het oppervlak, als een ader onder de huid. Het was alsof de verschillende lagen van Edwins persoonlijkheid – de talrijke tekortkomingen en eigenaardigheden, de tics en trekken die tezamen maakten wie hij was – zich langzaam begonnen los te maken. In de spiegel zag hij het bijna voor zijn ogen gebeuren. Als hij zou loslaten, geestelijk, dan zou het proces…

Edwin hoestte en spoog het water uit, spoog de peuk in het toilet, trok door en nog eens en nog eens. Hij was helemaal draaierig. Het voelde alsof hij rakelings langs iets duisters, warms en sterks was gegaan. Hij spoelde zijn mond, smeet koud water in zijn gezicht en keek in de spiegel.

'Ik ben Edwin de Valu,' zei hij. 'Ik ben Edwin Vincent de Valu en ik rook te veel. Dát is wie ik ben.'

Hij voelde de paniek langzaam wegebben. Bijna was hij de greep op zijn identiteit verloren; bijna had hij haar laten desintegreren en uiteen laten drijven in haar samenstellende delen; bijna was hij het geheel kwijtgeraakt.

'Eng! Ik ga even sigaretten halen!' Edwin schoot in zijn overjas.

Jenni – gehuld in badjas, een handdoek om het haar gewikkeld en blootsvoets – kwam de vestibule in. 'Heb je echt een sigaret nodig? Op dit uur van de nacht?'

'Nee,' zei Edwin, 'dat heb ik niet. Niet echt. Daarom ga ik ze halen.'

Hij sjokte de regenachtige, nevelige nacht in, zoekend naar een buurtwinkel die nog open was, zoekend naar nicotine, zoekend naar slechte gewoonten.

Ondertussen, op 668, ging Jenni aan de keukentafel zitten. Ze bekeek het manuscript, stapelde het zus, stapelde het zo. En opeens, zonder er echt bij na te denken, pakte ze een paar bladzijden en begon te lezen.

Hoofdstuk 15

Bij het bewerken bleef *Wat op de berg tot mij kwam*, door het ontbreken van enigerlei samenhang, een bron van frustratie voor Edwin. Delen van het manuscript kwamen uit bronnen zo oud als *Het Tibetaanse dodenboek*. Andere stukken waren kennelijk zo uit kranten gelicht.

Midden in zijn tantristische herinterpretatie van de *Kama Soetra*, zo tussen suikerzoete, wazige new-age-erotica in, begon Soiree opeens over een artikel in het tijdschrift *Natural Health*, dat inging op een recentelijk gedaan wetenschappelijk onderzoek dat had aangetoond dat regelmatige seksuele activiteit goed was voor het immuunsysteem. 'Uit het onderzoek bleek dat mensen die één of twee keer per week seks bedrijven 29 procent meer immuunglobuline (IgA) hebben, een biochemische stof die een rol speelt bij de bestrijding van ziekten.' Deze droge, wetenschappelijke passage pleurde hij zo in een verhandeling over 'de siddering van de bleekgroene stengel in de warme poel van de lelie'. Je verstand stond erbij stil. Het leek net alsof je probeerde om een palimpsest te lezen, een perkamentrol die was beschreven en daarna afgekrabd en opnieuw beschreven. En dat niet één keer, nee, talloze keren, waardoor er slechts vage indrukken op waren achtergebleven. Dat is wat dit is, dacht Edwin, het ís een palimpsest. (En zoals de gebeurtenissen later uitwezen, had Edwin gelijk. Het betrof inderdaad een palimpsest, misschien alleen niet van het type dat hij vermoedde.) Het lezen van *Wat op de berg tot mij kwam* was als het lezen van tien verschillende over elkaar heen gelegde boeken, het ene boven op het andere. Het was alsof je een hele bibliotheek tegelijk probeerde te bewerken. Het was… het was verdomd irritant, dát was wat het was. *Wat op de berg tot mij kwam* affronteerde de redacteursgeest door de basisbeginselen van compositie en helderheid te negeren. Het overtrad niet gewoon de regels, het herschreef ze.

Er waren zelfs geen hoofdstukken die de woordenvloed onderbraken. Soiree zelf nam nauwelijks adempauze, voordat hij zich halsoverkop in zijn volgende onderwerp stortte. Hij denderde maar voort. Het proza stroomde over de bladzijden, teugelloos. Ieder idee was met het volgende verweven. Het was een aaneenschakeling van verknoopte denkbeelden. Een overwoekerde rozentuin, meer doorns dan bloemen. Een goed gerichte bijl, dat had *Wat op de berg tot mij kwam* nodig.

Edwin begon lekker bekkende zinnen te omcirkelen om ze eventueel te gebruiken als hoofdstuktitels, maar alras werd ook die lijst een onoverzichtelijk zooitje:

1. Het weer van gisteren
2. Ben vissen
3. Het bedrog van diëten (en het dieet van bedrog)
4. De vinger die naar de maan wijst
5. Verover je geluk
6. De kunst van het kussen
7. Gekust door de kunst
8. Laat je geld zingen
9. Inleiding tot de organische economie
10. Mijn moeders lievelingsrecept voor rapenstoofpot

En dit waren pas de eerste honderd bladzijdes.

Punt vijf op de lijst ('verover je geluk') was uiterst lastig, want Soiree gebruikte het woord 'geluk' op de manier waarop sommige schrijvers met leestekens strooien. Bovendien was de kerngedachte troebel en krachtig tegelijk, zoals wanneer je een gedicht leest in een taal die je maar half begrijpt. 'Verover je geluk. Je geluk is het enige dat je hebt. Volg het waarheen het je leidt, en leid het waarheen je wilt. Volg het ook als het jou leidt en jij het leidt.' Hier had

Edwin, als editor, maar één opmerking bij geschreven: '?'. (Viel er iets anders te zeggen? Het sloeg, verdomme, toch nergens op.) En naarmate Edwin verder doordrong in het kluwen proza, verder, almaar verder, terwijl de zinnen zich opstapelden en de zinsbouw almaar ingewikkelder werd en het betoog almaar indirecter, kreeg hij zo ongeveer het gevoel dat hij onder hypnose raakte. Hartstikke bedwelmd door woorden. Wie weet was onze mysterieuze Tupak Soiree in werkelijkheid een meesterhypnotiseur, een mentalist die een fijn en ingewikkeld web spon van dooreen geweven... Edwin schudde de versuffing van zich af, haalde diep adem en zei tegen zichzelf: 'Het is maar een boek, Edwin. Het is maar een boek.'

De volgende morgen begon hij met de kaalslag en het verbranden.
De tijd begon te dringen. Niks Meneer Coulant meer. (Dikwijls bond Edwin in deze fase van bewerking een banzaihoofdband om en hing hij een plakkaat met daarop 'Zonder erbarmen!' boven zijn bureau.) Zwaaiend met zijn machete ging Edwin aan de slag. Hij hakte hele stukken uit het manuscript, nog net niet lukraak. Hij spaarde alleen de banaalste (m.a.w. verkoopbaarste) stukken en gooide de rest eruit. Hij bracht de passage over roken terug tot één kadertje: 'Nuttige Tip! Wanneer het moment daar is dat je wilt stoppen, ga dan niet van die laatste sigaret genieten. Rook hem snel op en verder geen gezeur. Je moet vooral geen goede herinneringen bewaren aan "je laatste rokertje".' Verdwenen waren de gedeelten over het "uit elkaar nemen van je persoonlijkheid". En verdwenen waren de semi-hypnotische oefeningen in "het anders richten van je karaktertrekken".
Edwins redactionele geweldpleging resulteerde zoetjesaan in een zonnig, vrolijk boek, lekker bomvol banaliteiten. De verrukking die Edwin hierover voelde moest verwant zijn aan wat een kunstenaar voelt wanneer zijn werk vorm begint aan te nemen. Alleen zou Edwins vak, dat van editor, altijd negatief blijven – een kwestie van ruimen, niet van scheppen. Onbelangrijk. Edwin voelde zich goed. Wie weet werd het boek van Tupak Soiree wel Panderics volgende *Kippensoep*. 'Wees altijd op succes voorbereid,' had meneer Mead

gezegd. Daarom hadden ze een nieuwe, betere titel nodig. Een waarmee je er probleemloos een doorlopende serie van kon maken, mochten de verkopen dit rechtvaardigen. Weliswaar konden ze het tweede boek *Wat in de lucht tot mij kwam* noemen, en de daaropvolgende *Wat op zee tot mij kwam* en *Wat in het bos tot mij kwam* enzovoort, maar Edwin zocht naar iets pakkenders. Bovendien zouden ze snel door inspirerende natuurlokaties heen zijn en wat moesten ze dan? (*Wat op de istmus tot mij kwam, Wat op de toendra tot mij kwam, Wat in de semi-arctische bossen tot mij kwam.*)

'Wat dacht je van iets met bloemen?' vroeg May.

Ofschoon Edwin thuis werkte, waren May en hij overeengekomen om elkaar halverwege het kantoor en zijn huis te ontmoeten.

'Eet, eet,' zei Edwin. 'O'Connor's serveert een behoorlijke gegrilde roggenbroodsandwich met cornedbeef, Zwitserse kaas en zuurkool. En ze doen er kosjer zuur bij.'

'Kan niet. Ik ben op een streng dieet van kwark en tonic.'

May had het laatste nummer van *O* gelezen, en Edwin moest zichzelf bedwingen om niet 'Je hoeft niet af te vallen, May. Je bent mooi' te zeggen. Maar dat kon hij niet zeggen. Hij kon het niet zeggen, omdat dit tot een ongemakkelijke stilte geleid zou hebben, omdat de Sheraton Timberland Lodge hun wereld dan weer binnen zou denderen. In plaats daarvan zei hij: 'Bloemen?'

'Voor de titel. Iets in de trant van *Een boeket rozen om je te helpen groeien.* De lijst met bloemennamen is bijna onuitputtelijk. *Een vaas vol tulpen, Een tuil madeliefjes, Een ruiker wilde hyacinten.* Dat kun je eindeloos uitspinnen.

'Niet slecht,' zei Edwin. 'Helemaal niet slecht. Zelf dacht ik voor de titel meer aan iets met potpourri erin. Om de gevarieerde aard van het boek te benadrukken. Er wordt een enorme hoeveelheid onderwerpen in aangeroerd. Van soep tot noten, zogezegd.'

'Ik heb het!' zei May. 'Chocolaatjes. *Een assortiment chocolaatjes om op te knabbelen.* We gebruiken aaneengeschreven cursief op het omslag. Misschien moet de titel zelfs met een zijden lint uitgeschreven worden. Op de voorkant zetten we een hartvormige doos, waarin elk chocolaatje een ander kopje krijgt: liefde, geluk, werk, geld.'

'Chocolaatjes,' zei Edwin. 'Vind ik een goeie. Vind ik een hele goeie.' Hij pakte zijn sigaretten, dwong zichzelf er een op te steken, inhaleerde bittere rook, probeerde niet te kokhalzen. Een walgelijk gevoel, maar toch dwong hij zichzelf door te roken om in elk geval een symbolische poging te doen. Halverwege gaf hij het ten slotte op en drukte de sigaret uit. Hij had een misselijkmakend, vettig gevoel in zijn aderen.

'Chocolaatjes,' zei hij, en hij liet zijn mond vollopen met Guinness, om zo de tabakssmaak en de associaties die deze inmiddels bij hem opriep weg te spoelen. 'Briljant, May. Hartstikke briljant. Alleen al als ik eraan denk, krijg ik kippenvel.'

En toen, eigenlijk zomaar, lag de Sheraton Timberland Lodge plots met een klap tussen hen in. Ze glimlachten elkaar toe, net iets te lang en net iets te warm.

'Chocolaatjes,' zei May na een langgerekte stilte. 'Chocolaatjes voor de ziel. Daar hebben ze behoefte aan, en dat zullen we ze geven.'

Hoofdstuk 16

Na Edwins laatste ronde in de marathon van redactioneel slagers-
werk, waarbij hij sneed en hakte en steeds incoherenter opmerkingen in de kantlijn krabbelde, begon zijn gezichtsvermogen hem in
de steek te laten. Zijn ogen begonnen te kloppen, en hij ging ver-
troebeld en onscherp zien. Als schrijvers aan een 'overbelaste-pol-
sensyndroom' konden lijden, dan leden editors net zo hard aan een
'uitgeputte-ogensyndroom'. Hij hield een ijskompres tegen zijn gesloten oogleden, smeet telkens water in zijn gezicht, probeerde zelfs
spontaan eventjes oogbal-aerobics, maar niets baatte. Hoogste tijd
om onder de wol te kruipen.

Hij gaapte, rekte zich uit en zei hardop: 'De glitter en glamour
van het redacteursbestaan. Kan niets tegenop.'

Deze ronde was niet geheel en al saai verlopen. Even na mid-
dernacht, terwijl Edwin met zijn machtige blauwe potlood in het
manuscript tekeerging en ongeremd woorden om zeep bracht, zag
hij vanuit zijn ooghoek, bij het omslaan van een pagina, dat er op
de achterkant iets stond. Het was een handgeschreven boodschap
in wat je niet anders dan een dronken krabbelpoot kon noemen.
'Oliver Reed is dood, en zelf voel ik me ook niet goed.'

Dit verbaasde Edwin.

Oliver Reed? Wie was Oliver Reed in godsnaam? De naam klonk
bekend, maar irritant genoeg wist Edwin niet waarom. Een zanger?
Een musicus? Een acteur misschien? Maar waarom dook die Oliver Reed hier op? En welk verband bestond er met Tupak Soiree
en het zoeken naar menselijk geluk?

Inmiddels bonsde Edwins hele hoofd. Zijn cerebellum en zijn

oogkassen deden pijn van de zware inspanning (geestelijk en anderszins). Hij knipte de tafellamp uit en wankelde naar zijn bed. Oliver Reed? Wie was Oliver Reed in godsnaam?

Toen Edwin vermoeid tussen de lakens kroop, wachtte er iets op hem; iets wilds en ongetemds. Een tijgerin. Een verleidster. Zijn vrouw. Ze wierp zich op, onder, om, over hem als een lange, natte lik.

'Eng? Nee, heus, ik…'

'Grrrr,' zei ze.

'Nee, heus. Ik ben niet in de stemming. Ik ben doodop. Echt waar.'

Ze liet haar vingers langs zijn ribbenkast omhoog glijden, haast alsof ze zijn ribben telde. Op een bepaalde plek hield ze op en streek toen met de duim van haar andere hand langs de binnenkant van zijn dijbeen naar boven en drukte. Een elektrische schok, een klap, en plots zat ze op hem. Ze glibberde over zijn lichaam en voordat hij begreep wat er gebeurde was hij in haar, gevangen in haar ritme, trillend als een vlieg in een web. Diep binnen in haar deed Jenni iets. Ze gaf een soort tegenstoot vanuit een hoek die een druk op hem gaf, waardoor de vonken uit zijn poriën spatten en de bliksem door zijn synapsen schoot. Het leek alsof ze cognac over zijn lichaam had uitgegoten en in brand gestoken. Hij hoorde haar zacht ademhalen, terwijl hun ritme zijn crescendo bereikte, zuchten afgewisseld met snikken, snikken afgewisseld met kreunen. Hij wist dat ze bijna klaarkwam, voelde de spanning zich opbouwen en toen, op hetzelfde moment als zij – op precies datzelfde kosmische moment – kwam Edwin ook, explosie volgde op explosie, de ene na de andere, bijna als de finale van een muziekstuk.

Tijdens het naspel gleed Jenni van hem af, rolde zich op haar zij en viel meteen in slaap; spinnend en snurkend, snurkend en spinnend. Edwin lag daar, zijn lichaam heet en nat tussen de lakens, opgewonden over het zojuist gebeurde. Hij voelde zijn dijbeen spastisch trillen en kon het niet stoppen. Want Edwin de Valu, snap je, had nooit eerder een meervoudig orgasme gehad. Het duizelde hem. Zijn emoties tolden rond als een losse deksel. Het was op een speciale manier angstaanjagend.

En terwijl hij daar lag te luisteren naar het bonken van zijn hart en voelde hoe zijn been trilde, merkte hij dat het bed nog steeds keurig opgemaakt was. En dit gaf hem een akelig soort voorgevoel. De lakens en dekens waren niet in het minst verknoedeld, tijdens het hele gebeuren. Ze waren niet eens verkreukeld.

Het duurde lang voordat Edwin in slaap viel.

De nacht erop schoof Jenni naar Edwins kant van het bed en vol-voerde dezelfde erotische aanval als daarvoor. En de nacht daarop. En die daarop. Iedere aanval was even hartstochtelijk en opwin-dend als die ervoor. En iedere aanval was volkomen hetzelfde. Ed-win had nooit gedacht dat dit kon: mechanische seksuele extase.

Pas veel later belandde hij bij het gedeelte in het manuscript dat de Li Boktechniek beschreef: een bizar allegaartje van kille gynaeco-logische informatie over 'hoek van penetratie' en 'tegendruk' en 'zachte-weefselplooien' en romantische, zweverige passages over het Hooglied en de mystieke vereniging van tegengestelden. Het was om pijn aan je hersenen van te krijgen. Edwin had gezegd dat zijn hoofd ging zoemen van het lezen van het manuscript, en hij had gelijk. (Vergelijkingen waren altijd al zijn sterke kant geweest.) Net als bij-en in een lege augurkjespot maakten Tupak Soirees ideeën je knet-tergek. Je werd er zo hoorndol van dat je maar twee dingen kon doen: ofwel je bezweek en aanvaardde ze als de waarheid of je vluchtte.

Als editor kon Edwin geen van beide. Dus bleven zijn ogen ver-troebeld en pijnlijk, bleef zijn hoofd zoemen en bleven zijn nach-ten gevuld met staccato-explosies van intens seksueel genot.

'Je moet het stuk over Li Bok bestuderen,' kirde Jenni menig-maal. 'Het schijnt beter te werken als je het samen doet. Vrouw. Man. In samenwerking.'

'Ik weet het, ik weet het,' zei Edwin. 'Mannen komen van Mars. Vrouwen komen van Venus.'

'Precies,' zei Jenni met stralende ogen. 'Maar samen leven ze op Jupiter. Snap je?'

Maar natuurlijk snapte Edwin het niet. Voor hem kreeg het nooit vorm, sloeg het nooit ergens op. Niets uit het manuscript. Hij beschouwde de hele *Wat-op-de-berg-tot-mij-kwam*-ervaring als een moeras van contradicties.

'Het is net zo'n driedimensionale magische kaart,' had Rory de Schoonmaker gezegd. 'Eerst zie je alleen een zooi puntjes, maar dan opeens – *tak!* – komt er een figuur te voorschijn. Net toverij. Het ene moment neem je alleen chaos waar en het volgende verschijnt er een vorm met echte massa en dimensie. Zo is het ook met Tupak Soiree en zijn werk. Wanneer het kwartje valt, gebeurt dat plotseling. In een flits.'

Helaas bestaan er mensen die uren naar zo'n magische kaart kunnen staren, kunnen staren tot hun ogen er pijn van doen, zonder ooit iets te zien verschijnen. En dat was Edwins gevoel toen hij door Soirees woordenspringvloed ging en het probeerde om te werken tot iets eenvoudigers. Iets veiligers.

Hoofdstuk 17

In de loop van de volgende vier dagen werkte Edwin de Valu harder dan hij in de zes maanden ervoor had gedaan. Hij schrapte, hakte en mepte in het wilde weg. Het manuscript moest, als was het een mythisch beest, neergeslagen of in elk geval onderworpen worden en Edwin kon het zich niet permitteren om te versagen. Niet nu. Dus zo gebeurde het dat het hem – nadat hij zich door het manuscript heen had geworsteld, een pad achterlatend bezaaid met de weggesneden restanten met bloed bespat proza – ten slotte, tegen alle verwachtingen in, lukte om *Wat op de berg tot mij kwam* te beknotten tot iets meer dan driehonderd pagina's. Wat ooit een moeras van woorden was, was nu lekker, licht leesvoer. Hij deelde de tekst op in 'praktische wenken' en 'nuttige trucs' en 'geheugensteuntjes'. Hij voegde aantekeningen bij voor de grafisch vormgevers, deed suggesties voor het gebruik van reeds bestaande, copyrightvrije verfraaiingen: een roos hier, een striptekeningetje over een chocoladehart daar. De pagina's waren overdekt met zetaanwijzingen en slordig neergekrabbelde opmerkingen in de kantlijn, maar Edwin had de slag gewonnen. De eerste partij *Chocolaatjes* was bijna klaar. Hij pakte het bewerkte manuscript in en verstuurde het per expres met FedEx naar Tupak Soiree, p/a Paradise Flats Caravanpark en slaakte vervolgens een vermoeide doch triomfantelijke zucht. Het ontbrak hem aan de energie om te juichen of zelfs maar zijn armen boven zijn hoofd te tillen, maar hij wilde het vieren. Al bijna een week had hij geen enkele nacht voldoende geslapen en hij had het gevoel dat zijn lichaam was leeggelopen (in de letterlijkste betekenis van het woord), maar dat donderde niet. Hij gaf May een belletje.

Een snelle borrel werd een lichte lunch en een lichte lunch werd een lang gesprek tot diep in de nacht. Voor Edwin voelde het alsof er een zware last van hem af was gevallen. Hij had het gevoel dat hij zo kon wegzweven, dat zijn borstkas met helium was gevuld. En vanachter haar wijnglas glimlachte May naar hem, een warme, mauve uitgestrektheid. (Ze was van lipsticktint veranderd. Ze had een zachtere tint uitgezocht, maar niettemin een uit de Wasco-cosmeticalijn.) Edwin de Menselijke Kleerhanger en May met de Mauve Lippen; ze vormden een onwaarschijnlijk paar, zoals ze daar zaten in het halfduister, bier en wijn bestelden en lachten om niets. Nou ja, dat was niet helemaal waar. Ze lachten om meneer Mead, wat min of meer op hetzelfde neerkwam.

'Toe, Edwin, je moet het de man nageven. Hij heeft zijn littekens verdiénd. Meneer Mead heeft leergeld moeten betalen; hij is niet wat je noemt omhooggevallen. Jezus, die man heeft zes jaar feitjes lopen controleren voor Tom Clancy! Zes jaar! Dat is een record dat misschien wel nooit gebroken wordt. De enige die daar in de buurt kwam was die andere vent. Die controleerde Clancy's feiten vierenhalf jaar. En hij belandde in een gesticht, waar hij technogewauwel spuide en in woorden van een pagina breed sprak. Meneer Mead bracht het er levend van af.'

Edwin kende het verhaal, had het al vele malen aangehoord. Het werd gefluisterd wanneer meneer Mead voorbijkwam, gefluisterd op een toon waaruit ontzag en respect sprak. 'Da's de man die zes jaar feiten heeft gecontroleerd voor Tom Clancy.' Binnen de uitgeverswereld genoot meneer Mead het respect dat doorgaans is weggelegd voor geharde Vietnamveteranen. 'Zes jaar. Let wel, zes jaar.'

'Zeg,' zei Edwin, 'heb jij weleens gehoord van de Li Boktechniek?'

'Mmm?' May had haar mond vol met chocolade-kwarktaart. Ze had besloten dat ze een dagje 'vrijaf' had van haar dieet (bleekselderij en niet-koolzuurhoudend sodawater) en daar profiteerde ze ten volle van.

'Li Bok,' zei Edwin. 'Het is een vrijtechniek. De vrouw neemt het initiatief, maar omdat de hoek bij het, uh, ritme past, bereiken de man en de vrouw meestal, je weet wel, tegelijk een climax. Het staat in Soirees boek. Te gek. Ik zweer je, dat gaat de g-plek verdringen.'

'Nee,' zei May gespeeld ontzet. 'Niet de g-plek.'

'Het is waar. Dat Li Bokgedoe werkt. Echt waar.'

'Nou,' zei May droog, 'het veronderstelt wel dat je een partner hebt om het mee te doen.'

'Nee, nee,' zei Edwin iets te snel. 'Ik bedoel, je hebt niet per se een partner nodig. Mensen alleen kunnen het ook doen. Er zit een heel stuk over zelfliefde in. Je weet wel' – hier ging hij zachter praten – 'masturbatie.'

'En waarom,' zei May onmiskenbaar koeltjes, 'zou dat speciaal voor mij interessant zijn?'

'Nou ja, uh…'

'Edwin, wie weet heb ik wel een dozijn smoorverliefde minnaars die gedichten voor me schrijven. Wie weet rijden er diep in de nacht wel smachtende mannen langs mijn raam. Wie weet rijden er diep in de nacht wel *vrouwen* langs mijn raam. Wie weet stort ik me thuis wel iedere avond van de week in een orgie.'

'Okay, okay,' zei Edwin. 'Ik geloof je. Je hoeft niet zo plastisch te worden. Ik besef overigens dat jij, als vrouwelijke topmanager, nooit maar dan ook nooit masturbeert.'

'*Au contraire*,' zei May monter, 'ik heb het eergisteravond nog gedaan. En de hele tijd dacht ik aan jou.'

Hij lachte. '*Touché.*' Maar wat Edwin niet besefte, wat hij niet kon beseffen, was dat May de waarheid sprak.

'En trouwens,' zei May, 'wat zegt hij over homohuwelijken? Het lijkt erop dat jouw meneer Soiree niet aan alles heeft gedacht.'

'Nou, dat deed hij wel. Er is een Li Bokvariant voor homo- en lesbostellen. Toegegeven dat die niet echt uit de verf komt.'

May wierp hem andermaal een mauve glimlach toe. 'Tja,' zei ze. 'Dan zul je die moeten uitproberen, hè? Je ervan overtuigen dat gays er ook iets mee kunnen.'

'Geen probleem,'zei Edwin. 'Ik zal Nigel vragen of hij wil helpen. Waarom niet. Hij naait me toch al jaren.'

May lachte, en Edwin bestelde nog een drankje.

'Oliver Reed,' zei Edwin. 'De acteur. Wat weet jij van hem?'

'Superman?'

'Nee, niet Reeve. *Reed*. Een Britse acteur, geboren in Wimbledon. Op 13 februari 1938. Ik heb zijn naam door ons programma met biografieën van beroemdheden gehaald. Herinner jij je die grote gladiatorfilm? Daar zat Oliver Reed in. Het was tevens zijn laatste film, want hij stierf tijdens de opnamen. In Italië of zo. Kennelijk had hij nog niet al zijn scènes gefilmd, dus toen hebben ze zijn gezicht op het lichaam van iemand anders geplakt, digitaal.'

'Beetje luguber, zeg,' zei May.

'Oliver Reed begon in derderangs griezelfilms. Hij was zo ongeveer de anti-Superman. De films die hij maakte klinken absoluut afschuwelijk, niet wat je noemt groots of heroïsch. Ik heb de lijst hier ergens… Hier issie. Zijn eerste hoofdrol was in *De vloek van de weerwolf*. Hij speelde ook in *De twee gezichten van dr. Jekyll*. Wat verder nog? *Nachtwezens, Bloed in de straten, De slinger en de hel*. Hij deed ook draken van avonturenfilms: *Piraten van de bloedrivier, Zwaard van Sherwood Forest, De drie musketiers, De vier musketiers* enzovoort. In de musical *Oliver!* speelde hij een schurk en in *Herenclub* een balletdanser. Maar in het algemeen was hij toch tweederangs en werd hij ingehuurd als macho. Blauwe ogen. Echte spetter. Reeks scandaleuze affaires met hoofdrolspeelsters, aantal knokpartijen in kroegen; dat soort dingen. Op een gegeven moment was Reed prijsbokser en ook een notoire dronkenlap. De man maakte dik zestig films, maar al sla je me dood, ik kan me niet herinneren er één van gezien te hebben. Het is heel vreemd. Naar mijn idee heeft die Oliver Reed nooit één zelfhulpboek gelezen. Het enige in zijn leven waarvan hij spijt had was naar zijn eigen zeggen dat hij niet iedere kroeg had droog gezopen en niet met alle vrouwen op deze planeet geslapen had.'

'Charmant,' zei May.

Edwin knikte. 'Het was niet bepaald een geitenwollen-sokkentype.'

'En?' zei May.

Edwin haalde zijn schouders op. 'En niets. Het is alleen… nou ja, het is alleen dat Tupak Soiree achter op een pagina van zijn manuscript een opmerking over Oliver Reed neerkrabbelde, kennelijk per ongeluk, en dat ik daar niets van kan bakken. Wat heeft die Oliver Reed ermee te maken? Wat heeft hij te maken met het zoeken naar spirituele verlichting en innerlijke rust?'

'Misschien voerde Soiree een telefoongesprek,' zei May. 'Je weet toch hoe je dan weleens iets vlug noteert op papier dat bij de hand ligt. Hij zat waarschijnlijk met een vriend te kletsen, toevallig een filmfanaat. En die vriend noemt Oliver Reed en Soiree schrijft dat verstrooid op. Ik denk niet dat jij naar verborgen betekenissen moet gaan zoeken in iets wat een auteur op de achterkant van een manuscript krabbelt.'

'Je hebt gelijk,' zei Edwin. 'Dat is de toedracht waarschijnlijk. Hij schreef het gewoon op. Ik bedoel maar, wat kunnen een weerwolf en Dr. Jekyll nou gemeen hebben met Tupak Soiree? Toch? Maar niettemin...' Hij verstilde. Intuïtief wist Edwin dat het niet zo simpel lag, wist hij misschien dat de dood van Oliver Reed de sleutel was tot het begrijpen van Tupak Soirees ware intentie. Maar wat was het verband? En waarom de toevoeging: '... *en zelf voel ik me ook niet zo goed*?' Wat probeerde Tupak Soiree te zeggen? En waarom zou een vrome goeroe die blijkbaar niets van alcohol moest hebben, zoiets hebben opgeschreven, terwijl hij onder invloed was?

'Hallo?' zei May. 'Vluchtleiding voor majoor Tom.'

'Sorry,' zei Edwin, weer bij de les. 'Ik zat ergens anders met mijn gedachten.'

'Dat merk ik,' zei May. 'Ik besef dat ik niet de meest sprankelende praatster ben, maar ik zou toch graag denken dat wij samen een avond kunnen doorbrengen zonder dat jij om de vijf minuten in stilzwijgen vervalt.'

'Hmm?' zei Edwin, die met zijn gedachten alweer elders was.

May lachte. 'Ik vertelde je net hoe goed wij communiceren, jij en ik. De Japanners noemen dat *ah-un*, de woordeloze communicatie van oude vrienden en –' Ze snoerde zichzelf de mond. De term sloeg ook op geliefden.

Edwin was van plan om te reageren, toen zijn aandacht door iets werd getrokken. Iets buiten. Door het raam zag hij een nachtploeg bezig, compleet met knipperlichten en een piepende sirene, om een reclamebord op te richten. Een enorm ding. En toen hij op zijn plaats hing tegen de voorgevel van een leegstaand pand, las Edwin: 'Weldra te verwachten. Een nieuw project van de Rory P. Wilhacker Stichting!' En Oliver Reed was vergeten.

'Ik vraag me af,' zei Edwin meer tegen zichzelf dan tegen May, 'zouden er op dit uur van de avond nog banken open zijn?'

'Wilhacker?' zei May. 'Hadden we niet een –'

'Ja, een schoonmaker. Inmiddels geen schoonmaker meer.' Hij draaide zich om naar May. 'Denk je dat de First National op Sullivan Street nog open is?'

Ze keek op haar horloge. 'Denk van wel. Geloof dat ze tot elf uur open zijn. Maar alleen voor stortingen en overmakingen.'

'Perfect!' Edwin sloeg zijn laatste restje bier achterover. 'Moet ervandoor. Tot kijk. Dag.' En weg was hij. Hij nam zelfs niet de moeite om zijn overjas aan te trekken toen hij de deur uit rende, de hand al in de lucht om een taxi aan te houden.

May had geen woord gezegd en keek hem verbijsterd en beneveld na. De avond was in slechte sfeer geëindigd, en May wist niet goed wat ze hiervan moest denken.

Ze voelde zich beledigd. En erger nog, ze voelde de zwaarte van het schuldgevoel over te veel kwarktaart al op zich neerdalen. 'Dat was dan dat,' zei ze. 'Ik met mijn vrouwelijke listen om een getrouwde man te strikken. Uiteraard' – en nu deed ze ronduit hatelijk – 'gebruik ik het woord "man" in de meest vrije betekenis van het woord.'

En wederom vroeg May zich af wat ze nou precies zag in zo'n gespannen, grillige, magere, sarcastische, dwangmatige man als onze Edwin. En wederom kon ze het niet zeggen. (Niemand kan dat ooit. Niet echt.)

'Meer kwarktaart!' zei ze, wenkend naar de kelner, als een gewonde soldaat die een hospik roept. 'Meer kwarktaart!'

Hoofdstuk 18

Tegen de tijd dat Edwin voor de First National Bank uit de taxi sprong, wist hij precies wat hem te doen stond. Tijdens de rit erheen had hij in zijn aktetas gerommeld en de pagina's uit het manuscript gehaald die over organische economie gingen.

Edwin zette het beetje spaargeld dat hij had – nog geen tweeduizend dollar – op een nieuwe rekening. Vervolgens investeerde hij het in kortlopende schatkistpromesses (nu tegen 3,94 procent) op een converteerbare eenheid.

'Dat wordt pas morgen gecheckt,' zei de achter kogelvrij glas verschanste bankbediende.

'Da's best,' zei Edwin. 'Ik heb vierentwintig uur om te switchen.'

Meteen de volgende morgen opende Edwin een getrapte rekening. Daarna herinvesteerde hij het oorspronkelijk vermogen en verkocht halverwege de cyclus. Door slim met het tijdsverschil tussen de Oost- en de Westkust om te springen, slaagde Edwin erin om zijn geld vijf keer door het land heen en weer te schuiven voordat de week om was. Op de eerste maandag was zijn eerste investering $ 18 000 waard. Dinsdag $ 167 000. Woensdag $ 680 000. En donderdag stonden er federale ambtenaren op de stoep.

Ze wachtten Edwin op toen hij op het werk binnen kwam slenteren. Het waren er twee, met de gebruikelijke zonnebrillen, donkere strenge pakken en de hierbij passende barse gezichten. Het waren agenten van de FBI, waar het motto 'Wij vinden dit niet erg grappig' is.

'Meneer de Valu,' zei de eerste man. 'Ik ben agent Bla-bla en dit is agent Zus-en-zo.' (Waarom zou je hun namen onthouden.)

Edwin smeet zijn jasje op zijn bureau. Toen, met een glimlach, zei hij: 'Jullie hebben vast dezelfde kleermaker.' Helaas nam deze poging tot humor hen niet voor hem in. (Zie bovenstaand motto.)

'Dit is een krappe en tamelijk nederige werkplek,' zei een van de agenten, Edwins hokje rondkijkend, 'voor een miljonair. Vindt u niet?'

Deksels! 'Werkelijk?' zei Edwin. 'Een miljoen? Toen ik gister- avond naar bed ging, zat ik daar nog net onder. Ik wist niet of ik het miljoen vandaag wel of niet zou halen. Ik bedoel, ik ben nooit een kei in rekenen geweest, maar ik vermoedde dat met –'

'Twee komma vijf miljoen om precies te zijn,' zei agent Bla-bla.

'Hahaha! Fantastisch! Welnu heren, als u mij heel even wilt ex- cuseren. Er is een paardenstaart waaraan ik moet rukken en een collega die ik nodig bewusteloos moet slaan. Ik ben in een wip te- rug om mijn bureau uit te ruimen en dan kunnen we dit gesprek elders voortzetten; een privéjet naar de Stille Zuidzee is een moge- lijkheid.'

'Als ik u was zou ik dat niet doen.'

'Gaat u zitten, meneer de Valu.' De agent zat op de enige stoel die het hokje rijk was.

'Ik denk dat ik blijf staan,' zei Edwin.

'Zoals u wilt, maar weet dat als u besluit te vluchten, wij ge- dwongen zullen zijn om op u te schieten.'

Even bleef het stil. 'U maakt een geintje, toch?'

'Wij maken nooit geintjes, meneer de Valu.'

'U zou op mij schieten?'

'We zouden op u schieten.'

'Ongeacht onschuldige omstanders?'

'Ongeacht onschuldige omstanders.'

'Jemig,' zei Edwin. 'Ik bedoel, het zijn maar editors. Ze zijn ver- vangbaar, maar toch…' En voor het eerst sinds Edwin de Valu de twee FBI-mannen in zijn hokje had aangetroffen, drong tot hem door dat hij heel wel in de narigheid kon zitten. Echte narigheid. Dit hele scenario zou best weleens niet kunnen eindigen met hem- zelf luierend en gekoelde aardbeien etend op een Balinees strand, terwijl een bediende hem koelte toewuifde met een groot palmblad en Nigel op zijn kop boven een open septictank bungelde. Het zou heel wel op een gans andere manier kunnen eindigen.

'Uw rekening is bevroren, meneer de Valu. Toekomstige transacties zijn geblokkeerd en er wordt een accountantsonderzoek ingesteld.'

'Is wat ik heb gedaan een misdaad?' vroeg Edwin.

'Dat weten we niet zeker.'

Dus tekende Edwin een verklaring van afstand en werd voor verhoor meegenomen. Ze schenen niet met een felle lamp in zijn ogen, sloegen hem niet met een rubber slang of meer van zulks, maar wel lieten ze hem onredelijk lang alleen in een verhoorkamer wachten, alwaar de muzakversie van *Cats* over hem werd uitgestort. Edwin dacht niet dat dit deel uitmaakte van het eigenlijke verhoor, maar zeker weten deed je dat nooit. Wie weet? Misschien zat nú achter de doorkijkspiegel een heel comité kerels in hemdsmouwen en met een koptelefoon op hem te observeren en te wachten tot Edwin instortte. 'Nog geen teken? Knal het volume omhoog, maak het effe sentimenteler. Verdomd, al moeten we hem de volledige tekst voeren.'

Edwins plotselinge rijkdom lag nu op de plank. Het onderzoek kon jaren duren. Misschien zag hij zijn geld nooit terug. Kennelijk was er een hele golf van miljonairs opgekomen, praktisch van het ene op het andere moment. Allemaal woonden ze binnen een straal van vijftien kilometer en allemaal met dezelfde *modus operandi*. Ze waren door de poorten geglipt, maakten binnen een week fortuinen en hadden miljoenen, zo niet miljarden, opgezogen door onschadelijke mazen in de wetgeving voor het bankwezen. En sommige van die mazen waren buitengewoon smal; alsof je een waterbuffel door een rietje opzoog. Naarmate de onderzoekers dichter bij de ontknoping kwamen, sloten de concentrische cirkels van investeerders zich rond één man: Rory Patrice Wilhacker. Iedereen die bij de zwendel (als je het al zo kon noemen) was betrokken, was ofwel een vriend van Wilhacker, of een familielid, of een vroegere buur, of een vriend van een buur, of een buur van een vriend. Het betrof een heel netwerk van plotselinge, uit het niets ontstaande vermogens. Tegen de tijd dat de overheid tussenbeide kwam, was het merendeel van het geld helaas weggesmolten, verdwenen naar buitenlandse rekeningen en recentelijk opgetuigde charitas. Alleen al vorige week waren er ruim tweehonderd stichtingen zonder winstoogmerk opgericht. Allemaal beweerden ze goede werken voor goede doelen te verrichten – ze 'lieten het geld zingen', zoals ze het zelf uitdrukten. Maar de FBI en de belastingdienst geloofde hen duidelijk niet.

'Het was net omgekeerde-piramideverkoop,' legde een van de agenten uit. 'In plaats van te versmallen werd het groter en groter. Het basisvermogen bleef tegen alle wetten van de exponentiële wiskunde in uitdijen. Het was alsof ze de economische theorie op haar kop hadden gezet. En ze lichtten het systeem voor een enorme bom geld op.'

'Echt? Verloren er mensen geld als gevolg van wat zij deden?' vroeg Edwin.

Dit bleek een pijnlijke vraag.

'Nee, eigenlijk niet. Zoals ik al zei, het strookt niet met de wiskundige waarschijnlijkheid. Ze injecteerden geen middelen in het systeem. Ze droegen er niets aan bij, ze produceerden niets. En nee, ze roomden ook geen geld af van andere rekeningen. Het geld werd nergens anders vandaan gegapt; het leek wel alsof het groeide. Wiskundig slaat het nergens op, het klopt niet, maar kennelijk...'

Edwin moest denken aan iets wat Rory gezegd had: 'Geld is geen wiskundige creatie. Het is organisch. Het leeft. Het ademt. Het groeit.' Hij begon te lachen.

'Jij vindt dat grappig? Vind je dat, wijsneus?'

'Nee, meneer.'

'Wij vinden het namelijk niet grappig.'

'Weet ik,' zei Edwin verontschuldigend. 'Bij het binnenkomen zag ik het motto hangen. Het spijt me. Werkelijk. Maar ik begrijp nog steeds niet welk misdrijf er is gepleegd. Welke wetten zijn er precies overtreden?'

'Daar zijn we nog niet uit. Maar ik adviseer je om je tot nader order niet buiten de staatsgrenzen te begeven.'

In de Rory P. Wilhackeraffaire werd er nooit iemand gearresteerd of formeel in staat van beschuldiging gesteld. Met als enige uitzondering Edwin de Valu raakte ook niemand maar één cent aan de overheid kwijt. Alleen arme Edwin, er te laat en onder een ongunstig gesternte in gestapt, werd gepakt. Alleen Edwins fondsen raakten verstrikt in een net van ad hoc overheidsbesluiten. Edwin had aldoor geweten dat het te mooi was om waar te wezen. Opkomst en verval van het Edwin de Valufortuin greep plaats binnen de tijdspanne van een week. Het was te veel, te snel. En hoewel het een bedwelmend woeste rit was geweest, een beetje analoog aan een plotse periode waarin het je meezit aan de roulettetafel, had Edwin aldoor vermoed dat hij uiteindelijk te pletter zou slaan. En terecht.

Niet lang nadien begon de overheid ingewikkelde regelgeving uit te vaardigen met betrekking tot het gebruik van getrapte rekeningen, alsook verordeningen die het 'tijdzonesurfen' (zoals het inmiddels heette) moesten tegengaan. Op dat moment waren er echter al meer dan duizend miljonairs en multimiljonairs bij gekomen. En dit allemaal op basis van hoort zegt het voort.

Voor Edwin was het alsof hij uit een bijzonder behaaglijke droom was ontwaakt; een van comfortabele rijkdom en onbeperkte mogelijkheden. Hij stond weer met beide benen op de grond en zat weer in de dagelijkse sleur van het leven op Grand Avenue. Deed er niet toe. Een ogenblik, een kort, glorieus ogenblik lang, lag de wereld aan Edwin de Valu's voeten. Even was hij obsceen rijk geweest. Heel even was hij iets meer geweest dan een editor.

Hoofdstuk 19

Het leven ging door. Het werk ging door. Heel het raderwerk draaide door. Tupak Soiree stuurde Edwin een fax om hem te laten weten dat het bewerkte manuscript was gearriveerd. 'Ik zal het bekijken en het zo snel mogelijk retourneren. Leef, koester en leer, Tupak Soiree.'

De marketingafdeling was al druk in de weer met te bestoken marktsegmenten en afzetstrategieën. De afdeling vormgeving ontwierp een voorlopig omslag ('Chocolade en satijn,' had Edwin beklemtoond). En May had een nieuwe stagiair aangenomen. Dit betekende dat Edwin zich niet meer door onhandelbare bergen ongevraagde manuscripten heen hoefde te worstelen; die werden afgeschoven op Stephen. (Stephen de Stagiair. Edwin vermoedde dat May hem louter vanwege de alliteratie had aangenomen.) Stephen nam Edwin meteen al bepaald niet voor zich in. Zijn eerste grote stommiteit beging hij meteen bij hun kennismaking.

'We allitereren allebei. Edwin de Editor, Stephen de Stagiair. Wat een toeval, hè? Vooral omdat we ook zowat hetzelfde werk doen.'

'Wij doen niet hetzelfde werk,' snauwde Edwin hierop. 'In het geheel niet. *Jij* schept dampende hopen ongewenste manuscripten weg. *Ik* verbeter literaire kunstwerken en scherp ze zo nodig aan. Er ligt een wereld van verschil tussen onze banen, Stephen. Wegscheppen versus Aanscherpen. Haal je nu even een broodje voor me.'

Stephen deed zijn best. Werkelijk waar. Alleen had hij niet helemaal door wat er van hem werd verlangd. Hij was niet afgestompt (nog niet). Zijn geest was niet volkomen geknakt (nog

niet). 'Geef hem nog een week,' zei May. 'Dan is hij goed bezig.'
Toch ging er amper een dag voorbij zonder dat Stephen met een
'geweldige vondst' kwam aanhollen die hij in de bagger had ontdekt. Hij belaagde zelfs Myers van sciencefiction en vertelde buiten adem: 'Ik las zonet dit voorstel voor een roman die in de toekomst speelt. Verbazingwekkend, hoor! Een heel verrassend einde. De wereld is verwoest. Complete nucleaire vernietiging. Maar
niet iedereen komt om. Een man en een vrouw lukt het om
te overleven. En op de allerlaatste pagina zegt de man tegen de
vrouw –'

'"Hallo, ik heet Adam,"' zei Myers mat alsof hij het uit zijn geheugen declameerde.

'Hm, ja,' zei Stephen. 'Hoe wist u dat?'

'En dan zegt zij tegen hem: "Ik heet Eva." Ze pakken elkaar bij
de hand en kijken naar de zonsopgang.'

'Inderdaad. Heeft u het al gelezen?'

'O, ja,' zei Myers. 'Vele malen. Vele, vele malen.'

Toch was Stephen de Stagiair een goed joch. Ook al was hij een
tikkeltje ernstig en een beetje te, je weet wel, áárdig.

Alles liep op rolletjes. Het bedrijf draaide op volle toeren. Dingen begonnen duidelijk te worden; de stukken vielen op hun plaats.
En toen verscheen de baas en hij verpestte alles. Meneer Mead was
net teruggekeerd van een vierdaags uitgeverscongres op Antigua.
('Vier dagen non-stop intensief brainstormen', is hoe meneer Mead
het beschreef.) Toen Edwin op zijn werk kwam, hing er met plakband een briefje van meneer Mead op zijn stoel. 'Lees je e-mail, Edwin,' stond erop. Dus bekeek hij zijn e-mail. En ja hoor, er was een
bericht van meneer Mead voor hem. 'Ga naar de receptie, Edwin.
Daar ligt een memo voor je,' stond er. Dus sjokte Edwin naar de
receptie en haalde het memo op. 'Edwin, kom onmiddellijk naar
mijn kantoor. Meneer Mead,' las hij.

'Goddank leven we in het informatietijdperk,' zei Edwin. (Hoe
onzinnig die reeks gebeurtenissen ook leek, hij bezat zijn eigen
vreemde interne logica. Eerst had meneer Mead het memo bij de
receptie afgegeven. Daarna, zich afvragend of Edwin eraan zou

denken daar naar eventuele memo's te informeren, had hij hem per e-mail op het memo attent gemaakt. En daarna, denkend 'Wat als Edwin niet meteen na aankomst zijn e-mail bekijkt?' was meneer Mead naar Edwins hokje gelopen en had snel een briefje geschreven waarin hij Edwin aanspoorde om zijn e-mail te bekijken. Vandaar de reeks gebeurtenissen. Op deze ordelijke en gedisciplineerde manier leidde meneer Mead zijn organisatie.)

In de hal kwam Edwin May tegen. 'Onderweg naar het kantoor van meneer Mead?' vroeg ze.

Edwin knikte. 'Ik neem de pittoreske route, via mijn e-mail en de balie.'

'Als je naar hem toe gaat, wees gewaarschuwd: hij heeft *The Financial Times* gelezen.'

'O, nee,' zei Edwin, terwijl hij beduidend langzamer ging lopen. 'Niet weer. Niet wéér.'

'Zie het maar als absurdistisch toneel,' zei May glimlachend.

Edwin voelde zich bij voorbaat verslagen en liep met hangende schouders meneer Meads kantoor in.

'U wilde me zien, meneer?'

Soms heeft creativiteit een kleine oppepper nodig. Soms moet je het genie een handje helpen. Op zulke dagen mocht meneer Mead graag een bezielende cocktail brouwen van illegale chemische stoffen – amfetamines, barbi's, gluiperds – en deze wegspoelen met een mix van AZD-kristallen, gevolgd door een wat milder trimethylconcentraat en misschien als toefje nog even een lijntje coke. En daarna, wanneer de lotusbloem van het verruimde bewustzijn rondom hem ontbloeide, placht hij... tja, meestal placht hij op de grond te tuimelen, maar niet vooraleer hij een 'inzicht' of wat had opgedaan. Vandaag was een van zijn betere dagen. Meneer Mead was erin geslaagd de inspiratie in zijn bloedbaan op optimaal niveau te brengen zonder regelrecht buiten westen te raken. De spontaniteit knetterde door zijn aderen, de overspringende vonken vormden een lichtbrug in zijn hersenen, het bruiste met een intense hitte die...

'Edwin! Kom erin, kom erin. Snel, doe de deur achter je dicht. We hebben belangrijke dingen te bespreken.'

'Hoe was het op Antigua, meneer?'

Meneer Meads dunnende haar en zijn miezerige paardenstaartje waren nu zongebleekt blond en zijn gezicht was zo gebruind dat zijn lippen wit leken. 'Heel zwaar. We buffelden dag en nacht, nacht en dag, dat kan ik je wel verzekeren. Men zegt weleens dat uitgeverijen zichzelf runnen als je ze aan hun lot overlaat. Nou, da's gewoon niet waar. Kijk naar mij, Edwin. Ik geloof niet in afzijdig uitgeven.'

'Nee, meneer, dat kan zeker niet van u worden gezegd.' Helaas.

'Nou, ik duik er graag in, rotzooi wat aan, en maak mijn handen vuil.'

'Ik weet dat u dat doet, meneer. We noemen u dikwijls Vuile-Handen-Mead.'

'Echt? Fantastisch. Kom, ga zitten. Kan ik je iets aanbieden? Iets te drinken? Sigaar?'

'Opslag zou lekker zijn.'

'Ha, ha,' zei meneer Mead. (Hij lachte niet; hij zei 'ha, ha' en dat klonk als een vreselijk onoprechte benadering van lachen.) 'Je hebt een goed gevoel voor humor, Edwin. Dat zie ik graag in' – bijna zei hij knechten – 'mensen.' Welnu, allereerst een driewerf hoera voor het werk dat je hebt verzet met *Chocolaatjes voor de ziel*. Let wel, ik maak me er een beetje zorgen over dat de boekverkopers het op de verkeerde plank zetten; je weet hoe ergerlijk ze kunnen zijn. Direct zetten ze het nog bij "desserts" of andere onzin. Weet je nog wat er met *Kippensoep* gebeurde? Jarenlang zetten ze het bij de kookboeken.'

'Ik weet het, meneer. Maar ik denk dat we *Chocolaatjes* met de juiste marketingstrategie, de juiste advertenties en de juiste promotie, zo kunnen positioneren dat –'

'Promo? Marketing? Daar komt niets van in.'

'Meneer?'

'O, nee. Dit seizoen schrijven we onze hele zelfhulplijn af. Ik heb jouw project opgenomen om het gat in onze aanbiedingscatalogus op te vullen en om onze distributeurs zoet te houden. Vergeet die *Chocolaatjes voor de ziel* nou maar.'

'Vergeten? Meneer?'

'Ik heb iets veel groters. Iets waarvan ik wil dat jij persoonlijk daaraan werkt. Onze hoofdtitel voor het voorjaar.'

Edwin voelde dat zijn maagzweer begon op te spelen. Voelde machteloze woede in zich opkomen. '*Chocolaatjes voor de ziel* vergeten?'

'Inderdaad, Edwin. Tijdens mijn vlucht terug vanaf Antigua las ik *The Financial Times...*'

O, christus. Daar gaan we.

'... en ik stuitte op een artikel waarvan ik denk dat jij er even enthousiast over zult zijn als ik: op de termijnmarkt zijn varkenszijden een hit.'

'Varkenszijden, meneer?'

'Zeker. De varkenszijden gaan als warme broodjes. En in dezelfde krant, diezélfde, las ik een ander artikel – onder "trends" was het, meen ik. Daarin staat dat vrouwen zich vandaag de dag drukker dan ooit maken over goed eten en afslanken. Vooral vrouwen van middelbare leeftijd. Nou, stop die trends bij elkaar en wat heb je dan?'

'Ik zou het met geen mogelijkheid kunnen raden, meneer.'

Meneer Mead zuchtte. 'Dat is het probleem met mensen van jouw leeftijd, hè? Dat is het probleem van jouw hele generatie. Jullie zien het patroon niet. Jullie zien het geheel niet. Lateraal denken, Edwin, daar moeten jullie aan werken. Lateraal denken. Vrouwen, varkensvlees: het is zonneklaar. Ik wil dat jij een zelfhulpboek in elkaar draait voor dikke vrouwen en hun vertelt hoe ze varkensvlees kunnen eten én afslanken. Dat gaat een nieuwe theorie worden. We kunnen haar de "varkensvleesparadox" dopen.'

Hierop volgde een pauze. Een lange, lange pauze. Zo lang dat hij meer weghad van een tijdperk dan van een pauze. Continenten dreven uiteen. Gletsjers kropen langs berghellingen omlaag.

'Nou?' zei meneer Mead. 'Wat vind je ervan?'

'Effe voor de duidelijkheid,' zei Edwin. 'Even zien of ik begrijp wat u zegt. U wilt dat ik – ík, master in de literatuurwetenschappen, wiens afstudeerscriptie "Proust, vanuit postmodern perspectief bekeken" van de examencommissie het predikaat, en ik citeer, "degelijk onderzoek" meekreeg – u wilt dat ik een boek in elkaar draai voor dikke huisvrouwen en hun ga vertellen dat ze meer varkensvlees moeten eten. Is dat wat u vraagt? Vraag je dat, jij domme, op het juiste moment geboren, zijn eigen reet nog niet van een gat in de grond kunnende onderscheiden, verwaten babyboomer, klojo? Is dat wat je me vraagt?'

Maar natuurlijk zei Edwin dat niet echt. Wat hij zei was: 'Ik zal er meteen aan beginnen, meneer.'

'Geweldig. O, ja, voordat je gaat. In datzelfde bericht over varkenszijden werd ook gezegd – en ik verlaat me op de nauwkeurigheid van *The Times* tot ik dit onafhankelijk heb kunnen bevestigen – dat er het afgelopen jaar in het zuiden van Saskatchewan een recordoogst raapzaad is binnengehaald.'

'Raapzaad, meneer?'

'Misschien ken jij het bij zijn Latijnse naam, *Brassica campestris*. Dat is een marktgewas, Edwin, lid van de familie *Cruciferae*. Naar men denkt zo'n vierduizend jaar geleden ontstaan in het Middellandse-Zeegebied, hoewel sommige bronnen het voorgebergte van de Himalaya noemen. Vermengd met de juiste ingrediënten kun je er een dodelijk explosief mee maken. Maar in zijn algemeenheid wordt raapzaad gebruikt om olie te maken. Spijsolie. Let op, Edwin: spijsolieproducten. In het bijzonder olie om in te bakken en te braden.' Hij keek Edwin veelbetekenend aan. 'Nou, ik denk dat je de portee hiervan wel snapt.'

'En die is?'

'Dat je het maar beter een gebraden-varkensvleesdieetboek kunt maken.'

Op dat punt sprong Edwin op uit zijn stoel, greep de briefopener van het bureau en stootte hem ettelijke keren in meneer Meads borst, waarbij hij tevergeefs naar een hart zocht.

'Ik zal kijken wat ik kan doen, meneer.'

'Bedankt. Ik wist dat ik op je kon rekenen. Zeg, heeft Nigel je ooit schadeloosgesteld voor die vernielde stropdas van jou? Het staat me bij dat hij je wat geld of zoiets schuldig was.'

'Nee, meneer. Ik vrees dat Nigel dat nog niet heeft vergoed. Misschien kunt u hem eraan herinneren.'

'O, maak je geen zorgen. Daar komt hij niet onderuit.'

'Bedankt, meneer.'

May wachtte Edwin op toen hij uit het kantoor van meneer Mead kwam. Ze keek ronduit blij. Het was de gezichtsuitdrukking van iemand die al lange tijd anekdotes over haar baas verzamelt en niet kan wachten om daar een nieuwe aan toe te voegen.

'Dat wil je niet weten,' zei Edwin in het voorbij stampen.

'Toe, vertel nou. Ik barst van nieuwsgierigheid. Wat is zijn laatste hersenstoring?' Ze sloot zich aan bij Edwin, terwijl hij de gang door liep.

'Hij wil dat ik een boek in elkaar draai waarin dikke huisvrouwen wordt verteld dat ze meer varkensvlees moeten eten.'

May bleef stokstijf stilstaan. 'Nee,' zei ze lachend. 'Ik geloof je niet.'

Edwin draaide zich naar haar om. 'Geloof me nou maar, meid. En het is niet gewoon varkensvlees, maar gebráden varkensvlees. En volgende week woensdag wil hij dat er een uitgewerkt plan op zijn bureau ligt.'

'En *Chocolaatjes voor de ziel* dan?'

Edwin deed een stap naderbij. En met een stem zo diep dat het wel gegrom leek, zei hij: 'Meneer Mead heeft dat al afgeschreven. Het was een zoethoudertje voor de distributeurs. Hij is nooit van plan geweest om het te promoten of te kijken of er een reeks in zat. Dat betekent dat ik voor de kat-z'n-viool zeemeeuwenstront doorzocht en vier nachten niet heb geslapen. Ondertussen is Galopperend Hoofd al als een dolleman een andere kant uit gestormd.' Edwin draaide zich om en keek uit over de zee van afgeschermde hokjes. 'Dit is geen kantoor,' zei hij, 'dit is een neonverlichte hel.'

'Ik zie je straks aan je bureau,' zei May. 'Het is niet zo erg als je denkt.'

'O, dat is het wel,' zei hij. 'Je vergeet dat ik miljonair ben geweest.' En hij sjokte door het labyrint, langs groepjes andere werknemers en collega's, onderling verwisselbaar in hun gedeelde anonimiteit, net zo'n wegwerppartikel als hijzelf was. 'Ik haat mijn baan,' mompelde hij. 'Ik haat mijn baas. Ik haat dit kantoor.' Hij liep Nigel voorbij. 'En aan jóú heb ik een gloeiende hekel.'

'Hé, Edwin!' riep Nigel. 'Hoe staat het met je zelfhulpboek? Die chocolaatjes? Hoe lang nog tot ze smelten en een smeerboel veroorzaken?'

Edwin draaide zich snel om en zei zonder erbij na te denken: 'Van dat boek van Tupak Soiree worden er honderdduizend verkocht en we gaan er allemaal dik aan verdienen.'

'Als jij het zegt. Voorspelde je dat ook niet van dat babyboomersboek van je? Weet je nog? *Sterf, babyboomers, sterf!*'

'Mooie stropdas, Nigel. Waarom kom je niet wat dichterbij?'

'Let op je tellen, jij.' Nigel hief een boos vingertje, maar hij kwam geen stap dichterbij. 'Daar ben je me nog steeds geld voor schuldig.'

'Schop in je hol, da's wat ik je schuldig ben.'

'Heren! Toe!' Dat was May. Ze droeg een stapel mappen en paperassen. 'Edwin, ik heb wat materiaal voor je gehaald, om je te helpen bij je nieuwe project. Nigel, jij gaat terug naar jouw kant van de vijver. Okay.'

'Wat is dat met deze vent?' vroeg Nigel, zowel met afschuw als met oprechte verbazing in zijn stem. 'Je haalt hem altijd uit de penarie, May. Hij demoraliseert de hele afdeling. Waarom ben je altijd toegeeflijk voor hem?'

'Nigel, we zitten allemaal in hetzelfde schuitje, okay?' Ze doelde op Panderic, maar Nigel begreep haar verkeerd en dacht dat ze het over hun generatie had, over het generatie-nix-makkertjes-gedoe.

'Ja, ja. We moeten solidariteit tonen. Alleen stelt Edwin, hier, ons allemaal in een slecht daglicht.' Nigel liep chagrijnig weg om een poosje witheet te zitten zijn.

'Edwin,' zei May, zodra Nigel zijn hielen had gelicht, 'waarom ben ik altijd toegeeflijk voor jou?'

'Kweetniet. Omdat je smoor op me bent? Omdat je mijn kalme waardigheid bewondert?'

'Tuurlijk,' zei May. 'Je kalme waardigheid. Dat zal het zijn.'

Hoofdstuk 20

Edwin had tegen de klus geprotesteerd – gezegd dat hij nooit eerder een kookboek had gedaan, dat hij zelfhulp- en geen kookboekspecialist was – maar Mead wuifde deze bezwaren weg.

'Dat gaat je best lukken, Edwin. Wees niet zo rigide in je denken. Zelfhulp. Kookboeken. Wie zal zeggen waar het ene ophoudt en het andere begint? Grenzen vervagen, Edwin. Concepten overlappen. En trouwens dit boek wordt hartstikke zelfhulp. Ik heb zelfs al een titel bedacht: *Blij met varkensvlees!*

'Moet dat geen gebráden varkensvlees zijn, meneer?'

'Ja, ik weet het. Maar bij het gebruiken van declaratieve zinnen in een titel moet men voorzichtig zijn. Je moet het niet overdrijven. De hedendaagse lezer is altijd druk. Die heeft de tijd niet om zich door een lange titel heen te werken. Je kunt het maar beter eenvoudig houden. Eén woord, dat zou ideaal zijn.'

Ondertussen had May Edwins bureau dichtgebouwd met mappen, lijsten met contactadressen, voedingstabellen, cv's van auteurs en verkoopcijfers van Panderics vorige kookboekenreeks, *De gezonde eter*. (Ze hadden de reeks moeten stopzetten nadat was gebleken dat een van de recepten caroteengele handpalmen veroorzaakte. En een ander recept wekte klaarblijkelijk hartritmestoornissen op. Toch had Panderic erg goed geboerd met *De gezonde eter* en het werd nu beschouwd als een soort sjabloon voor toekomstige werken. Behalve natuurlijk de gedeelten die verantwoordelijk waren voor de geel uitslaande huid en de hartkloppingen.)

'Waar is de goeie ouwe tijd gebleven?' zei Edwin melancholiek.

'Zoals toen je jong en ongebonden was?' vroeg May.

'Nee. Zoals afgelopen vrijdag, voordat ik deze stomme klus kreeg.'

'Kijk, hier heb je een lijst met artsen die dieet- en zelfhulpboeken hebben geschreven. Werk ze van boven naar beneden af.'

Edwin knikte en pakte de lijst aan.

De problemen begonnen meteen.

'Hallo, dokter Aaron? Met Edwin de Valu van Panderic Books. Ik wilde u nogmaals bedanken voor het macrobiotische kookboek dat u vorig jaar voor ons hebt geschreven. Ik vroeg me af of u belangstelling zou hebben voor een nieuw project waarmee we bezig zijn. Het is reuze interessant... U heeft belangstelling? Goed... Het is een dieetboek over varkensvlees... Nee, niet over het niet eten ervan... Nee, nee. Niet over het vinden van varkensvleesvervangers. Het is een boek dat, hm, dikke mensen moet aanmoedigen om meer varkensvlees te eten, met name gebraden varkensvlees... Hállo? Hallo?'

'Dokter Betcherman? Met Edwin de Valu van Panderic Books...'

Edwin werkte de hele lijst af, van boven naar beneden. Er werden zoveel hoorns op de haak gesmeten in zijn oor dat zijn schedel er als een stemvork van begon te gonzen. Een arts vroeg hem of hij soms op *Candid Camera* was. 'Nee?' Knál!

May had een stoel naar Edwins hokje gesleept en keek mappen met privéonderzoekslaboratoria door, op zoek naar een die bereid zou zijn om wat resultaten in elkaar te flansen. (Om *Blij met varkensvlees!* tot een succes te maken moesten ze hun beweringen staven met enigerlei verslagen uit de medische hoek, al was het maar om geloofwaardig over te komen.)

'Dit wordt helemaal niets,' zei Edwin, nadat de laatste voedingsspecialist op de lijst, dr. Zeimer, op wel bijzonder dramatische wijze had opgehangen. 'We zullen het moeten ghosten. Dokter Yaz klonk alsof hij het wel wilde doen. Hij aarzelde namelijk een beetje voordat hij de hoorn erop kwakte. Maar die gaat het van zijn leven niet onder eigen naam doen. Hebben we geen lijst van mensen met nepdoctorstitels? Je weet wel, experts?'

'Zeker wel. Er is een hele map. Ligt achter je.'

Edwin begon de persoonsbeschrijvingen te bekijken. Hij zocht naar iemand met een indrukwekkende sliert postdoctorale afkortingen achter zijn of haar naam. Die konden dan later prominent op de voorkant van een boekomslag gedrukt worden. 'Jemig,' zei hij. 'Moet je alle letters achter die vent zijn naam zien: M.Sc., B.A. QED, NbR. Aha, hij heeft ook een doctorstitel, van het schriftelijkonderwijs- en loodgietersinstituut in Wisconsin.'

May keek op uit haar mappen. 'Waarin is hij doctor?'

'Cryptozoölogie. Wat is dat?'

'Hmmm. Dat is onderzoek naar monsters, denk ik. Je weet wel, sasquatches, Ogopogo, Nessie. Zoiets.'

Er zat waarachtig een foto van de brave doctor bij, waarop hij een gipsafdruk van een enorme sasquatchpoot omhooghield. 'Prima foto,' zei Edwin. 'De man ziet er erg betrouwbaar uit. We zullen die grote apenpoot er natuurlijk moeten uitsnijden. Maar ik denk dat dit onze man is. Hij heeft ook een prachtnaam: Dr. Richard Geoffrey III. Als iemand met zo'n naam je vertelt dat je meer varkensvlees moet eten, dan geloof je hem.'

'Aha!' zei May. 'Ik denk dat ik het heb. Dit lab klinkt alsof het de club is om onze gebraden-varkensvleesrecepten te testen en er het stempel van officiële goedkeuring op te zetten: Gebroeders Carlos, centrum voor het testen van waren en medicijnen tegen bodemprijzen, waar het motto luidt: "Kom, onder vrienden kijken we niet op een decimaal puntje!"'

Midden in dit gebeuren, terwijl Edwin onder papier was bedolven en May in de fotokopieerruimte een lijst met contactpersonen afdrukte, kwam er een telefoontje van de receptie.

'Meneer de Valu? Er is een boodschap van uw vrouw. Ze zei dat we u moesten zeggen dat ze "in de stemming is voor Li Bok, vanavond." Ik weet niet wat ze bedoelt, maar ik moest het van haar doorgeven. En ze zei dat u erop moet letten dat u uw vitaminen inneemt voordat u thuiskomt.'

Edwin huiverde van afgrijzen. Nog een nacht vol geweldige seks kon hij niet aan. Hij kon het niet. Het was benauwend geworden.

'O, ja. En beneden in de hal staat een koerier. Hij heeft een pak-je voor u. Zegt dat hij instructies heeft om "het persoonlijk in de stralende handen van meneer De Valu zelf te leggen".'

Deze instructies konden maar van één persoon afkomstig zijn: Tupak Soiree. Het was het bewerkte manuscript, nog net op tijd. Edwin zou de opmerkingen van de auteur snel doornemen, het ma-nuscript naar de kopijbewerker sturen, de typograaf waarschuwen en de drukopdracht bevestigen.

'Tuurlijk,' zei Edwin, 'stuur hem maar naar boven. Mijn stra-lende handen wachten.'

Edwin was net aan het telefoneren met de Gebroeders Carlos toen de koerier arriveerde. 'Ja, ja. Het is een boek over gezondheid. We zijn een gerenommeerd uitgeversbedrijf, maar omwille van de geloofwaardigheid hebben we een bedrijf van buiten nodig om on-ze recepten te testen en te bevestigen... moment. Híér!'

De koerier, een fietsfanaat in een glimmende strakke broek en met een louche zonnebril op, draaide zich om, slofte naderbij en overhandigde Edwin het pakket. 'U moet ervoor tekenen.'

Edwin zette een krabbel en klemde de hoorn tussen kin en schou-der om het manuscript uit te pakken. 'We hebben de gebruikelij-ke tests nodig: voedingsanalyse, tabellen, onderzoeksresultaten. Het is een afslankdieet, geheel en al gebaseerd op... *Kolere!* Nee, sorry. Was niet voor u bedoeld. Nee het onderzoek gaat niet over... Je-zus! Luister, kan ik u later terugbellen?'

Edwin hing rustig op en bekeek in verbijsterd stilzwijgen naar wat hij had uitgepakt. Het was inderdaad het manuscript. Een nieu-we fotokopie van het origineel. Hij bladerde het door: niets. De he-roïsche redactionele arbeid die Edwin had verricht, de enorme plas-tisch-chirurgische ingreep die hij had uitgevoerd... wég. Tupak Soiree had doodleuk het bewerkte manuscript weggesmeten en een schone kopie van het origineel teruggestuurd. Al die veranderin-gen, al dat blauwe potlood, al die structurele wijzigingen. Weg. Al-lemaal weg. Edwin was terug bij af.

Er was een brief bijgevoegd.

Ach, meneer de Valu. Uw arrogante conclusie dat mijn manuscript bewerkt moest worden, was een ongelukkige beslissing uwerzijds. Luister naar me, Edwin, en knoop het in je oren: Jij mag geen woord in mijn manuscript veranderen, geen enkel woord. *Wat op de berg tot mij kwam* is een compleet holistisch geheel. Daar kan niet mee worden geknoeid. Het kan niet veranderd worden. En het kan al zeker niet verbeterd worden. Noch de titel, noch de inhoud, noch de stijl. Geef het precies zo uit als het is. Verander zelfs niet de vergissingen of eigenaardigheden in grammatica en spelling. Ook zij vormen een essentieel onderdeel van mijn boek; mijn geschenk, zo je wilt, aan de mensheid. Leef, Koester, Leer. Tupak Soiree.

PS. Als je toch iets verandert, dan heb ik je wel zo snel voor het gerecht gedaagd dat de sterren ervan voor je ogen dwarrelen.

Edwin werd licht in het hoofd. Zijn gezicht liep rood aan. Hij draaide zich om, aarzelde en zette het toen op een lopen. May. Hij moest met May praten. May zou raad weten. Eerst rende hij naar de kopieerruimte, maar daar was ze net weg. Dus rende hij naar haar kantoor, trof haar achter haar bureau, stormde naar binnen en zei: 'Snel! Kunnen wij een boek veranderen tegen de wens van een auteur in?' Hij hyperventileerde zowat. 'Ik moet het weten, May. Kunnen we de directieven van een auteur terzijde schuiven?'

May aarzelde. 'Het is goed gebruik om toestemming van de auteur te vragen. Maar zeker bij non-fictie vereisen kleine redactionele ingrepen niet per se –'

'Nee, ik heb het niet over kleine veranderingen. Ik bedoel een ingrijpende bewerking. Een complete herstructurering. Als dat noodzakelijk is, kunnen we dat dan zonder toestemming van de auteur doen?'

'Zeker. Clausule 12(a) van ons modelcontract. Die geeft ons het recht om voorbij te gaan aan alle bezwaren die wij "onredelijk" achten.'

Edwin voelde zich brak in zijn maag worden. 'En wat als iemand die clausule in het contract heeft geschrapt?'

'O. Tja, dan zouden we een probleem hebben. Maar denk eraan, in clausule 6(b) staat dat indien een auteur weigert om redactionele wijzigingen in overweging te nemen, hij of zij verplicht is om het volledige voorschot terug te betalen, plus een boete.'

Edwins stem klonk nu bijna zwakjes. 'En wat als iemand ook clausule 6(b) heeft geschrapt? Wat als alle twee de clausules geschrapt zijn? Zou de auteur ons voor het gerecht kunnen dagen als we de veranderingen toch doorzetten?'

'Clausule 6(b) ook? Hij zou keihard moeten onderhandelen voordat wij ze alle twee zouden verwijderen. Doorgaans schrappen we of de ene of de andere, afhankelijk van het prestige van de auteur. Maar als beide clausules verwijderd zijn en we niettemin vergaand redigeren? Dan kan de auteur ons wis en waarachtig voor de rechter slepen. En hij zou dat waarschijnlijk winnen ook.'

Edwin liep op wankele, bloedarmoedige benen terug naar zijn hokje. Daar, op zijn bureau lag de zopas uitgepakte, kraaknieuwe, schone kopie van *Wat op de berg tot mij kwam*. Eromheen, overal waar je keek, op stapels en in uitpuilende kartonnen dozen, lagen de vele, talloze, ongelijksoortige aspecten van het varkensvleesboek dat Edwin juist wanhopig probeerde te coördineren. En daar middenin, als een grap van God, was Tupak Soirees pakket beland.

'Hier heb ik, godvergimme, geen tijd voor!'

Edwin haalde diep adem, wapende zichzelf en rechtte zijn schouders. Zijn prioriteiten waren duidelijk: meneer Mead had het zelf met zoveel woorden gezegd. *Blij met varkensvlees!* moest de hoofdtitel voor de voorjaarscatalogus worden. Het Soiree-boek was niet meer dan ruimtevulsel. Edwin kon het zich niet permitteren er nog meer tijd in te steken.

En zo kwam Edwin tot een gewichtig en verstrekkend besluit, een besluit dat hem nog jaren zou berouwen...

(Claus: onheilspellende muziek.)

Hoofdstuk 21

'Stephen kom hier. Nu meteen.' Edwin liep op en neer; althans voor zover dat mogelijk is in een piepklein afgeschoten hokje stampvol losse papieren en stapels met mappen. Het leek meer op de stap-stop-en-keer-cadans, zoals je die ziet bij door hun gevangenschap gek geworden ijsberen in de dierentuin.

'Meneer de Valu?' Dat was Stephen. 'Riep u me?'

'Kom erin. Er is werk aan de winkel.'

'Eigenlijk ging ik net lunchen. Ik heb hypoglycaemie, dus ik moet echt...'

'Niet nu, Stephen. Zo nu en dan moeten we ons allemaal iets ontzeggen. Heb je een pen en een blocnote? Goed. Je zult aanteke-ningen moeten maken, want ik ga snel. Het manuscript van *Wat op de berg tot mij kwam*, hier op mijn bureau, gaat zoals het hier ligt naar de invoerder. Zeg hun dat ze het inscannen met karakter-herkenningssoftware en het daarna onmiddellijk doorsturen naar de typograaf. We reduceren de marges tot een minimum, gebrui-ken het kleinste lettertype dat we hebben, en we gaan proberen om de tekst op minder dan achthonderd bladzijdes te persen. Trek de opdracht voor een hardcover in. We maken er meteen een paper-back van, op pulp, de goedkoopste die er wordt aangeboden. De drukkerij moet er geen vijfenzeventighonderd van afdraaien, maar een symbolische duizend. Nee, wacht even, ik geloof dat het mini-mum drieduizend is. We gaan, hoe dan ook, akkoord met onver-schillig wat het minimum is. Evengoed vertel je het depot klaar te staan om het restant te verramsjen zodra de halfjaartermijn om is. Dit boek gaat floppen, Stephen, en we moeten ons verlies op alle mogelijke manieren zien te beperken. Bel Günter Braun van die Duitse firma op, Edelweiss Inc. of hoe het ook mag heten. Ze herexploiteren en herdrukken. Misschien kunnen we ze dit boek aansmeren zodra het in de ramsj kan, en iets van onze kosten terugverdienen. Bel de pre-promotietypes aan de westkust en vertel hun –'

Precies op dat moment verscheen Christopher Smith van vormgeving. 'Ha, die Edwin! Ik heb het omslag voor dat boek over chocola bij me. Die spoedklus van je.' Zoals altijd ging Christopher gekleed in net-niet-kastanjebruin. (Hijzelf dacht dat hij zich in het zwart kleedde, maar hij was kleurenblind, en niemand had ooit het hart om hem dit te zeggen.) Christopher had een welige sik en droeg een bril met donker getinte glazen. Hij hechtte eraan zijn naam als X-opher te schrijven en bood mensen altijd aan hun zijn gepiercete tepel te laten zien. 'Het deed geen pijn,' zei hij dan steevast. 'Niet zo erg als je zou denken.'

Christopher stond voor Edwin en hield met een zekere kunststudentikoze branie een toonkaart met een afbeelding van chocolaatjes omhoog. Ze lagen geschikt op een ondergrond van zijde en de titel was in lint geschreven, precies zoals May had voorgesteld.

'Dit is je oorspronkelijke verzoek,' zei Christopher.

'Ziet er prima uit,' zei Edwin. 'Alleen vrees ik –'

'Maar het zette me aan het denken: zijde, satijn, kousen. Wat suggereren die?'

'Chris, het spijt me, maar de plannen zijn veranderd.'

'Seks. Toch? Dat is wat ze suggereren. Het gevoel van zijde op je lijf. De smaak van chocolade. Het zijn niet anders dan zintuiglijke substituten voor seks. En waartoe leidt seks? Inderdaad: dood. Dus ik dacht, waarom niet afwijken van het oorspronkelijke idee en iets doen dat wat creatiever is, een beetje gewaagder, een beetje… hoe zal ik het zeggen… intrigerender? ('Intrigerend' was Christophers favoriete woord. Hij pikte het op tijdens zijn tweede jaar aan de Universiteit van York van zijn docent vormgeving. Sindsdien werd het zo ongeveer Christophers handelsmerk.) En toen, met een nog zwieriger gebaar, onthulde hij zijn tweede ontwerp. Het was een berg wegrottende schedels boven op een zijden kussen, en uit een van de oogkassen kwam een slang gegleden. Er was niet één chocolaatje te bekennen.

'Chris, hoor 'es –'

'X-opher, a.u.b. Roepnaam X.'

'Okay. Moet je horen, X. Alles is veranderd. We gebruiken noch die titel, noch dat omslagontwerp. Het enige dat ik nodig heb zijn blokletters op een effen ondergrond: *Wat op de berg tot mij kwam*, Tupak Soiree. Dat is het. Geen schedels. Geen slangen. Geen zijden lakens. Gewoon blokletters en een tweekleurige omslag, okay? Ik wil niet dat je hier veel energie in steekt. Wat is de kleinste tijdseenheid die je ons in rekening brengt?'

'Wereldlijk of spiritueel?'

'Tijd. Feitelijke tijd. Zoals die waarin mensen hun levens leiden.'

'Ik breng per blok van vijftien minuten in rekening.'

'Geweldig. Fantastisch. Ik wil niet dat je meer dan vijftien minuten op onze rekening zet. Dat is de maximale hoeveelheid tijd die je van mij aan deze omslag mag besteden. Gesnopen?'

'Vooruit dan maar.'

'Prima, want er zit een veel belangrijker project in de pijplijn. Een gespecialiseerd kookboek over gebraden varkensvlees en daarvoor zal ik al jouw creatieve energie nodig hebben.'

Christopher knikte, streelde zijn sik op de manier waarop je de vulva van je geliefde zou strelen en zei: 'Varkensvlees, hè? Nou, je weet wat dát suggereert.'

'Meneer de Valu?' Het was Stephen. Zijn gezicht was bleek en zijn stem trilde. 'Het spijt me. Ik bedoel, ik wil u niet lastigvallen, maar ik begin me wat licht in m'n hoofd te voelen. Heeft u misschien een muffin of een broodje of zoiets voor me?'

En hij had dit nog niet gezegd of zijn ogen rolden weg, zijn knieën begaven het en hij zakte op de grond in elkaar.

Wat op de berg tot mij kwam ging de maandag daarop ter perse, zonder fanfare en zonder publiciteit vooraf. Ter, uiterst ironische, viering van deze boeklancering gingen Edwin en May na het werk een borrel drinken. Ze waren opgewekt. Duitsers noemen dit *Fei-erabend*, een onvertaalbare term die 'de speciale feestelijke stemming die na afloop van de werkdag bezit neemt van mensen' betekent. Een soort warme, ontspannen euforie. Die Duitsers hebben toch maar voor alles een woord.

'Op Tupak Soiree,' zei Edwin, toen ze hun glazen hieven om te proosten. 'Toedeloe, opgeruimd staat netjes.'

'Bravo! Bravo!' zei May.

'Weet je wat?' zei Edwin. 'Mocht de belastingdienst ooit mijn verloren miljoenen vrijgeven, dan is jou meenemen op vakantie het eerste wat ik doe. Naar ergens ver weg, waar niemand boeken leest en waar de wind altijd warm is.'

'Goh, bedankt, Edwin, voor dit prachtige gebaar dat je niets kost.'

Hij lachte. 'Geen probleem. Wanneer het op denkbeeldige cadeaus aankomt, ben ik een vrijgevig man. Je kunt elk niet-bestaand ding hebben, May.'

'Dat hoor ik mijn hele leven al.'

'Maar ik zal je één ding vertellen. Als ik mijn miljoenen ooit terugkrijg, dan ga ik meneer Mead niet aan zijn staartje trekken.'

'Nee?'

'Nèhhh. Ik denk dat ik het in plaats daarvan in ontsmettingsalcohol doop en in de fik steek. Ik bewaar die kalme waardigheid van me, die jij zo aantrekkelijk vindt.'

'Edwin,' zei ze. 'Laten we een stukje gaan lopen.'

'Lopen? Waarheen?'

'Maakt niet uit.'

En dus – net toen *Wat op de berg tot mij kwam* van de persen rolde, gestapeld werd en in dozen gepakt, net toen Tupak Soirees woorden er opnieuw en opnieuw en opnieuw uit gehamerd werden – gingen Edwin en May in de avondschemering een lange wandeling in het park maken.

Ze hadden geen idee, in de verste verte niet, dat ze zojuist de Plaag ontketend hadden.

Deel II

Het einde van de wereld
(zoals we die kennen)

Hoofdstuk 22

Het einde van de wereld begon met een kort bericht op pagina drie van *The Times-Herald.*

Het verhaal was laat op de dag via de telex binnengekomen en veel kranten hadden het niet eens opgenomen. *The Times-Herald* behandelde het als een minder belangrijk item, weggestopt tussen advertenties en commentaren. Je zag het makkelijk over het hoofd. De kop luidde: 'Tabaksfabrikanten melden onverwachte daling verkoop.'

Dit was enkele maanden na de publicatie van *Wat op de berg tot mij kwam.* Hoewel er geen direct oorzakelijk verband bestond tussen beide gebeurtenissen – d.w.z. tussen de verliezen van de tabaksfabrikanten en de publicatie van Tupak Soirees boek – kreeg Edwin de Valu het toch koud van het artikel. Hij las het tijdens de gebruikelijke avondspits, staande in de opeengepakte menigte, geplet in de eindeloze cirkelgang waaruit zijn leven bestond. Hij had zijn krant klein opgevouwen en las een ander geesteloos redactioneel artikel over… tja, wat? Het milieu? De economie? Het toenemend aantal deserties uit de Amerikaanse strijdkrachten? De informatie lekte al weg uit Edwins hoofd, als door een zeef, toen zijn ogen omlaag dwaalden naar een artikel linksonder.

Geruchten dat er vorige week sprake zou zijn geweest van een plotse, onverwachte daling in de sigarettenverkoop, werden gisteren bij monde van een woordvoerster van het Tabak Instituut bevestigd. 'Het betreft slechts een kortstondige, zichzelf corrigerende afwijking,' aldus mevrouw Grey in een verklaring aan de pers dinsdagmiddag. 'Niet meer dan een dipje.' Mevrouw Grey refereerde aan berichten dat sigarettenverkopen plotseling hun laagste peil ooit bereikten en binnen slechts één week 42 punten zakten op de Marshall Index. Fabrikanten van alcoholhoudende dranken meldden een vergelijkbare daling. Dit voedt vermoedens dat beide bedrijfstakken worden geconfronteerd met een aardverschuiving in het consumentengedrag. 'Dit is gewoonweg niet waar,' aldus mevrouw Grey. 'Er is geen sprake van een structurele verandering. Er bestaat geen reden tot paniek. Dit is louter een eenmalige, onverwachte fluctuatie. We hebben er het volste vertrouwen in dat de verkopen binnen een week weer terug zijn op de geraamde niveaus, zo niet daar bovenuit komen. Een bliepje op het scherm, niet meer. Absoluut niets om verontrust over te zijn.'

Dit op zich was een tamelijk saai, sla-de-pagina-om, boeren-burgers-buitenlui-nieuwsbericht. Maar toen kwam Edwin bij het slot van het artikeltje en zijn hoofd schoot omhoog, alsof hij plotseling een stevige schok had gekregen.

De president-commissaris van Philip Morris Tobacco was onbereikbaar voor commentaar, na geruchten dat hij onverwacht opgestapt zou zijn. Volgens bronnen binnen het bedrijf liet hij alleen een op zijn kantoordeur geplakte, handgeschreven mededeling achter: 'Ben vissen'. De president-commissaris van Philip Morris stond niet bekend als een enthousiaste hengelaar. Omtrent zijn verblijfplaats tast men nog steeds in het duister.

'O, god!' zei Edwin. 'Het is begonnen.'

Edwin had gewacht op tekens van dreigend onheil. Hij had er weken op gewacht, had erop gewacht vanaf het moment dat May, terloops en vlak nadat *Wat op de berg tot mij kwam* in de boekhandel lag, meldde dat 'Barnes and Noble had gebeld. Over het Soiree-boek.'

'Uggmgk!' had Edwin hierop gezegd, met zijn mond vol zuurdesembagel. 'Zet maar uit je hoofd!' schreeuwde hij, zodra hij er met moeite in was geslaagd het te verstouwen (zowel de bagel als het nieuws). 'Zo snel píkken we geen retouren. Geen denken aan! We hebben ze dat boek pas een week of zo geleden geleverd. De afspraak was dat –'

'Het gaat niet om retouren,' zei May. 'Een bestelling. Ze willen bijbestellen.'

'Zo snel?' Edwin was behoorlijk onder de indruk. 'Maar ze hebben er al achthonderd afgenomen.'

'Ze wilden er nog eens vijfendertigduizend hebben. We hebben er nog maar een paar honderd op voorraad, dus we proberen uit alle macht om een tweede druk te draaien.'

'Dat moet een tikfout zijn,' zei Edwin. 'Faxten ze de bestelling? Ze moeten vijfendertighonderd bedoeld hebben.'

May boog zich dieper naar hem over en haar stem werd erg rustig en heel, heel ernstig. 'Ik heb teruggebeld en het tot drie keer toe gevraagd om het zeker te weten. Ze willen er vijfendertigduizend. Beweerden een wachtlijst van twaalfduizend klanten te hebben. Zeiden dat we voorbereid moesten zijn op verdere bestellingen. Edwin, hier gebeurt iets.'

De zending ging de deur uit en twee weken later kwam er weer een fax. 'Met voorrang: stuur onmiddellijk vijftigduizend exemplaren van *Wat op de berg tot mij kwam*. Soiree, Tupak. ISBN 176661313. Spoedbestelling. Haast geboden!'

Aan het eind van de week was het boek naar de top van de lokale bestsellerslijst geschoten. Een week later stond het op de nationale. Plotseling had heel Panderic het erover. Kreten als 'We hebben een kassucces!' en 'Random House kan het schudden!' echoden door de gangen. Edwin werd een acquisitiegenie genoemd. Meneer Mead overwoog openlijk om hem te bevorderen. Zelfs Nigel zwaaide hem lof toe, zij het niet van ganser harte.

'Dát had niemand van ons verwacht,' zei hij.

'Hé, Nigel. Wat heb ik je gezegd? Honderdduizend exemplaren. Dat boek gaat ons allemaal rijk maken.'

Feitelijk werd die honderdduizend al diezelfde maand overschreden en nog steeds wees niets erop dat de verkoop terugliep.

Het boek bereikte de top van de bestsellerslijst van *The Times* en bleef daar staan, geparkeerd op de eerste plaats, week na week na week. En toen begon Edwin zich ongemakkelijk te voelen.

'Dit is niet goed,' fluisterde hij tegen May, toen ze in een schemerig hoekje bij O'Connor's zaten. 'Dit is gewoon niet goed.'

'Waar heb je het over? Niet zo somber, Edwin. Jouw nergens vooraf aangekondigde zelfhulpboek wordt de *Madison County* van dit jaar. Geniet ervan zolang als het duurt, joh, want op een gegeven moment houdt het op, en dan is het gewoon weer aan het werk geblazen voor jou. Op het ogenblik ben je meneer Mead zijn eigenste wonderkind. Hij eist nu al de eer voor zich op jou alles geleerd te hebben wat je weet. Misschien geeft hij je van de herfst zelfs wel je eigen kantoor. Denk daar eens over na: geen afgeschoten hokje meer, geen hoofden die om de hoek worden gestoken. En stel je eens voor hoe je je dan over Nigel kunt verkneukelen. *Wat op de berg tot mij kwam* is het grootste succes dat we in jaren hebben gehad. En geloof me, we hebben voorlopig niets anders in het verschiet.'

'En je seksschandaalboek dan?'

'O, je bedoelt de vrouw die seks had met de vice-president en de voorzitter van het Huis van Afgevaardigden? Blijkt dat ze ook met Elvis naar bed is geweest. Aan boord van een ufo.'

'Gut, dus we halen haar boek uit de catalogus?'

'Niks hoor. In plaats van een biografie wordt het nu een newageboek. Maar het zal minder goed verkopen. Op het ogenblik lopen politieke schandalen beter dan ufo's. Hoofdzaak is, Edwin, dat jouw boek het geweldig doet en straks zul je er alle voordelen van opstrijken, emolumenten en de rest. *Wat op de berg tot mij kwam* heeft van jou een ster gemaakt bij Panderic. Geniet ervan zolang als het duurt, want op een gegeven moment houdt het op. Kan niet anders.'

'Maar wat als dat niet gebeurt?' zei Edwin, terwijl er irrationele paniek in zijn stem sloop. 'Wat als het gewoon doorkeest, tot in lengte van dagen, als een speedy konijn uit de hel.'

May leunde achterover in hun hoekje, keek Edwin behoedzaam

aan, tuitte haar lippen en zei langzaam: 'We hebben het toch over een boek? Een zelfhulpboek. Een boek dat is bedoeld om mensen behulpzaam te zijn bij het verbeteren van de kwaliteit van hun leven. Daar hebben we het toch over? Gewoon een boek.'

'Heus?' siste hij. 'Denk jij echt dat het niet meer is dan dat?'

'Ik vind het ietwat onrustbarend wanneer je ogen zo gek en verdwaasd gaan staan. Ik denk dat jij te hard gewerkt hebt, Edwin. Hoe staat het met het varkensvleesdieetboek? Heb je al eens een recept geprobeerd? Ik zag er één: uitgebakken kaantjes met een dikke dot Slankie. Riekt een beetje naar belazerij, vind je niet?'

'Wat als het nou eens niet gewoon een boek is, May? Wat als dit hét boek is? Het boek waarop iedereen heeft gewacht. Het boek dat al onze problemen uit de wereld helpt, onze tekortkomingen opheft, onze innerlijke conflicten oplost. Wat als dit dat boek is? Wat als het Tupak Soiree gelukt is om dé formule ervoor te bedenken? Er zit altijd wel een kern van waarheid in boeken, maar niet één heeft het in alle opzichten bij het juiste eind. Bij lange na niet. Ik bedoel, de enige reden dat we zoveel van die klotezelfhulpboeken hebben, is dat ze niet werken! Als iemand ooit een zelfhulpboek schreef dat echt werkte, zou ik mijn baan kwijt zijn, godverdegodver!!'

'*Edwin!* Let op je stem. Bedaar. Je begint te schreeuwen. Luister, waarom ga je niet naar huis. Rust wat uit, misschien –'

'Kan niet,' zei hij met vlammende ogen. 'Kan niet naar huis. Mijn vrouw probeert me te vermoorden.'

'Probeert je vrouw je te vermoorden?'

'Zekers. Ze probeert me te vermoorden met seks. Het is verschrikkelijk. Iedere nacht hetzelfde liedje. Dezelfde perfecte techniek. Dezelfde ongelooflijke orgasmes. Ik ga er kapot aan, May! Toe maar, lach maar als je wilt. Maar het is waar. Ze probeert me te vermoorden. Als ze geen menstruatiecyclus had, zou ik nooit de kans krijgen om te herstellen. En altijd dat gemekker van d'r: "Lees het boek, Edwin. Je moet het boek lezen. Je hebt het tenslotte bewerkt. Lees het stuk over Li Bok. Het schijnt beter te werken als beide partners dezelfde tegendrukpunten gebruiken." Een soort sekte lijkt het

wel. Het lijkt alsof ze zich bij de Moonies of zoiets heeft aangesloten. En iedere nacht. Iedere godvergeten nacht. Het is alsof ik gevangen zit. Alsof ik gevangenzit in een… in een, kweetniet, in iets.
Iets verschrikkelijks. Ik kan niet eens helder denken. Is je niet opgevallen hoe broodmager ik geworden ben?'

'Je bént broodmager, Edwin. Je bent altijd broodmager geweest.'

'O, ja? Nou, en wat vind je hier dan van?' Hij boog zich naar voren, en fluisterde nauwelijks hoorbaar: 'Ik heb tegenwoordig door-
lopend een erectie. Ik heb nu óók een erectie.'

May fluisterde terug. 'En wat precies zou je willen dat ík daaraan deed?'

Edwin moest erom lachen, of hij wilde of niet. 'Tja,' zei hij, nog
steeds fluisterend, 'wat je ook doet, kom er niet aan.'

'Goed, Edwin, dat zal ik niet doen. Ik beloof het.' En toen, met
een normale spreekstem, zei ze: 'Zie je wel? Wat is dat? Een glimlach? Kijk, dat is de oude Edwin de Valu die ik ken en haat. Laten
we bestellen. Ik heb honger. Dat bleekselderij-mineraalwaterdieet
dat ik volg is niks.'

'Maar wat als dit het boek ís, May? Wat als dít het is?'

'Ach, jezus, Edwin. Hou daarmee op, je wordt zo…'

'Wat als Tupak Soiree een klapper heeft gemaakt? Wat als alle
nummers, alle stukken, alle woorden samenkomen, in de juiste
volgorde, op het juiste moment? Alsof er duizend apen duizend jaar
hebben zitten typen, weet je wel. Wat als Tupak Soiree op de een
of andere manier alle juiste toetsen op het juiste moment heeft aan-
geslagen?'

'Edwin, ten eerste, het is niet duizend apen die duizend jaar typen. Het is duizend apen die gedurende een eeuwigheid typen. De
theorie is dat ze, mits je ze genoeg tijd geeft, uiteindelijk *Hamlet* of
Gejaagd door de wind produceren.'

'Of *Wat op de berg tot mij kwam.*'

'Wil je beweren dat apen dat boek hebben geschreven?'

'Nee, nee, natuurlijk niet. Wat ik zeg is dat, in theorie, als iemand
ooit een boek schreef waarin alles op precies de goeie manier ge-
ordend was –'

'Edwin, die apen zouden tot in lengte van dagen moeten door-typen. We hebben het hier over oneindigheid.'

'Ah, ja! Maar oneindigheid omvat alle getallen. Iedere gebeurtenis die zal optreden, ik citeer, "op enigerlei moment tijdens de oneindigheid" kan net zo goed over twee seconden plaatsvinden als over een miljoen jaar. De waarschijnlijkheid is precies dezelfde. Wiskundig gesproken is de kans dat die apen *Hamlet* bij hun eerste poging typen even groot als die dat het ze pas bij de duizendste poging lukt. Waarom? Omdat oneindigheid grenzeloos is. Dus is er ook geen verschil in waarschijnlijkheid. Tupak Soiree kon die klapper evengoed nu gemaakt hebben als ergens in de volgende miljoen miljard jaar.'

'Hoe weet jij dat allemaal? Ik dacht dat jij vreselijk was in wiskunde.'

'Ben ik ook. Ik heb gisteravond naar *Stargate* gekeken. Maar de fysica erachter heb ik nog paraat. En zijn naam? *Tupak* achterstevoren gespeld, wat zegt je dat? Dat zet je aan het denken, May. Dat zet je heus aan het denken.'

'Nee, Edwin. Het zet me niet aan het denken. Het zet me in het geheel niet aan het denken. Te veel werk, onvoldoende slaap en slechte sciencefiction. Dat is wat ik hier zie.'

'Ja nou, wat dacht je van de chaostheorie? Je weet wel, hoe een vlinder in China die met zijn vleugels fladdert, stormen kan veroorzaken in, kweetniet, ergens heel ver weg. De ondergang van de samenleving zou evengoed bespoedigd kunnen worden door een klein onbenullig voorval als door een grote omwenteling. Bijvoorbeeld door de publicatie van een ogenschijnlijk onschuldig boek. Een vlinder met zijn vleugels en aan de andere kant van de aardbol wordt een orkaan opgewekt. Snap je wat ik zeggen wil?'

'Mij schijnt het toe,' zei May filosofisch, 'dat iemand die rotvlinder eens zou moeten doodslaan. Ik bedoel, hij veroorzaakt al veel te lang tyfonen, schipbreuken en aardbevingen. Als je de problemen op aarde wilt oplossen, zou je eerst die vlinder moeten opsporen en hem vermorzelen. Vergeet El Niño... het is die rotvlinder die we moeten laten ophouden.'

'Ik meen het, May. Hoe weten we welke destructieve krachten, welke verstrekkende reeksen van gebeurtenissen er eventueel ongewild ontketend worden door het kleinste, onbeduidendste incident?'

'En waarom is het altijd een vlinder?' vroeg May. 'Denk je ook niet dat we hoognodig een nieuwe metafoor moeten bedenken? Moet het altijd een vlinder zijn? Waarom geen mestkever in Aberdeen die voor een plotse toename zorgt in het aantal artritisgevallen onder Nieuw-Zeelandse schapenboeren? Ik vind dit hele vlinder-fladdert-met-vleugels-scenario een beetje afgezaagd. Wat had je gedacht van een kamervlieg in Arkansas die een olietanker in de Madrileense Zee laat kapseizen. Of wat van een –'

'Ik weet niet waarom ik het zelfs maar probeer,' zei hij, inmiddels duidelijk kwaad. 'Serieus, May. Ik zit geen geintjes te verkopen. Ik heb een slecht gevoel over dit gedoe. In de promotie van *Wat op de berg tot mij kwam* hebben we geen geld gestopt. Nog geen cent. Er is geen enkel recensie-exemplaar verstuurd, we hebben dus ook geen enkele recensie gekrégen. En toch, binnen een paar weken, ging het lopen. Hoe verklaar jij dat, May?'

'Edwin, jij weet evengoed als ik dat mond-tot-mondreclame het beste verkoopmiddel is dat er bestaat. Het verkoopt meer boeken dan wat ook. Je kunt de grootste en geliktste verkoopcampagne hebben, maar slechte mond-tot-mondreclame brengt toch de meest uitgekiende plannen van kleine en grote baasjes om zeep. Dat is wat er hier is gebeurd, alleen omgekeerd. Het is net zoals met *De Celestijnse belofte*. Weet je nog? De auteur kon voor geld noch goeie woorden een uitgever vinden. Dus ten slotte gaf hij het zelf uit, laadde het in de kofferbak van zijn auto, ventte ermee, ging van boekhandel naar boekhandel –'

'En dat kostte jaren, May. Jaren volharding. Wat er met *Wat op de berg tot mij kwam* gebeurde, was een kwestie van weken. En niemand reed rond met stapels van die boeken in zijn kofferbak. Dit was louter hoort-zegt-het-voort. En weet je? Paul van de marketingafdeling deed een lezersonderzoek toen de verkopen net omhoog begonnen te schieten. Hij wilde weleens zien te achterhalen wat hier speelde. Je weet hoe reagerend marketing is; willen altijd de nieuwste trend inhalen om vervolgens de eer voor zichzelf op te eisen. Maar goed, Paul onderzocht de lezerssatisfactie van *Wat op de berg tot mij kwam* en weet je wat dat opleverde? Honderd procent tevredenheid. Je hoort het goed, honderd procent, May.'

'Toe, Edwin. Neem jij iets van wat marketing zegt serieus?'

'Ik vroeg het Paul. Ik zei: "Honderd procent? Dat is statistisch onmogelijk. Hoeveel mensen heb je bevraagd? Een stuk of tien?" "Nee," zei hij, "honderden. In de laatste druk hebben we een vragenlijst gestopt." Normaal zijn we al blij met een score van tien procent wanneer ze het naar ons terug moeten sturen. Weet je hoeveel van de vragenlijsten terugkwamen? Allemaal. Stuk voor stuk. Zegt Paul: "Tja, helemaal honderd procent was het niet, natuurlijk. We hebben het naar boven afgerond. Van de lezers was 99,7 procent tevreden." En weet je wat, May? Ik vind 99,7 procent alarmerender dan honderd procent. Ik weet niet waarom, maar het is wel zo.'

'Nou en, Edwin? Mensen zijn dus blij met dat boek. Ik snap niet waarom je daar zo mee zit. Wat is het ergste dat er eventueel zou kunnen gebeuren? Mensen voelen zich goed over zichzelf. Mensen zijn gelukkig. Wat steekt daar voor kwaad in?'

'Dát weet ik niet,' zei Edwin. 'Maar ik zég je, het klopt niet. Het is niet normaal.'

'Gelukkig zijn is niet normaal?'

'Nee, inderdaad niet. Ik doe zelfhulpboeken. Geloof me, ik weet het. Iedereen is op zoek naar iets, maar het hele punt is dat ze dat nooit vinden. Iedereen heeft hulp nodig. Tenminste, ze dénken dat ze hulp nodig hebben. Ik weet dat dit voor mij geldt.'

'Nou,' zei ze, terwijl ze haar handen onder tafel naar hem uitstrekte en haar stem dempte, 'kan ik je misschien in plaats daarvan met die erectie van je helpen?'

Tot hun beider verbazing kneep ze erin, onder de tafel.

Met kolkende hormonen belandden ze in Mays appartement. Net als May zelf was de ruimte een toonbeeld van buitenissige bende. Waar je ook keek zag je boeken, kattenspeeltjes en kralengordijnen in deuropeningen. Weggemoffeld in een hoek stond zelfs een oude typemachine.

Edwin en May vielen op elkaar aan in een woeste wirwar van ledematen en lippen, terwijl de kat afkeurend toekeek. Het ging zo rommelig en gehaast dat alles chaotisch door elkaar liep. Ze hadden elkaar nauwelijks gekust of Mays borsten, zacht en vol, gaven onverhoeds en onverwacht acte de présence. May rukte al met op en neer gaande vuist aan Edwin nog voordat hij tijd had gehad om allebei zijn schoenen uit te trekken. Dus daar lag hij, één schoen aan en één schoen uit, en probeerde greep te krijgen op een sprei die, telkens als hij zich in minder dan hengstachtige glorie verhief, weggleed. Zijn overjas kwam vast te zitten om zijn hoofd, zijn horlogebandje bleef in haar haren haken, en haar panty raakte in de knoop om haar enkels. Het was allemaal slecht gechoreografeerd. Beslist niet de meest gracieuze of filmische paring ooit vertoond. Ze rolden van haar futon af, consacreerden hun passie boven op een stapel tijdschriften, rolden weer op de futon, knielden op elkaars benen, hinderden elkaar toen ze onhandig van positie veranderden. Op een gegeven moment likte Edwin langdurig bloot vel, enkel om te ontdekken dat het zijn eigen onderarm was.

Ze hielden uiteindelijk van pure uitputting op. May kwam sidderend klaar; Edwin was nat van het zweet.

Daar lagen ze, half op en half naast de futon, helemaal van de wereld, hortend naar adem snakkend. Mays kat had, in de veronderstelling dat hier een eigenaardig menselijk worstelritueel werd uitgevoerd, het hazenpad gekozen. En ook was er een varen omgetrapt.

Momenten als deze neigen altijd naar religiositeit.

'O, god. O, mijn god.'

'God. O, god.'

'Ik moet wat drinken,' zei May. Ze kwam wankelend overeind, sloeg een laken om en trippelde blootsvoets naar de keuken. Edwin schopte zijn tweede schoen uit. Strekte zich uit op zijn rug. Dacht aan Jenni en verbaasde zich over het ontbreken van schuldgevoel. En opeens, zomaar, voelde hij zich schuldig dat hij zich niet schuldig voelde.

Edwin keek naar zijn onderlijf, grijnsde en riep uit: 'May! Mijn erectie! Verdwenen!'

'Dat mag ik hartelijk hopen,' zei ze, terwijl ze de kamer weer in kwam met een glas ijswater. 'Hier, pak aan. Je ziet er uitgedroogd uit.'

'Je begrijpt het niet. Mijn erectie is verdwenen. Ik ben uitgeput. Ik ben totaal uitgeput. Zo hoort seks te zijn! Hier zit ik me onzeker en vagelijk schuldig en ietwat ongemakkelijk te voelen. Dit... dít is waar seks om gaat. Het is niet bedoeld om je het gevoel te geven dat je één bent met het universum. Dat moest ook niet mogen met iets wat zo intiem is. Met mijn vrouw is seks gewoon te, jeweetwel, te perféct.'

'Perfect,' zei May en haar stem klonk nu koel, maar Edwin, zich daar niet van bewust, praatte door.

'Inderdaad, perfect. Zo is het ook allemaal gearrangeerd. Schoon, fris, precies. Seks met mijn vrouw is gewoon té goed, weet je. Seks hoort niet schoon en gezond te zijn. Het hoort een beetje smerig te voelen, beetje verkeerd. Ambivalent. Dat is het woord dat ik zoek. Ambivalent. Het hoort ambivalent te zijn.' Hij nam een lange, grote slok water. 'Ik voel me geweldig!' zei hij.

Hierop volgde een ijzige stilte.

'Edwin, ik geloof dat je moet opstappen.'

Hij was oprecht verbaasd. 'Waarom? Heb ik iets gezegd?'

'Ga. Nu.'

'Maar May –'

'Herinner je je de Sheraton Timberland Lodge? Ja?' Haar gezicht was rood van woede en verdriet. 'Ja?'

'Natuurlijk, May. Ik denk er aldoor aan. Iedere dag op het werk, iedere keer dat we elkaar tegenkomen in de gang.'

Dit bracht haar vastberadenheid enigszins aan het wankelen. 'Echt? Ik realiseerde me niet... ik bedoel, ik had nooit gedacht dat het zoveel voor je betekende. Ik wist niet dat het zo belangrijk was.'

'Nee, nee,' zei Edwin. 'Ik voelde me verschrikkelijk. Ik had er zo'n spijt van. Weetjewel, zo van "O, wat heb ik nu voor stoms gedaan?" Ik lag innerlijk helemaal overhoop. Die ambivalentie, hè.'

'Ambivalentie,' zei ze effen.

Edwin werd de deur uit geschoven, zijn jasje en schoenen in de hand, broek maar half aan, stropdas als een losse lasso om zijn nek, en hij keek als een verdoofd konijntje uit zijn ogen. 'Wat heb ik gedaan?' zei hij, juist toen ze de deur voor zijn neus dichtsmeet. Hij hoorde de sloten dichtgaan, hoorde dat ze zichzelf insloot, de valbrug ophaalde, de nachtsloten omdraaide.

'May?' zei hij, zachter dit keer. 'May?' Hij wachtte zwijgend op een antwoord dat niet kwam.

En achter de muren van haar fort, in elkaar gedoken op haar tweezitsbankje met Charley, haar kat, op schoot, wiegde May heen en weer, heen en weer. Haar ogen vulden zich met tranen die ze vrijelijk over haar wangen liet lopen. Almaar door. Het was niet om wat hij had gezegd, maar om wat hij niet gezegd had.

Ze huilde omdat ze wist dat ze nooit meer zijn intieme nabijheid zou voelen, zichzelf nooit meer zou toestaan om zijn intieme nabijheid te voelen. Edwin de Valu: een nerveuze, nonchalante ongevoelige redacteur met een Stepford-vrouw en de neiging om zijn zelfbeheersing te verliezen. Hoe kwam May erbij? Hoe kon ze zichzelf ooit toegestaan hebben om op zo iemand verliefd te worden? Wat had ze niet allemaal gedacht?

Ah, maar ze dacht niet. dat was het probleem. (Zoals altijd).

Hoofdstuk 23

'Lippenstift,' zei Jenni, en Edwin bleef als aan de grond genageld staan.

'Pardon?'

'Op je boord,' zei Jenni. 'Zie je? Hier, hier en hier. Het is haast een cliché. Echtgenoot komt thuis met lippenstift op zijn boord.' Ze kwam dichter bij hem staan en keek eens wat beter. 'Een nieuwe tint, maar hetzelfde merk. Ik zou het overal herkennen. Van hoe-heet-ze. Die mollige.'

'Stella?'

'Nee, niet Stella. *May*. Zo heet ze toch? Vertel op, wat is er gebeurd?'

Edwin slikte hard. Hij had geen alibi. Kon niet op een uitvlucht komen. Eigenlijk stikte hij in zijn eigen stilte. Hij dacht aan andere sporen van lippenstift: de lippenstift op zijn borst, de vegen op zijn rug en tussen zijn tenen. Hij was een wandelende wegenkaart van ontrouw. 'Tja,' zei hij, 'weet je, het is, uh –'

Maar Jenni denderde door, zonder Edwin de gelegenheid te geven om zijn non-antwoord te stamelen. 'Wat is er nou gebeurd?' zei ze. 'Waren jullie op het werk samen aan het dollen en toen struikelde May over je? Of kreeg ze soms slecht nieuws en jij had medelijden met haar, dus gaf je haar een knuffel, je weet wel, om haar te troosten?'

Edwin schraapte zijn keel. 'Wat jij zei. Het eerste.'

'Dollen?'

'Ja, dollen. We dolden wat. Op het werk. Ik bedoel, op het werk, absoluut. Daar waren we. Toen we aan het dollen waren... Zeg, waarom laten we geen eten komen, vanavond. Thai misschien? Ik weet niet hoe het met jou is, maar ik ben uitgehongerd.'

'Prima,' zei Jenni, met een inmiddels bekend insinuerend lachje. 'Maar zorg dat je wat energie overhoudt.'

Edwin wist wat dát betekende, en zijn wanhopige hart zonk hem in de schoenen. 'Energie?' zei hij.

'Voor Li Bok.' Ze streek met een vinger langs zijn borst omlaag. 'Waarom gaan we voor een gezonde trek eigenlijk niet eerst naar de slaapkamer.'

Als een gevangene die naar de galeien wordt gevoerd, volgde Edwin haar met hangend hoofd. En toen, vol schrik, herinnerde hij zich de lippenstiftpatronen die May over zijn hele lichaam had achtergelaten, die tijdelijke tatoeages op geheime, intieme plekjes.

'Heb je heel even?' zei hij. 'Het was een lange dag en ik moet echt even douchen.'

'Okay,' zei Jenni. 'Maar schiet een beetje op. Want ik lig op je te wachten.' Door de toon waarop ze die laatste zin uitsprak liepen de rillingen Edwin over de rug.

Hoofdstuk 24

'Moet je horen, May. Over gisteren.'

'Nee. Er is geen gisteren. Er is niets dat we moeten bespreken. Niets.'

'Hoor 'es, ik voel me verschrikkelijk. Om je de waarheid te zeggen –'

'De waarheid, Edwin? De waarheid is dat ik jou heb gebruikt. Ik voelde me een beetje dartel, een beetje hitsig. En toevallig was jij de enige min of meer aanvaardbare man in mijn buurt.' Ze haalde haar schouders op. 'Het betekende niets.' Haar voordracht was uitstekend: kortaf, laatdunkend, uit de hoogte. En zo moest het ook. Ze had dit moment de hele nacht gerepeteerd, toen ze wakker lag, omdat ze niet kon slapen. 'Het betekende niets. Jij hebt mij niet gebruikt, ik gebruikte jou.' Dit was haar mantra; dit was haar voor de spiegel ingestudeerde persverklaring. Ze had het zo dikwijls herhaald dat ze het zelf begon te geloven.

'Echt waar?' vroeg Edwin.

'Ja. Het spijt me, maar het is niet anders.'

'Ik begrijp het.' Edwin wist niet wat hij zeggen moest. 'Nou, uh, hier is je koffie. Ik was –'

'Daar,' zei ze, met een handgebaar. 'Zet daar maar neer. Ik hoop niet dat je het me kwalijk neemt, maar ik heb werk te doen.' Hierop richtte ze haar aandacht op een stapel paperassen en veinsde een diepe, onnatuurlijke belangstelling voor hun inhoud.

Edwin deed wat hem gezegd was. Hij zette de koffie op haar bijzettafel en net voordat hij zou weglopen, draaide hij zich in de deuropening om. 'May, ik wil alleen dat je weet dat wat er ook gebeurt, ik altijd –'

'Stop daarmee,' zei ze. 'Dit hoeft allemaal niet. Ga gewoon.' En toen, heel zacht, zei ze één woord; een woord dat als een vraagteken tussen hen in hing: *'Razbliuto.'* Alleen dat: razbliuto.

In plaats van terug te gaan naar zijn hok, liep Edwin met grote passen naar het magazijn met door Panderic uitgegeven boeken. Daar vond hij op de onderste plank links *Onvertaalbaar* en zocht er het door May uitgesproken woord in op. Hij bladerde door het boek, liep de titels af tot het trefwoord. Razbliuto, Russisch woord met de betekenis van: 'de gevoelens die je voor iemand koestert die je ooit liefhad, maar inmiddels niet meer'.

Edwin staarde naar de definitie, staarde naar het woord en naar de waterval van subtekst eronder. Het benam hem de adem. *Razbliuto, ooit liefgehad, maar inmiddels niet meer...*

Hij had stante pede rechtsomkeert kunnen maken. Hij had naar May kunnen gaan, had 'het spijt me zo' kunnen zeggen, had 'ik heb het nooit beseft, het nooit geweten' kunnen zeggen. Hij had haar ook in zijn armen kunnen nemen, haar lippen kunnen kussen, haar volle, rode lippen. Hij had haar warme zachtheid in zijn stakerige omhelzing kunnen nemen. Hij had dat kunnen doen en meer, maar de bijzaken van het leven zaten dat in de weg.

'Meneer Mead wil dat je naar zijn kantoor komt! z.s.m.! Het was Nigel, die met zijn handen op zijn heupen in de deuropening stond. 'We hebben je gezocht. Je was niet in je hokje, waar je thuishoort.'

Edwin zette *Onvertaalbaar* terug op de plank. Hij was zelfs niet in staat zijn ingewortelde haat uit de kast te trekken om Nigel zonder eigenlijke aanleiding een kat te geven. 'Zeg meneer Mead maar dat ik er zo aankom.'

'Zo is niet goed genoeg, Edwin. Hij zit al vijf minuten te wachten.'

'Dan wacht hij er nog maar vijf. Ik moet even alleen zijn.'

'Zonder *Wat op de berg tot mij kwam* zou je zulke dingen niet kunnen flikken,' foeterde Nigel.

Edwin stond daar lange tijd, starend naar de uitgestrekte boekenwand; allemaal van Panderic, vele ervan van hem, en hij dacht aan May. Hij dacht aan May. En aan woorden. En aan hun beider betekenis.

Hoofdstuk 25

'Die Tupak Soireefiguur... het bevalt me niet. Hij is te terugge-trokken.' Meneer Mead had inderdaad, zonder erover te klagen, nog eens vijf minuten gewacht. Nu stond hij bij het raam en keek uit over de stad. Hij draaide zich om. Uit alles sprak zijn vastbera-denheid; uit zijn houding, zijn opeengeklemde kaken, de blik in zijn ogen. 'Verdorie, Edwin. We moeten iets doen. We kunnen ons geen kluizenaar permitteren. 'Bij Salinger mag die toer dan gewerkt hebben, maar bij zelfhulplui oogst je daar geen bijval mee. We moe-ten maken dat Soiree naar buiten komt om zijn boek te pluggen. We zitten bijna op de tweehonderdduizend. En je weet wat dat be-tekent: het begint te pieken. We moeten een promotietournee met alles erop en eraan van de grond krijgen.'

Het was een typisch voorbeeld van verkeerd om redeneren, wat men in de uitgeverswereld strijk-en-zet doet – hoe beter het boek loopt, hoe meer geld je in de promotie ervan pompt. Waarom zou je tenslotte als een boek geen kassucces is, geld over de balk gooi-en aan het pushen ervan? Resultaat? De boeken die het het minst nodig hebben krijgen het meeste geld.

Edwin zuchtte. 'Ik heb meneer Soiree al een paar keer gefaxt. Hij zit nog steeds in Paradise Flats, aan de rand van de woestijn. Hij zegt dat als we ook maar één verslaggever voor een interview op hem afsturen, als we zijn adres aan ook maar één journalist geven, hij – en ik citeer – "een nieuw poepgat in ons scheurt".'

'O,' zei meneer Mead. 'Da's niet erg holistisch van hem.'

'Meneer Soiree mediteert iedere dag, zonder te eten of te drin-ken, achttien uur onder een erg hete zon. Ik denk dat dit zijn gezond verstand beïnvloedt. Hij wordt er allicht chagrijnig van.'

Meneer Mead knikte. 'De woestijn heeft dat effect. Verdraaid, dat doet me denken aan die keer dat ik in een ashram in India, of misschien was het op Sri Lanka, eens achtenveertig uur gevast heb en alleen door soetra's-zingende monniken uitgedeelde hallucinogene paddestoelen at. Zoals je je zult kunnen voorstellen, vond ik die hele ervaring –'

'Meneer. Hadden we het niet over de auteur?'

'O, ja, natuurlijk. Tupak Soiree. Ik weet niet waarom jij opeens over paddestoelen begon. Dat sloeg nergens op. Soms, Edwin, maak ik me zorgen over je. Goed dan, wat onze zogenaamde kluizenaar, onze zogenaamde schrijver betreft. We moeten hem uit zijn schuilplaats zien te lokken.'

'Het is een spiritueel mens. Misschien kunnen we op zijn altruïsme spelen. Benadrukken dat hij zo meer mensen kan bereiken, meer invloed zou hebben.'

'En jij denkt echt dat dit zou werken?'

'Om u de waarheid te zeggen,' zei Edwin, 'heb ik geen goed gevoel over meneer Soiree. Ik vind de hele aaneenschakeling van gebeurtenissen griezelig. Er is iets met dat boek, iets… tja, iets kwaadaardigs.'

'Kwaadaardigs? Ha! Laten we vooral melodramatisch worden. Ik zou je eigenlijk moeten overplaatsen naar onze afdeling Ridder- en Griezelverhalen. (Onder editors werd dit beschouwd als een lot erger dan de dood, erger nog dan zelfhulp – als zoiets al mogelijk was.) 'Ik heb ideeën nodig, Edwin. Ideeën. Geen vage voorgevoelens.'

'Nou, ik zou meneer Soiree een smeekbede kunnen faxen van een door leukemie getroffen jong meisje. Dat heeft eerder gewerkt, weet u nog?'

Bij de herinnering hieraan glimlachte meneer Mead warm. 'Ach ja, *Het meisje dat van Wayne Gretzky hield*. Dat was een echte meesterzet. Maar helaas hebben onze advocaten ons ervoor gewaarschuwd niet nog eens zo'n stunt uit te halen. Toch was het briljant. Absoluut briljant.'

'Dank u,' zei Edwin, waarmee hij zich de eer toe-eigende van iets waarin hij geen rol had gespeeld.

'Was dat hele leukemiegebeuren jouw idee?' zei meneer Mead.

'Helemaal vergeten.'

'Als Panderic maar succes heeft, meneer Mead, dan ben ik al genoeg beloond.'

'Goed, want als jij denkt dat je meer geld van me los kunt krijgen, dan heb je je lelijk vergist. Wat Soiree betreft, op zijn altruïsme spelen; zet dat maar uit je hoofd. Altruïsme is zo passé. We gaan appelleren aan zijn platvloersere instincten. Geld, Edwin. Harde, klinkende munt. Vuig gewin. We geven hem smeergeld voor ieder interview waaraan hij zich onderwerpt. We gaan die knakker betalen.'

Dit overdonderde Edwin. Eén van de ongeschreven regels in het uitgeversvak was dat niemand ooit betaald kreeg voor het geven van interviews. 'Meneer, ik geloof echt niet dat de tijdschriften en televisiestations dit zullen pikken. Als we ze gingen laten dokken voor schrijversinterviews, zouden we daarmee verzet tegen ons kunnen oproepen, wat in de kleine, incestueuze uitgeverswereld ernstige –'

'Niet de media, Edwin. Wij. Wat dacht je ervan als *wij* meneer Soiree zeg vijf ruggen per interview betaalden? Zou hij toehappen, denk je?'

Tupak Soiree reageerde opmerkelijk snel. De in afzondering levende auteur gebruikte nog steeds de fax van de gemeentebibliotheek in Paradise Flats, hetgeen de communicatie in het algemeen vertraagde. Maar niet dit keer. Mooi niet.

Beste meneer Edwin,
moge het goddelijk licht van het inzicht voor eeuwig en altijd op uw opgeheven billen schijnen terwijl u Moeder Aarde kust uit diepe dankbaarheid. (Een oude Nepalese zegenwens.) Ik hoop dat alles goed gaat op Grand Avenue. Het antwoord op uw vraag is *ja*. Ja. Ik vind het heerlijk om interviews te geven. Het zou me goed doen. Het zoeken naar directer methoden om mijn wereldse wijs-

167

heid en kosmisch bewustzijn te verspreiden is een zaak waar wij allen baat bij hebben. (Neem er nota van dat mijn bankgegevens onderaan staan. Verricht de betalingen direct onder vermelding van productnummer 32114.) Maak gerust zoveel interviewafspraken als u wilt. Ik word per optreden betaald, correct? Geef me alleen een paar dagen om me voor te bereiden, om mezelf te laten harmoniëren met de Grote Liersnaar van het Universum.

En zo gebeurde het dat het Edwin de Valu drie dagen later onverwacht en voor de allereerste keer overkwam dat hij persoonlijk met de grote en mysterieuze Tupak Soiree sprak.

'Hallo, meneer de Valu! Ik ben het, Tupak Soiree, die u vandaag opbelt.' De zangerige stem op de lijn had een vet, niet nader te duiden Oost-Indiaas accent.

'Te gek! Dat is onverwacht.' Edwin deed zijn uiterste best om kalm te blijven. Ondanks zichzelf sloop er toch een zweempje van eerbied in zijn gedrag. 'Vriendelijk van u… erg vriendelijk van u dat u belt, meneer Soiree. Ik ben blij dat u de tijd heeft kunnen vinden. Uw hospes zei dat u in de woestijn was.'

'Mijn hospes? O, ja, meneer McGreary. Een hoogst onaangename man, vindt u ook niet? Bij hem is mijn boodschap van liefde aan dovemansoren gericht. Toch moeten we ieder wezen, groot en klein, koesteren. Zelfs insecten. Nou ja, misschien niet de echt onsmakelijke. U weet wel, beesten die in drek en wat al niet leven. Maar praktisch ieder ander wezen wel. Stuk voor stuk hebben ze liefde nodig. Liefde, liefde, liefde. Liefde is al wat we nodig hebben. Al wat we nodig hebben is liefde. Dit is wat ik vanmorgen tijdens mijn meditatie leerde: ieder van ons moet bemind worden. Want liefde is als water. We hebben het nodig om te groeien. En ook wanneer we dorst krijgen. Nou en of, zeker weten. Inderdaad, ik was drie dagen in de woestijn, en daar dacht ik ontzettend veel na over water. Allemachtig, wat was het daar heet. Heet en droog. Maar toen het nieuws me bereikte dat u mij wilde spreken, kwam ik snel terug.'

'Daarvoor mijn dank,' zei Edwin. 'Het gaat over Oprah. Ze wil u graag in haar programma hebben. Ze overweegt om *Wat op de berg tot mij kwam* op te nemen in haar nieuwe, her op te richten boekenclub. En ik hoef u niet te vertellen wat een godallemachtige melkkoe dát is. Spiritueel gesproken, natuurlijk. Nu besef ik dat u niet graag interviews geeft –'

'O, nee. Hemeltje, nee. Ik vind het juist héérlijk om interviews te geven. Zeker bij Oprah. Zo'n bijzondere vrouw. En zo beroemd ook. Ach, ik kijk elke dag naar haar. Heeft u haar programma vorige week gezien, toen Will Smith haar speciale gast was? Asjemenou, dat was zo –'

'Maar… maar ik dacht dat u uw dagen in de woestijn doorbracht?'

Even bleef het stil. 'Natuurlijk. Wat ik bedoelde, is dat ik naar Oprah kijk wanneer ik terugkom uit de woestijn. Weetuwel, wanneer de meditatie en wat niet al erop zitten. Ik neem haar programma op en ik kijk ernaar wanneer ik terug ben. Uit de woestijn. Wanneer, zei u, komt mijn eerste royalty-cheque eraan?'

De volgende dag zond Tupak Soiree per koerier een glanzende kleurenfoto naar Panderics publiciteitsafdeling, alwaar de portretfoto snel op wervende folders werd geknald, die op grote schaal per post door het hele land werden verspreid. Soiree was een markante figuur. Niet knap, zelfs niet aantrekkelijk eigenlijk. Maar erg geruststellend, bovien bijna in zijn verschijning. Kalm en o zo goeroe-achtig. De massaverzending was nog niet een paar dagen de deur uit of de telefoon stond roodgloeiend.

Oprah moest Tupak Soirees grote debuut worden. Het zou zijn eerste optreden in het openbaar zijn, maar zeker niet het laatste.

'Ik geloof dat we een kassucces hebben,' zei meneer Mead. 'Reken maar!' En hij schreef persoonlijk de eerste cheque voor vijfduizend dollar uit, onder het kopje 'promotiekosten'. Dat was natuurlijk onzin. Het was smeergeld, openlijk en onbeschaamd. En het werd overgemaakt aan een man die beweerde de onderliggende patronen ontdekt te hebben van tijd en ruimte zelf. Geld, zo scheen het, paste nog steeds in het kosmische plaatje – en zou dat waarschijnlijk altijd blijven doen.

Hoofdstuk 26

De reactie was ongekend. Vergeet de Beatlesgekte; die bleef beperkt tot voor beïnvloeding ontvankelijke jonge adolescenten, een notoir makkelijke groep om tot waanzin op te zwepen. Nee. De Tupak Soireegekte was minder kunstmatig en meer wijdverbreid en oversteeg demografische scheidslijnen. Toen Tupak bij *Oprah* verscheen, kwamen hele steden tot stilstand. De jubelcampagne die voorafging aan het eerste optreden in het openbaar van de kluizenaar-auteur bracht bij de media in de Winderige Stad een koortsachtige monomanie teweeg. In de kranten en in opbelprogramma's op de radio ging het nergens anders over. Je zou haast denken dat de Dalai Lama naast Christus zelf was verschenen.

Jenni nam het *Oprah*-interview voor Edwin op, en toen hij thuiskwam keken ze er samen naar.

'Hij is *zo* schattig,' zei Jenni. 'Hij is volmaakt.'

Meneer Soiree droeg een eenvoudig wit katoenen gewaad van het type waarvoor zowel charlatans als goeroes sedert onheuglijke tijden een voorkeur hebben, en hij straalde verhevenheid uit — stráálde het — naar het publiek, naar Oprah, naar de miljoenen aan hun beeldbuis gekluisterde fans thuis. Tupak zag er verbazingwekkend jong uit voor iemand die de geheimen van het universum ontsluierd had. Hij had een wilde bos krulhaar en een zacht, ietwat opgeblazen gezicht. Zijn ogen glinsterden en hij glimlachte makkelijk en met ontwapenende charme.

Terwijl Tupak onschuldig met Oprah flirtte en aldus gelach en 'oh's' aan het publiek ontlokte, en terwijl Amerika verliefd op hem werd en halsoverkop verviel in onbezonnen aanbidding, keek Edwin gruwend toe. Hij moest denken aan wat May had gezegd over de banaliteit van het kwaad en de banaliteit van talent. Hier, dacht Edwin, aanschouwde hij een combinatie van beide. Tupak Soiree was slecht. Zuiver slecht. Hiervan was Edwin nu overtuigd. Hij bezat hiervoor geen enkel empirisch bewijs, maar dat had hij ook niet nodig. Hij voelde het in zijn botten.

'O, Edwin,' zei Jenni ademloos en met een gezicht dat onmiskenbaar op een Tupak Soireemanier straalde. 'Hij is absoluut volmaakt!'

'Ja,' zei Edwin. 'Hij is volmaakt.' Volmaakt slecht.

Hoofdstuk 27

Oprah nodigde Tupak de volgende week opnieuw uit en de week daarop ook. Al snel werd hij zo'n beetje een vaste gast en zodra hij optrad schoten de kijkcijfers omhoog. Op internet vermenigvuldigde het aantal fanclubs en babbellijnen gewijd aan 'de Soiree-boodschap' zich, terwijl de boekverkopen de pan uit rezen. Panderic moest het drukken uitbesteden aan zes verschillende bedrijven om de verkoop te kunnen bijbenen. Meer televisieoptredens volgden, meer dweperige love-ins, meer stralende verhevenheid. Edwin hield een poosje op met kijken. Het was altijd hetzelfde: Soiree dreunde zijn geijkte pseudo-mystieke nonsens op en het publiek wentelde zich erin. Soiree deed niet meer dan willekeurige passages citeren uit *Wat op de berg tot mij kwam*, dingen die mensen uitentreuren hadden gehoord, maar waarvan ze desondanks geen genoeg konden krijgen.

Ondertussen pakte Panderic Inc. snel nog wat onverhoopte winst mee door de rechten op Tupaks beeltenis te verwerven (met een fiks percentage voor Tupak zelf, dat spreekt) om deze vervolgens in het hele land op koffiemokken, bezielende T-shirts en posters voor op de studentenkamer te laten plakken. *People* kwam met een omslagverhaal over de mens Soiree en in het kielzog daarvan deden *Time* en *Newsweek* hetzelfde. Niettemin bleven ze hem aanduiden als 'de teruggetrokken levende meneer Soiree'. Edwin werd er zo langzamerhand razend van. 'Teruggetrokken?' schreeuwde hij tegen de tijdschriftenkiosken en televisieschermen die hem dagelijks bestookten met Tupaks beeltenis. 'Teruggetrokken? Die vent is een mediahoer!'

En toen, op een dag, gebeurde het onvoorstelbare. Op een dag gebeurde het dat de bagger zomaar… verdween.

Het had de hele ochtend al gegoten, en Edwin kwam na zijn lunchpauze terug als een knorrige straathond. Zijn krant was nat, zijn jasje doorweekt, zijn paraplu omgeklapt. Hij stampte het water uit zijn schoenen en liep met een donderwolk boven zijn hoofd naar de beschutting van zijn hokje.

Maar plots bleef hij stilstaan.

'Stephen?' zei hij.

Stephen de Stagiair had een bureau aan de overkant van de gang en doorgaans was hij niet zichtbaar. Het enige dat je van hem zag was een kuif die boven een berg manuscripten uitstak. Feitelijk had hij al zo lang bagger geschept dat niemand zich goed herinnerde hoe hij eruitzag. Vandaag echter was Stephen helemaal zichtbaar. De stapels ongevraagde manuscripten waren verdwenen en Stephens bureau was schoon en glanzend. Zijn blocnotes waren op grootte gerangschikt en zijn pennen en paperclips lagen keurig op een rij.

'Waar is de baggerhoop, Stephen? Is de jongen van de postkamer niet geweest?'

'Jawel, maar vandaag was er niets voor ons bij.'

'Geen manuscripten? Geen voorstellen? Niets?'

'Noppes.'

'Nee,' zei Edwin, terwijl er iets klams optrok langs zijn al klamme huid. 'Nee. Dit is niet goed. Dit is helemaal niet goed.'

'Ik vond het eigenlijk wel een welkome pauze,' zei Stephen. 'Het liep de hele week al terug. Gisteren was het maar een druppie, en vandaag… niets.'

'Je begrijpt het niet,' zei Edwin. 'De bagger is de waarschuwingsradar van de maatschappij. Gebruik je verstand, man! Zogenaamde schrijvers zijn de koplopers van iedere gedragsbevlieging die er bestaat. Zij zijn de haantjes-de-voorste, de lakmoestest, de kanaries in de kolenmijn. De schrijvers van de baggerhoop vormen onze voorhoede, Stephen. We hebben hen nodig. We hebben onze onbekenden nodig. We hebben onze massa's onbevredigde zielen nodig, zij die worstelen om boven de beperkingen van hun eigen kunnen uit te stijgen. We hebben onze fictieve romans en driedelige trilogieën nodig. We hebben onze gitblonde haren en berenklauwen nodig. De samenleving heeft haar baggerhoop nodig, snap je dat niet? Zodra de bagger weg is, volgt de rest. Dit is niet goed. Dit is helemaal niet goed.'

Edwin nam niet de tijd om zich af te drogen. Nog druipend van de regen stormde hij naar Mays kantoor aan de overkant van de gang. De deur stond open en zonder kloppen ging hij naar binnen. 'Tupak Soiree is een bedrieger!' schreeuwde hij.

May keek met een volmaakt ongeïnteresseerd gezicht op. 'Edwin, ga weg. Ik ben bezig.'

'We hebben geen bagger meer, May. Verdwenen! Snap je het niet? Dat is het begin van het einde. Vandaag is het de bagger, morgen het leven zoals we het kennen.' Zijn stem klonk onbeheerst, zelfs in zijn eigen oren.

'Edwin, ga mijn kamer uit. Ik heb hier geen tijd voor.'

'Het waren geen apen die dit boek schreven, May. Het was een computer. Tupak Soiree is een bedrieger. Hij is geen schrijver, hij is computerprogrammeur. Hij heeft alleen de getallen ingeklopt. Hij voerde ieder godvergeten zelfhulpboek in dat ooit geschreven is en liet de computer daarna de rest doen.'

Onwillekeurig werd Mays belangstelling geprikkeld. 'Een computer?'

'Moet je horen, ik zat een hapje te eten in een lunchroom op Lancaster toen ik onze gewaardeerde auteur geïnterviewd hoorde worden in zo'n opbelprogramma op de radio. Het was het gebruikelijke geslijm, het wat-bent-u-toch-verlicht-gezeik. Maar opeens, in een onbewaakt moment, maakt Tupak een uitglijder. Een kleintje, maar wel onthullend. Ze praatten over hoe in alles schoonheid te ontdekken valt. Ik moet bekennen dat ik in de verleiding kwam om zelf te bellen en te zeggen: "En in lelijkheid? Kunnen we in lelijkheid ook schoonheid ontdekken?" Maar goed, toen belt er een vent en die zegt: "Ik vind getállen het allermooiste in de natuur." Let wel in de natúúr. En Tupak antwoordt: "O, zeker. Getallen hebben inderdaad hun eigen innerlijke bekoring. Zelf zie ik de binaire code als een wonderschone kosmische dans. Toen ik nog in UNIX programmeerde, vond ik dikwijls -" En hierop zegt de presentator: "Maar ik dacht dat u geboren en getogen was in een dorp in het noorden van Bangladesh, waar geen elektriciteit of waterleiding was?" En Tupak zegt: "Ja, maar toen ik in Amerika kwam wonen, ben ik voor computerprogrammeur gaan studeren." "Maar arriveerde u niet pas vorig jaar in Amerika?" vraagt de presentator. "Daarvoor woonde u op een berg in Tibet, weet u nog?" En dan zegt Tupak – en je hoort de paniek in zijn stem kruipen, je hoort hem zenuwachtig worden: "Dat is waar. Ik was op een berg. Ik ben op vele plaatsen geweest. Want het leven is een reis. We zijn allemaal reizigers. Iedereen is beschadigd. Iedereen herstelt. We moeten ieder levend wezen koesteren." En huppekee, ze zijn terug bij het draaiboek en spuien weer platitudes. Niemand anders viel de uitglijder op, maar míj wel.'

Er viel een lange stilte. 'Snap je het niet, May? Zie je niet wat ik probeer te zeggen? Tupak Soiree is een hacker. Hij bouwde een of ander programmeringssysteem. Een programma. Een waarmee hij het ultieme zelfhulpboek kon genereren. Hij had geen miljoen jaar nodig, alleen maar een miljoen bytes. Of joost mag weten wat de juiste term is. Snap je? Daarom wilde hij niet dat ik ook maar één woord veranderde. Het was een programma, May. Het boek werd door een programma geproduceerd. Het was geen kosmische verlichting, het was een computerprogramma.'

'Edwin, het manuscript was op een oude typemachine uitgetikt.'

'Precies! Dat is de genialiteit ervan. Waarschijnlijk programmeerde hij een computer om het er op die manier uit te gooien! En de madeliefjes? Kan het meliger? Maar achteraf gezien perfect. Ik bedoel, wie zou een computer ervan verdenken dat hij stickertjes met madeliefjes op de titelpagina zet? Het is briljant!'

'Edwin, ik wil niet hebben dat je nog in mijn kantoor komt. Je kost me veel te veel tijd en energie. Je raast en tiert over niets. En het allerergste is dat je me geen koffie brengt.'

'Wat?'

'Je hoorde best wat ik zei. Je brengt geen koffie meer voor me mee.'

'Citeer je Neil Diamond nou? Dit gaat over effe wat meer dan koffie, May. Tupak Soiree beweert dat hij het paradijs op aarde heeft ontketend. Maar ik weet wel beter.'

'En wat als je het bij het verkeerde eind hebt, Edwin?' May ging staan en keek hem met een kille, harde blik aan. 'Stel nou dat Tupak inderdááád de hemel op aarde heeft losgelaten? Wat dan nog? Wat als we op dit moment in de hel leven? Deze stad, dit gebouw, dit kantoor. Misschien is de hel wel hier. Misschien is de Amerikaanse Droom niets anders dan de hel op aarde, een onafgebroken, oneindig, zinloos gejaag. Misschien zitten we op een helse draaimolen in de val, Edwin. Heb je daar weleens over nagedacht? Misschien biedt Tupak Soiree ons niets anders dan een manier om het ding stil te zetten en eraf te stappen. Luister naar me, Edwin. Tupak Soiree is níét de antichrist. Hij is ook geen demonische software ontwikkelaar of een kwaadaardige computerprogrammeur. En evenmin is hij een heilige. Hij is gewoon het spraakmakende onderwerp van dit moment. Nog even en zijn boodschap gaat als een nachtkaars uit. Hij is de eerste niet. Het is maar een boek, Edwin. En het geluk haal je niet uit boeken. Geloof me, ik weet het. Misschien heb ik het mis. Wie weet ís Tupak Soiree het onmogelijke gelukt. Misschien heeft hij het "paradijs ontketend". Ik persoonlijk zal niet rouwen om het verlies van de droefheid.'

'O, ja? Moet je dit dan eens horen!' Edwin zocht in zijn zakken. Hij vouwde een verkreukelde gefotokopieerde pagina open en begon voor te lezen: '"Dit is een panacee voor alle menselijke smarten. Dit is het eindelijk ontdekte geheim van geluk, waarover filosofen zovele eeuwen lang discussieerden." Het geheim van geluk. Hoor je dat, May? *Het geheim van geluk.*'

May was verbijsterd. 'Dus iemand vond het een goed boek? En wat dan nog? Waarom is dat iets slechts? Wat is er verkeerd aan het vinden van een "panacee voor alle menselijke smarten" of "het geheim van geluk"?'

'Weet je waar dat citaat vandaan komt? Weet je wie dat geschreven heeft? Het is van een Engelsman, Thomas de Quincey. En hij had het niet over *Wat op de berg tot mij kwam*. Hij had het over opium. Het komt uit een boek uit 1821, *Bekentenissen van een Engelse opiumeter*. Uiteindelijk maakte deze "hemelse panacee" het leven van de auteur kapot; emotioneel, psychisch en intellectueel. Zelfhulp is de opium van onze eeuw, May. En wij hebben ons een monopolie op die markt verworven. Dit is geen uitgeverij, May. Wij handelen niet in boeken, we handelen in opium.'

'Jeminee, Edwin, doe niet zo verdomd –'

'Een opiumkit, May! Dat is waar die wereld van ons met rasse schreden op afstevent. Een grote opiumkit. Een opiumkit van de geest, een waardoor je ten slotte lusteloos en lethargisch wordt... en helemaal gelukzalig.'

'Heus?' zei May, en haar stem klonk nu scherp. 'Of is het iets beters? Iets groters? Misschien is dat wat we nu meemaken geen rage. Misschien is het de geboorte van een nieuwe, collectieve eenheid. De Javanen hebben een woord, *tjotjog*, "een uniek en harmonieus samenvallen van menselijke strevingen". Het woord beschrijft die kortstondige momenten waarop mensen het met elkaar eens zijn, helemaal op één lijn zitten, en de samenleving eensgezind optreedt in plaats van dat men elkaar in de wielen rijdt. Collectieve harmonie, wanneer uiteenlopende belangen en verlangens onder één noemer gebracht worden: tjotjog. Misschien is dat waar we getuige van zijn. Misschien is dat wat Tupak Soiree heeft bereikt. Het op één lijn komen van onze gezamenlijke kompasrichtingen. Collectieve harmonie.'

'Toe, May! Dat is belachelijk.'

'En "een grote opiumkit van de geest", dát is zeker rationeel?'

'May, luister 'es –'

'Ik heb het nou wel gehad, geloof ik. Ik wil dat je gaat.'

'May, luister –'

'Nú.'

Hoofdstuk 28

'Weet ik niet. Ik denk dattie dood is.'

'Dood?' Edwin had Jack McGreary weer eens aan de lijn, Tupak Soirees knorrige en niet-aflatend lompe huisbaas. 'Dóód?'

'Heb hem in geen dagen gezien. Na zijn laatste optreden bij *Oprah* daar bij jullie, issie de woestijn in gelopen. Alleen. Zonder eten. Zonder water. Gisteren zag ik gieren in de lucht rondcirkelen. Ik vermoed dat Soiree het heeft afgelegd. Werd tijd ook. Ik was 'em ondertussen spuugzat.'

'Maar… maar ik moet hem spreken. Ik heb een paar vragen over het boek. Weet u het zeker? Dood?'

'Misschien wel. Misschien niet. Wie kan het wat schelen? Ik zei u toch al, die vent is geschift.'

'U begrijpt het niet,' zei Edwin. 'Dit is dringend. Ik heb een slecht gevoel over wat er gaande is. Ik ben bang… ik ben bang dat dit boek van hem weleens een reeks gebeurtenissen op gang gebracht kan hebben, gebeurtenissen zo verschrikkelijk, zo afgrijselijk dat –'

'Moet je hém horen. Je klinkt alsof je het over het einde van de wereld hebt of zoiets.'

'Dat heb ik ook,' zei Edwin. 'Dat heb ik ook. Luister, mocht u meneer Soiree zien, wilt u dan een boodschap overbrengen?'

Jack zuchtte en zei morrend: 'Vooruit dan maar. Wat moet ik 'em van je zeggen?'

'Zegt u aan meneer Soiree dat ik hem dóórheb.'

De tabaksindustrie ging als eerste ten onder. Ze kantelde als een immense sequoiaboom: imposant en weelderig, maar vanbinnen dood. Ze leed aan fatale droogrot en stortte met donderend geweld op de bosvloer neer als een voorbode van de dingen die komen gingen. De sigarettenconsumptie kelderde met ruim zeventig procent. Hele fortuinen werden vernietigd. De 'eenmalige, zichzelf corrigerende afwijking' waarvan de *Times-Herald* indertijd gewag maakte, werd een krantenkop, en de krantenkop groeide uit tot paniek, en de paniek werd beurspaniek. Verkopen! Verkopen! Verkopen! De directeuren van tabaksbedrijven die nog niet uit het raam van hun kantoor waren gesprongen en vette, naar nicotine ruikende vlekken op het trottoir hadden achtergelaten, lieten de boel gewoon de boel. In heel Amerika wandelden steeds meer van zulke hogermanagementfiguren doodgemoedereerd weg van hun post, alsof ze waren getroffen door een besmettelijke vorm van Alzheimer. 'Ben vissen' stond er op de kaartjes. *Ben vissen.*

Opiniebladen repten zich om de trend te doorgronden. Neoconservatieve columnisten (we zullen geen namen noemen, maar een ervan was George Will) begonnen en masse gelijkhebberige essays te schrijven over hoe Amerika, precies zoals zíj hadden voorspeld, vrijwel van de ene op de andere dag een tabaksvrije natie was geworden, níét als uitkomst van belastingen of andere overheidsregelgeving, maar door pure, onversneden menselijke wilskracht. Politiek rechts hamerde erop dat deze gebeurtenissen het gelijk van zijn opvattingen inzake het heilige recht van de individuele keuzevrijheid bewezen. Politiek links (of liever gezegd het politieke midden, aangezien echt links in Amerika niet bestaat) beweerde al even keihard dat jaren van overheidsinterventie eindelijk resultaat hadden opgeleverd en wel op zeer spectaculaire wijze. Iedereen eiste de eer voor zichzelf op.

Er werden extra schoonmaakploegen ingezet om de door neerstortende directeuren van tabaksondernemingen achtergelaten nicotinespatten weg te schrapen, en de bedrijven die bordjes met VERBODEN TE ROKEN maakten gingen in rap tempo failliet. Maar over het algemeen waren de effecten minder wijdverbreid dan vele commentatoren hadden voorspeld. Of gevreesd.

Toen stortten de drankindustrie en de drugshandel in. Coke.

Hasj. lsd. De vraag droogde op, zo ook die naar minder fatsoenlijke consumptieartikelen. En opnieuw brak er paniek uit. De kranten spraken nu van een 'enorme structurele verandering in het consumentengedrag', maar nog altijd brachten de commentatoren de omwenteling niet direct in verband met het boek van Tupak Soiree. Ze spraken over *Wat op de berg tot mij kwam* als 'onderdeel' van de trend, niet als de oorzaak ervan. Sommigen gingen zover dat ze zeiden dat het boek de plotse verandering had helpen 'aanwakkeren', dat het als 'katalysator van verandering' gefungeerd had, maar ze waren er stellig in dat de voorwaarden ervoor allang aanwezig waren geweest. (Ze kamden zelfs haastig de archieven uit op zoek naar bewijs voor zulke voorwaarden.) Commentatoren begonnen te spreken van een Nieuw Amerika, van een Nieuwe Wereldorde, van een Nieuw Consumentisme.

En toch, terwijl het land in economische onzekerheid werd gedompeld – 'ons staat een tijd van grote aanpassing te wachten,' zei een ernstige, zorgelijk kijkende president naar aanleiding van het ter ziele gaan van de alcohol- en tabaksindustrie – zette er een daling in van de straatcriminaliteit. Natuurlijk kon men nog steeds drank kopen en met een revolver een toevallige omstander doden, maar er was absoluut sprake van een dalende trend, een stérk dalende. Junkies kregen een exemplaar uitgereikt van Tupak Soirees boek. De Anonieme Alcoholisten legden het loodje. Afkickcentra begonnen te sluiten.

'Dit is een droeve, droeve dag,' zei een woordvoerder van een der grootste ketens van ontwenningsklinieken in het land. 'Wegens gebrek aan cliënten hebben wij ons genoodzaakt gezien om vrijwel al onze activiteiten te staken. Een zeer droeve dag, mag ik wel zeggen.'

Het was slechts een kwestie van tijd voordat bepaalde groepen zich op wraak begonnen te bezinnen.

Hoofdstuk 29

Edwin de Valu dreef de auto van zijn vrouw voornamelijk met de kracht van zijn verwensingen voort. Hij vervloekte het waardeloze driedeurswagentje, schold erop en was woest met de pook in de weer, terwijl hij zich hortend en stotend door de woonstraten rond South Central Boulevard verplaatste. Het duurde niet lang of Edwin had het web van zijn rancune uitgebreid en begon nu ook te schelden op willekeurige voetgangers en huisdieren en zelfs op de incidentele struik of haag. Edwin haatte Jenni's auto net zo stellig als hij haar zelfvoldaanheid haatte, net zo stellig als hij haar kat haatte. Hij was verdomme te kittig (de auto, niet de kat; de kat was een grote, volgevreten, vadsige fluim). Jenni's gele autootje had geen pit. Het sukkelde maar wat voort; het rónkte niet. Edwin wilde een auto die ronkte. Alles aan Jenni's auto was onnozel, zelfs de claxon. Vooral de claxon. Wanneer je er met je vuist op sloeg, bracht de claxon een opgewekt 'toet-toet' voort, dat niet bepaald je gevoelens weergaf wanneer iemand je sneed en je je ongenoegen hierover effe kwijt moest. 'Hufter! *Toet-toet.*' Dat deed volstrekt geen recht aan je stemming.

Niet dat er veel verkeer was om mot mee te krijgen. Integendeel. In de regel impliceerde het ritje naar de supermarkt ongeveer zes doodsbedreigingen, vier bijna-fatale botsingen en minstens één vuist die dreigend voor je gezicht werd gehouden. Vandaag waren de straten rustig. Nergens een spoor van agressie in het verkeer. De vogels zongen. De zon scheen. Steeds meer mensen leken te voet te gaan, en dat was nou jammer, want als je vrouw je om vier uur op een zondagmiddag op fenegriek uitstuurt terwijl je net naar een prima herhaling van *De baas in huis* zit te kijken, nou dan wílde je je toch, kolere, door het verkeer heen vechten, al was het maar om je eigen humeurigheid te rechtvaardigen. Maar vandaag waren de straten zo rustig als in een reclamespotje. Het zonlicht werd gefilterd door de bladeren; paartjes slenterden arm in arm over de trottoirs. Edwin stopte voor Lachebek, het Magazijn voor Holistische Natuurvoeding (voorheen 'Safeway'). Er stonden geen auto's op het parkeerterrein, maar de winkel zelf was afgeladen. Iedereen leek de tijd te nemen. De mensen winkelden op hun dooie akkertje, namen langzaam hun wisselgeld in ontvangst, verlieten het pand rustig. Het was zonder meer ergerlijk.

'Leef! Koester! Leer!' zei de vlassig bebaarde winkelbediende toen Edwin naar buiten stormde met zijn zak handgeplukte biologisch-dynamische fenegriek.

Buiten was er een auto naast die van Edwin gestopt en hij stond daar met draaiende motor. 'Da's raar,' mompelde Edwin. 'Het hele terrein is leeg, waarom moeten ze pal naast mij parkeren?' Drie mannen in zijden pakken stapten uit, en terwijl Edwin naderde, stonden ze daar met de armen over elkaar geslagen.

'Hé!' zei Edwin. 'Jullie leunen tegen mijn auto.'

Er verscheen nog een man; een glimlachende, sproeterige yup in pastelkleurige tenniskleding en een met nonchalante perfectie om zijn schouders geslagen sweater. 'Zo, hallo daar!' zei hij, met een brede grijns naar voren komend. 'Edwin de Valu is het toch? Man, hoe gaattie? Prachtdag, vind je niet? Geeft je zin in het leven.'

Edwin voelde nattigheid. 'Kennen we elkaar?'

'De naam is Jay, zoals in ojee en in jeminee.' Er werd een hand naar Edwin uitgestoken. Zelfs de greep was opgewekt. 'Ik ben wat je noemt een freelance probleemoplosser.'

'En dat is?'

De glimlach van de man kreeg iets grimmigs. 'En dat is, dat ik wat je noemt een freelance probleemoplosser ben.' Het bleef even ongemakkelijk stil terwijl de man Edwin strak in de ogen keek. 'Maar genoeg over mezelf, zeg,' zei de sproeterige man. 'Zullen we het nu over jóú hebben? Edwin de Valu. Getrouwd. Geen kinderen. Werkt voor Panderic Inc., dat momenteel helemaal te gek loopt. Woont op 668 South Central.'

'Waar gaat dit over? Hoe weet u wie ik ben?'

De glimlachende man met het sproetengezicht en de sluipschuttersogen keek langs Edwin heen naar het parkeerterrein achter hem. 'Hoor 'es Ed – mag ik je Ed noemen? Waarom gaan we niet ergens heen waar we niet voor iedereen zichtbaar zijn. Bijvoorbeeld een verlaten pakhuis bij de haven, waar niemand je klaaglijk hulpgeroep kan horen.' Hij gaf Edwin een klap op de schouder. 'Maak je geen zorgen, Edwin, waarschijnlijk maak ik maar een geintje.' Zijn stem daalde. 'En nou die auto in, jij.'

Ze hielden het portier open.

Edwin deinsde terug, maar een van de huur-een-schurk-kerels was stilletjes achter hem gaan staan, zodat Edwin achterwaarts tegen een reusachtige plaat mens botste, een in een zijden pak gepropte kleerkast. De man legde een hand op Edwins schouder, een zware hand vol dreiging. 'Jij gaat nergens heen, vrind.'

Edwin nam de benen. Hij dook omlaag, glipte onder de dreigende greep vandaan en rende, blindelings, regelrecht een doodlopend straatje in. *Godverdegodver!* Aan het eind van de steeg naast de natuurwinkel stond een hek van harmonicagaas. Het was net de climax van een ongewoon slechte mop.

De mannen kwamen door de steeg op hem toe lopen, stil, zonder haast, alsof de uitkomst onontkoombaar was en ze gewoon de scène helemaal uitspeelden.

'Ik waarschuw jullie,' zei Edwin, terwijl ze naderden, 'ik krijg heel snel blauwe plekken.'

Hoofdstuk 30

Edwin kwam in het donker bij bewustzijn.

Zijn gezicht was heet en zweterig van zijn eigen adem. Er was een stoffen zak over zijn hoofd getrokken en hij draaide zich in allerlei bochten om zich ervan te ontdoen. Het lukte hem niet. Het was een claustrofobische en angstaanjagende gewaarwording.

Voetstappen. Fluisterende stemmen. Plots een ruk aan zijn nek en de stoffen zak werd weggetrokken. Edwin knipperde met zijn ogen, tuurde verdwaasd door zijn wimpers. Tegenover zich zag hij een rij kille lichten en in het duister daarachter gestalten. Hij rook en hoorde de zee. Om hem heen stonden hoge stapels kratten, en al wurmend merkte hij dat zijn handen op zijn rug waren vastgebonden. Hij probeerde te spreken, maar zijn keel was droog en schor.

'Waar ben ik?' vroeg hij.

Aan de overkant ging een rommelend gelach op. 'Zien jullie wel? Ik zei het toch. Da's altijd de eerste vraag. "Waar ben ik?" Weten jullie nog die keer dat we Coloné te grazen namen? Zelfs terwijl we de B-2-blokken aan zijn borstkas vastbonden en ook nog toen we de plastic zak over zijn hoofd trokken bleef hij maar zeggen: "Waar ben ik? Waar ben ik?" Alsof het ertoe deed.' Meer gelach.

De man met het sproetengezicht kwam vanuit de schaduwen te voorschijn. De medelevende uitdrukking op zijn gezicht was weerzinwekkend onoprecht. 'Meneer de Valu, ik moet mij verontschuldigen voor mijn ietwat stereotiepe inzet van zware jongens. Persoonlijk sta ik een subtielere aanpak voor, maar dit zijn vreselijke tijden. En het wordt ontzaglijk moeilijk om goede hulp te vinden. Zeker nu met die "aardigheidsrage". Sigaret?'

'Ik uh… ik probeer te stoppen.'

'Verstandig. Die dingen zijn je dood.' De sproetige man stak een sigaret op, nam een lange, bijna geëxalteerde trek en gooide de sigaret daarna op de grond. Hij blies een rustgevende wolk blauwe dood uit. En toen, met de terloopsheid van iemand die een pen wil pakken, schoof hij een hand in zijn jasje en haalde er het onvermijdelijke rekwisiet uit. Hij drukte de loop tegen Edwins slaap.

'Vertel 'es, Edwin, ben jij een gokker?'

Edwin sprak met een klein stemmetje. 'Nee, niet echt. Af en toe koop ik een kraslot, maar…' Zijn stem zakte weg in het niets.

De sproetige man knikte. 'Maar goed ook. Want ik denk dat jouw kansen om hier levend en met al je ledematen nog op hun plaats weg te komen zo ongeveer nihil zijn.' Hij nam de revolver weg, stak hem terug in zijn holster en zei: 'Heb je nu trek in die sigaret?'

Edwin knikte, sprakeloos van wanhoop.

De man stak de sigaret tussen Edwins lippen, teder bijna, en streek een lucifer op zijn duimnagel af.

'Moet ik zijn touwen wat losser maken?' zei een stem naast Edwin.

'Edwin, mag ik je voorstellen aan een van mijn hulpjes: Sam, "de Slang" Serpent. Hij is jong, hij is gretig en de ergste soort knul die er bestaat; een die zich wil bewijzen. Dus wat je ook doet, maak dat je hem niet op zijn gal werkt.'

Sam, een zenuwachtig kereltje vol tics en grootspraak, kwam naar voren. 'Wilt u dat ik hem langzaam of snel doodmaak, standaard of extra pittig?'

De sproetige man zuchtte. 'Maak die touwen nou eerst maar eens los, Sam. Okay? De logistiek van hoe we hem doden bespreken we later wel. Alles op z'n tijd.' Hij schudde zijn hoofd en wierp Edwin een glimlach toe, alsof hij wilde verzuchten: 'kínderen!'

Zodra Sam de touwen had losgemaakt, wreef Edwin over zijn polsen en keek om zich heen om een idee te krijgen waar hij zich bevond. Op de achtergrond zag hij andere gestalten, half in het licht en gehuld in rook. Voor hen, op in een halve cirkel neergezette stoelen, zaten vier mannen. Het flauwe licht viel van achteren op hen, waardoor hun gezichten amper te onderscheiden waren.

De sproetige man boog zich voorover en praatte in Edwins oor. Hij kwam zo dichtbij dat Edwin de geur van tabak en Brut kon ruiken. 'Meneer de Valu, bent u of bent u niet de stralende ster achter een boek, getiteld *Wat op de berg tot mij kwam*. Lieg niet, want we weten het antwoord al.'

'Daar was ik de editor van, ja. Maar ook niet meer dan dat. Eigenlijk zou u de auteur direct moeten aanspreken. Ik wil u dolgraag uitduiden hoe u bij zijn huis komt; misschien zelfs een kaart tekenen. Hij woont in Paradise Flats, even buiten… nee, wacht effe, hij is verhuisd. Hij bouwt momenteel een complex bij Boulder, ergens hoog in de bergen. Ik weet zeker dat híj en niet ík degene is die u te grazen wilt nemen.'

'Helaas heeft meneer Soiree een zwerm getrainde lijfwachten die hem vierentwintig uur per dag bewaken. U' – en hier moest de man onwillekeurig lachen – 'rijdt in een gele Chevette.'

'Die is feitelijk van mijn vrouw.'

'Meneer de Valu, dat boek van u heeft zekere mensen grote financiële schade berokkend. De sigarettenverkoop is gedaald. De alcoholconsumptie is afgenomen. Het drugsgebruik is sterk verminderd. Elk van deze heren, zoals ze hier voor u zitten, is persoonlijk geschaad door uw acties. Laat me ze aan u voorstellen. Van links naar rechts: de heer Davies van het Tabak Instituut, de heer Brothman van de Vereniging van Drankhandelaren en de heer Ortega van het Colombiaanse Drugskartel en Culturele Uitwisselingsprogramma.'

'En de… de laatste heer?'

'O, dat is de heer Wentworth. Hij staat aan het hoofd van een keten van ontwenningsklinieken voor alcohol- en drugsverslaafden. Zoals u zich zult kunnen voorstellen, is hij even afhankelijk van de constante consumptie van genotmiddelen als de anderen. Meneer de Valu, u heeft deze heren miljoenen en miljoenen dollars gederfde winst gekost.'

'Is het te laat om te zeggen dat dit me echt verschrikkelijk spijt?'

Sam bemoeide zich ermee. 'Zeg! Niet te brutaal worden, hè. Heb je er enig benul van wie je hier voor je hebt? Ik ben Sam, "de Slang", Serpent. Ik lust je rauw.'

Hierop volgde een lange, ondraaglijke stilte. Edwin voelde zich ongemakkelijk. Hij wist dat hij zijn mond zou moeten houden maar kon zich niet bedwingen. 'Uh, ik weet dat het niet belangrijk is, maar het is gewoon de redacteur in mij. Als jouw achternaam al Serpent is, waarom dan die bijnaam "Slang"? Ik bedoel, is dat niet een beetje overbodig?'

Toen Edwin weer bij zijn positieven kwam lag hij op een tafelblad. Hij was erop vastgebonden en keek recht in een felle witte gloeilamp. 'Waar ben ik?' vroeg hij.

'Meneer de Valu,' zei de sproetige man. 'Als u me nu niet wat serieuze antwoorden geeft, zal Sam hier beginnen om uw vingers een voor een af te bijten. En is dat gebeurd, dan begint Lewis aan uw tenen.'

'Man,' hoorde je Lewis' stem van ergens opzij, 'waarom zijn de tenen altijd voor mij?'

'Hoor eens,' zei Edwin. 'U moet me geloven. Ik heb geen enkele macht op mijn werk. Ik ben absoluut onbeduidend. Ik ben een nietig radertje in een grote onderneming. Ik kan de oplages niet tegenhouden. Ik kan het boek niet uit de handel nemen. Léon Mead is de man die u moet hebben. Die zijn vingers moeten jullie afbijten, niet de mijne. Meneer Mead, híj is de baas; híj neemt de beslissingen. En terwijl jullie daar toch mee bezig zijn, willen jullie misschien ook wel een vent die Nigel heet ontvoeren en terroriseren. Hij is editor, net als ik, maar belangrijker.'

Zucht. 'Ik vind uw pogingen om uw vrienden als schuldigen aan te wijzen schandelijk en ontstellend.'

'Ik ook,' zei Edwin. 'Maar u moet toegeven, het was een schot in het duister waard. Niet letterlijk natuurlijk. Alstublieft. Ik weet zeker dat we wel kunnen komen tot een soort −'

'Tijd om goedenacht te zeggen, meneer de Valu.'

'Nee, nee, nee, nee, nee, god, nee.' (Behalve dat toen Edwin dit zei, dit er zonder komma's, als één hysterische kreet uit kwam:

neeneeneeneeneegodnee!) 'Mij doden lost niets op! Maar als u me laat leven, kan ik voor een ommekeer zorgen. Ik weet dat ik dat kan. Ik zal meneer Mead overreden om het boek uit de handel te nemen. We nemen alle boeken terug, vernietigen dat wat voor verzending klaarstaat en er komen geen nieuwe drukken meer. Ik kan deze trend ombuigen. Ik zweer u dat ik dat kan. Luister, dood ben ik niets waard voor u. Maar levend, met een doodsbedreiging die me boven het hoofd hangt, kan ik u helpen. Ik zál u helpen. Alstublieft, laat me u helpen.'

De sproetige man onderbrak het verhoor voor een spoedberaad met de tabak- en alcoholmensen. Edwin hoorde goedkeurend gemompel, gehum in allerlei varianten en toen: 'Meneer de Valu, we zijn bereid u één week te geven. Niet meer. U heeft één week om uw meneer Mead te overreden dat... dat boek niet meer te herdrukken. Eén week om de situatie te corrigeren. En wees gewaarschuwd: we weten waar u woont. We kennen de naam van uw vrouw. We kennen zelfs de naam van uw kat.'

'O, nee. Niet de kat. Niet Sukkel. Alstublieft, wat u ook gaat doen, vermoord de kat niet... ook niet, u weet wel, als waarschuwing of alleen om me bang te maken. Nee, alstublieft, vermoord de kat niet, hoewel ik dan donders goed zou weten wat mijzelf te wachten stond en ik u stukken meer au sérieux zou nemen. Niet de kat, alles, maar niet de kat.'

'Hèh, hèh, hèh,' zei Sam. (Of woorden van die strekking.)

Hoofdstuk 31

'Edwin, waar bleef je zo lang? Je bent twee hele dagen weggebleven. Heb je er ten minste aan gedacht om de fenegriek te halen?'

Edwin wankelde naar binnen, in shock en nog natrillend. Ze hadden hem ergens net over de staatsgrens uit een auto gegooid en de afgelopen twee dagen had hij gelift en onder bruggen gekampeerd.

Jenni keek naar hem. 'Wat is er met jou gebeurd?'

'Ik ben ontvoerd, geslagen en vervolgens uit een rijdend voertuig gegooid.'

'Oooh, klinkt ruig. Zeg, voordat ik het vergeet, Alice en Dave van hiernaast komen vanavond eten. Dus schiet een beetje op en maak jezelf presentabel vóór ze hier zijn.'

Edwin bleef staan, zich verbazend over haar gebrek aan besef, zich verbazend over haar keiharde vastberadenheid om het oppervlak van haar leven door niets te laten rimpelen. Hij verbaasde zich over deze persoon, deze persoon die hij had getrouwd.

'Eng, heb ik al laten vallen dat de maffia een prijs op mijn hoofd heeft gezet?' vroeg hij. 'Nou ja, niet de maffia per se. Het is meer een kartel van directeuren uit de wereld van tabak, alcohol en ontwenningsklinieken. Ik heb nog maar een week te leven. Ze stopten me in de kofferbak van een auto en ze hebben me een paar keer met erg harde objecten op mijn hoofd geslagen en ze zijn de staatsgrens met me overgegaan.'

'Scha-a-at?' Ze sprak op de toon die men wel bezigt tegen een uitzonderlijk traag kind. 'Dat stuk heb je al verteld, weet je nog? Zeg 'es' – ze maakte een kleine pirouette voor de gangspiegel en keek fronzend naar haar achterste – 'oog ik dik?'

189

Hoofdstuk 32

Als je in de vroege uren van een miezerige maandagmorgen op een zeker stuk van een zekere snelweg in een zeker gebied van Bayou County stopte en luisterde – écht luisterde – zou je door het geluid van de brulkikvorsen en het ruisen van de wind in de shilobomen heen gekras horen. Een vaag, vaag krassen. Je zou het hebben kunnen missen, zo zacht was het geluid. Maar als je tussen de hangende ranken en het Spaanse mos door het bos in was gelopen, als je je oor tegen de vochtige veengrond had gedrukt, als je met je ogen dicht geluisterd had, dan zou je het diep in de aarde hebben gehoord. Een krassend geluid. Geschraap.

Niemand weet wie doctor Alastar een exemplaar van *Wat op de berg tot mij kwam* had gestuurd; niemand weet of dit te goeder trouw gebeurde of om de draak met hem te steken. Hoe dan ook, het werkte niet. Doctor Alastar (wellicht ken je hem beter als 'Meneer Ethiek') ging helemaal over de rooie. Eerst smeet hij het boek tegen de muur van zijn gevangeniscel. Toen raapte hij het op en smeet er nog een keer mee. Daarna gaf hij er een schop tegen. Toen waterde hij erop. En vervolgens stak hij het in de fik. (Om eerlijk te zijn, nadat hij erop gepist had, wilde het boek niet goed branden. Hij slaagde er echter wel in om het omslag lichtelijk te schroeien.) En ten slotte, als grootse en symbolische finale, brak de goede doctor de rug en spoelde het lijvige boekdeel door het toilet. Althans, dat probeerde hij. Het boek bleef halverwege klem zitten, en toen de doctor probeerde om het door te spoelen, stroomde de hele boel over. Dit was niet goed. Het betekende namelijk dat er een cipier met een stokdweil aan te pas moest komen om de cel schoon te maken en dat er een loodgieter bij geroepen moest worden om de wc-pot van de muur weg te trekken en hem daarna opnieuw te plaatsen en te verzegelen.

Hiermee was de cipier niet echt blij en aangezien deze cipier niet bepaald een welsprekend mens was, uitte hij zijn ongenoegen niet met woorden maar met daden. Hij plantte zijn gore, doorweekte stokdweil in het gezicht van Meneer Ethiek. 'Lekker?' vroeg de cipier. 'Lekker? Niet zo lekker, hè?'

Die nacht, terwijl de maan bleek en blauw opkwam boven Bayou County, lag de arme doctor woelend op zijn brits, belaagd door fantasieën over wraak en vergelding. Morgen was het maandag. Dat betekende tien uur dwangarbeid in een ploeg kettinggangers, gevolgd door een programma van macrameën en andere creatieve uitingsvormen. Meneer Ethiek haatte de gevangenis. Haatte de dwangarbeid. Haatte de douches met de brandspuit. Haatte de eindeloze zelfconfrontatiesessies en de knuffelgroepstherapieën. En terwijl hij daar lag te baden in zijn eigen gal en lag te foeteren op hoe zijn leven had uitgepakt, hoorde hij een zacht 'plonk', zoals het geluid dat een banjo maakt als je een snaar aanslaat. Meneer Ethiek rolde op zijn zij en tuurde in de duisternis tot de details zich aftekenden. Onder aan de pijp van zijn toilet vormde zich een druppel water die ten slotte op de grond viel. *Plonk.*

Meneer Ethiek kroop erheen, knielde en vond de bron van het lek. Daar waar de pijp in de muur verdween streek hij met een vinger over de afdichting. Het afdichtmiddel voelde nog zacht aan. Toen controleerde hij de voet van de wc-pot. Zelfde verhaal. De afdichting was niet hard geworden, en de specie tussen de vervangen stenen evenmin. Het afsmeerspul bleek even flexibel als camembert. Meneer Ethiek begon zachtjes in zichzelf te lachen. (Naar uit een later gerechtelijk onderzoek bleek, had de loodgieter die de gesprongen pijpen en het toilet moest repareren het verkeerde soort afdichtmengsel gebruikt: hij had geen sneldrogend middel genomen maar oudere goedkope pleisterkalk gemengd met een bindmiddel op rubberbasis.)

Meneer Ethiek is een kleine, bijna tengere, maar allesbehalve zwakke man. Hij zette zijn rug eronder en het hele toilet verschoof. De waterpijp verboog maar hield het. (Was die geknapt, dan had de daaruit voortvloeiende overstroming de cipiers wellicht gealarmeerd, wanneer ze op hun ronden in een plas waren gestapt. Maar nee, voor het eerst in lange tijd, in zeer lange tijd, liet het geluk Meneer Ethiek niet in de steek.) Hij ging snel terug naar zijn bed, legde er bulten kleding in voor het geval iemand met een lantaarn in zijn cel zou schijnen, glipte zonder omhaal door de opening onder de huid van het gebouw en ontsnapte.

Hij drukte zichzelf door de nauwe buis, eerst omlaag en daarna opzij door de darmen van het rioolstelsel van de gevangenis. Water stroomt omlaag, redeneerde Meneer Ethiek, en uiteindelijk moest het afvalwater van de gevangenis in het moeras gepompt worden of mogelijk in een rioolzuiveringsinstallatie. Inderdaad werd de buis die hij volgde groter naarmate hij verder omlaagging en er meer buizen op uitkwamen. De enige lichtbronnen waren de oranje gloed van de controlepanelen en het kleine leeslantaarntje dat Meneer Ethiek tussen zijn tanden geklemd hield. De gevangenisdirecteur had hem dat toegestaan: één klein leeslantaarntje. Het lampje was van hard plastic en het verspreidde een zwak licht. Maar diep in de natte, dompige tunnels onder Filoxum, gevangenis 901, was het lantaarntje een godsgeschenk; de vinger van een engel die de weg wees.

En zo gebeurde het dat dr. Robert Alastar (alias Meneer Ethiek, alias de tot drie keer levenslang veroordeelde crimineel) al glibberend en kruipend zijn vrijheid tegemoet ging. Het laatste stuk moest hij met de hand uitgraven. (De rioolbuizen eindigden in een goorgroene brakke poel. Meneer Ethiek besloot zich er via de zijkant uit te werken.) De aarde liet zich met grote, natte kluiten makkelijk weggraven toen hij zich erdoorheen wriggelde en zich ten slotte naar buiten duwde, de morgenschemer in, als een kalf dat in het maanlicht geboren wordt.

Spuwend en kuchend veegde de doctor de zwarte aarde uit zijn ogen en zijn gezicht. In de verte hoorde hij water kabbelen. Hij liep er op zijn gehoor naar toe en stapte erin. In de paarsroze dageraad schepte Meneer Ethiek het water op en over zich heen, op en over zich heen, als in een oerdoop spoelde hij de modder, spoelde hij de aarde, spoelde hij zelfs de gevangenis van zijn huid.

'Tsjongejongejonge. Als dat de brave doctor in hoogsteigen persoon niet is.'

Meneer Ethiek bleef stokstijf stilstaan in het water. Hij draaide zich om en zag nu pas dat hij niet alleen was. Op de oever zat iemand naar hem te kijken. Er was een hengel rechtop vastgezet, het vissnoer lag slap op het water van de moerassige rivierarm.

'Bubba?' zei Meneer Ethiek.

Bubba behoorde tot de kwaadaardigste cipiers die de gevangenis ooit had voortgebracht. Hij keek Meneer Ethiek met vaste, rustige blik aan. 'Als dit geen interessante vertoning is,' zei Bubba.

Een moment, gedurende een verschrikkelijk, hem de krampen bezorgend moment, stond Meneer Ethiek tot aan zijn knieën in het water tegenover Bubba, terwijl hij koortsachtig probeerde te bedenken wat nu te doen. Hij moest Bubba doden, dat sprak vanzelf. Maar hoe? De man was een getrainde gevangenisbewaker en twee keer zo groot als hijzelf. De accountants van de belastingdienst waren een makkie geweest. Meneer Ethiek had hen met hun eigen diplomatenkoffertjes doodgeslagen. En bovendien hadden zijn buren hun steentje bijgedragen door hem te helpen de lijken te verbergen. 'Een accountant van de belastingen, zeg je? Geen probleem. Ik haal mijn schep even.'

Met Bubba zou het moeilijker worden. Misschien kon de doctor de hengel bij de cipier weggraaien, die gebruiken om hem te spietsen…

'En,' zei Meneer Ethiek om tijd te winnen. 'Willen ze nogal bijten?'

'Neuh. Ik zit gewoon te kijken hoe de glimwormen dansen en de meervallen springen.'

'Heb u al een hele poos niet gezien in de gevangenis.'

Bubba knikte. 'Klopt. Werk daar niet meer. Op een dag ben ik gewoon vertrokken en gaan vissen.'

'Ja, dat zie ik.'

'Nee, niet víssen. Maar vissen. Hierbinnen.' Hij klopte op zijn borst. 'Ik vis in mijn hart.'

'Ik snap het. Nou, heel prettig om u gesproken te hebben. Ik denk dat ik nu maar eens verderga. Ik ben voorwaardelijk vrijgelaten, begrijpt u, zeer onlangs.'

'Zeker weten?' zei Bubba. 'Ik zag je namelijk uit dat gat in de oever kruipen. Zag er voor mij niet echt uit als een vervroegde voorwaardelijke invrijheidsstelling. Als ik niet beter wist, zou ik zeggen dat je probeerde te ontsnappen.'

'Nee, nee. Het is geen ontsnapping, Bubba. Ik nam gewoon, jeweetwel, een pauze. Ging vissen.'

Bubba knikte peinzend. Speelde eventjes met het vissnoer. 'Doc, zul je me iets beloven?'

'Alles wat u maar wilt.'

'Wil je me beloven dat zodra je je tijd buiten gehad hebt, zodra je de kogellagers van je leven anders hebt gericht, dat je dan zult teruggaan naar de gevangenis? Dat je jezelf aangeeft? Wil je me dat beloven? Wil je me je woord geven?'

'Tuurlijk. Geen probleem.'

'Dat is de waarheid?'

'Toe, zou ik tegen u liegen? Toe, ik ben Meneer Ethiek.'

Brede grijns van Bubba. 'Vertrouwen is wat we geven, niet wat we verdienen. Pagina 47. En dat is de waarheid, wis en waarachtig. Waarheid met een hoofdletter. Zeg 'es, heb je geld nodig? Of een lift ergens naar toe?'

Meneer Ethiek aarzelde, zich afvragend hoeveel risico's hij kon nemen. 'Ik kan wel wat geld en een lift naar de stad gebruiken. En misschien schone kleren.'

'Komt voor mekaar,' zei Bubba. 'Ik zal mijn pick-up gaan halen. En moet je horen, mijn excuses voor al die fouilleringen in je lichaamsopeningen en al dat zinloze geweld. Zand erover?'

'Ach,' zei Meneer Ethiek, Spinoza of misschien was het ook wel Aquinas citerend, 'sindsdien is er heel wat water naar de zee gestroomd.'

'Waar ga je trouwens heen?' vroeg Bubba, terwijl ze langs de oever liepen.

'O, laten we het erop houden dat ik een rendez-vous heb,' zei

Meneer Ethiek. Een rendez-vous op Grand Avenue, met een zeke-re uitgever in een zeker kantoor bij een zeker bedrijf dat hem als een baksteen had laten vallen. Wraak was ophanden.

Hoofdstuk 33

Het blijkt dat Edwin toch een gokker was. Hij was alleen niet zo'n goocheme gokker. Dat bleek uit hoe hij heel zijn hoop vestigde op wat de mensen van marketing zeiden. Wat heet, hij zette zijn leven op het spel door te gokken op de juistheid van de wijsheden die marketing spuide, wat alleen maar onderstreept hoe wanhopig hij inmiddels was. (Op het punt van geloofwaardigheid staat marketing maar net boven het lezen van kippeningewanden.) Edwin had nog één week te leven, tenzij hij meneer Mead kon overreden het boek uit de handel te nemen. En dat lukte hem niet. Daarvoor was het te laat. Panderic had inmiddels licentie verleend voor meer dan een dozijn afgeleide titels en projecten in dezelfde sfeer. (Gek genoeg toonde meneer Soiree een uitgesproken, en naar Edwins idee verdacht, gebrek aan belangstelling om zelf één of meer van die boeken te schrijven. 'O, nee, in 's hemelsnaam. Laat de stralende woorden van andere zoekende levensreizigers de verheven inzichten invullen. Laat andere auteurs de kruistocht voortzetten. Dan krijg ik toch óók vijftien procent over de verkopen? En dat is over de bruto catalogusprijs, correct?')

Wat op de berg tot mij kwam had een complete zichzelf in stand houdende industrie voortgebracht. Het leek wel een mythisch beest, een duizendkoppig monster dat niet te doden viel. Maar als Edwin naar meneer Serpent en de anderen kon stappen, gewapend met indrukwekkende grafieken en ingewikkelde verkoopcijfers, als hij hen ervan kon overtuigen dat *Wat op de berg tot mij kwam* over zijn piek heen was en feitelijk al op zijn retour, wie weet kwam hij er dan toch nog levend en met zijn ledematen intact vanaf. Edwin moest zijn zogeheten moordenaars warm zien te krijgen voor dit gezichtspunt. 'De trend is reeds tanende, heren. De rage is voorbij. Het geluk lacht u weer toe!' Het zou het verkooppraatje van Edwins leven worden. En het zou niet anders zijn dan precies dát wat de mensen van marketing tegen hem zeiden.

Het begon met een terloopse opmerking in het cafetaria ('Dat Tupak Soireeboek moet toch ooit eens gaan pieken!'), die al weldra een gangbare veronderstelling werd ('Het gerucht gaat dat het Soireeboek nu elk moment kan gaan pieken') die ten slotte tot een stellige waarheid stolde ('De verkoop van *Wat op de berg tot mij kwam* zit op zijn piek. Beslist').

Het enige dat Edwin nodig had was een officieel rapport met hopen taartdiagrammen en een hartmonitorgrafiek die liet zien dat de verkoop op het punt van instorten stond. Marketing was daar nu mee bezig. Edwin nam even de tijd om zijn hoofd leeg te maken en zei tegen zichzelf: 'Misschien flik ik het 'em wel.' Hij studeerde het praatje al in dat hij zou ophangen bij meneer Serpent en de anderen wanneer ze hem de volgende keer ontvoerden: 'Heren, als u uw aandacht zou willen richten op de grafiek op het overheadscherm...' ('Zorg dat je een overheadscherm bij de hand hebt voor de presentatie,' prentte hij zich in zijn geheugen.)

Maar toen ging alles de mist in.

Zoals bij zoveel dingen begon het probleem met een kleine steek: een verschuiving in je bewustzijn, een schijnbaar onbelangrijk, schijnbaar onbeduidend detail dat haast onopgemerkt blijft, maar dat zodra je je aandacht erop richt, zich plots dreigend aftekent in al zijn gruwelijke consequenties. Bij Edwin begon het toen hij uitgeput (alweer) thuiskwam en de kat een schop had verkocht (alweer, want op de een of andere wijze had Sukkel weten te ontkomen aan hele bataljons huurmoordenaars van Cosa Nostra) en een biertje achterover had geslagen (alweer) en de woonkamer in was gestrompeld, waar hij werd verwelkomd met de gebruikelijke groet van zijn vrouw (alweer), te weten: 'Oog ik dik?'

'Nee,' zei hij zuchtend. 'Je ziet er prima uit.'

Opeens, net toen hij naar de douche wilde sjokken, drong het angstaanjagende gewicht van haar opmerking ten volle tot hem door. Hij draaide zich om. 'Waarom vraag je me dat? Waarom zou je me dat in vredesnaam vragen?' Zijn stem klonk panisch.

Jenni knipperde met haar ogen. 'Waar heb je het over, knorrepot?' Ze probeerde haar rimpelneusje-pruillipje-smelt-je-niet-voor-me-gezicht, maar dit keer miste dat zijn uitwerking.

'Jenni, waarom zou je me blíjven vragen of je dik oogt? Waarom? Je hebt het boek van Tupak Soiree gelezen. Je hebt het stuk gelezen over zelfbeeld en het aanvaarden van je uiterlijk als een bevestiging van het zelf. Over ín je lichaam leven en niet ertegen. Je hebt gelezen over hoe je het gewicht moet vinden dat gezond en prettig voor jezelf is en niet het gewicht dat de maatschappij je dicteert. Dus kom er maar mee voor de draad, Jenni. Waarom zou je me die vraag stellen?! Waarom kan het je in vredesnaam iets schelen of ik je dik vind? Geef me antwoord!' Edwin schreeuwde inmiddels. Hij wist donders goed wat het antwoord was, en hij zag de verschrikkelijke en vérstrekkende implicaties ervan.

'Edwin,' zei ze, 'bedaar een beetje. Bij dat stuk in het boek ben ik gewoon nog niet. Ik was het wel van plan, maar het is er niet van gekomen. Ik heb eerst het stuk over Li Bok gelezen en het stuk over het organiseren van je dagindeling. En ik heb die knollenrecepten uitgeprobeerd, maar het stuk over diëten en afslanken, daar ben ik nog niet aan toegekomen. Ik was het wel van plan, maar ik heb simpelweg geen vrije tijd gehad.'

'Vrije tijd? *Vrije tijd?* Allejezus, je bent teleforens. Jij hebt niets anders dan vrije tijd! Jij wordt voor nietsdoen betaald!'

'Ik wilde morgen vrij nemen. Dán wilde ik het boek uitlezen. Ik snap niet waarom jij je zo opwindt.'

Edwin strompelde de vestibule in en hij voelde dat het koude zweet hem uitbrak. 'Treuzelaars,' zei hij. 'Ik heb nooit rekening gehouden met treuzelaars. Ik ben kansloos. Ik ben ten dode opgeschreven. Ze gaan me vermoorden en in mootjes hakken en me aan de visjes voeren, of om het even wat ze tegenwoordig ook doen. Het is voorbij. Het is allemaal voorbij. Ik ben ten dode opgeschreven.'

Hij herhaalde die zin keer op keer, deels mantra, deels weeklacht. 'Ik ben ten dode opgeschreven. Ik ben ten dode opgeschreven.'

'Wil je daar 'es mee ophouden?' Jenni stond in de deuropening geleund haar terneergeslagen echtgenoot gade te slaan. 'Je verpest mijn humeur.'

'May,' zei hij. 'Ik moet met May praten.'

Edwin rende zijn huis uit als een man die uit een brandend gebouw vlucht. Hij rende zeven straten, helemaal tot aan het Devonian Hotel, waar een rij taxi's in hinderlaag stond. Edwin sprong in de voorste taxi, schreeuwde Mays adres en zei: 'Snel!'

'Och,' zei de chauffeur, glimlachend als een heilige, 'het verglijden van de tijd wordt geholpen noch gehinderd door onze eigen wensen. Tijd bestaat onafhankelijk van ons, maar nochtans hult hij ons in zijn warmte.'

Edwins blik vloog omhoog, woedend en vol haat. 'U heeft Tupak Soiree gelezen.'

'Nou en of.' Hierop hield de taxichauffeur het boek omhoog – het boek met zijn misselijkmakend vertrouwde omslag, met zijn goedkope tweekleurendruk en fantasieloze Verdana-kapitalen – en hij stortte stralend bakken banaliteit over Edwin uit. 'Ik ben bijna op de helft. Wat een openbaring.'

'Moet u 'es horen,' zei Edwin, 'als u niet wilt dat ik dat boek door uw strot duw, moet u ophouden met citaten spuien en uw godvergeten voet op dat godvergeten pedaal zetten.'

'M'n taxi uit!'

'Wat? Dat kunt u niet maken.'

'M'n taxi uit! In mijn taxi is geen plaats voor mensen die de woorden van Tupak Soiree honen. En nu eruit!'

Uiteindelijk vond Edwin een taxichauffeur die het boek niet had gelezen ('Was het van plan, maar heb de tijd ervoor niet kunnen vinden') en na het invallen van de schemering arriveerde hij bij het flatgebouw waarin May woonde. Hij belde en belde, en hield de bel veel krachtiger ingedrukt dan noodzakelijk was.

May had thee staan maken en de ketel begon net te fluiten toen

Edwin met wild om zich heen maaiende armen binnenviel. 'Het is erger dan we ons ooit hebben kunnen indenken! Veel erger.'

'Edwin, je kunt hier niet zomaar verschijnen,' zei May met haar kat in haar armen, een warme, spinnende, in bont gepakte warmwaterzak. 'Ik had net zo goed met iemand kunnen zijn.'

'Maar dat ben je niet.'

'Ja, maar het hád gekund.'

Even bleef het ongemakkelijk stil. Hij was er gewoon van uitgegaan dat ze alleen zou zijn. En dat was ze. *Sola et casta*. Alleen en kuis.

'Edwin,' zei ze, 'ik heb veel achterstallig werk te doen.' Ze wees naar een onvoltooide kruiswoordpuzzel en een opengeslagen televisiegids op de tafel. 'Dus ik vind dat je moet gaan.'

'May, luister naar me. We staan op de rand van de ondergang. Echt op de rand. Alsof je op de achtbaan op het hoogste punt hangt, vlak voor de dodemansval. Als we dit niet in een ander spoor krijgen, zitten we dik in de problemen. Hoor je me? Dik in de problemen!'

Inmiddels gilde de fluitketel en Edwin in wezen ook. May mepte een theezakje in haar kop en vulde die met heet, opspattend water, waarna ze haar ongewenste gast nors aankeek. 'Wilde jij ook een kop thee?'

'Wat? Graag. Als je toch aan het maken bent.'

'Mooi. Op de hoek is een coffeeshop. Waarom ga je daar niet theedrinken en in jezelf zitten praten als de geschifte zwerver die je aan het worden bent. Laat mij er verder buiten.'

'Treuzelaars, May. Ik heb niet aan treuzelaars gedacht. Snap je het niet? Al die mensen die het boek gekocht of cadeau gekregen hebben en er nog niet toe kwamen om het te lezen. Denk eens aan de miljoenen mensen bij wie het boek ongelezen op de plank staat. Het is een tijdbom, May! Een tikkende tijdbom die elk moment kan exploderen. De aardverschuiving die we tot dusver hebben gezien – de tabaksindustrie, de ineenstorting van de drankenmarkt – is nog helemaal niets, May. Da's de eerste golf. We hebben bijna tien miljoen exemplaren gedrukt, en dat is pas de eerste golf. Het ergste moet nog komen.'

'Edwin welk gedeelte van "sodemieter op" begrijp jij niet?'

'May, alles om ons heen staat op het punt van instorten. Alles. En daarmee bedoel ik de maatschappij, het land, de economie. Het is het einde van het leven zoals we het kennen. En waardoor? Door Tupak Soiree en zijn door een computer gegenereerde formule voor menselijk geluk. Jij zei indertijd: "Dus mensen worden gelukkig. Wat steekt daar voor kwaad in?" May, onze hele economie stoelt op menselijke zwakheden, op slechte gewoonten en onzekerheden. Mode. Fastfood. Sportauto's. Technische snufjes. Seksspeelgoed. Afslankinstituten. Verenigingen voor kalende mannen. Contact-advertenties. Marginale religieuze sekten. Profsport – als je het over afgeleid leven hebt, dan dát wel! Kapsalons. Mannelijke midlifecrises. Koopziekte. Onze hele levenswijze stoelt op gebrek aan zelf-vertrouwen en op ontevredenheid. Bedenk eens wat er gebeuren zou als mensen echt, waarlijk gelukkig zouden zijn. Echt tevreden met hun leven. Rampzalig zou het zijn; het einde van het hele land. En als Amerika ten onder gaat, denk je dan niet dat de rest van de westerse wereld zou volgen? We hebben het over een wereldwijd domino-effect. Het einde van de geschiedenis.'

'Dus Fukuyama had gelijk,' zei May. 'En wat dan nog? Ik heb wel andere dingen om over in te zitten.'

'Zoals wat?' sputterde Edwin. 'Wat kan er nu belangrijker zijn dan dit?'

'Nou, bijvoorbeeld hoe ik een verdwaasde vroegere vrijer uit mijn appartement krijg.'

Edwin, die zich net oplaadde voor een volgende tirade, stond even sprakeloos. 'Vroegere?' zei hij.

'Moet ik de politie bellen? Moet ik om een straatverbod gaan vragen? Moet ik –'

Hij kuste haar hard op de lippen, zoals men dat doet in een film, zoals men dat doet wanneer de achtergrondmuziek aanzwelt en de golven stukslaan op de ongerepte kust in een ongerepte wereld. Hij kuste haar hard en lang en zette toen net als Errol Flynn een stap naar achteren om haar even met een smeulende blik diep in de ogen te kijken.

'Eruit,' zei May. 'Ogenblikkelijk! En als je dit ooit nog eens probeert, dan laat ik je arresteren.'

'Maar, maar –'

'Je hebt me verstaan!'

Op films kun je niet altijd afgaan.

'We wijden ons leven aan het bouwen van ingewikkelde kaartenkastelen, om vervolgens de rest van ons leven te wachten totdat iemand tegen de tafel stoot. We hópen dat iemand tegen de tafel zal stoten. We kleden ons op het weer van gisteren. We houden onze adem in. We verwarren onze herinneringen met wie we zijn…'

May Weatherhill zat in haar eentje bij het lamplicht en las luid fluisterend voor uit het boek aan een lege kamer. 'Een dichter schreef eens: "Zijn wij niet gelijk van zinnen, laat dan mij het meest beminnen." Ah, maar ik zeg je, deze dichter was een dwaas. In de liefde gaat het niet om "meer" of "minder". Daar bestaan alleen behoefte, verlangen en hartzeer. Waarom kiezen we de verkeerde persoon keer op keer op keer. Waarom kiezen we ervoor om de verkeerde lief te hebben? Komt het doordat we stilletjes verliefd zijn op ons eigen verdriet, stilletjes verliefd zijn op onze eigen vergissingen? Ik bied je gelukzaligheid aan. Geen passie die bruist en opdroogt, maar gelukzaligheid. Pure gelukzaligheid. Eeuwige gelukzaligheid.

May staarde in haar spiegel, zag zichzelf voor het eerst, voor de allereerste keer, en ze voelde de lagen illusies langzaam loskomen en geleidelijk verdwijnen.

Iets bewoog. Iets, net onder het oppervlak, als een ader onder de huid.

Hoofdstuk 34

De afslankinstituten en fitnesscentra waren de volgende die bezweken. En al snel daarna stortte ook de markt voor thuis-trainingsapparatuur en wondermiddelen tegen kaalheid in. Van de ene op de andere dag verdwenen de spotjes voor 'buikenpletters', 'dijenoplossers' en 'billensmelters' ongemerkt en onbetreurd van de televisieschermen in het land. Kale mannen die zich Tupak Soirees advies ter harte hadden genomen ('Het is niet voldoende om je kaalheid te accepteren, je moet je kaalheid omhelzen') stopten met nepmiddelen op hun hoofdhuid smeren, stopten met lange mutantslierten haar over hun kale schedel kammen, stopten met föhnen, mousse aanbrengen en piekeren en met hun pogingen om hun typisch mannelijke kaalhoofdigheid te ontkennen. En ze stopten min of meer en masse. Er waren al vijfenveertig miljoen exemplaren verkocht van *Wat er op de berg tot mij kwam*, en het einde was nog niet in zicht. Dit was geen rage meer, zelfs geen fenomeen. Het was een vuurstorm, een aardbeving, een tyfoon die hele industrietakken zomaar ineens wegvaagde. En zeer weinige werden gespaard.

De fastfoodindustrie kreeg het buitengemeen zwaar voor haar kiezen. Zodra mensen hadden geleerd om hun behoefte aan liefde uit de kindertijd los te maken van de onmiddellijke orale bevrediging door middel van gesmolten kaas en hamburgers van zuiver 'rundvlees' (het woord 'rundvlees' nadrukkelijk tussen aanhalingstekens), kelderden de verkoopcijfers. Door heel Amerika begonnen vestigingen van McDonald's en KFC te sluiten. Sommige snel reagerende concessiehouders schakelden over op biologisch-dynamische koude buffetten en vegetarische soja-met-tofupitabroodjes, en wisten zo het hoofd boven water te houden. De meesten lukte dat niet.

Gek genoeg begonnen Amerikanen niet plotseling enorm veel gewicht te verliezen. Verre van. In plaats daarvan werd de opvatting van wat wel en wat niet aantrekkelijk was, om Tupak Soirees terminologie te gebruiken, 'anders gericht'. Omdat Soiree met zijn boek beoogde de fundamentele identiteit van mensen te transformeren, gebeurde het dat het waardenstelsel dat de basis vormt van de persoonlijkheid van mensen veranderde. *Wat op de berg tot mij kwam* bracht de gewoonten, onzekerheden, tekortkomingen en zwakheden van mensen niet in beeld als problemen als zodanig, maar als symptomen van iets wat dieper zat: een zelfbeeld en een mate van zelfvertrouwen die niet in evenwicht waren met hun omgeving. Het was, wederom in Tupak Soirees woorden, een 'van-onderaf'-benadering. Zodra je door creatieve beeldvorming en andere pseudo-hypnotische technieken geleerd had om de basis van je persoonlijkheid te 'resetten', viel al het andere op zijn plaats.

De écht zwaarlijvigen verloren gewicht, inderdaad. Maar de meeste mensen schikten hun denkprocessen en onderliggende aannamen naar hun lichaam in plaats van andersom. Tupak Soiree had het hele proces omgekeerd. Mensen voelden zich niet langer vervreemd van hun lichaam. Ze voelden zich ermee verbonden. Voor het eerst, misschien wel voor het allereerst, begonnen Amerikanen zich prettig te voelen met wie ze waren. Cosmetica bleef onverkocht; warenhuizen stonden er half verlaten bij. Dure parfums werden afgeprijsd en lagen te verstoffen. Het tijdschrift *GZ* verlegde de nadruk van mannenmode op artikelen over 'het voeden van geluk'. Op straathoeken stonden sombere Calvin Klein-modellen die bordjes met 'Trek pruilmondje voor eten' omhooghielden.

Tegen die tijd had Tupak Soiree duidelijk de wind in de zeilen. De opwaarts mobiele grootstedelijke bevolkingsgroep werd als eerste meegesleurd (haar hele levensstijl was op modegrillen gebaseerd, en zodra deze modegrillen wegvielen, was er geen anker meer om deze mensen op hun plaats te houden. Vanwege de traagheid

van de distributie van boeken hielden de afgelegen landelijke ge-
bieden ironisch genoeg het langste stand. In honderden stadjes en
dorpen ging het leven gewoon zijn gangetje en was men zich slechts
vagelijk bewust van de enorme omwenteling die de grote steden
ontwrichtte. Hoe hipper en progressiever de stad, des te eerder ze
viel. Seattle ging vrijwel meteen onderuit. Toledo doezelde voort
met hier en daar een kleine ontwrichting – aanvankelijk.

Mode hield zonder slag of stoot op te bestaan. Mensen lieten
zichzelf meer en meer gaan. Of juister uitgedrukt, ze begonnen
zichzelf te verliezen. De kranten – die welke nog in bedrijf waren –
noemden het de 'laat-maar-waaien'-stijl. Maar in werkelijkheid was
het helemaal geen stijl. Het was het tegenovergestelde van stijl.
Mensen droegen gewoon wat er in hun kast toevallig voor het grijpen lag of hing. Iedere kleur, iedere stof, op ieder moment, op iedere plaats. Het was iedere dag van de week vrijetijdskledingdag.
Het was een slonzige, op-zondagmiddag-thuis-rondhangen-ma-
nier van kleden.

Het centrum van de mode verplaatste zich van de grote steden
naar de minder pretentieuze, afgelegen regio's. Stadjes als Boven-
Rubberlaars in Noord-Dakota en Zwijnenrivier in Idaho waren nu
de modeparadijzen van Amerika. Als je mannen met bij elkaar passende sokken en vrouwen met make-up en hairspray wilde zien,
dan moest je dáár wezen. Deze achterlijke gaten vormden nu de
laatste trotse bastions van het Amerikaanse instinct om zichzelf op
te tuigen.

Het boeken kopend publiek is een heel klein segment van iedere samenleving. Maar het is een hoogst invloedrijk segment en dat
verklaart de catastrofe. Deze klasse mensen, de schrijver Robertson
Davies noemde haar de *intelligentsia*, bestaat uit hen die voor hun
plezier boeken lezen. Niet uit recensenten, wetenschappers of stu-
denten die lezen omdat ze dat moeten, maar veeleer uit mensen
voor wie boeken lezen een doel op zichzelf is. De echte lezers. De
intelligentsia is het cruciale element in iedere maatschappelijke verandering, en dat feit is iedere succesvolle despoot bekend. Het
denkbeeld van opstandig gepeupel dat de bestaande maatschappe-

lijke orde omverwerpt is een mythe. Echte revoluties worden in gang gezet door de intelligentsia. Pas nadat de oude orde is gaan afbrokkelen, verschijnt het met hooivorken gewapende grauw op het toneel, gereed om de eer voor zichzelf op te eisen. Het 'opstandige grauw' is een reagerende entiteit, in de ruimste zin van het woord. Nee, het zijn de mensen die boeken lezen die de maatschappelijke veranderingen – ten goede of ten kwade – in gang zetten. En door eerst als een bom in te slaan bij precies die groep, door de intelligentsia stormenderhand te veroveren, had *Wat op de berg tot mij kwam* het hart van de maatschappij getroffen. Of juister gezegd het hoofd.

Maar dat was pas het begin.

Panderic had een hele stortvloed van aan Tupak Soiree gerelateerde producten op de wereld losgelaten: stripboeken, enthousiasmerende één-citaat-per-dagschrijfblokjes, inspirerende kalenders, luisterboeken. Zodoende bereikte de boodschap nu een heel nieuw, niet belezen publiek. Er waren radioprogramma's, lezingen, praatgroepen, leerkringen, tv-specials en cyberspacemultimedia-edities.

'Goeie god,' zei Edwin toen de volle draagwijdte van de catastrofe duidelijk werd. 'Hier is geen tegenhouden meer aan.'

Op dit punt kon niets het nog stoppen, al zou je het willen. Op geen enkele manier was de geest in de fles of de tandpasta in de tube terug te krijgen. Er was geen manier om het monster te doden, geen manier om de alles verwoestende planten uit de tuin te verwijderen. *Wat op de berg tot mij kwam* én zijn ontelbare gevaarlijke uitlopers hadden hun ranken in ieder aspect van Amerika gewrongen. Het land deed Edwin nu denken aan een groots kasteel, een ooit imposant voorbeeld van menselijke ijdelheid en geldsmijterij, nu overwoekerd met kruipers die het langzaam wurgden.

Amerika was een Erg Gelukkig Land, of onderweg om dat te worden. De Valium onder de Volkeren. En geen uithoek van het land was veilig. Zelfs Panderic Press zelf niet...

Hoofdstuk 35

'Nigel, waar is je hondenriem, verdomme; ik bedoel, je stropdas? Je weet donders goed dat we hier kledingvoorschriften hebben.' Meneer Mead was aan het woord en hij zag er bar nijdig uit.

Ze hadden hun gebruikelijke maandagmorgenvergadering – de laatste vergadering van dien aard in Edwins leven, zoals zou blijken – en Nigel Simms verscheen daar in een vaalgrijs mouwloos T-shirt en een limoengroene joggingbroek.

De vergaderzaal voelde unheimisch aan en was vrijwel leeg. May had een vrije dag genomen, had gezegd dat ze alleen wilde zijn. De andere redactieleden waren in meerderheid allang gedeserteerd. Paul van marketing hing als eerste een bordje met 'Ben vissen' op, en velen volgden hem. Panderic draaide nu met een kernbemanning. De redactie was dermate uitgedund dat Stephen de Stagiair fluks gepromoveerd werd tot hoofd van de sciencefictionafdeling, alwaar hij meteen zijn goedkeuring gaf aan een roman met de titel *Ik ben Adam, jij bent Eva* (wat de afloop zo ongeveer verklapte, snapt u?).

Niet dat dit ertoe deed. Over de hele linie maakten de verkopen een vrije val. Hele genres hielden op te bestaan, onverwacht en zonder ook maar één doodsrochel. Liefdesromantiek vond haar einde samen met afslankinstituten en cursussen om jezelf een ander uiterlijk aan te meten. (Net zoals afslankdiëten, modetrends en liposuctie steunde liefdesromantiek – puur het begrip liefdesromantiek – op niet-vervulde hunkering. En precies die hunkering smolt nu weg.) Groeiboeken voor zakenmensen bleven onverkocht. Avontuurlijke reizen hielden ternauwernood stand. Er was sporadisch vraag naar kookboeken.

En sportboeken? Het fantasieleven van fans (merendeels mannen) hoefde niet meer gevoed te worden door overbetaalde profsporters die kinderspelletjes deden op astroturf. Sportboeken werden met vrachtwagenladingen tegelijk verramsjt. Profclubs in het hele land worstelden om het hoofd boven water te houden en de daling van de bezoekersaantallen weerspiegelde zich in de abominabele verkoopcijfers van lijvige boekdelen als *Footballgiganten*, *Golfhelden* en *Bowlslegenden*. Let wel, sportieve activiteit op zich nam in heel het land toe, alleen niet die in profsport- en competitieverband. Het lag in de sfeer van zoetburgerlijk vermaak, van buurtgenoten die elkaar gezellig een balletje toewierpen. Spelletjes zonder regels. Spelletjes zonder structuur. Doelloos. Zonder vijandige opstelling jegens de tegenstander. De schuimbekkende, zijn eigen tekortkomingen overcompenserende sportfanaat met zijn obsessie voor statistieken was inmiddels bijna uitgestorven. Bergafwaarts gaande clubs werden gedwongen zwaar te bezuinigen en de een na de andere ging bankroet. Evenals de profsportbonden zelf was de ooit lucratieve sportjournalistiek op sterven na dood. Euthanasie was een kwestie van tijd.

Tuinboeken daarentegen deden het goed. Zo ook biografieën van beroemdheden, hoewel alleen die van de 'Tupak Soireesoort', waarin voormalige ophemelingsverslaafden uitvoerig en leeghoofdig blij verhaalden hoe inhoudsloos en hol hun carrière als ingebeelde filmster was geweest tot ze het Soireerecept voor geluk 'ontdekten'. Deze boeken waren niet zozeer biografieën als wel getuigenissen en als zodanig vormden ze slechts een klein onderdeel van de bredere, alles verpletterende Tupak Soiree-invloed. Panderic verdiende scheppen geld, maar vrijwel iedere cent die binnenkwam hield direct of indirect verband met *Wat op de berg tot mij kwam*.

Zelfs het met veel tamtam omgeven gebraden-varkensvleesboek van meneer Mead was heel uitgekookt van een andere titel voorzien: *Gelukkig met varkensvlees! De Tupak Soireemethode*. Panderic was veranderd in een lopende band voor Tupak Soireeproducten. Het bedrijf herexploiteerde allerlei 'inzichten' en 'kosmische beginselen' en goot ze in de vorm van hapklare brokken voor de consument. Meer dan één misnoegde concurrent mopperde dat ze hun bedrijfsnaam moesten veranderen in 'Tupakboeken'. En in die uitlating school zowel verwijt als waarheid.

De merchandisingrechten voor *Wat op de berg tot mij kwam* alleen al brachten meer geld binnen dan alle andere boeken die Panderic uitgaf bij elkaar. De Britten hadden de rechten op Tupak Soirees boek aangekocht en in heel het Verenigd Koninkrijk steeg de verkoop. De Canadezen (Frans- en Engelstaligen in dezelfde mate) voelden zich in groten getale aangetrokken tot de boodschap van Tupak Soiree. In het Duits, Frans, Italiaans en Spaans vertaalde versies rolden van de persen. De Japanse, Mandarijnse en Koreaanse versies waren in de maak. Zelfs de Nederlanders hadden geleerd om gelukkig te zijn!

Het gebeuren verliep overigens niet zonder problemen. Een paar vertalers lieten halverwege de boel de boel met achterlating van cryptische, in uiteenlopende talen gestelde berichten die in feite neerkwamen op 'Ben vissen' en 'Verover je geluk'. Voordat de Franse vertaling eindelijk was voltooid, versleet Panderic vier verschillende Parijse vertalers achter elkaar. Niettemin was de verkoop van rechten aan het buitenland een enorme goudmijn geweest, een financiële mazzel zonder precedent. Het geld stroomde van alle kanten binnen. Panderics boekhouders konden het nauwelijks bijbenen.

In dit licht zou men mogen aannemen dat meneer Mead nu een zeer, zeer gelukkig man was. Maar dat was hij niet. Hij leek zo mogelijk norser en korzeliger dan ooit, zelfs terwijl de verse, laatste, prachtige verkooprapporten binnenstroomden.

En wat moeten we van Edwin denken, die daar aan de vergadertafel zit met een bepaald scheef lachje op zijn gezicht en een bepaalde spottende blik in zijn ogen? Waarom maakt hij zo'n beheerste indruk? Hoort hij niet hevig te transpireren en onrustig heen en weer te schuiven op zijn stoel? Hoort hij zich niet ten minste zenuwachtig te maken over dit: de laatste dag van zijn leven?

De sproetige psychopaat had Edwin tot morgen de tijd gegeven om voor een ommekeer te zorgen. En niet alleen was Edwin hierin niet geslaagd (hij had zelfs geen symbolische poging ondernomen), maar de verkoopcijfers van *Wat op de berg tot mij kwam* bleven omhoogschieten met een almaar groter, almaar alarmerender snelheid. Marketing (wat een verrassing) had er met zijn voorspellingen radicaal naast gezeten. *Wat op de berg tot mij kwam* was nog niet eens met pieken begonnen. De boeken rolden nu rechtstreeks van lopende banden in wachtende bestelwagens van boekverkopers. Dit was nog maar het topje van de ijsberg. En voorwaar een hele grote ijsberg; een die op de loer lag, terwijl de uss Economie met volle kracht recht vooruit ploegde en de scheepskapel monter speelde op het moment dat het onheil nader kwam.

Dus nogmaals, waarom glimlacht Edwin de Valu? Waarom volgt hij deze vergadering – de laatste van zulke vergaderingen die hij zal bijwonen – zo minzaam verdwaasd? Is het misschien omdat Edwin als de ter dood veroordeelde man die hij is eindelijk vrede heeft met zijn lot? Heeft hij, gelijk een personage uit een roman van Camus, geleerd om 'de minzame onverschilligheid van het universum' te aanvaarden? Heeft hij de moed bij elkaar geraapt om de dood moedig tegemoet te treden? Nee. Niet onze Edwin. Integendeel. Edwin is vastbeslotener dan ooit om zijn lot in eigen hand te nemen. Waarom dat lachje? Hij glimlacht omdat hij iets weet. Hij weet iets waarvan niemand, niet meneer Mead, noch Slang, noch Nigel, noch wie dan ook, op de hoogte is. Die ochtend, toen hij wanhopiger dan ooit op zijn werk aankwam, lag er op zijn bureau een envelop op hem te wachten. En die envelop bevatte een kennisgeving. Een simpele, bondige kennisgeving van het feit dat het ministerie van Financiën Edwins in beslag genomen kapitaal onverwijld en met (de volledige) rente zou vrijgeven. Ondanks diverse gerechtelijke onderzoeken had Financiën generlei misdaad aan het licht kunnen brengen. Het geld behoorde Edwin rechtmatig toe. En conform het advies van een uit drie rechters bestaande onpartijdige commissie zou Edwins verloren vermogen op zeer korte termijn aan hem worden teruggegeven.

Met ingang van dinsdagmorgen acht uur zou Edwin miljonair zijn. Weliswaar had de recente toename van de inflatie, als gevolg van een nerveuze markt in antwoord op 'veranderend consumptiegedrag' de reële waarde van het bedrag in net iets minder dan een maand met bijna dertig procent doen dalen, maar het was nog altijd meer dan genoeg. Meer dan genoeg om te ontsnappen. Meer dan genoeg om zich ergens ver weg te vestigen met een nieuwe naam en een nieuwe identiteit. Meer dan genoeg om May te laten komen (zodra zijn geld het land uit was, zijn sporen zorgvuldig waren gewist, het papierspoor versnipperd was, hij zijn schepen achter zich had verbrand en hij met een schone lei was begonnen).

Dat is waarom Edwin de Valu glimlacht. Dat is waarom hij zich niet zenuwachtig maakt en niet heen en weer schuift. Zijn gedachten zijn elders, hij drijft weg op fantasieën over een hereniging met May op een groot, wit strand onder een strakblauwe hemel. De vrijheid lonkte.

Meneer Mead echter, was niet zo in dagdromen verzonken als Edwin. Voor een man die inmiddels aan het hoofd stond van de allersuccesvolste uitgeverij in de Amerikaanse geschiedenis zag hij er in één woord chagrijnig uit. En zonder echt doel of een geldige reden richtte hij nu zijn brute toorn op Nigel. Nigel in zijn sjofele grijze T-shirt en limoengroene joggingbroek. Meneer Mead vatte dit op als een belediging: een fondsredacteur bij de beste uitgeverij van het land die er zo slonzig bij liep en maar lukraak wat had aangetrokken; en zelfs niet de beleefdheid opbracht om een stropdas om te binden.

'Ik wacht,' zei meneer Mead. 'Ga je het me nog uitleggen?'

Er verscheen een beminnelijk, zorgeloos lachje op Nigels gezicht. 'Kleren zijn niet meer dan een dunne sluier, meneer Mead. In het leven moeten we leren om door de sluiers heen te kijken.'

'Sluier of geen sluier. Het kan me geen reet schelen. In dit bedrijf geldt dat een stropdas verplicht is. Dus tenzij je er eentje om je pik gestrikt hebt –'

Op datzelfde moment kwam Edwin uit zijn suikerzoete fantasiewereld en hij richtte zijn blik op zijn oude tegenstander. Het was verontrustend. Nigels ogen, ze waren… léég. Een ander woord had Edwin er niet voor. Gespeend van boosheid, gespeend van wrok, gespeend van sluwheid. Gespeend van persoonlijkheid. Ze straalden hetzelfde emotieloze geluk uit dat hij in de ogen van Rory de Schoonmaker had gezien. Het was dezelfde wezenloze, welwillende blik die hij zo dikwijls op straat zag. Het deed hem denken aan *Anna Karenina* en het gaf een onthullende draai aan Tolstois oorspronkelijke inzicht: Ongelukkige mensen zijn ongelukkig op hun eigen manier, dacht Edwin. Gelukkige mensen zijn op dezelfde manier gelukkig.

Nigel was een van de Gelukkige Mensen. En het ging niet om zomaar een kortstondig moment van vreugde in een in andere opzichten onvoorspelbare, chaotische wereld. Nee. Het geluk van Nigel was een diep, existentieel geluk. Het was windstilte in het oog van de ziel.

Nigel Simms was niet meer. Hij was verdwenen en had net zoals de Cheshire-kat alleen een glimlach achtergelaten. Nigel was niet meer. En in zijn kielzog was een beminnelijke, lege huls achtergebleven. Normaal gesproken zou Nigels ondergang in Edwin verrukkelijke gevoelens van *Schadenfreude* opgewekt hebben. Maar nu Nigel levenloos en bomvol blijheid was, riep hij in Edwin een dergelijke reactie niet op. Als Edwin al iets voelde dan was het een zekere anti-Schadenfreude: 'een gevoel van treurigheid dat men ervaart over andermans geluk'.

'Nigel, ik vroeg je iets.' Het geduld van meneer Mead raakte op. 'Zolang je voor me werkt en zolang je bij Panderic werkt zijn er zekere welomschreven gedragscodes die we in acht nemen. Dus als je denkt –'

'Och,' zei Nigel met diezelfde ontwapenende, rustige glimlach, 'ik werk hier niet meer, meneer Mead. Ik ga weg. Ver weg.'

En op dat moment zag Edwin in Nigel de ondergang van de westerse beschaving. Wanneer je stilstond bij de vele verschillende producten en culturele invloeden waarvan Nigel zowel de uitdrukking als de belichaming was: de haargel, de tandenwitmaker, de elektrische neushaarpincet, de alchemistische benadering van reukwater, de maatpakken, de wenkbrauwepilaties, het scheerschuim, de vochtinbrengende crèmes, de manicurebeurten, de modebladen;

heel die complexe lifestyle met zijn vele lagen en verwijzingen. Hele industrietakken waren voor hun voortbestaan afhankelijk van Nigel. Om hem van *GZ* naar dit te zien afglijden, om hem tot een glimlach en een lege blik getransformeerd te zien, om zijn voorheen keurig verzorgde verschijning gereduceerd te zien tot een mouwloos T-shirt en een oude joggingbroek... tja, dat was ronduit tragisch. Want als je voorbijging aan de gebruikelijke kritiek op de moderne consumptiementaliteit en immorele advertenties en de packaging van identiteit enzovoort enzovoort, als je het daar even los van zag, dan zou je in Nigel Simms een eeuwig menselijk verlangen gezien hebben. Een streven. Een futiele (doch vitale) poging tot zelfverwezenlijking; een hunkering om iets meer, iets beters, rijkers, snellers, aantrekkelijkers te zijn. De Grote Droom van de Zelfperfectie die, ofschoon nooit verwezenlijkt, de mensheid gedurende duizenden jaren had voortgedreven.

Verre van een generatie-Nixkwal te zijn met een zwak voor trends en een keurig uiterlijk symboliseerde Nigel een gevallen held, een figuur uit de Griekse mythologie. De Prometheus van het heden.

Zelfs Edwin speet het hem te zien vertrekken. 'Luister 'es, Nigel. Over dat voorval met de stropdas en de puntenslijper –'

Nigel bracht zijn hand in een vloeiende beweging omhoog, als een boeddhistische monnik die het verkeer gaat tegenhouden, en hij zei op geruststellende toon: 'Zand erover, Edwin. Maak je geen zorgen over die das. Je hoeft je niet te verontschuldigen.'

'Verontschuldigen?' zei Edwin. 'Je bent me nog honderdveertig ballen schuldig. Waar of niet, meneer Mead?'

'Ja,' zei meneer Mead. 'Je hebt gelijk. Nigel is je dat nog schuldig. Geen zorgen, Edwin. Ik zal erop toezien dat dit bedrag op Nigels salaris wordt ingehouden; op Nigels láátste salaris.'

'Dank u,' zei Edwin. 'Dat waardeer ik.' En hij grijnsde naar Nigel, in de hoop enigerlei reactie uit te lokken of ten minste een of ander blijk dat de oude Nigel net onder het oppervlak latent aanwezig was. Maar er kwam geen blijk en er kwam geen reactie. Dit was niet Nigel, het was een robot die voor hem stond. Een gelukkige robot, dat zeker; maar niettemin een robot.

Met diezelfde bodhisattva-energie raapte Nigel zijn paperassen bij elkaar. Hij keek naar de her en der in de vrijwel lege vergaderzaal verspreide mensen, legde zijn hand op zijn hart en liet zijn gevoelens naar buiten drijven, waarna hij Edwin aankeek en zei: 'Zal ik jou 'es een knúffel geven?'

'Zal ik jou 'es door een liftkoker naar benéden gooien?' zei Edwin, maar de lol was eraf. Het was alsof je probeerde te vechten met een jong hondje; een heel warm, wollig hondje.

Nigel draaide zich om en verliet stilletjes de vergaderzaal. Hij liet de anderen in een langdurige, bedrukte stilte achter.

'Laat 'em doodvallen,' zei meneer Mead. 'Opgeruimd staat netjes.' En in een gelaten stemming en onder geschuif met paperassen werd de rondetafelconferentie hervat.

Edwin zag Nigel nooit meer.

Hoofdstuk 36

Na lange, ongemakkelijke stiltes en voortdurend geklaag van meneer Mead over de magere opkomst en het gebrek aan originele ideeën was de ochtendvergadering eindelijk afgelopen. Edwin liep terug naar zijn bureau om er zijn laatste bezittingen uit te ruimen. Hij had meneer Mead niet gezegd dat hij zijn baan opgaf. Hij wilde zijn voornemens bij niemand rondbazuinen. Toen hij rondkeek in het op een cel lijkende hokje waarin hij meer dan vier jaar had gewerkt, gekonkeld en gekookt van woede, voelde hij een steek – een hele vage – van melancholie. Maar bar weinig was de moeite van het bewaren waard. Edwin had geen platen opgeplakt, geen potplanten opgehangen en geen persoonlijke spulletjes om zich heen verzameld. Hij vond de zilveren Zippo die meneer Mead het jaar daarvoor op Werknemersdag aan iedereen cadeau had gedaan. (Toen Edwin de aansteker naar een handelaar had gebracht om hem te laten taxeren, kwam hij aan de weet dat de aanstekers in Hongkong gemaakte kopieën waren, en nog slechte kopieën bovendien. Maar goed, ze deden het nog steeds.) Edwin stak de namaak-Zippo in zijn zak, keek nog één keer rond in zijn afgeschoten hokje en zuchtte. Hij snaaide een nietapparaat en een paar ballpoints mee – meer uit principe dan wat ook was diefstal bij vertrek zo ongeveer bedrijfstraditie – en nokte af. De gangen weerkaatsten het geluid van zijn voetstappen. En zijn voetstappen weerkaatsten stilte.

Edwin verliet Grand Avenue 813 en begon naar het dichtstbijzijnde Loopstation te lopen, maar opeens bleef hij staan. Hij hield zijn hoofd scheef en luisterde. Het was iets wat hij nooit eerder op

Grand Avenue had gehoord: stilte. Er was nog steeds een verkeersstroom, nog steeds verplaatsten taxi's zich in een stoet achter de gele lijn, en nog steeds staken groepen voetgangers – in sterk verminderde aantallen – kruispunten over op bevel van de stoplichten. Maar er waren minder auto's dan vroeger, er was minder rauwe kinetische energie, minder hectiek. Niemand vloekte, nergens viel geloei van claxons te horen, en de ooit permanent aanwezige witte ruis was weg. De witte ruis had zichzelf weg weerkaatst, was opgelost in nevel en de dampkring in gezweefd. Grand Avenue was nu stil en de stilte was warm en beschermend als een flanellen omhelzing; als een met zijde beklede doodskist.

Het maakte Edwin misselijk. In elk geval was hij dankbaar; dankbaar dat hij op het punt stond te ontsnappen, dankbaar dat hij vertrok. Vroeger verafschuwde Edwin de ellende van Grand Avenue, maar nu treurde hij om het verdwijnen ervan. Zelfs de graffiti was veranderd. In plaats van bendetekens en incoherente razernij waren er citaten van Tupak Soiree op de winkelpuien gespoten: *Leef! Koester! Leer!… Verover je geluk.*

'Ik hoor niet thuis in deze wereld,' zei Edwin.

Het werd tijd om op de loop te gaan. Tijd om zijn geld te innen, een buitenlandse rekening te openen en een andere identiteit aan te nemen. Tijd om te vluchten. Edwin was geen ploert; hij zou voldoende geld achterlaten, zodat Jenni royaal kon leven. Hij zou zelfs een oprecht briefje schrijven waarin hij uitlegde waarom hij weg moest. (Maar beslist niet 'Ben vissen'.) Daarna zou Edwin een nieuw leven beginnen, in een nieuw land, ver weg. En hij zou May bericht sturen. Hij zou een plek vinden ergens waar Tupak Soiree nog niet was doorgedrongen, ergens waar mensen nog vloekten, nog klaagden, zich nog zorgen maakten en nog lachten – niet vanuit het hart, maar vanuit de buik. Ergens waar mensen nog probeerden, nog faalden en het nog een keer probeerden. Ergens, op een idyllische plek, waar mensen nog met onbekommerde menselijke overgave vochten, neukten, dronken en rookten. Het zou net zo zijn als in één van die slechte sciencefictionboeken van Stephen. Hij zou zich omdraaien en zeggen: 'Ik ben Edwin.' Zij zou zeggen:

'Ik ben May, en als je me nog een keer probeert te kussen, laat ik je arresteren.'

Edwin liep over de nu rustige trottoirs van Grand Avenue en hij voelde zich net Charlton Heston in *The Omega Man*: alleen, alert, actief.

Louies Hotdog- en Zuurkraam verkocht niet langer hotdogs of zuur; noch caffe latte mochaccino's trouwens. Louie (alias Thad) runde nu een knuffeltherapiekraam. Voor vijfentwintig cent en een glimlach kwam Louie achter de kar vandaan om je een ouderwets stevige knuffel te geven. Er bestond grote vraag naar Louies knuffels. De mensen stonden ervoor in de rij, met hun kwartje in de hand. 'Een paar straten verderop is er ook een knuffel- en hotdogkraam,' hoorde Edwin iemand zeggen. 'Maar geef mij Louies maar; die knuffelt het allerbest!'

Uiteindelijk liet Edwin de ondergrondse voor wat die was, en hij kuierde door naar O'Callaghan's voor een borrel. Maar de kroeg bleek gesloten. Zat er dik in. Aan de voordeur hing een met de hand geschreven bordje en erop… ach, maar u weet toch allang wat erop stond?

'Shit,' zei Edwin tegen niemand in het bijzonder.

Ook O'Malley's was dicht. O'Shannon's was veranderd in een door vrijwilligers gerund inloopcentrum. En bij O'Toole's hing een mededeling op de pui waarin de aandacht werd gevestigd op hun 'cursussen alternatieve geneeswijzen en gelukstherapie – de Tupak Soireemethode!'.

Dus verder ging het, voorbij het standbeeld van Gerald P. Gerald, de grote man van de grote potas*boom* van 1928, langs het Park Royale. Edwin liep doelloos rond; een man verrast door de gebeurtenissen, een man die de wereld om hem heen niet meer bijhield. Hij probeerde de ene bar na de andere, maar er was geen verlossing voorhanden.

'Een bar?' zei een meisje, toen hij op de deur bonsde. 'Gossie, nee. We verkopen nu macrobiotische, organische natuurvezels.'

Edwin bekeek dit montere, aardige meisje en herkende onmiddellijk de glazige blik en de beminnelijke glimlach. 'Wat doe je hier dan, verdomme?' vroeg hij. 'Moet jij niet ergens op het platteland zitten om een alfalfa-akkertje te verzorgen?'

Een brede, stralende glimlach. 'Hoe wist je dat? Mijn vriendje en ik vertrekken morgen. Geen alfalfa maar maïs. We beginnen onze eigen kleinschalige collectieve boerencoöperatie zonder winstbejag met als oogmerk jonge mensen in staat stellen om –'

Maar op dat punt in haar woordenstroom was Edwin allang vertrokken. Een vreemdeling in den vreemde. Maakte niet uit. Morgen om deze tijd zat hij in een vliegtuig. Een vliegtuig ergens anders heen.

'*Psssst*, joh. Je zoekt drank, hè?' Het was een oude man, half verborgen in de schaduw van de steeg. (En ja, hij zei heus 'psssst'.)

'Wat moet je van me, man?' vroeg Edwin, onnodig grof. 'Kleingeld? Een knuffel? Nou, zet maar uit je hoofd. Ik heb op mijn werk al gegeven.'

'Ik moet geen knuffel, hoor. Zeker niet van zo'n snotneus als jij.'

Hiervan knapte Edwin aanmerkelijk op. Slechte manieren? Bestond zoiets nog?

'Je ziet eruit alsof je een borrel kunt gebruiken, jong.'

Nu was Edwin een en al oor. Hij hoorde het veelbetekenende rammelen en rinkelen van flessen. Toen hij de verborgen deur in de steeg binnenging om dit nader te onderzoeken, trof hij een compleet barretje aan met een voorraad flessen Johnnie Walker, Southern Comfort, Albino Rhino en Kokanee Gold. Er stond zelfs een krat Lonesome Charlie.

'Ik dacht dat de meeste mensen waren gestopt met drinken,' zei Edwin.

'De meeste mensen wel. Maar "meeste mensen" wil niet zeggen álle mensen, jong. Er staan enorme voorraden van dit spul in de haven, hoge stapels in pakhuizen, en in dichtgespijkerde groothandelsbedrijven verdwijnen ze onder de spinnenwebben. Het zal jaren kosten om onze nationale voorraad ondeugden op te consumeren. Járen, zeg ik je. Ik heb ook sigaren. En sigaretten. En wat zuivere cocaïne en nog een stel oude nummers van *GZ* en *Maxim*.'

'Sodeju!' Edwin begon in zijn portefeuille te snuffelen. Hij sloeg een voorraad sigaretten in, kocht wat gedistilleerd en schafte zich zelfs een stel oude mannenmodebladen aan. En toen hij wegliep, ontegenzeggelijk gesticht, had hij een Visioen. Een Visioen zo helder en zo inspirerend dat hij er bijna van in tranen uitbarstte. Hij zag het nu voor zich, het breidde zich uit over het hele land: een netwerk van rebellen, een hele subcultuur van niet-gelukkige mensen. De nieuwe minderheid, de clandestiniteit in gejaagd en veroordeeld tot een obscure wereld van zwarte-marktdeals en geheime handdrukken. Hij zag het voor zich: een ondergrondse wereld van mensen die weigerden hun slechte gewoontes af te zweren, die standvastig (en nobel) weigerden om 'hun geluk te veroveren'. Het vooruitzicht van deze marginale tegencultuur die dapper de vlam brandende hield tijdens de donkere jaren die in het verschiet lagen, monterde hem op. Het verwarmde Edwins hart, het maakte hem helemaal euforisch en toen... en toen werd Edwin ontvoerd. Alweer.

'Wat moet dat, verdomme? Eén week, zeiden jullie!'

Sam 'de Slang' Serpent schonk Edwin een glimlach. Edwin stuurde die ongeopend retour. Ze zaten achter in Slangs auto op elkaar geperst. De getinte ruiten verborgen het drama dat zich binnen afspeelde voor de rest van de wereld. Aan weerskanten van Edwin zat een trawant van de Slang. Een van hen hield een korte loop tegen Edwins ribbenkast gedrukt.

'Wel, wel. Wat hebben we hier?' zei de Slang, terwijl hij Edwins clandestien op de zwarte markt gekochte sigaretten en drank confisqueerde. 'Lollig, vind je niet? Dat juist jij drank en peuken hamstert.'

'Een week, godverdomme. Jullie zeiden dat ik een week had!' Edwin was oprecht ontdaan. De maffia had zich niet aan een afspraak gehouden. Dat had je toch niet kunnen dromen?

'Je had een week,' zei Slang. 'We pakten je op een zondag op. Hielden je twee dagen vast –'

'Precies! Jullie lieten me op een dinsdag gaan.'

'Klopt. En vandaag is het maandag, dus dat is een week.'

Inmiddels was Edwin meer dan verontwaardigd. 'Eén week vanaf dinsdag gerekend is niet maandag! Dat is de dinsdag erop. Ik heb nog één dag.'

'Nee,' zei Slang, hardop denkend, 'dat zou acht dagen zijn. Tel maar na: dinsdag, woensdag, donderdag…' Hij tikte ze af op zijn vingers, hetgeen moeilijk was omdat hij in elk geval enkele vingers miste.

'De eerste dinsdag telt niet mee!'

'Tuurlijk wel. Waarom zou dat niet?'

'Kijk,' zei Edwin, 'als je iemand ziet op bijvoorbeeld een vrijdag en je zegt tegen die figuur: "Goed, tot volgende week dan," verschijnt hij dan op de volgende donderdag? Natuurlijk niet! Voor de gemiddelde mens betekent "over een week" "zelfde dag, volgende week". Ik heb tot morgen.'

De Slang fronste, keek zijn trawanten hulpzoekend aan, maar die waren nou niet bepaald vanwege hun pienterheid ingehuurd en er werd geen consensus bereikt.

'Nog één dag!' schreeuwde Edwin. 'Ik heb één dag langer!'

'Best,' zei de Slang, zich op dat punt gewonnen gevend. 'Ik begrijp je verwarring. Dus weet je wat… ik laat je gaan en geef je nog vierentwintig uur. Maar ik zal toch je duim of zoiets moeten breken.'

'Waarom?' zei Edwin. 'Omdat je niet wilt toegeven dat je een fout hebt gemaakt? Wil je niet toegeven dat je uiteindelijk toch menselijk bent? Hoor 'es Slang, het is echt geen schande om te zeggen: "Ik heb geblunderd. Ik heb een fout gemaakt." Niemand is volmaakt. Wat zeg je ervan, ouwe reus?'

Bij de Eerste Hulp van het San Sebastian Ziekenhuis zetten ze Edwins duim met een spalkzwachtel en men gaf hem een flesje extra zware pijnstillers mee om de pijn te dempen (ook al ried de dienstdoende arts Edwin aanvankelijk met klem aan Tupak Soirees methode om je mentaal voor pijn af te sluiten te overwegen, waarop Edwin verklaarde: 'Kom nou maar op met die fucking pijnstillers, anders verbouw ik je!').

En zo kwam Edwin, gedrogeerd en met een gezwollen, bont en

blauwe, bonzende gebroken duim – die, toen Slang er eenmaal het zijne mee gedaan had, totáál opponeerbaar was geworden – wankelend thuis in... een leeg huis.

Niet leeg in de betekenis van 'niemand thuis', maar in de betekenis van 'compleet leeg'. Edwin bleef heel lang doodstil staan en nam de boel met open mond in ogenschouw. Weg. Alles. De meubels. De gordijnen. De wandkleden. Zelfs – hij controleerde de keuken – de vervloekte koelkast en de vervloekte oven. Jenni had hem kaal geplukt.

Daar kwam Sukkel aan. Hij miauwde ontredderd en wreef zich tegen Edwins benen aan. Edwin had niet eens meer de energie om een stap naar achteren te doen en de kat een fatsoenlijke trap te geven, zo erg was de fut er bij hem uit.

'Ze heeft alles meegenomen,' zei hij, alsof het herhalen van dat wat zonneklaar was de schok minder groot kon maken. 'Alles.'

In het midden van de woonkamervloer lag een op naar bloemetjes ruikend postpapier geschreven briefje. Edwin hoefde het niet te lezen. Hij wist al wat erin stond. 'Lieve Edwin, ik heb besloten je te verlaten...' Edwin keek de lege kamer rond. 'Dank je, maar dat had ik al begrepen.'

Ik sta op punt van vertrek om een lange ontdekkingsreis te ondernemen, een zoektocht naar geluk. Als bijdrage aan de financiering van mijn reis heb ik al onze zogenaamde eigendommen verkocht. (Maar waarachtig, Edwin, het zijn maar dingen. Onthoud: wij bezitten onze eigendommen niet, onze eigendommen bezitten ons.) Ja, Edwin, voor mij is de tijd aangebroken om mijn identiteit anders te richten, naar een hoger beginsel. Wat dat betekent weet ik niet helemaal, maar ik ga het toch doen. Ik heb besloten de concubine van Tupak Soiree te worden. Gisteravond laat heb ik Hem opgebeld (Zijn privénummer zat in je e-mailarchieven) en Hem mijn hart en mijn ziel aangeboden. Hierop zei Hij dat wij allemaal ons lichaam moesten afleggen om één te worden met de texturen van ons leven. Daarna vroeg Hij naar mijn maten, jeweetwel, zodat Hij mijn oppervlakkige buitenkant fatsoenlijk kon uitbannen om mijn ware, innerlijke schoonheid te vinden. Hij was diep onder de indruk. Daarna vroeg Hij me Hem een foto te faxen. (Ik stuurde die van mij in mijn rode badpak, van ons reisje naar Acapulco. Ik geloof dat die écht mijn 'innerlijke zelf' laat zien.) Ik was zo bang dat Hij me spiritueel ongeschikt zou vinden, maar nee, tot mijn vreugde en opwinding stond Hij mij toe me aan te sluiten bij Zijn 'heilige Godinnengroep', zoals hij het zo poëtisch uitdrukte. Ik hoop dat je het zult begrijpen, Edwin. Ik moet nu bij de Grote Leraar zijn. Sorry. Trouwens, ik heb nooit echt van je gehouden. Vat dat niet persoonlijk op, maar het is wel waar. O, en ik heb al je pakken verkocht aan een rondtrekkende minstreelgroep met ontdekkingsreizigers, zoals ikzelf. (Ik kreeg er vijf dollar per pak voor, en dat zal de komende dagen vreselijk goed van pas komen. Bedankt.) Helaas kan ik Sukkel niet meenemen op mijn Grote Levensreis, omdat blijkt – en wat kan het me bommen – dat het Verlichte Opperwezen allergisch is voor huidschilfers van katten. Maar ik weet dat je goed voor Sukkel zult zorgen. Jullie twee hadden altijd zo'n goede band met elkaar. Groeten, Jennifer

PS. Ik weet van May af. Ik heb het altijd geweten. Het kon me gewoon niet schelen.

Edwin zakte op de vloer in elkaar, met het briefje in zijn hand en met een bonzende duim. Al stond Edwin op het punt om de volgende ochtend meer dan een miljoen dollar te innen, toch wist hij dat zijn leven op drift was, wist hij dat de bindende kracht het begaf. Zijn vrouw was toegetreden tot de intieme kring van Tupak Soiree, de maffia zat hem achterna, zijn duim was gebroken, zijn eigendommen waren verkocht aan een groep rondreizende freaks, en hij stond op het punt om het land te ontvluchten. Alleen.

Ondanks de fantasieën die Edwin had gesponnen, wist hij donders goed dat hij May misschien nooit meer zou terugzien. Hij zou haar in het diepste geheim bericht sturen, haar vragen zich bij hem te voegen, maar hoe kon hij weten of ze dat ooit zou doen. Hij kon haar net zo goed kwijt zijn… voor altijd. Dat was het overheersende gevoel van Edwin nu: een gevoel van verlies. Hij zou een hele waslijst met verliezen hebben kunnen afvinken als hij dat gewild had – en als de Slang zijn rechterduim, die bij het schrijven on-ontbeerlijk was, niet had gebroken. ('Niet de rechterduim! Niet de rechterduim!' gevolgd door een helemaal verkeerde krak, een kreet en een onoprechte verontschuldiging. 'Sorry meneer De Valu, maar dit zijn de regels.') Edwin was vrijwel alles kwijt. Zijn vrouw. Zijn thuis. Zijn beste vriendin (je bent haast geneigd om te zeggen zijn 'enige' vriendin).

'Ik geloof dat we er nu alleen voor staan,' zei Edwin droevig ter-wijl hij Sukkels vacht streelde. 'Jij en ik.' En hij vroeg zich af wat er verder nog mis kon gaan.

Die nacht, toen Edwin verdoofd door drank en pillen languit op de woonkamervloer lag, toen hij naar adem hapte en nu en dan ij-lend woelde, toen de stad sliep en de maan rees, piste Sukkel in Ed-wins schoenen.

Dulce domum. Zoals het klokje thuis tikt.

Hoofdstuk 37

Op de grens tussen de districten Beecher en Bower, op een vrijwel uitgestorven verkeersweg diep in het moerasland, waar de verpeste, van muskieten vergeven lucht je vanuit de moerassige rivierarmen tegemoet slaat en waar de Nazarense ranken slap en groen neerhangen, geeft één met de hand geschilderd bordje de weg aan: 'Beecher/Bower Munitiewinkel en Gezinspretpark.'

Een rare kronkel in districtsindeling heeft deze grotendeels ontoegankelijke uithoek van het moerasgebied tot een toevluchtsoord gemaakt voor wapensmokkelaars én amateurwapenliefhebbers. Naar aanleiding van een recent voorval in een peuterklas, waarbij pantser doordringende kogels en titaangeharde halfautomatische geweren waren gebruikt, werd in Beecher de verkoop en distributie van voornoemde kogels verboden, met het argument: geen kogels, geen boeven. ('Het zijn niet gevoelige jonge kinderen die mensen doden; pantser doordringende kogels doden mensen,' was het motto van de wetgever geweest.) Edoch, in het district Bower voeren ze een ietwat andere koers. Daar verboden ze de vuurwapens maar namen ze de munitie niet op de korrel, met het argument: geen schietwapens, geen schietincidenten.

Ter weerszijden van de districtsgrens vond men dat er niets tegen de gehanteerde argumentatie in te brengen viel, maar binnen de kortste keren zagen wapenhandelaars de maas in beide wetten en leerden die te benutten. En zodoende werd er weldra, hier in de sombere, natte wildernis waar de twee districten aan elkaar grensden, een wapenwinkel opgetrokken waar de grens dwars doorheen liep. Aan de ene kant van de winkel kon men pantser doordringende kogels kopen ('uitsluitend voor recreatief gebruik') en aan de andere kant kon men de ermee corresponderende halfautomatische snelvuurgeweren met zware inslag kopen ('perfect voor de eekhoornjacht').

Nu lezen ze in deze buurt niet veel boeken. Weliswaar klepten de plaatselijke schooljuf en de domineesvrouw de laatste tijd maar door over een vent die Tupak heette, maar in zijn algemeenheid hadden analfabetisme en uit inteelt voortgekomen DNA er samen voor gezorgd dat Beecher en Bower betrekkelijk gedachtenvrij bleef. Dat is waarom het kleine mannetje met de onrustig heen en weer schietende ogen niet werd herkend toen hij opdook bij de wapenwinkel. Niemand zei: 'Hé, ik ken u van de foto op de omslag van uw boek. U bent Meneer Ethiek!' Niets van dat al. Hij kon onopvallend naar binnen glippen.

'Wat kan ik voor u doen?' vroeg de grote man in het te strakke T-shirt. (Heel toepasselijk had het T-shirt de kleur van dood vlees. Toen de grote man het acht jaar geleden kocht op de Jaarmarkt en Wapententoonstelling was het fel oranje geweest, maar in de loop der tijd vervaalde het, terwijl het shirt zelf ondertussen kromp en de buik eronder groeide.)

'Ik heb een wapen nodig,' zei Meneer Ethiek. 'Een dat een man kan doden.'

'Ho, ho, ho, meneer,' zei de winkelbediende (strikt conform de in dit district geldende wapenwetten). 'Ik mag geen sportwapen verkopen als ik denk dat er een ernstig misdrijf mee gepleegd gaat worden. Dat is verboden.'

'Mij best. Ik heb een sluipschuttersgeweer nodig om op eekhoorns te jagen.'

'Goed. Over welk formaat eekhoorn hebben we het?'

'Och, ongeveer zo groot als een mens.'

De winkelbediende pakte zijn oogappel uit het rek: een combinatie kruisboog-granaatwerper. 'Deze hier is erg populair bij onze wat enthousiastere jagers.'

Het mannetje fronste. 'Ziet er duur uit.'

'Niet per se. Onze distributeur in Galveston is failliet gegaan –

de algemeen directeur daar vertrok zomaar om te gaan vissen – dus geven we deze juweeltjes praktisch weg. Met een brandschadekorting komt de prijs op 7400 dollar. De exploderende granaatkartetsen moet u natuurlijk aan de andere kant van de winkel kopen; aan de overkant van die dikke rode verfstreep daarzo, op de grond.'

'Ik vrees dat het mijn budget een beetje te boven gaat. Heeft u iets wat minder geperfectioneerd is, maar toch dodelijk?'

'Over hoeveel geld hebben we het?'

Het mannetje leegde zijn zakken op de toonbank. Er waren enkele munten en een paar tot een prop gemaakte bankbiljetten, welwillend ter beschikking gesteld door Bubba de Wedergeboren Gevangenisbewaker, alsook een handvol kwartjes die hij gestolen had van een kind dat voor UNICEF collecteerde. Meneer Ethiek had de krenten in het district in stilte vervloekt; schandelijk hoe weinig ze hadden gegeven.

De man achter de toonbank telde het geofferde en zei: 'Tja, u heeft 42,81. Da's niet veel. Maar maakt u zich geen zorgen. Ik denk dat ik tóch iets voor u heb.'

En hierop dook hij onder de toonbank om er een grote metalen legertrommel onder vandaan te schuiven, vaal olijfgroen en onder het stof.

'Alstublieft,' zei hij. 'Deze krijgt u voor veertig piek van me.'

Op de trommel waren letters uit het cyrillische alfabet gesjabloneerd. Omgekeerde R'en en onderkastkapitalen. Het was Russisch.

Hoofdstuk 38

Edwin liet de voordeur openstaan en zette buiten een volle zak kattenvoer neer voor Sukkel.

Dit was de ochtend waarop Edwin de Valu zou ophouden te bestaan. Dit was de ochtend waarop hij zou verdwijnen. Bij het krieken van de dag liep Edwin kwiek door de zonovergoten straten naar de bank in zijn buurt, waar hij wachtte tot de deuren opengingen. Hij had zijn plan tot in de finesses uitgewerkt en stond nu op het punt om de hele boel op gang te brengen. Eerst zou hij als sluwe afleidingstactiek zijn miljoen-en-nog-wat dollar overbrengen naar verschillende rekeningen. Daarna nam hij onmiddellijk een taxi naar de luchthaven en stapte daar op het eerste de beste vliegtuig met een buitenlandse bestemming. Deed er niet toe waarheen. De beslissing kon maar het beste helemaal willekeurig zijn. Koos hij van tevoren een bestemming, dan zou iemand zijn keuze later misschien kunnen beredeneren. Nee, het moest een kwestie van puur toeval worden. Hij zou meevliegen met de eerste de beste internationale vlucht, ongeacht of die naar Istanbul of naar Singapore ging. Zodra hij arriveerde zou hij deze methode herhalen en het eerste het beste vliegtuig met een internationale bestemming pakken. Deed er niet toe waarheen; als het maar wég was. Hij zou een spoor van valse namen en onjuiste aanwijzingen op zijn pad achterlaten. En later, zodra hij ervan overtuigd was finaal ontsnapt te zijn en hij zijn geld bij zich had, dán zou hij een uiteindelijke bestemming kiezen. Pas dan zocht hij contact met May. (Hij was al uitvoerig bezig met het cryptische maar romantische bericht dat hij haar sturen zou.)

Tegen de tijd dat de bank zijn deuren opende, had zich achter Edwin al een kleine rij gevormd. En omdat Edwin zich mild voelde en hij zijn met pijnstillers en alcohol gedempte rotgevoel van de nacht ervoor had weggeslapen, stapte hij opzij en hield de deur open voor een oude dame. 'Na u, ' zei hij.

'Nou, dank u wel,' zei de dame, 'Wat ontzettend aardig.'

En met dit ene, hoffelijke gebaar verloor Edwin alles...

Er was maar één kasbediende (de personele bezetting bij de bank was recentelijk hard achteruitgelopen), en de oude vrouw die Edwin had laten voorgaan kwam met een ingewikkeld samenhangende reeks transacties waar de kasbediende zich doorheen moest slaan voordat ze Edwin en de anderen kon helpen. Het duurde eindeloos. Edwin wachtte en wachtte.

Tegen de tijd dat de lieve oude dame haar handtasje had dichtgedaan en opzij schuifelde, was Edwins milde houding van daareven danig verzuurd.

'Dom oud wijf,' mompelde hij, naar de balie lopend. 'Ik wil vier vlottende rekeningen openen,' zei hij. 'Ze moeten elektronisch onderling verbonden zijn, met hetzelfde wachtwoord, maar wel met aparte doorvoerroutes. En een beetje voortmaken, graag.'

De kasbediende, alreeds beu en uitgeput, zuchtte vermoeid en toetste de cijfers in. Edwins rekeningoverzicht verscheen op haar scherm. 'En hoe precies wilt u dat ik de één dollar en zevenenveertig cent die er op uw rekening staat verdeel, meneer?'

Als Edwin niet zo als verdoofd was geweest door deze mededeling, was hem haar sarcasme wellicht opgevallen, had hij haar wellicht geprezen om haar boosaardige spot, had hij wellicht een verwante geest in haar gezien. In plaats daarvan stamelde hij: 'Maar...maar, dat is onmogelijk. Ik heb meer dan een miljoen op die rekening staan. Dat is meteen vanmorgen gestort.'

'Hm, een miljoen?' Ze geloofde hem duidelijk niet, maar desondanks bekeek ze de transacties van die dag. 'U hebt gelijk. Tot vanmorgen stond er niets op de rekening, maar om precies zeven minuten over acht werd er 1 800 611,47 dollar op gestort.'

Er ging een golf van euforie en verlichting door Edwin heen.

'Goddank,' zei hij. 'Okay, dan wil ik dat bedrag verdelen over vier aparte –'

'En om precies tweeëntwintig minuten over acht werd het opgenomen.'

'Opgenomen?'

'Kascheque voor het hele bedrag… naar beneden afgerond tot de laatste tien dollar.'

'Wat bedoelt u?' Edwin wist precies wat ze bedoelde.

'Het is verdwenen. Iemand moet toegang tot uw rekening hebben gehad. Ze hebben de rekening leeggehaald, leeggeplunderd. Heeft u er enig idee van wie dat gedaan kan hebben?'

'Ja. Ik weet… ik weet precies wie. Mijn vrouw. Mijn ex-vrouw.'

De kasbediende glimlachte hem met opeengeklemde lippen meelevend toe. 'Dat presteren ze iedere keer weer.'

Wankelend verliet Edwin de rij, met een gevoel alsof zijn binnenoor rondtolde als een gyroscoop. Hij dacht dat hij zou flauwvallen, hij dacht dat hij ging kotsen. Hij had geen plan B, geen geheim ontsnappingsmiddel. Het enige van waarde dat Edwin bezat waren zijn creditcards, en die zaten behoorlijk tegen hun limiet aan. En bovendien kon hij onmogelijk een ontsnapping van continent naar continent gaan financieren met Diner's Cards en oom Visa. (Het was zelfs erger dan hij besefte. Diezelfde ochtend namelijk, had de Visa Corporation haar faillissement aangevraagd wegens 'een fundamentele verandering in het leengedrag van de consument'.)

Edwin zeeg neer in een stoel die daar voor klanten stond en legde zijn hoofd tussen zijn knieën. 'Je kunt het,' zei hij. 'Dit gáát je lukken.' Maar hiermee overtuigde hij niemand, en zichzelf allerminst. Misschien kon hij zich aansluiten bij een coöperatie, zijn naam veranderen in Manestraal, zich verborgen houden, knollenvelden schoffelen en vlastrekken. 'Denk na, man. Dénk.' En toen, net toen hij dacht dat het niet erger kon, wérd het erger. Edwin keek op en door het raam aan de voorzijde zag hij een bekende zwarte auto op de loer staan.

'Shit!' Met afgewend gezicht bewoog Edwin zich steels naar de kasbediende en onderbrak haar midden in een transactie. 'Neemt u me niet kwalijk,' fluisterde hij, 'maar heeft deze bank een achteruitgang?'

Natuurlijk had de bank die niet. Niet voor klanten. Dus liep Edwin achterwaarts, nam een aanloop en sprong. Hij sprong over de balie, sprong er met één slag overheen, waarbij papieren alle kanten op vlogen en stoelen omvielen. De bejaarde veiligheidsbeambte klungelde vruchteloos met zijn holster. Edwin sprintte al naar de personeelsuitgang. In een sprong met aanloop die je eerder Mr. Bean dan Van Damme zou toedichten, trapte hij de deur open en rende naar buiten, het parkeerterrein aan de achterkant op. Hij zocht nog naar een vluchtroute, toen hij achter zich plots het gieren van banden op asfalt hoorde. De auto kwam van achterop aanstormen en plaatste zich met een scherpe draai op Edwins pad. De pas was hem afgesneden, hij stond bijna tegen de muur aan gedrukt.

Langzaam schoof er een getinte ruit omlaag. Het was de opperpsychopaat, de sproetige man met de kille ogen en de gemaakte lachjes.

'Vierentwintig uur!' schreeuwde Edwin angstig. 'Slang zei vierentwintig uur! Ik heb tot vanavond.'

'Kom hier, Edwin.'

'Geen sprake van! Slang zei vierentwintig uur! Dit is niet eerlijk!'

'Edwin ik heb iets voor je.'

'Vast wel. Een kogel in mijn achterhoofd. Nee, bedankt. Denk dat ik maar pas. Vierentwintig uur! Dat is wat hij heeft gezegd.'

Maar de hand bleef wenken, de stem bleef roepen, zacht en honingzoet. De vorige keer dat dit gebeurde, was Edwin een vermist manuscript gegeven. Wie weet wat hem dit keer wachtte? Hij kwam aarzelend naar voren, op de manier waarop een schooljongen die een afranseling verwacht naar voren komt.

'Edwin, steek je hand uit.'

Nee, niet nog een vinger. 'Alstublieft, nee. Om godswil, ik ben editor; ik heb alle vingers die ik kan krijgen nodig. Kunt u in plaats daarvan niet gewoon een van mijn tenen verstuiken, of misschien heel hard aan mijn haar trekken?'

Maar de sproetige man wilde niet nog een bot van Edwin breken. Nee, hij stak zijn eigen hand uit en legde voorzichtig iets in Edwins hand, waarna hij diens vingers eromheen vouwde. 'Vaarwel, Edwin,' zei hij. 'Het was me een groot plezier je zo te kwellen, maar dadelijk begeef ik mij op weg, ik ga op ontdekkingsreis. Adieu, Edwin. Leef, koester en leer. Het spijt me van je duim.' En weg reed hij.

Met een nog nabonkend hart en natrillende benen bleef Edwin die prachtig blauwe morgen in South Central Boulevard alleen achter op het parkeerterrein van een bank.

Edwin opende zijn hand en keek naar beneden. Er lag één klein madeliefje in.

Hoofdstuk 39

Het hele gebouw deed leeg en kaal aan. Toen Edwin door het eens hectische samenstel van afgeschoten hokjes en niet voor een rattendoolhof onderdoende gangetjes bij Panderic Inc. beende, leek het alsof hij door een verlaten filmset liep. Alleen met de allergrootste moeite zou men zich kunnen voorstellen dat Panderic de grootste en succesvolste uitgeverij ter wereld was, met inkomsten hoger dan die van vele middelgrote landen. Panderics reserves alleen al hadden regimes in diverse Latijns-Amerikaanse ontwikkelingslanden ten val kunnen brengen. De hele tent bulkte van het geld.

Toch zag je daar helemaal niets van. Edwin had wel over spooksteden gehoord; dit was een spookkantoor. Hokje na hokje was leeg. In de gangen, groot en klein, heerste stilte. Het gebrom van de tl-buizen klonk nu onwaarschijnlijk hard. De kleinzielige bedrijfsintriges, het geroddel, de afgunst, de boosheid, het gelach – allemaal weg.

Meneer Mead, de koning van Panderic, stond met zijn rug naar de deur onderuitgezakt in zijn kantoor. Met een borrel in de hand keek hij uit over de daken beneden. Hij maakte een lusteloze indruk. Toen Edwin binnenkwam, draaide hij zich niet eens om.

'Wat nu weer?' snauwde hij.

'Ik ben het, Edwin. Ik kom mijn ontslag indienen.'

Meneer Mead gebaarde achteloos. 'Leg maar op de stapel bij de andere.'

Edwin draaide zich om om te gaan, bleef toen staan en zei: 'Nog één ding, meneer. Krijg de tering.'

Hierop draaide meneer Mead zich razendsnel om. 'Wát zei je?' bulderde hij. 'Wát zei je zonet?'

Edwins lef begon hem in de steek te laten. Dit was niet helemaal het scenario dat hij had verwacht.

'Ik zei, uh, krijg de tering, meneer. Ik neem ontslag.'

'Ha, ha! Fantastisch. Dat is het beste wat ik in dagen heb gehoord. Vooruit, Edwin. Trek een stoel bij. Drink een borrel met me.'

'Heeft u gehoord wat ik zei?'

'Tuurlijk, tuurlijk. En, wat drink je? Ik heb... Wat heb ik eigenlijk? Boodles gin, Santiago Red. Een of andere brandewijn. Er is ook nog een beetje Kaluha over. En nog een niet te zuipen Chinese wijn. Cadeautje van onze distributeurs in Taipei. Staat hier al jaren. Smaakt als hoestsiroop, maar wat kan het verdommen, het doet wat drank moet doen.'

'Doet u maar gin.'

'Wat is er met je duim gebeurd? Zit helemaal in het verband.'

'Lang verhaal, meneer.'

'Doet er niet toe. Dit is de remedie voor wat je mankeert.' Hij gaf Edwin een glas. Meneer Mead was niet dronken, zelfs niet erg aangeschoten. De dag was dan ook nog jong. 'Edwin,' zei hij, 'pas op met wat je voor jezelf wenst, soms krijg je het. Proost! *Skol! Ad fundum.*'

Ze sloegen hun borrel naar binnen, en morsend schonk meneer Mead Edwins glas nogmaals vol. 'Dit zijn donkere dagen, Edwin. Dit zijn donkere, donkere dagen.'

'Maar u heeft gewonnen, meneer. U heeft van Panderic het machtigste uitgevershuis op de aardbodem gemaakt.'

'Nee, Tupak Soiree heeft van Panderic het machtigste uitgevershuis op de aardbodem gemaakt. Ik heb er alleen maar toezicht op gehouden. Mij moet je vergelijken met de garderobejuffrouw in een bordeel. Ik glimlachte en nam de kaartjes in.'

'Maar, meneer, u heeft uw vijanden verslagen. Doubleday, Harper-Collins, Random House; allemaal over de kop gegaan. Panderic staat onbetwist alleen, boven op de composthoop. U heeft gewonnen, meneer.'

Meneer Mead smeet de voorjaarscatalogus van Panderic voor Edwin op het bureau neer. Hij landde met een klap. 'Heb je onze catalogus gezien?' zei meneer Mead. 'Heb je hem gezien?'

Edwin bladerde erin. De hele inhoud hield verband met Tupak Soiree: kookboeken, kalenders, getuigenisgeschriften. *Gezond leven: de Tupak Soireemethode. Reparaties thuis en zonne-energie: de Tupak Soireemethode. Tupak Soiree voor christenen. Voor joden. Voor sceptici. Voor heidenen.* De grondthema's in Soirees boek bleken in de praktijk volkomen polyinterpretabel te zijn, en ze betekenden voor wezenlijk verschillende mensen wezenlijk verschillende dingen, al dreven ze eenieder uiteindelijk met zachte hand naar hetzelfde einde: dat van gelukzaligheid en banaliteit. Greep krijgen op Tupak Soiree was even moeilijk als gelatinepudding op een muur proberen vast te spijkeren: hoe hard je er ook op los hamerde, altijd weer was er iets essentieels dat kans zag weg te glibberen en je te ontgaan.

Tupaks boodschap was nu zelfs verticaal geïntegreerd en bestreek de hele generatieladder: *Tupak Soiree voor senioren; Tupak Soiree voor tieners; Tupak Soiree voor ongehuwd zwangere middelbare scholieren die nog thuis wonen* (met als ondertitel: *Het is niet jouw fout; niets wat je doet is dat ooit!*). Er was zelfs een handboek voor ouders: *Tupak Soiree voor peuters.* Ook het eens onschuldige gedeelte met kinderboeken was geïnfecteerd geraakt: *Tommie Twijfelaar en de Tupak Soireeverrassing.* Er waren op de grondthema's van *Wat op de berg tot mij kwam* berustende kleurboeken, en zelfs 'spirituele detectiveromans', waarin de cynische detective probeerde uit te zoeken welk 'fundamenteel kosmisch levensprincipe' geschonden was en waarin aan het eind iedereen de belangrijke levensles leerde om zichzelf te waarderen.

'De boekwinkels zijn tot Tupak Soireedistributiecentra verworden,' zei meneer Mead. 'Het zijn nu verbreiders van geluk.'

'Ik snap iets niet. Al dat geklets over geluk is toch in uw voordeel? Deponeerde u het woord niet onlangs?'

Meneer Mead knikte. 'Klopt. Voortaan moet het woord "geluk" gevolgd worden door ®, en voor iedere keer dat het woord wordt gebruikt ontvangt Panderic een royalty. Natuurlijk kunnen we er niets aan doen als mensen het woord "geluk" in een gewoon gesprek gebruiken, maar wél wanneer het wordt gebezigd in de zin van Tupak Soiree. Geluk is nu een handelsmerk van Panderic. Wij hebben het monopolie op geluk®. Is het je niet opgevallen? Er zijn maar heel weinig echte boekwinkels over, Edwin. Tegenwoordig noemen ze zich Geluk® Centra, en ze hebben vrijwel uitsluitend Tupak Soiree en derivaten van zijn boek op voorraad. Het is grappig; vroeger maakten we geintjes over het verschil tussen boeken en boekvormige objecten. Nou, er worden inmiddels bijna geen echte boeken meer geproduceerd. En zeker hier bij Panderic produceren we uitsluitend boekvormige objecten. Ze gaan allemaal over geluk®, het zijn allemaal instantbestsellers en allemaal brengen ze scheppen geld op. De brandkasten van het bedrijf puilen uit.'

'Waarom bent u dan zo terneergeslagen?'

Meneer Mead sloeg een mix van Kaluha en Chinese hoestsiroop achterover, huiverde en zei: 'Heb jij dat boek gelezen? *Wat op de berg tot mij kwam*? Heb je het gelezen?'

'Ik heb het geredigeerd, meneer. Weet u nog?'

'Dat weet ik, maar heb je het gelezen? Heb je het écht gelezen?' (Het was zeer wel mogelijk en misschien zelfs vrij gebruikelijk om een heel boek te editen zonder het echt te lezen of na te denken over wat er in stond.)

'Ja, ik heb het gelezen. Ik heb het van voren naar achteren en van achteren naar voren gelezen, meneer. Ik ken het vanbinnen en vanbuiten en op zijn kop.'

'En waarom loop jij dan niet sereen en vredig en één met het universum rond?'

Daarover had Edwin niet echt nagedacht. 'Om u de waarheid te zeggen, ik weet het niet. Misschien ben ik immuun. Misschien komt het wel omdát ik het geredigeerd heb. U weet hoe dat gaat, meneer. Een editor bekijkt een boek niet op de manier van gewone mensen. Een editor ziet de structuur, de zinsbouw, met welke trucs overgangen in de tekst gemaakt worden; alles wordt blootgelegd. Het is als naar een gebouw kíjken maar een blauwdruk zíén. Het is vergelijkbaar met naar een röntgenfoto kijken. Ik zie het skelet. Ik zie de tekortkomingen. Ik zie hoe een boek in elkaar is gezet. Ik zie de zomen en de steunbalken. Ik zie de trucs, de tics en de tierelantijnen. Vergelijk het met een beroepsgoochelaar die toekijkt hoe een pseudo-paranormaal figuur mensen beduvelt met een interpretatie van de kouwe grond. Ik laat me niet beduvelen door *Wat op de berg tot mij kwam*, omdat ik beter weet. In het land der blinden ben ik koning eenoog. Misschien ben ik er daarom nooit echt van in de ban geraakt.' Hij nam een stevige slok van zijn borrel. 'En u, meneer? Heeft u het boek gelezen?'

'Zeker. Een paar keer. Eerlijk gezegd snap ik al die opwinding niet. Het is niet meer dan een hoop new-agekletskoek en op een snertmanier, met de Franse slag aan elkaar gebreide opgewarmde platitudes. Trouwens, van dat redigeren heb je helemaal niks gemaakt. Jezus, het leest als een eerste versie. Maar weet je waar ik nog het kwaadst van werd? Weet je wat me echt tegenstond? Dat stuk over typisch mannelijke kaalhoofdigheid. Dat stuk over hoe "we kaalheid niet alleen moeten aanvaarden… we moeten het omhelzen, we moeten het vieren". Toen ik die passage las, tóén wist ik dat die Tupak Soireefiguur maar wat uit zijn nek lulde. Laat me je één ding zeggen, Edwin. Kaal worden is niet iets wat we zouden moeten "omhelzen". Kaal worden is een teken van oud worden. Net zoals rimpels, net zoals levervlekken, net zoals grijs worden. Zal ik je iets vertellen, Edwin? Ik heb artritis. Ik ben vierenvijftig jaar en nu al veranderen mijn handen in klauwen. Mijn vingers zijn stijf, mijn knokkels zijn knoestig als goedkoop vurenhout. Ik kan amper een pen vasthouden. Ik heb artritis, ik word kaal, en ik vind er geen sodemieter aan. Waarom? Omdat het me constant herinnert aan mijn eigen sterfelijkheid, en dat knaagt aan me. En dat, vrind, is iets wat we nooit mogen verdoezelen. Sterfelijkheid is niet iets wat we moeten "omhelzen". En het is al helemaal niet iets wat we zouden moeten "vieren".'

'Ga niet die nacht in als een zoete plicht,' zei Edwin. 'Strijd, strijd tegen het sterven van het licht.'

'Dylan Thomas. Prima geciteerd, Edwin. Ik had je op onze poëzieafdeling moeten neerzetten.' (Goed, er bestond dus iets wat nog erger was dan romantische lectuur en zelfhulp.) '*Ga niet die nacht in als een zoete plicht...* Het is grappig,' zei meneer Mead. 'Iedereen maakt altijd misselijke opmerkingen over de opzijkam-artiesten. Je kent ze wel; de kale kerels die hun haar aan één kant lang laten groeien om het met vette slierten over hun schedeldak te plakken. Het ziet er bespottelijk uit, dus bespotten we het. Maar de redenen achter het opzij kammen zijn niet bespottelijk. Absoluut niet. De mannen die hun haar naar één kant kamden, ontkenden hun eigen naderende dood. Het resultaat mag dan dwaas geweest zijn, maar de daad op zich en de beweegredenen waren dat niet. In zijn soort was het treurig en in zekere mate poëtisch. Bijna heroïsch eigenlijk. Is het je niet opgevallen? Je ziet dat opzij gekamde haar niet meer.'

Dit was nou iets waarvan Edwin nooit had gedacht dat het verdwijnen ervan hem droevig zou stemmen. Maar nu, met een paar borrels in zijn lijf en de lofzang van meneer Mead nog naklinkend in zijn oren, voelde Edwin zich toch treurig, treurig dat al die kalende mannen met de over hun schedel gekamde haarslierten de strijd opgaven.

Meneer Mead leunde achterover in zijn stoel en schudde met iets van verbijstering op zijn gezicht langzaam het hoofd. 'Ik snap het gewoon niet. Ik lees dat rotboek en ik vond het gebeuzel, nog slecht geschreven ook. Wat mís ik?'

'Niets, meneer. U hoort gewoon bij die 0,3 procent. Uit een onderzoek van marketing bleek dat 97,7 procent van de lezers tevreden was. Bij geen enkele epidemie is de overdracht honderd procent. U moet een van die niet-vatbare mensen zijn. Zelfs als *Wat op de berg tot mij kwam* ieder huishouden in Amerika binnendringt, dan is er nog steeds die koppige 0,3 procent die zich er niet door laat meeslepen. Dat klinkt als weinig, maar alleen al in de VS zouden dat ongeveer negentigduizend mensen zijn. Zelfs het dodelijkste virus wordt niet honderd procent van de mensen fataal.'

'Een virus?' zei meneer Mead. 'Zie jij het zo?'

'Soms.'

'Je vergist je, Edwin. Dat boek is geen virus. Het is precies wat het beweert te zijn: een panacee. Niemand werd gedwongen om *Wat op de berg tot mij kwam* te lezen. Iedereen koos ervoor. Zo werkt de markt. Het was een combinatie van vrije wil, het kudde-instinct, en de eeuwige aantrekkingskracht van de snelle oplossing. Virus? Nee. Het is geen virus. Het is veel erger dan dat, Edwin. Het is een remedie. Een die ons verlost van onze moderne smarten; een remedie voor al onze problemen, echte en vermeende. Het grappige is dat mensen zoals jij en ik misschien stilletjes wel een beetje verliefd waren op het onbehagen. Het is geen virus, Edwin. Het is een recept. Het enige probleem is dat het middel erger is dan de kwaal. O, en Edwin, pas op met wat je voor jezelf wenst...' Hij wilde een slok nemen en zag dat het glas al leeg was. 'Pas op met wat je je wenst.'

'Ik moet 'es opstappen, meneer.'

'Ja, vooruit dan maar. Vreselijk om je te zien gaan, Edwin, maar ik begrijp het. De lol van hier werken is er een beetje af. May Weatherhill heeft vanmorgen ook haar ontslag genomen. Ze is in haar kantoor, aan het inpakken. Loop wel even bij haar binnen voordat je hier de deur uit gaat. Ze vroeg naar je.'

Edwin aarzelde. 'Voor ik opstap, meneer, wil ik u om een gunst vragen.'

'May weg. Jij weg. Nigel weg; god mag weten waar die nu uithangt. Alleen nog ik en Ned van de boekhouding beneden. Alle anderen zijn weg, allang weg. De rest van het werk wordt door vrijwilligers gedaan. Zie je het voor je?' Meneer Mead lachte hard, een spottende blaf. 'Mensen die zich aan de boodschap van Tupak Soiree wijden hebben over de hele linie vrijwillig hun diensten aangeboden. Vormgeving, opmaak, distributie. Ze werken gratis, alleen om het woord te verspreiden. Dus we strijken niet alleen de grootste winsten op uit ons zestigjarig bestaan, we hoeven ook nog eens niemand te betalen. Is dat geen giller? Herinner je je Stephen? De stagiair? Ik gaf hem een schop omhoog, maakte hem hoofd van onze afdeling sciencefiction, maar hij neemt binnen een week ontslag. Hing dat domme visbordje op; god, wat heb ik daar de pest aan.

Waarom kunnen ze niet gewoon opstappen. Waarom dat gekunstelde afscheid? Maar goed, Stephen stapt op, hangt dat bordje met "Ben vissen" op en toen, twee dagen later, verschijnt hij hier weer; als vrijwilliger. Hij doet hetzelfde werk als eerst, maar nu doet hij het gratis! Zie je het voor je? De halvezool.'

'En waarom Ned? Waarom is hij hier nog?'

'Ned? Van de boekhouding? Het blijkt dat hij écht geniet van cijfers optellen. Hij zegt dat zijn "gelukzaligheid" in het doen van de financiële administratie ligt. Kan mij wat donderen, ik houd hem op de loonlijst.' Meneer Mead kwam overeind en deed weer lukraak een greep in de drankkast. 'Meer gin?'

'Nee, kan niet. Ik moet May nog te pakken krijgen voordat ze weg is. Maar ik wil u een gunst vragen.'

'Wat je maar wilt. Laat 'es horen.'

'U noemde zo-even de reusachtige winsten, de enorme reserves en de lage overheadkosten van Panderic. In aanmerking genomen dat ík grotendeels verantwoordelijk ben voor Panderics huidige financiële overschot, vroeg ik me af of… nou ja, of er niet eventueel een eenmalige ontslaguitkering aan mij verleend kon worden. Om me te helpen bij een nieuwe start, ergens anders.'

'Een bonus?'

'Ja, een soort afscheidsregeling. U weet wel, in het licht van alles wat ik gedaan heb voor Panderic.'

'Wat?! Ben je gek? Het geld groeit me toevallig niet op de rug. Heb ik je niet pas vorig jaar een Zippo-aansteker gegeven? Zeg 'es? Ondankbaar loeder dat je bent. Donder hier op, ik word doodziek van je.'

Edwin zuchtte. 'Ja, meneer.'

Ik had echt moeten kiezen voor 'braakmiddel' en een ruk aan zijn paardenstaart, dacht Edwin toen hij de kamer verliet.

Hoofdstuk 40

May was inderdaad haar spullen aan het inpakken. Overal stonden kartonnen dozen; op haar bureau, op haar archiefkast. De foto's van haar kat waren van de muur gehaald en haar varens stonden in dozen op de grond.

'Edwin,' zei ze, opkijkend. 'Ik ben blij dat je langskomt. Ik wilde afscheid van je nemen.'

Maar Edwin was niet gekomen voor een afscheid; hij was gekomen om haar in zijn armen te nemen en weg te dragen. Hij was gekomen als Conan van de Hokjes.

'Nee,' zei hij. 'Niks afscheid.' Edwin haalde diep adem en toen, met een duizelig gevoel van de zenuwen, nam hij de hoge duik vanaf de top van het steile klif. 'Laten we samen weggaan, May. Alleen met jou wil ik leven. Ik heb je niets te bieden. Ik heb geen baan, geen geld. Mijn toekomst ziet er somber uit, mijn duim is gespalkt, en ik ben al twee dagen niet in bad geweest. De maffia heeft geprobeerd me te vermoorden en Jenni heeft me verlaten en al wat ik had meegenomen. Ik weet niet waarheen ik ga en wat ik ga doen, maar ik wil met jou leven, met jou alleen. Laten we er samen vandoor gaan, May.'

Ze draaide zich om en keek Edwin aan, keek echt naar hem, alsof ze hem voor het eerst zag. 'Daarvoor is het te laat,' zei ze heel zacht.

Edwin knikte. 'O.' Hierop viel een lange stilte. 'Weet je het zeker?' vroeg hij.

'Ja, Edwin. Het is te laat.'

Hij draaide zich verdrietig om, en anders dan Bogart had hij geen gevatte opmerking om mee af te monsteren, geen lichtvoetige, licht ironische afscheidsgroet om de scène mee te beëindigen.

'Het ga je goed, Edwin.'

'Wacht 'es effe!' Hij draaide zich plots weer naar haar om. 'Wacht verdomme 'es effe!'

'Edwin?'

'Je lippen,' schreeuwde hij. 'Waar zijn je lippen, verdikkeme, gebleven?'

'Mijn lippen?'

'Die dikke, rode waslippen van je. Waar zijn ze? En… je ogen! Waar is de droefheid. Waar is de melancholieke wijsheid die er altijd in lag? Waar is de mascara? Waar is de oogschaduw? *En waar zijn je lippen, verdomme?*' En toen, zachter, terwijl een heel akelig gevoel hem bekroop, vroeg hij: 'Wie ben jij en wat heb je met May gedaan?'

'Edwin,' zei ze met kalme, sussende stem en een vreemde serene blik in haar ogen. 'Make-up is slechts een sluier, en ik ben de behoefte aan sluiers ontgroeid. Ik geef mezelf eindelijk toestemming om mezelf te zijn.'

Edwin wankelde achteruit, zijn vinger priemde in de lucht en zijn mond was verwrongen als van iemand in *The Invasion of the Body Snatchers.* 'Je… je hebt dat boek gelezen!'

'Edwin, ik ben nu gelukkig. Eindelijk heb ik geleerd om vrede met mezelf te hebben. Mijn hele leven leek wel een rommeltje en nu heb ik een balans gevonden. Ik heb mijn geluk veroverd.'

'Nee,' zei hij, en door de manier waarop hij dit zei was duidelijk dat hij de hemelen zelf als getuige aanriep, 'ik weiger om dit te laten gebeuren. Niet met jou.'

'Leef, koester, leer,' zei ze.

'*Nooit!!*'

Hij greep haar bij de schouders en duwde haar het kantoor uit en een lift in.

'Waar gaan we heen?' vroeg ze met rustige, onbekommerde stem, terwijl ze toch ontvoerd werd.

'Dit ben je me verplicht, May. Je bent me dit ene, laatste ogenblik samen verplicht. Eén laatste kans.'

De lift stopte op de begane grond. Edwin duwde May ijlings door de hal en de straat op, waar hij uitzinnig zwaaiend een taxi aanhield.

'Edwin er valt niets meer te zeggen. Jouw woorden kunnen geen effect op mij hebben, want ik ben nu op een punt dat woorden overstijgt.'

Niettemin trok Edwin haar in de taxi en gaf de chauffeur opdracht de stad te verlaten – 'ontsnappen' is hoe hij het formuleerde. Ze spoten weg, langs de haven en daarna omhoog over de Callaghan Bovenkruising. Het was een lange rit, uitgezeten in stilte en met het deprimerende gevoel dat het eindspel was begonnen.

'Edwin,' zei ze zacht. 'Kijk. De zee. Ze heeft de lucht gevangen en nu is het blauw helderder.'

'Op deze kust spoelen voortdurend condooms en gebruikte naalden aan,' zei Edwin.

'En het reuzenrad. Zie je het reuzenrad? In Candle Island Park? Zie je hoe het tegen de lucht afsteekt, daar verderop? Kijk eens hoe mooi het is.'

'Dat ding is verroest en versleten, May. En Candle Island is protserig en kitsch en het barst er van de goedkope prullaria en kleine sjacheraars. De wereld glinstert niet van betovering, May. Ze glinstert van droefenis.'

Ze keek uit het raampje naar het pretpark dat rechts van haar voorbij gleed. 'Als kind ging ik daarheen,' zei ze. 'Met mijn vader. Dan kocht hij een suikerspin, roze, met draden als gesponnen zijde. Het smolt in je mond, nog terwijl je erin hapte.' Opeens, Edwin aankijkend, zei ze: 'Ik mis hem, mijn vader. Soms vraag ik me af waar hij is. En dan moet ik denken aan de suikerspin die altijd als het ware verdwijnt op je tong.'

De hekken van Candle Island zoefden voorbij en May zag iets verschrikkelijks. Zo verschrikkelijk dat ze er vol ongeloof naar staaroogde. De hekken zaten dicht met een ketting en een hangslot. Er hing een bordje met SPEELTUIN GESLOTEN op. Het rukte May zowat uit haar gelukzaligheid. 'Wanneer…?' zei ze.

'Vorige week,' zei Edwin. 'Ze hebben het zonder afscheidstoespraak dichtgegooid. Blijkt dat gelukkige mensen geen behoefte hebben aan goedkope spanning en ordinair vermaak. Gelukkige mensen hoeven niet verblind te worden door lichtjes of de mallemolen. Ze hoeven niet met de dood te flirten of pijltjes te gooien om een met zaagsel gevuld speelgoedbeest te winnen.'

May zei niets. Ze sloot haar ogen, sloot ze zo hard dat zich tranen begonnen te vormen, en ze dacht aan de suikerspin en aan de vergankelijkheid van de hap gesponnen suiker, zacht op de tong, zich oplossend in een herinnering. 'Ik ben gelukkig,' zei ze. 'Ik ben gelukkig. Ik ben zo ontzettend gelukkig.'

Edwin liet de chauffeur stoppen bij het eerste het beste motel dat ze konden vinden. Dat had enige voeten in de aarde. Het merendeel van de wat sjofeler etablissementen was inmiddels dichtgespijkerd en zonk weg in verwaarlozing en een wirwar van onkruid. Maar het Bluebird Motel was nog open: een lange, lage rij deuren aan een oprit met grind. Er hing een verbleekt bord waar KLEU-RENTELEVISIE op stond en pal daaronder nog een dat in blauwe letters waar ijspegels aan hingen reclame maakte voor de AIRCONDITIONING in het motel. Vijfentwintig jaar geleden was het bord een lichtend baken van moderniteit geweest, nu was het even antiek als een grotschildering uit het Paleolithicum. Kleurentelevisie? Was er dan ooit een tijd dat televisie niet in kleur was?

De taxi reed knerpend over het grind en toen hij tot stilstand kwam voor het motelkantoor, volgde er een pijnlijk moment.

'Dat is dan 71,50 dollar. Met de fooi mee tachtig,' zei de chauffeur, een donkere, gedrongen man die duidelijk niet het hoofdstuk van Tupak Soiree had gelezen dat handelde over de geestelijke armoe van het anderen om geld vragen.

Edwin schraapte zijn keel. 'Kan ik bij u misschien ook met Diner's Card afrekenen? Nee?' Edwin keek May schaapachtig aan; het Conangevoel begon hem een pietsie in de steek te laten.

Ondanks haar pas gevonden gelukzaligheid lachte May om Edwins verzoek, genoot ze van de absurditeit van de situatie. 'Even voor de goede orde,' zei ze. 'Je wilt dat ik voor mijn eigen ontvoering betaal?'

'Tja, ik zit een beetje krap bij kas.'

May diepte de contanten op en overhandigde ze aan de chauffeur. 'Leef, koester, leer,' zei ze charmant.

'Ja, hoor. Zal wel, dame.' (De taxichauffeur was al een echtgenote en vier gezinsleden kwijtgeraakt aan het Tupak Soireegeluk®, en hij stond niet bepaald menslievend tegenover gratuite gevatheden.)

Het deprogrammeren van May Weatherhill begon met een handvol chocola en een oprechte smeekbede. Edwin liet May, in een kamer opgesloten, meer dan een uur alleen achter. Bij terugkeer trof hij haar in kleermakerszit op de grond aan. Haar ademhaling volgde het ritme van de hartenklop van het universum. De kamer was van het type spaanplaten meubilair, tot op de draad versleten lakens en beschimmelde vloerbedekking. Mays meditatie leek hier even misplaatst als wanneer deze boven op een reuzenrad had plaatsgevonden.

'May!' schreeuwde Edwin, toen hij kwam binnenstormen. 'Het geld dat je me leende is niet verkwist. Zie je wat ik heb? Chocola, May. Niet voor je ziel, maar voor je heupen. Lege calorieën, May! Heerlijke, volkomen onnodige calorieën waarover je je schuldig gaat voelen. Dat is waar Amerika op leeft! Lege calorieën. Wij zijn een natie die zich staande houdt op lege calorieën.' Hij dumpte een armvol oude Marsrepen op het bed en daarna strooide hij bij wijze van Balinese huwelijksoffergave Smarties uit op de lakens. 'Maar wacht, er is meer!' Met een zwierig gebaar maakte hij een waaier van een verzameling glossy's. *Cosmo! Swirl! Women's Monthly Weekly!* Kijk 'es naar die oude nummers, May. Kijk naar alle dingen die er niet aan je deugen. Modetips, make-up, relaties. Op deze pagina staat een artikel over afslanken en – ha, ha! – meteen op de volgende staat een recept voor toffee-chocoladekwarktaart. Je kunt niet winnen, May! Is dat niet geweldig? Het is één stap voorwaarts, twee stappen terug. En kijk, voor mezelf heb ik sportbladen, zodat ik kan lezen over rijkere, snellere, sterkere mannen dan ikzelf die mijn jeugdfantasieën hebben waargemaakt. Je hoort het goed, ik kan me inbeelden dat ik zo'n archetypische IJzeren Hein ben, terwijl ik in werkelijkheid een kantoormannetje in een confectiepak ben. Ik ben niet belangrijk! Ik ben onbeduidend, May! Zie je het soort leegheid dat hier ligt, híér…' Hij sloeg met een vuist op zijn borst. 'Zie je alle mechanismen en noodoplossingen die we hebben gecreëerd? Zie je hoe we de symptomen stelpen, hoe we proberen om gebroken harten te repareren met goedkope pleisters? Dit is wie we zijn, May. Dit is de droefheid der dingen. *Mono-no-aware*, May. Dit is wat ons menselijk maakt: niet geluk, maar de droefheid die eronder ligt.

'Nee,' zei May. 'Ik aanvaard dat niet. Ik aanvaard niet dat dit is hoe de wereld moet zijn.'

'Da's dan pech!' schreeuwde Edwin. 'Want daar trekt de wereld zich niets van aan. We kunnen de realiteit niet wegwensen. We kunnen niet doodleuk afspreken om onze ogen te sluiten en onszelf vastklampen aan het idee dat ouderdom, dood en desillusie niet bestaan. Die bestaan, May. Of we dat leuk vinden of niet. Het leven is gewoon een opeenstapeling van rottige dingen, toch moeten we het ermee doen. We kunnen het ons niet veroorloven om erdoorheen te slaapwandelen, want we hebben maar één ronde te spelen. *Dum vivimus, vivamus!* "Laat ons het leven werkelijk leven, zolang wij leven." *Dum vivimus, vivamus.*'

Maar May was een van de weinige mensen die met Edwin kon afrekenen, klap voor klap, woord voor woord en ondoorgrondelijk begrip voor ondoorgrondelijk begrip. Ze pareerde zijn Latijn met een onvertaalbare term van haarzelf. '*Kekau*,' zei ze. 'Een Indonesisch woord. Het betekent "ontwaken uit een nachtmerrie". Maar wat hier gebeurt, Edwin, is iets volslagen anders. Wij ontwaken niet *uit* een nachtmerrie, maar *in* een droom. De wereld wordt eindelijk wakker. Wordt wakker in een droom. Een wonder-, wonderschone droom. Een droom even etherisch en even zoet als…' Ze stopte opeens.

'Als een suikerspin,' zei Edwin. 'Even mierzoet en even ijl als een suikerspin. Een wereld van gesponnen suiker. Zijn we daarin vervallen?'

'Niet vervallen,' zei ze. 'Erin losgelaten.'

Edwin smakte meer tijdschriften op het bed, het ene na het andere. 'Kijk. Ik vond een zootje oude roddelbladen over de sterren. Weet je nog wat dat is, roddelen? Nou, deze tijdschriften staan boordevol schandalen en hartverscheurende tragedies. Zo kunnen we, ook al gaat het om ons volslagen vreemden, medelijden én verontwaardiging voelen!'

Edwin slingerde een gehavend valies boven op de tijdschriften. Uit het valies klonk gerinkel van glas op glas. 'Ik heb whisky. Ik heb gin. Een beetje hasj. Een slof Lucky's. Zelfs' – met de behendigheid van een goochelaar toverde hij een metalen kokertje te voorschijn – 'lipstick.'

Maar inmiddels zag hij er steeds minder uit als een illusionist en steeds meer als een colporteur die niet meer wist hoe hij zijn waren aan de man moest brengen. Impulsief greep hij het kleine bordje dat op de televisie stond. 'Ha, ha!' zei hij, en inmiddels werden zijn ha ha's merkbaar geforceerd. 'Wat hebben we hier? Porno! Kanaal 13. Huisfilms, May. Nu kunnen we zelfs op het intiemste niveau afgeleid leven. We kunnen betalen om vreemden in tien minuten meer lol te zien hebben dan wij in ons hele leven zullen meemaken!' Hij draaide de knop op de middengolf, en zette de televisie op het betaalkanaal. Er verscheen een flikkerend beeld waarin te veel groen zat. 'Porno, May! Mensen die mensen gebruiken. Daar draait het hele leven om.'

Op het scherm zaten een stralende jonge vrouw en een man met een krullenbol, beiden in een wit badjasje, blij naar de camera te lachen. 'Moet je opletten,' kraaide Edwin. 'Zo dadelijk gaan die twee acrobatische, volslagen ongeïnspireerde seks met elkaar bedrijven.'

'In dit programma,' klonk de stem van de omroeper, 'bespreken voormalige pornofilmsterren hun intiemste gevoelens.'

'Wat?' Edwin snakte zowat naar adem van ongeloof. 'Voormalige pornosterren. Voormálige?'

Het meisje op het scherm zwiepte haar lange blonde haar naar achteren – door de slechte ontvangst leek het moerassig groen – en zei: 'Ik las Tupaks boek voor het eerst op de set, tijdens de opnamen van mijn laatste film, een vervolg op *De Kanonnen van Ma Verone*. En toen dacht ik: Hé, die man heeft het echt ergens over –'

'Nee!' schreeuwde Edwin. 'Niet kletsen. In je nakie, jij!'

De jonge man deed met een gelukzalige glimlach op zijn gezicht ook een duit in het zakje: 'Mijn laatste film, waarin ik de hoofdrol speelde, heette *Harry's Potten* en hoewel ik dacht dat hij wel degelijk artistieke waarde had, voelde ik toch –'

'Voelen?!' schreeuwde Edwin. 'Niets voelen! Niets denken! Dóén! Gewoon doen!' Edwin maaide almaar wilder met zijn armen. 'Jullie maken de platte menselijke geilheid te schande, jullie allebei! Jullie moesten je schamen om je gezicht in het openbaar te vertonen.'

May, wier meditatie en gelukzaligheid nu helemaal verstoord waren, ging staan, streek haar eenvoudige, blauwe rok glad – de 'laat-maar-waaien'-rok die ze vanmorgen uit haar kast had gepakt, omdat hij voor het grijpen hing – en zei: 'Ik ga nu, Edwin. Ik heb je je laatste ogenblik gegeven en dat was een vergissing. Behalve oude tijdschriften en verschaalde sigarettenrook heb je me niets te bieden. Dit' – met een armgebaar omvatte ze de kamer, de flikkerende televisie en de offergaven op het bed – 'is het weer van gisteren. Dat heb ik achter me gelaten. Ik ben veranderd, Edwin. De wereld is veranderd. Een nieuwe dageraad breekt aan.'

'Een nieuwe dageraad? En wat voor een wereld zal dat worden? Een wereld zonder ziel. Een wereld waarin niet wordt gelachen. Niet écht gelachen. Het soort lachen waarvan je hart pijn doet en je ogen gaan tranen. In de hemel lacht niemand, May. En in het paradijs evenmin. Koersen we daarop af? Een wereld die is vergeten hoe dróéf echt lachen is. Tranen en lachen, May. Twee kanten van dezelfde medaille. Je kunt ze niet van elkaar losmaken. *Nemo saltat sobrius!* "Niemand die nuchter is gaat zomaar dansen." James Boswell schreef dat. En dit gold in de achttiende eeuw en dat geldt nu nog even hard. We hebben onze ondeugden nodig. We hebben onze pluizige suikerspin nodig, omdat het leven droef en kort en veel te snel voorbij ís. Waarom besteden we zoveel tijd aan het prutsen aan onze identiteit? Waarom worden we zo gefascineerd door trivialiteiten? Omdat deze kleine, onbenullige dingen zo belangrijk zijn.'

May luisterde niet langer, en Edwin had evengoed met zijn eigen schaduw kunnen argumenteren. (Wat hij in zekere zin ook deed.)

'May, ik weet niet wat de zin van het leven is, maar dít weet ik wel: de belangrijkste twee zinnen in de menselijke taal zijn "Als ik maar" en "Misschien op een dag". Onze vergissingen in het verleden en onze nog onvervulde verlangens. De dingen die we betreuren en de dingen waarnaar we hunkeren. Dat maakt ons tot wat we zijn.'

Hij wachtte op een reactie. Hij wachtte op een sprankje hoop. Tevergeefs.

'Ik heb medelijden met je, Edwin.' Ze deed de deur van de ketting, stapte naar buiten en liep weg, het zonlicht en de gelukzaligheid in.

Edwin zeeg neer op zijn met ondeugden bestrooide bed, wanhopig en verslagen. Was hij maar op het idee gekomen om haar achterna te rennen, was hij maar op het idee gekomen om haar nog één keer om te draaien en te kussen, gewoon nog één keer. Hier wachtte ze op. Ze wachtte erop en ze zou hem niet hebben weggeduwd, niet nu. Nooit. Naar alle waarschijnlijkheid zou ze hem terug hebben gekust, hard en wanhopig, zoals iemand die verdrinkt naar lucht hapt. Maar weten zullen we dat nooit.

We zullen het nooit weten, omdat Edwin haar liet gaan. Hij liet haar vertrekken. Hij liet haar een taxi bellen. Hij liet haar in de warme herfstzon alleen aan de kant van de weg staan, met gesloten ogen; wachtend. Wachtend op iets; wachtend op iemand.

Hoofdstuk 41

In het Bluebird Motel was er op de televisie een vertrouwd gezicht verschenen. Een gezicht uit Edwins verleden, en Edwin zat er stomverbaasd naar te kijken. Rory de Schoonmaker (alias Rory het Financiële Genie) verscheen via de satelliet op 'Het Tupak Soireekanaal: een en al geluk®, non-stop!' (Voorheen: 'Het hete, natte seksnet: een en al seks, non-stop!' De presentator was een aimabele man met gelukkige, doodse ogen en een weke, bijna apathische glimlach.

'Meneer Wilhacker... of mag ik Rory zeggen?'

Edwins maag draaide om van deze eerbiedigheid. 'Bedrieger!' brulde hij naar het scherm. 'Bedrieger!'

Rory zette zijn mening uiteen over de huidige economische ellende in het land, die hij niet als een catastrofe zag maar veeleer als een 'herordening'.

'Iedere crisis draagt de zaden van nieuwe mogelijkheden in zich,' zei Rory bedaard. 'We bevinden ons midden in een grote omwenteling. We zijn getuige van een bepalend keerpunt in de wereldgeschiedenis, een dat het belang van de Industriële Revolutie overtreft. Uit deze grote omwenteling, uit deze grote verstoring, zal een nieuwe economische orde ontspruiten, zoals er na zware regenval bloemen ontluiken.'

'Of paddenstoelen,' gilde Edwin. 'Op stinkende koeienstront groeiende giftige schimmels!'

'Nou, nou, nou, nou, nou,' merkte de presentator afkeurend op. 'De werkloosheid is omhooggeschoten, 's lands schatkist is leeg, en het economische landschap ligt bezaaid met de lijken van eens belangrijke industrieën –'

'Ahh.' Rory hief een vinger. 'Ik maak bezwaar tegen het woord "belangrijk". De industrieën die recentelijk zijn gesneefd verdienden het om te verdwijnen. Geld is nooit neutraal, tenslotte.' (Edwin herkende dit onmiddellijk als een rechtstreeks uit het boek geplukt aforisme.) 'Geld is geankerd in moraliteit. Het kan moreel of immoreel zijn, maar nooit neutraal zonder meer. Eens was de slavenhandel een bruisende, dynamische industrie. Moeten we haar ondergang ook betreuren? Behoorde de slavenhandel niet ook tot de "grote" industrieën, zuiver economisch gezien? Immorele industrieën verdienen het om te sterven, of het nu om tabak, alcohol of mode gaat. Er rijpt een nieuwe realiteit, een die niet is gebaseerd op hebzucht en verleiding maar op liefde. Ons streven moet nu zijn om rijkdom voort te brengen dóór menselijk geluk, en niet omgekeerd. Dat was altijd de fatale fout: we probeerden geluk te veroveren door geld te gebruiken, terwijl we precies het omgekeerde hadden moeten doen. We dachten dat het ophopen van steeds meer dingen, het vergaren van steeds meer materiële rijkdommen zin aan ons leven zou geven. Dat is in ons bestaan altijd de cruciale vergissing geweest.'

'Je hebt het over het einde van de verleiding. Bedoel je dat in de bijbelse betekenis? Maken we misschien de lessen van de Hof van Eden goed? Keren we misschien terug naar een oceanische staat, een staat van genade zoals die voorafgaand aan de zondeval bestond? (De interviewer was een voormalige katholieke bisschop die 'zijn geluk volgde' en in de omroep was getreden.)

'Zonde?' zei Rory. 'Wat is dat wat u zonde noemt? Voor mij is zonde niet meer dan een symptoom van een leven dat uit balans is. Da's alles. De gevolgen van zonde mogen dan verschrikkelijk zijn, maar de zonde zelf bestaat slechts door gebrek aan inzicht. Als we het goede kennen, als we waarlijk inzicht hebben in wat goed is, dan moeten we de juiste keuze maken. De moréle keuze. In deze zin is verleiding – zowel op economisch als op persoonlijk vlak – een heel wezenlijke uitdaging. Laat me een voorbeeld noemen. Ooit was ik onderhoudstechnicus in een grote kantorenflat, en op een beslissend moment bevond ik mijzelf in de positie dat ik een bepaald iemand kon pletten – iemand die ik al heel lang verachtte.'

'Wanneer je pletten zegt, bedoel je dat figuurlijk?'

'Nee, hoor. Ik had hem letterlijk kunnen pletten. Hij bevond zich in mijn vuilniscompressor, wat, het moet gezegd, tegen de veiligheidsvoorschriften was. Ik had maar op één knop hoeven drukken en hij was er geweest.'

Het werd Edwin koud om het hart.

De presentator lachte. 'Kwam je in de verleiding?'

Rory glimlachte datzelfde minzame glimlachje als toen hij 'Ik heb je altijd gehaat' tegen Edwin zei. 'O, de verleiding was heel groot,' antwoordde hij. 'Sterker nog, ik heb een munt opgegooid en dat werd kop. Dus liet ik hem leven.'

Edwin slikte hard, kreeg het koude zweet op zijn rug. Kruis of munt? Dat had de beslissing bepaald? Rory maakte vast gekkigheid. Het moest gekkigheid zijn.

'Ik maak geen gekkigheid,' zei Rory. 'Maar het leerde me een belangrijke les. Morele beslissingen – en het economisch beleid dat daaruit volgt – moet men niet aan het toeval overlaten. Met de ziel wordt niet meer getost.'

Bij deze banale opmerking knikte de presentator alsof Rory het mysterie van de relativiteit had opgelost. 'Briljant,' zei hij. 'Absoluut briljant. Nu heb ik begrepen dat het Witte Huis vreselijk in de rats zit over onze huidige economische herordening. Hebben ze contact met u gezocht, wellicht om uw hulp of advies gevraagd?' (De presentator legde er zo dik bovenop waar hij heen wilde dat duidelijk was dat hij het antwoord al kende.)

'Ja. Toevallig belde de privésecretaris van de president me vanmorgen. "Meneer Wilhacker," zei hij, "we hebben uw hulp nodig."'

Edwin keek ernaar met dezelfde morbide fascinatie als waarmee men een dreigende autobotsing gadeslaat. Was dit echt? Stond Rory P. Wilhacker (alias Jimbo, alias de Schoonmaker uit de Hel) werkelijk in de startblokken om persoonlijk adviseur van de president van de Verenigde Staten te worden? Ging Rory P. Wilhacker straks het Witte Huis dicteren welke economische politiek er gevoerd moest worden?

Ze begonnen telefoontjes aan te nemen.

'We hebben Juffrouw Sterrenlicht uit Boise, Idaho aan de lijn. Zeg het maar.'

Het was de ene walgelijke, dweperige lofzang na de andere. Beller na beller wenste Rory een rustig hart en een vaste hand. Of misschien ook wel het omgekeerde. Niet dat het ertoe deed; de boodschap was het medium geworden, en het medium één lange, bedwelmende ruis. Edwin voelde de verdoving toeslaan in zijn hersenen...

Maar toen opeens, het kwam als een koude windstoot, begon één beller beledigingen en logica naar de gast te schreeuwen. Even daarvoor had de Grote Rory de vrije onderneming voor dood verklaard en hij wierp juist zijn licht op de rond micro-coöperaties op buurtniveau georganiseerde economie van de toekomst.

'Dit is erger dan absurd,' schreeuwde de beller, bars van stem en sterk van geest. 'Dit staat zichzelf in de weg! Meneer Wilhacker wil ons doen geloven dat we een land kunnen worden dat zijn rijkdom genereert op basis van het doen van elkaars vuile was en het overnachten in elkaars pensionnetjes. Is dit hele land onder verdoving? Beseft u dat de wetenschap nu stilstaat? Kan het u wel wat schelen? Medische vooruitgang. Research. Observaties. Er komt spiritueel new-agegebazel voor in de plaats. Onze hogescholen en universiteiten staan leeg, net zoals onze hoofden leeg zijn. Kennis, kunst, literatuur, men doet er niet meer aan. In dit land wordt het debat niet meer gevoerd, omdat er geen meningsverschil meer bestaat. We zijn vervallen tot de warhoofdige middelmaat, en u noemt dat vooruitgang? Dit is geen stap voorwaarts, dit is een stap achteruit! En die charlatan, die goeroe van jullie, Tupak Soiree, dat is de grootste zwendelaar die ooit zijn placebo-een-fijn-gevoel-gevende waren heeft uitgevent op de markt van publieke stompzinnigheid en hoe sneller we –'

Maar nu was het welletjes. De presentator kapte de man af. 'Bedankt voor het bellen, meneer Randi. Vrede, liefde en een rustig gemoed zij met u.' Hij glimlachte warm. 'En waag het niet nog eens naar ons te bellen, jij miserabele scepticus.'

'*Credo quia absurdum,*' zei Edwin. '"Ik geloof het omdat het absurd is."' Dit was het motto van iedere grote religie, de strijdleus van de new age, de hymne van de hele zelfhulpbeweging. En nu werd het in rap tempo eveneens het motto van de Verenigde Staten van Amerika. *Credo quia absurdum.* Een middeleeuws theologisch credo was nieuw leven ingeblazen. Randi had gelijk: dit was een stap terug. Een sprong terug. De laatste vijfhonderd jaar in de ontwikkeling, de vooruitgang en het denken; de Renaissance, de Verlichting, de harde lessen die waren geleerd uit de ideologische oorlogen van de twintigste eeuw; het zegevieren over dogmatiek; de grote vooruitgang in gezondheid en geneeskunde; het stond allemaal op het punt om weggevaagd te worden. De menselijke natuur op haar best was altijd gebaseerd geweest op een diepe, heroïsche rusteloosheid, op iets willen – iets anders, iets *meer*, of dat nu ware liefde was of een kijkje net achter de horizon. Het was de belofte van geluk, niet het feitelijk verwerven ervan, die het hele mechanisme had aangedreven, de dwaasheid en de glorie van wie we zijn. *De dwaasheid en de glorie*: die twee sloten elkaar niet uit. Verre van.

En nu dit: Rory P. Wilhacker, in flikkerende schakeringen groen en blauw, die de natie het licht weleens brengen zou. Rory was ervoor gaan zitten in zijn makkelijke stoel, om vol vuur te beginnen aan een breedvoerig, langdradig verhaal over de toekomst van geld. Veel ervan kwam woord voor woord uit het boek van Tupak Soiree. ('Men moet begrijpen dat heel de monetaire theorie zich baseert op een fundamenteel verkeerd uitgangspunt, want zij poogt de veranderlijkheid van beweging vast te leggen in de geometrie van getallen. Geld is voortdurend in beweging, het is energie noch materie, maar iets ertussenin. Er formules aan toekennen is hetzelfde als proberen een filmfoto te maken van een cheetah in volle vaart. De bewéging zie je er dan niet meer in terug.') Andere juweeltjes kwamen uit enkele door Panderic uitgegeven, door andere auteurs geschreven follow-ups, met name uit *De nieuwe economie: geld en geldwezen – de Tupak Soireemethode!* ('Ik heb de toekomst gezien, en de toekomst is kleinschalig. Kleinschalig en sterk. We zien een diepgaande verandering optreden. Oude, ouderwetse ideeën over de corporatie versus de consument worden de rug toegekeerd. We zijn nu een tijdperk binnengegaan van micro-economie en zelfbedruipende coöperaties; een perfect mengsel van kapitalisme en altruïsme.')

En het ging maar door. Een narcotisch web van woorden dat de luisteraar eerst in een staat van aanvaarding deed wegzakken en daarna deed capituleren. Misschien bestond de structurele verandering in het gedrag van de mensen echt. Misschien wás dit het einde van de oude orde. Misschien had Tupak Soiree gelijk. Misschien – Edwin schudde zijn hoofd om helder te worden. *Godverdegodver, nee.* Hij strompelde naar het toilet, gooide water in zijn gezicht, bekeek zichzelf in de spiegel – gebroken en vergeeld (zowel de spiegel als zijn gezicht) – en met koppige overtuiging herhaalde hij het enige waarvan hij met zekerheid wist dat het waar was: 'Tupak Soiree is een bedrieger. Ik plukte zijn verwarde, wijdlopige manuscript van de baggerhoop en ik maakte hem tot wie hij nu is. Zonder mij zou Tupak Soiree niet bestaan.' Edwin keek naar het gezicht in de spiegel en de betekenis van die laatste zin implodeerde binnen in hem, ontplofte naar binnen toe met een gevoel van schuld en wanhoop. 'Zonder mij zou Tupak Soiree niet bestaan.'

En opeens hoorde hij vanuit de kamer gelach komen. Het was een bekend zangerig lachje. Met een schok keerde Edwin terug in het hier en nu.

'Een heilige? O, nee, nee,' zei de stem. 'Zeker geen heilige. Mijn prestaties zijn uiterst bescheiden. Ik ben een bescheiden mens met bescheiden middelen.'

Het was Tupak Soiree in hoogsteigen persoon, vol kokette bescheidenheid en flirtende giechellachjes. Het was Tupak. De baarlijke duivel. Edwin haastte zich terug de kamer in, ging op het bed zitten en keek walgend in stilte toe hoe de architect van de ondergang glimlachte en lachte en schaamteloos flirtte met het publiek – dat enorm grote televisiekijkende publiek dat op ditzelfde moment werd onderworpen aan de macht van Tupak Soirees al te gemakkelijke antwoorden en schattige opmerkinkjes.

Tupak had gewonnen. En nu verlustigde hij zich.

Erger nog, op ditzelfde moment vloog Edwins vrouw naar Tupak Soirees spiritueel centrum ergens hoog in de besneeuwde bergen in het hart van Amerika. Edwins geld was ondertussen onderweg naar Soirees overdreven dikke bankrekening. Tupak Soiree had Edwin alles afgenomen: zijn vrouw, zijn rijkdom, zijn carrière, zijn toekomst. Daarmee had Edwin kunnen leven. Maar Tupak Soiree – een door Edwin zelf losgelaten monster – had ook May Weatherhill vernietigd, had het leven en de droefheid uit haar gezogen, had van haar een leeg en uitzonderlijk oninteressant mens gemaakt. Daarvoor zou Tupak Soiree moeten boeten.

En zo gebeurde het dat – terwijl Zijne Koninklijke Weldoorvoedheid zich door het zoveelste interview heen giebelde en miljoenen televisiekijkers hier met onopgesmukte liefde naar keken – Edwin de Valu een gedachte voor de geest kwam. Dit gebeurde zo makkelijk en zo snel dat het bijna leek alsof de gedachte een uitkristallisatie was van reeds aanwezige substanties, alsof de gedachte er altijd was geweest en wachtte tot Edwin haar zou herkennen. Het was één enkele gedachte, zo mooi, zo zuiver, zo heroïsch, dat Edwin van vreugde bijna zijn handen hemelwaarts hief.

'Tupak Soiree moet sterven.' Dat was het. Dat was het perfecte platonische ideaal; het ene dwingende idee dat ontstond in het hoofd van een radeloze ex-editor in een sjofel motel aan deze kant van het Candle Island Pretpark: *May moet gewroken worden. Tupak Soiree moet sterven.*

Hoofdstuk 42

Vooravond, bij de haven. Edwin en het Serpent.

'Jij wilt hem dood, dan is hij dood. Zo simpel ligt dat.'

'En hoeveel zou dit… wat reken je om zoiets te doen? Om hem te doden.'

'Vijftig. Dertig nu en twintig na afloop.'

Sedert lange tijd was het bij Panderic Inc. een publiek geheim dat Léon Mead een onbekend bedrag aan baar geld beschikbaar hield voor het geval hij ooit gedwongen werd het land te ontvluchten. Iedereen wist ook dat meneer Mead al jaren Panderics pensioenfonds afroomde en met dit geheime 'inkomen' buitenlandse rekeningen spekte in diverse onbeduidende landen.

Edwin de Valu was nu gekomen om iets van dat zoekgeraakte geld terug te halen; tenslotte kwam een groot deel ervan uit Edwins eigen pensioenfonds. Edwin arriveerde toen het begon te schemeren, toen de nachtwaker mediteerde en de beveiligingsbeambten samen spekkies aten. En met een houding alsof hij echt iets in het gebouw te zoeken had, liep hij met energieke tred naar de liften. Ondanks zijn uiterlijke zelfverzekerdheid ging Edwins hart wild tekeer toen hij omhoogging naar de dertiende/veertiende verdieping en hij zich in de duistere gangen van Panderic Inc. begaf.

De deur van meneer Meads kantoor zat op slot, maar Edwin was hierop voorbereid geweest. De koevoet die hij in zijn mouw verborgen had, gleed moeiteloos in zijn hand. Eerst probeerde Edwin de deur open te wrikken, maar uiteindelijk gaf hij dat op en begon de deurknop tot overgave te beuken. De harde, doffe dreunen echoden door de afgeschoten hokjes. Met bezweet gezicht en trillende handen lukte het Edwin om het hout rondom de metalen behuizing te versplinteren en zo kon hij een paar vingers naar binnen wurmen om het slot met een klik te openen. De deur naar het kantoor van meneer Mead zwaaide open.

Soepel als een ocelot bewoog Edwin zich naar het mahoniehouten bureau, knipte de lamp aan en doorzocht de laden op iets wat eruitzag als een sleutel. Louwloene. Edwin had ook niet verwacht dat het zo makkelijk zou gaan. Nee. Hij moest zijn hersens gebruiken. Hij moest de afwezige meneer Mead te slim af zijn.

Iedereen wist waar de geheime brandkluis zich bevond; hij was verborgen achter een grote Warholprent van een soepblik, die direct naast het barmeubel van meneer Mead hing. (Het was geen echte Warhol maar een knappe vervalsing – het feit dat 'Campbell's' verkeerd was gespeld vormde hiervoor een eerste aanwijzing – wat ironisch genoeg de waarde alleen maar vergrootte. Blijkt dat er van originele Warhols dertien in een dozijn gaan, maar dat authentieke vervalsingen veel zeldzamer zijn.) Edwin haatte dat achterlijke blik soep en hij beschouwde het als een daad van vergelding om er zijn vuist doorheen te rammen. Maar wie zou hebben gedacht dat canvas zo onbuigzaam zou zijn? Hij sloeg en hij sloeg, maar meer dan enkele amper zichtbare, vuistgrote deuken kreeg hij er niet in; wat zo ongeveer de relatie samenvat tussen Edwins generatie en die van meneer Mead. Maar genoeg daarover. Genoeg over Warhol en Campbell's soep. Edwin had gewichtiger dingen te doen.

De brandkluis had een sleutel-gecontroleerd slot met tiptoetsen en tijdsvertraging. Dit betekende dat de kansen om erin te komen uiterst gering waren, indien men niet beschikte over een brander of een wachtwoord. Edwin wiste zich het zweet van het voorhoofd, zoog een stabiliserende teug lucht in en begon hardop te denken. 'Doordenk dit. Je kunt het. Je zult het 'em lappen.' Meneer Mead was iemand met een zeer beperkt brein. Hoe moeilijk kon het zijn om zijn code te kraken? 'Woodstock?' Edwin toetste de code in op de tiptoetsen, draaide de schijf en trok. Niets. 'Vrede.' 'Liefde.' 'Watergate.' 'LSD.' 'Che.' Niets. Edwin raakte rap door zijn baby-boomerverwijzingen heen. 'Verwaten.' 'Hoogdravend.' 'Overge-waardeerd.' Niets werkte. Wat kon het hem verrekken. Zou Edwins leven nog slechter kunnen lopen dan al het geval was? Toen de post vanmiddag eindelijk werd bezorgd (wegens personeelstekort was de postbestelling teruggebracht tot twee keer per week), had Edwin in de stapel een verkoopakte aangetroffen. Jenni bleek hun huis voor een schijntje verkocht te hebben en nu zou het een Regen-boog Inloopcentrum worden, wat dat ook wezen mocht. En om zout in de wonde te wrijven, had Edwin daarna een tweede, met madeliefjes opgefleurde envelop geopend. Hierin zat een dik pak juridische documenten, ingevuld met roze ballpoint en met een la-chebekje boven alle i's, alsook een boekje met de titel: *Met liefde scheiden: leren om te laten gaan en in bloei te komen staan* (Petje af voor die slimme woordspelingen) – *de Tupak Soireemethode.* En Edwin dacht: Fantastisch. Ik wordt geloosd door een spin-off.

Deze suikerzoete scheidingsprocedure en de wettelijk toegesta-ne diefstal van eigendom zaten Edwin zo dwars dat hij de razernij kon opbrengen om op de muurkluis in te hakken. Hij beukte met de koevoet op de draaischijf. Hij sloeg een scheur in de buitenkant, maar veel meer dan een trillende elleboog en stekende pijnen in zijn pols leverde dat niet op. 'Godverdegodver!' brulde hij. '"Jesus Christ Superstar!" "Eleanor Rigby!" "Tet-offensief!" Wat?' Hij tik-te wachtwoord na wachtwoord in en trok en trok. Niets.

'Probeer "postmoderne gevoeligheden",' zei meneer Mead.

Geschrokken draaide Edwin zich om, toen zijn vroegere baas de kamer in kwam. 'Shit,' zei Edwin.

'Is dat alles wat je ter verontschuldiging hebt aan te voeren? "Shit" en dat is het?' Meneer Mead bleef staan om een fotolijstje rechtop te zetten, dat Edwin had omgestoten toen hij het bureau doorzocht. 'Dus toen ik je geen bonus wilde geven, besloot jij om hem dan maar van me te komen stelen,' zei hij toen op bezonnen, sarcastische toon.

Edwin raapte de koevoet op en liet zich niet uit het veld slaan. 'Ik heb dat geld nodig, meneer Mead, en ik vertrek niet zonder. Ik verbouw u desnoods.'

'Een dreigement? Is dat een dreigement? Jij breekt in mijn kantoor in als een tweederangs inbreker uit een pulpdetective en je denkt dat jíj míj kunt bedreigen?'

Edwin had altijd verondersteld dat Léon Mead onder zijn vechtersbaasbravade eigenlijk een laffe leeuw was. Maar meneer Mead kwam zonder aarzelen met onwrikbare vastberadenheid op hem af. Edwin bracht de koevoet omhoog als een slagman tijdens een trainingssessie. Hoofd? Schouders? Knieschijf?'

'Meneer Mead, ik zweer het. Ik doe het. We zijn hier maar met z'n tweeën. Geen getuigen.'

'Precies,' zei meneer Mead, terwijl er een gespannen lachje rond zijn lippen speelde.

Edwin slikte, voelde dat de koevoet begon te glijden in zijn natte handpalmen.

En opeens, met een flits die zeer deed aan je ogen, baadde de kamer in het licht. Bij de deur stond een klein, verwilderd kijkend mannetje met zijn hand op de lichtschakelaar, dat schreeuwde 'Mij komt de wrake toe!'

Meneer Mead draaide zich om naar de indringer. 'Bob?' zei hij.

Het mannetje kwam een dramatische stap dichterbij en bracht een geweer aan zijn schouder, dat hij op meneer Mead richtte.

'Eigenlijk,' zei Edwin, 'geloof ik dat het als "Bubba" wordt uitgesproken.'

Dit haalde de man met het geweer even uit zijn concentratie. Hij keek naar het naamschildje op het voorpand van zijn overhemd. 'Wat? Dit?' zei hij. 'Dat is niet van mij. Die kleren heb ik gekregen van een…' – hij wilde 'vriend' zeggen, maar dat klonk niet goed – '…van een vroegere collega. Uit mijn gevangenistijd. Inderdaad, ík ben het! Doctor Robert Alastar. Beter bekend als Meneer Ethiek!'

'Ik dacht al dat ik u herkende!' zei Edwin. 'Op de boekfoto lijkt u forser.'

'Ja, nou, ik ben de laatste tijd erg afgevallen. De voedselnormen in de gemiddelde zwaar bewaakte gevangenis zijn rampzalig slecht. Dit terzijde, waar was ik? O, ja. Wraak! Wráák! Je hebt me verraden, Léon; je hebt me voor dood achtergelaten. En ik ben teruggekomen om je een verschrikkelijke straf aan te zeggen.' Hij kwam dichterbij en nam meneer Meads hoofd van korte afstand op de korrel.

Tot Edwins verbazing kromp meneer Mead niet ineen, dook hij niet weg, liet hij zich niet op zijn knieën vallen en smeekte hij evenmin om genade. Niets van dit al. Volkomen onaangedaan pakte hij een cigarillo uit de doos op zijn bureau, klapte een Zippo-aansteker open, stak op en inhaleerde diep en met klaarblijkelijk genoegen. 'Shklovsky, V.B. MK-47,' zei hij. 'Standaardwapen aan het front van Vladivostok. Schildwachten en gewapend personeel van het Rode Leger. Snelvuur, middelmatige vuurkracht. De laatste fabriek die de MK-47 produceerde stond aan de Afghaanse grens en werd in 1982 gesloten. Al snel daarna werden de geweren uit bedrijf genomen, omdat ze onbetrouwbaar werden geacht. Het is een antiquiteit die je daar hebt, Bob. Erger nog, een Sovjet-antiquiteit, oftewel je kunt tien tegen één inzetten dat het weigert of in je gezicht explodeert als je probeert om me ermee neer te schieten. Je hébt er toch wel mee proefgeschoten, hè, Bob?'

Meneer Ethiek kneep zijn ogen half dicht. 'Je bluft.'

'Ja?'

'Mij komt de wrake toe!' gilde Meneer Ethiek, terwijl hij de trekker met veel kracht overhaalde.

Het geweer ontplofte. De patroonkamer spatte uit elkaar en de knal verdoofde Meneer Ethiek. Metaalscherven vlogen door de kamer. Edwin verkeerde in shock. Meneer Ethiek wankelde door de enorme luchtverplaatsing.

'Zes jaar Tom Clancy, klootzak!' schaterlachte meneer Mead, terwijl de mislukte schutter versuft en met tuitende oren struikelde en viel.

Rustig en zonder een woord pakte meneer Mead vervolgens de koevoet uit Edwins handen. Hij ging weer op het blad van zijn bureau zitten en nam hoofdschuddend het erbarmelijke toneeltje in zich op: een klungelige inbraak door een verraderlijke oud-werknemer; een ontsnapte crimineel en ex-auteur die snikkend en met de handen over de oren geslagen over de grond rolde; en minstens vijfduizend dollar schade aan de lambrisering en de deurpost van zijn kantoor.

'Laten we maar met jou beginnen, Edwin. Je kwam hier om me te beroven. Waarom?'

Edwin, uitgeput en verslagen, zag geen reden tot liegen. 'Ik wilde een huurmoordenaar opdracht geven om Tupak Soiree te doden.'

'Is het heus? Laat 'es kijken of ik dit goed begrijp. Jij wilde míjn geld gebruiken om iemand in te huren die míjn best verkopende auteur moest vermoorden?'

'Inderdaad.'

'Tsjonge.' Meneer Mead legde de koevoet dwars over zijn dijen, zoals een leraar dat wel doet met een aanwijsstok. 'Nou, huur Bob dan maar niet in. Als moordenaar evenaart hij ongeveer zichzelf als belastingontduiker.'

Moeizaam ging Meneer Ethiek op zijn knieën zitten. Zijn handen lagen nog over zijn oren, maar het snikken was grotendeels tot bedaren gekomen. Zijn gezicht was nat van tranen van pijn en vruchteloze razernij. 'Dat jullie allemaal in de hel mogen branden, Léon!'

'Jij bent erin geslaagd om uit een zwaar bewaakte gevangenis te ontsnappen? Ik ben onder de indruk, Bob. Kun je me wel horen? Moet ik harder praten?'

'Ja, ja.' Hij klonk als een gebroken man. 'Ik kan je horen. Het is alleen… het is gewoon niet eerlijk. Nee.'

'Wederom een briljant inzicht van Meneer Ethiek,' zei meneer Mead. '"De wereld is niet eerlijk." Bravo. Ik wacht vol spanning op meer van zulks. Misschien is je opgevallen dat de kleur van de hemel, hoe ongelooflijk dat ook moge lijken, blauw is. Of dat objecten, wanneer je ze loslaat, doorgaans omlaag vallen. Of dat rijke mensen kunnen doen wat ze willen. Of dat politici doorgaans liegen. Of dat –'

'Genoeg,' zei Edwin zacht. 'U heeft gewonnen, dus bespaar ons die neerbuigendheid. U geniet ervan, dat is duidelijk.'

'O, ja,' zei meneer Mead. 'Zonder meer. Maar niet op de manier die jij veronderstelt. Nee, ik geniet hiervan, omdat het bewijst dat het niet allemaal koek en ei is in Jubelland. Het bewijst dat de wereld nog steeds een onaangenaam en smerig oord is. Zó hoort het ook te zijn: redacteuren die auteurs proberen te vermoorden, auteurs die uitgevers proberen te vermoorden. Ik vind het...' – hij zocht naar het woord, het juiste woord – '"inspirerend".'

Meneer Ethiek kwam traag overeind. 'Dus je gaat me niet aangeven?'

'Je aangeven? God, nee. Ik zou eerder nog zo'n dom Tupak Soireeboek lezen. Welnu, geef je nog steeds de voorkeur aan bleke cognac boven diepbruine brandy? Ja? Barbaar. Laat me eens even kijken.' Hij legde de koevoet opzij en begon in zijn drankkast te zoeken. 'Ah, ja. Olson's Own. De fijnste Noorse cognac uit de catacomben van Oslo. Wat zou je daarvan zeggen?' Edwin en Meneer Ethiek wierpen elkaar blikken toe. Elk probeerde de situatie in te schatten. Geen van beiden wilden ze de eerste zet doen.

'Ik hoef niets, dank u,' zei Edwin net iets te nonchalant. 'Denk dat ik 'em maar eens smeer. Jullie hebben vast een hoop bij te praten, hele verhalen. Misschien willen jullie wel stomdronken en sentimenteel worden. Ik zie jullie wel weer.' En, nog net niet fluitend en met zijn handen in zijn zakken, drentelde hij naar de deur.

'Niet zo snel,' zei meneer Mead, en Edwin verstijfde. 'Ga je me niet vertellen hoeveel?'

'Sorry?'

'Hoeveel ze willen hebben. Wat vragen ze?'

'Om Tupak Soiree te doden? De prijs die ze me noemden bedroeg vijftigduizend dollar. Helaas zit ik een beetje krap bij kas.'

Meneer Mead knikte. 'En denk je dat dit ethisch is wat je doet? Denk je dat het een juiste handelwijze is, dat een geliefd auteur op jouw bevel wordt koudgemaakt?'

'Tja, of dat ethisch is weet ik niet. Maar ik denk wel dat het juist is.' Edwin wist niet waar meneer Mead op aanstuurde.

'Waarom vragen we het niet aan de expert. Bob?'

Inmiddels zat Meneer Ethiek in elkaar gedoken en met beide handen om de mok gevouwen zijn cognac te drinken. Hij had de vraag niet gehoord. 'Wat zei je? Mijn oren tuiten nog.'

'Is het ethisch om Tupak Soiree te laten vermoorden?'

'Dat hangt ervan af,' zei Meneer Ethiek. Het kwam er traag uit, maar weldra begon hij de smaak van het onderwerp te pakken te krijgen. 'Het hangt ervan af of je het kantiaans of utilitair benaderd. Een "laat gerechtigheid geschieden, al vallen de hemelen naar beneden"-gezichtspunt versus "het grootste goed voor het grootste aantal." En meneer Soiree heeft stellig heel veel mensen van heel veel geluk® voorzien.'

Het bleef even stil terwijl ze dit overpeinsden.

'In dezen opteer ik voor Kant,' zei Edwin.

'Ik ook,' zei Meneer Ethiek. 'Laten we die klootzak vermoorden. Ik draag bij aan je huurmoordenaarsfonds. Ik heb…' – Hij doorzocht zijn zakken, haalde een handvol kleingeld te voorschijn, merendeels centen en dubbeltjes – 'negenentachtig cent. Nu lijkt dit een schamel bedrag, maar men dient iemands morele bijdrage in een juiste, proportionele context te plaatsen. Die negenentachtig cent is al wat ik bezit.'

'Laat 'es kijken,' zei Edwin, een hoofdrekensommetje makend, 'Dan komen we nog 49 999 dollar en tien cent te kort. Ik geloof dat ík hier nog ergens tien cent heb. En wat de rest aangaat… meneer Mead?'

Meneer Mead zei lange, lange tijd niets. En toen hij eindelijk sprak, stak hij van wal met een naar het scheen hem typerende onlogische redenering.

'Robert Lewis,' zei hij, en liet een lange stilte volgen. 'Robert Lewis. Zo heette de piloot die de *Enola Gay* vloog. Gezagvoerder Robert A. Lewis. Zo heette de man die de bom op Hiroshima liet vallen. Op 6 augustus 1945. En weten jullie wat zijn onmiddellijke reactie was? Weten jullie wat hij zei, toen hij het verblindende licht zag en de paddestoelwolk zag ontstaan? Hij zei: "Mijn god, wat hebben we gedaan?" En dat is wat ík nu voel. Ik gaf Tupak Soirees boek uit. Zodra het begon te lopen promootte ik het, ik herexploiteerde het en verkocht het in honderd verschillende vormen opnieuw. En het enige dat ik nu kan denken is: Mijn god, wat hebben we gedaan? Wat hebben we op deze wereld losgelaten? En nu vragen jullie me of ik me wil aansluiten bij jullie wraakzuchtige kruistocht tegen die man. Jullie vragen me of ik wil helpen om Tupak Soiree te laten doden.' Léon nam een laatste lange trek van zijn cigarillo en drukte hem toen uit in de dofgroene asbak met het randje van bladgoud. 'We doen het,' zei hij. 'Laten we hem doden.'

Edwin stond op het punt zijn vuist in de lucht te stoten en 'Jottem!' te zeggen, maar zijn gevoel voor decorum kreeg de overhand en daarom koos hij ervoor om plechtig te knikken.

Hun aandacht verplaatste zich nu naar de muurkluis achter de minibar. 'Is het wachtwoord echt "postmoderne gevoeligheden"?'

'Nee,' zei meneer Mead. 'Het is Werkbaas. Niet *schuw*, vat je 'em?'

'Ah,' zei Edwin, die deed alsof hij moest lachen. Die zotte humor van babyboomers; daar kon je niet tegenop.

'Maar ik ga die kluis niet openen,' zei meneer Mead. 'Vijftig ruggen? Zet maar uit je hoofd. Denk je dat het geld me op de rug groeit?'

Dit bracht Edwin van zijn stuk. 'Ik dacht −'

'Als je iets gedaan wilt krijgen, dan doe je het zelf. Nu schenk je nog een borrel voor me in, Edwin. Ik wil jullie iets laten zien. Iets wat beter is dan geld.' Meneer Mead streek met zijn hand over een zijpaneel, vond de verborgen g-plek en drukte. Er ging een kastje open en meneer Mead zei: 'Herinner je je *Operatie Balkan Eagle*? Dolle Hond Mulligan?'

'O, ja. De generaal. Hoe is het hem verder vergaan?'

'Hij geeft ergens in Iowa cursussen woedebeheersing volgens de Tupak Soireemethode. Veranderde zijn naam in Lichtelijk Ontstemde Hond Mulligan. Klinkt eigenlijk een stuk minder, maar wat doe je eraan? Hoe dan ook, voordat de generaal gelukzalig één werd met het universum, gaf hij me een cadeautje als blijk van zijn waardering.' Meneer Mead stak zijn beide handen in het kastje en haalde er de toekomst zelve uit: koud, glanzend en dodelijk. 'Atku-17. De nieuwe generatie in het verdedigen van huis en haard. Alle toeters en bellen zitten eraan. Exploderende kogels met een magnesiumpunt. Nachtvisie. Laserdoelzoeker. Je richt en schiet, da's alles. Het is de instamatic camera onder de hightech wapens. En weten jullie wat? Clancy zou groen zien van jaloezie als hij wist dat ik een van deze prachtstukken had. Dit geweer…' – meneer Mead wierp een geringschattende blik in Meneer Ethieks richting – 'is idiootbestendig. Een volslagen zot zou ermee kunnen omgaan. Ik bedoel, je zou een randdebiel moeten zijn, een volslagen –'

'Ho maar! Ik heb het al gesnopen,' zei Meneer Ethiek.

'Wie pleegt de daad?' vroeg Edwin.

'We trekken strootjes,' zei meneer Mead. 'De verliezer doodt Tupak; of de winnaar, naar gelang hoe je het bekijkt. Persoonlijk zou ik het dolgraag doen, maar ik kan het niet. Artritis, weet je.' Hij hield zijn misvormde vingers op.

'Gebroken duim!' zei Edwin snel, zijn eigen gebogen vinger tonend.

'Ach, maak het,' zei Meneer Ethiek. 'Je haalt de trekker niet met je duim over. Bovendien ben jij de jongste en de viefste. Ik draag Edwin voor.'

'Ja?' zei Edwin. 'U bent anders uit de gevangenis ontsnapt, dus u moet zelf ook behoorlijk vief zijn.'

'Dat is waar,' zei meneer Mead. 'Die zit, Bob.'

'Maar,' zei Meneer Ethiek, 'mijn poging om jou te doden mislukte, weet je nog, Léon? Dit bewijst alleen maar dat ik een wel heel slechte kandidaat ben voor die taak. Ik zeg maar zo "ieder naar vermogen". Léon levert het wapen, ik lever het ethisch overzicht, en Edwin hier levert de jeugdige energie. Het is een apriori vaststelling dat oorlogen door de jeugd gevochten moeten worden.'

'Dit is generatiediscriminatie,' zei Edwin bitter. 'Waarom kan ík het ethisch overzicht niet leveren?'

'Omdat jij niet over de hiervoor benodigde levenservaring beschikt,' zei Meneer Ethiek. 'Wijsheid kost tijd, Edwin. Het vereist een zeker gevoel voor perspectief, iets waarin de hedendaagse jeugd jammerlijk tekortschiet.'

Meneer Mead had er genoeg van. 'Laten we nou gewoon die rotstrootjes effe trekken, ja?'

Edwin en Meneer Ethiek wierpen elkaar norse blikken toe, waarna ze instemmend knikten. Strootjes zou het zijn.

'Mooi,' zei meneer Mead. 'Strootjes dus. Maar voordat we daartoe overgaan, wil Edwin misschien graag uitleggen wat er met mijn authentieke Warhol-vervalsing is gebeurd?'

Hoofdstuk 43

Hoog op de alpiene helling waar de berghut stond, waar de sneeuwvlokken zachtjes neerdwarrelden op de grote sparrentakken en de tintelende, koude lucht over de pieken in de verte kwam aanrollen… peuterde Tupak Soiree in zijn neus. Hij had zijn wijsvinger hoog en goed vastgezet en probeerde om iets wat aanvoelde als natte stopverf los te wrikken.

Tupak Soiree was niet de antichrist. Noch was hij een kwaadaardig genie. Als je hem eenmaal had leren kennen, bleek hij feitelijk een heel innemende vent, ook al was hij verantwoordelijk voor de ondergang van de Westerse beschaving zoals we die kennen, weetjewel. Hij woonde in een spatieuze hut met een panoramisch uitzicht over een bergvallei. (Hoewel je het woord 'hut' waarschijnlijk ook tussen aanhalingstekens moest zetten; het was een naar alle kanten uitdijend complex van onderling verbonden pseudo-rustieke gebouwen en niet domweg een 'hut.') Tupak bezat de halve stad in de diepte en het merendeel van de bergen in de nabije omgeving. Hij had het niet begeerd een messias te zijn, en hij had niet erg genoten van de persoonlijkheidscultus die er zo snel rondom zijn boek was ontstaan – aanvankelijk niet. Maar kom, hij was ook maar een mens, was ook maar een man, en als zodanig even gevoelig voor vleierij en verleiding als ieder ander. (Gesteld dat die ander een geile bok en leerfetisjist was.) Toen vrouwen hem begonnen te schrijven om hem hun 'kosmische sensualiteit' aan te bieden, wie was hij om hun dit geluk® te ontzeggen?

Zoals de meeste zogenaamde goeroes was Tupak Soiree verbazend fantasieloos wanneer het aankwam op het vervullen van al zijn verlangens en het uitleven van zijn grillen. Hopen seks en de constante hielenlikkerij door marionetten, dat was het wel zo ongeveer. Hij had zijn hersenen afgepijnigd, en iets beters wist hij niet te bedenken.

En eerlijk gezegd verveelde Tupak zich inmiddels met de schare schoonheden die door zijn leven paradeerde; was hij zijn 'gelukkige heilige harem' en het constante gebeuzel van die vrouwen beu geworden. Vooral de nieuwste aanwinst, de vrouw die zich Zonnestraaltje noemde, de vrouw die hem aldoor lastigviel. 'Oog ik verlicht? Ja?' 'Ja,' zei hij dan vermoeid, voor de vierhonderdste keer die dag. 'Je ziet er verlicht uit.' 'Echt? Dat zeg je niet zomaar?' 'Nee, nee, je ziet er prima uit. Helemaal verlicht.' 'Want vandaag vóél ik me niet erg verlicht.' Okay, ze had bij aankomst wat kleingeld bij zich gehad – niet veel, nog geen twee miljoen – maar toch, het gebaar was aardig. (Tupak besteedde per maand meer dan dat aan hapjes en drankjes. Toen Zonnestraaltje het geld – kennelijk gestolen van haar echtgenoot – afdroeg, had Tupak het gewoon op de grote hoop gegooid. Er ging vrijwel geen dag voorbij zonder dat er iemand opdook die Rolex-horloges of zakken vol robijnen aanbood. Het begon regelrecht afgezaagd te worden.)

'Oog ik verlicht. Ja? Echt?'

Na ongeveer een week van dit gezanik had Tupak haar aangeraden een queeste te ondernemen naar de Dodemansbergkam om een visioen te ontvangen. 'Die ligt diep in het woud,' had hij gezegd. 'Blijf gewoon doorlopen; misschien zelfs met je ogen dicht, voor een diepere concentratie. Zo ben ík oorspronkelijk verlicht geraakt.'

'Maar ik dacht dat dat in Tibet gebeurde?'

'Tibet. Colorado. Wat is het verschil?'

Maar helaas, ze had niet van zijn luisterrijke zijde willen wijken, nog geen ogenblik. Zelfs, verdomme, nog niet voor één enkel ogenblik. 'Als je het niet erg vindt? Ik probeer te pissen.'

Het viel niet mee om de Allerhoogste Verlichte Geest van het Universum te zijn. Het was niet makkelijk om de Meest Gerespecteerde Denker van Onze Tijd te zijn. Je moest altijd op 'scherp' staan, altijd iets slims weten te zeggen wanneer de conversatie inzakte. Nooit kon je eens zeggen 'weet ik veel' of 'al sla je me dood'. Tupak vroeg zich dikwijls af of Sir Isaac Newton of Albert Einstein dezelfde problemen ervaren hadden. Hij vroeg zich dikwijls af of zij dezelfde 'druk om te presteren' hadden gevoeld.

De extraatjes van het goeroe-zijn waren hartstikke prettig: geld, roem, veel praal, en ontelbare mediaoptredens. Tupak vond het verrukkelijk om interviews te geven, verrukkelijk om beroemdheden te ontmoeten. Toen hij Oprah voor het eerst ontmoette was hij als begeesterd bewonderaar duizelig geweest van ontzag; en achter de schermen had hij één keer in de artiestenfoyer gezeten met… ach, wat deed het ertoe. Tegenwoordig kwamen de beroemdheden naar hem. Er waren tijden, diep in de nacht, dat Tupak Soiree door de zalen van zijn enorme huis ijsbeerde en zich afvroeg: Waarom voel ik me zo treurig? Waarom voel ik me zo melancholiek? Wat mis ik? *Als ik maar… Misschien op een dag…*

Hij miste zijn jeugd (die hij niet in Bangladesh had doorgebracht. Tupak wist nauwelijks hoe hij Bangladesh moest spellen.) en vooral miste hij zijn zorgeloze studententijd. Misschien had hij toch computers als hoofdvak moeten nemen. In zijn tweede jaar had hij één werkgroep UNIX-taal gedaan en zich verbaasd over de pure schoonheid van het binaire talstelsel. Hij was helemaal verrukt en in de ban geweest van de schone reeksen enen en nullen, dat eindeloze of/of waaruit ontelbare, ingewikkelde patronen gevormd konden worden. Deze ervaring in Tupaks leven kwam nog het dichtst bij verlichting.

En terwijl hij badend in maanlicht in zijn neus stond te peuteren, verzuchtte hij: 'Misschien had ik me toch maar bij computers moeten houden.'

Toen hij net zijn berghut had gebouwd en daarna het stadje in de vallei kocht, had hij met de gedachte gespeeld om een enorm computerscholingsnetwerk te maken met de allernieuwste apparatuur en maar één leerling: hijzelf. Hij richtte een collegezaal in met de meest geperfectioneerde computers die er voor geld te koop waren. Behalve dan dat ze voor hém gratis arriveerden. Een gift van hoe-heettie-nou, die druiloor met de bril en de slechte adem. Hoe heette hij nou toch? De acoliet die altijd aanbood Tupaks voeten te wassen. Bill? *Billy?* Ja, dat was het, Billy Gates. Tupak had Gates gevraagd hem wat aanwijzingen te geven, hem eventueel te laten zien hoe de babbelboxen werkten (ze gingen trouwens toch bijna allemaal over Tupak Soiree, dus misschien kon hij luistervinken of onder een valse naam meedoen). Maar halverwege zijn diepe buiging had Billy geprotesteerd: 'Nee, nee, nee. Zulke dingen kán ik u niet leren. U bent veel te heilig om uw handen vuil te maken aan zulke profane dingen als surfen op internet.'

Dus liet Tupak hem geselen.

Dit bleek een grove vergissing. Billy Gates geselen, naast een harem houden en zijn gewoonte om te vaak en te veel in praatprogramma's op te treden, lokte een snelle en stekende reactie uit van M.

Het was een bondig briefje en het deed Tupak bibberen van angst.

Meneer Soiree. De laatste tijd lijkt u zich een beetje al te goed te amuseren. Ik raad u aan om uzelf aan banden te leggen wat uw weerzinwekkender uitspattingen betreft. Onthoud dat ik uw geheim ken. Ik ken de waarheid over u. Ik heb u gemaakt en ik kan u met evenveel gemak breken. Dus kappen met die kolder, of anders kom ik persoonlijk naar boven en trap je met je kwabbige reet van de berg. Dit is geen dreigement. Het is een toezegging. Hoogachtend, M.

In paniek had Tupak afspraken voor televisieoptredens afgezegd en een vergadering bijeengeroepen om iedereen te vertellen dat ze moesten ophouden hem de Verlichte te noemen. 'Het is maar een boek,' zei hij. 'Gewoon een zelfhulpboek.'

'Ja! O Verlichte!' riepen zijn volgelingen.

En nu dit: hoog in zijn neusgat zat er iets vast, en hoe hij ook rondwroette, hij kon er niet bij. 'Die rottige, dagelijkse manicurebeurten ook; zo kan ik godsonmogelijk in mijn neus peuteren.' En wat erger was, in een nijdige bui over M.'s uitbrander had hij de hele oostvleugel gezuiverd van jaknikkers, zodat er zelfs niet iemand bij de hand was om *voor* hem in zijn neus te peuteren. Hij zou het zelf moeten zien klaar te spelen. Het leven was gewoon niet eerlijk.

Hoog boven de berghut zat Edwin de Valu op zijn hurken in het kreupelhout.

Met trillende handen en een wild kloppend hart schroefde hij de nachtscoop op de Atku en stelde de lens in. Het kostte hem veel moeite om zijn ademhaling onder controle te houden, veel moeite om niet te hyperventileren. Hoe was het zo gekomen dat Edwin de Valu, een gewoon redacteurtje, hier in een bos in een hinderlaag zat, gereed om op dezelfde baggerhoopschrijver te schieten die hij eens voor de anonimiteit had behoed? Simpel. Edwin had het kortste strootje getrokken. 'Mooi,' zei meneer Mead, 'da's dan geregeld.' 'Bravo! Bravo!' zei Meneer Ethiek. Edwin had geëist dat Meneer Ethiek en hij drie keer zouden trekken en dat degene die twee keer het kortste strootje trok verloor. Weer was hij de verliezer. Dus probeerden ze houd-ik-het-in-mijn-linkerhand-of-in-mijn-rechterhand, maar telkens was Edwin de klos. Daarna probeerden ze een gokspelletje met drie blinde kaarten en daarna ollekebolleke-rubisolleke. Edwin verloor iedere ronde. 'Best,' zei hij kwaad. 'Ik doe het wel. Maar jullie moeten me ruggensteun geven.'

Het kostte hun drie dagen om in Colorado te komen en nog eens twee om de voet van de berg te bereiken waarop Tupaks afgelegen gebouwencomplex stond. Ethiek en Mead bleven achter in een van de weinige motels in het stadje die nog geopend waren om op de winkel te passen. Edwin hing het geweer om zijn schouder en maakte zich gereed voor de lange, eenzame voettocht . 'Maak je geen zorgen,' zei meneer Mead. 'Mocht er iets fout gaan, dan zijn wij hier, gereed voor actie. Is dat niet zo, Bob?'

'Tuurlijk,' zei Bob, die ondertussen de minibar in de kamer plunderde. 'We staan pal achter je. Hé, kijk! Cashewnoten!'

Ze vergezelden Edwin tot aan het begin van het pad. En met 'Gods zegen', 'veel succes' en andere gelukbrengende, beschermende afscheidsformules stuurden ze hem op weg.

Terwijl Edwin de Valu de berg op ploeterde, keerden Mead en Ethiek terug naar hun motelkamer. 'Heb ik jou al eens over mijn jonge jaren verteld?' vroeg meneer Mead al kuierend. 'Over mijn studententijd, toen ik op de kermis werkte?'

'Ben jij kermisklant geweest?' vroeg Meneer Ethiek.

'Zekers. Behendigheidjes, driekaartenspel, ringwerpen, noem maar op.'

Met zere benen en een overbelaste schouder worstelde Edwin zich door de sneeuw en de neerhangende sparrentakken achter het gebouwencomplex waar Tupak verblijf hield. Gelukkig voor Edwin was Tupaks keurkorps van lijfwachten al sedert lang geïnfiltreerd door 'de boodschap' en als ze niet sliepen waren ze het grootste deel van hun tijd fervent op zoek naar het geluk. Edwin kroop met veel lawaai langs een bewaker, die in zijn hokje in lotushouding zat en met diepe resonans het *a-hoemmm soiree* zong.

Als je kon teruggaan in de tijd, zou je Stalin dan vermoorden als de gelegenheid zich voordeed? Dit was de vraag die Edwin zichzelf stelde. En het antwoord was onvermijdelijk ja. Edwin de Valu zou Stalin hebben gedood, zou hem onmiddellijk hebben gedood. En Tupak Soiree was de Stalin van de new age. Hij had een neutronenbom van liefde op de wereld losgelaten en hij moest gestopt worden. In zijn hart wist Edwin dat hij gelijk had, maar toch voelde hij zich misselijk en werd hij door twijfel verteerd. Het was één ding om filosofisch te mijmeren over een kwestie; de trekker overhalen was heel andere koek.

Edwin tuurde door de lens.

'Je kunt niet missen,' had meneer Mead hem verzekerd. 'Het geweer is idiootbestendig.' In de vloeibaar groene wereld van de nachtkijker zag hij de ramen en muren van Tupaks bergoptrekje beurtelings duidelijk en onduidelijk. Edwin tastte met zijn kijker de binnenmuur af, nam het interieur in zich op en toen, heel plotseling, kwam het gezicht van Tupak Soiree scherp in beeld. Dit overviel Edwin dermate, dat hij even hardop naar adem snakte. Hij dwong zichzelf om rustig te blijven, waarna hij het laservizier op de zijkant van Tupaks gezicht richtte en langzaam zijn vinger om de trekker legde.

Tupak liep heen en weer, met een vinger in zijn neus. Net zoals een poema zijn prooi niet uit het oog zal verliezen, slaagde ook Edwin erin Tupak in het vizier te houden. 'Nu of nooit.' Edwin haalde diep adem. Hij dacht aan May. En in de pauze tussen twee hartenkloppen haalde hij de trekker over.

In een regen van glasscherven spatte het zijraam uiteen. Er spoot een straal bloed en kraakbeen uit Tupaks hoofd. De goeroe wankelde en viel.

Op de explosie volgde een beklemmende stilte. Edwin tuurde door de nachtkijker, observeerde en wachtte. Niets. Tupak Soiree was achter een bijzettafel neergevallen. Edwin kon het gat zien dat de kogel in de achtermuur had geboord. Hij wist dat er geen kans op overleving bestond als de kogel dwars door Tupaks hoofd was gegaan. (Meneer Mead had uitgelegd dat de kogels die ze gebruikten bij uittreding explodeerden en dat het hierbij ontstane vacuüm de pulp in zijn baan meezoog.) Het was voorbij. Tupak Soiree was dood. Edwin zou net de veiligheidspal vastzetten, het geweer om zijn schouder hangen en in de nacht verdwijnen, toen hij een glimp opving van… *iets*. Beweging. Snelde een assistent Tupak te hulp? Nee. Het was erger dan dat. Veel erger.

Tupak Soiree herrees, wankelend en brullend als een gewonde stier. Hij hield zijn hand omhoog en keek vol ontzetting naar de straal bloed, daar waar eens zijn vinger zat. Van angst en pijn had Tupak diep ingeademd en zijn missende wijsvinger zat nu stevig vast boven in zijn neusgang. 'O, Dod! Hep me! Naat iemand me heppen!'

Edwin raakte in paniek en vuurde zonder goed te mikken nog drie keer. De kogels raakten spiegels met koperen lijsten en Mingvazen, deden rozenblaadjes en water de lucht in vliegen. Tupak vluchtte, gedempt en neuzig lamenterend.

'Shit!'

Edwin repte zich de helling af, verschool zich niet eens, en hij trapte aan de achterzijde de patiodeuren open. Waarom kon die teringlijer niet gewoon doodgaan? Hij trof Tupak Soiree in een hoek in elkaar gedoken aan, verlamd van angst. 'Wad willu? Wad willu?'

Edwin was buiten adem. Zijn hart bonkte en zijn gezicht was nat van het zweet. 'Het spijt me,' zei hij. 'Maar ik moet u doden.' Edwin morrelde aan het geweer. Dit was niet hoe hij zich het verloop van zijn eerste persoonlijke ontmoeting met Tupak Soiree had voorgesteld. 'Het spijt me,' zei Edwin. 'Maar het moet.'

Edwin zou net de hemelse hersenmassa rondstrooien van Tupak Soiree, de Boodschapper van Liefde, de Apostel van het Geluk, toen hem de in Tupaks neus vastzittende, nog natrillende vinger opviel. Zo kon een man niet sterven… Zonder erbij na te denken pakte Edwin de vinger en draaide hem uit de neus van de goeroe. Met een gordijnflard bond hij vervolgens een provisorisch tourniquet om de stomp. 'Hier drukken,' zei hij. 'Het bloedt niet zo erg. Misschien heeft de hitte van het schot de wond dichtgeschroeid. Ik geloof niet dat er slagaders in vingers zitten, dus waarschijnlijk is het minder erg dan het eruitziet.'

'Dank u,' zei Tupak met bevende stem.

'Kijk 'es?' Het bloeden was bijna opgehouden. 'Erop blijven drukken en uw hand omhooghouden, en het komt wel goed, okay.'

Tupak glimlachte dapper door de pijn en tranen heen. 'Okay,' zei hij snotterend.

'Dat is al beter,' zei Edwin. 'En nu moet ik u doden.'

'Nee, nee, nee, alstublieft. God, nee. Zeg me… zeg me ten minste wie u bent.'

'Ik ben, uh, uw editor.'

'Heb ik een editor?'

'Bij Panderic? Weet u nog? Het boek? We hebben elkaar een paar keer over de telefoon gesproken.'

Tupaks angst verzwakte. 'Edward?' zei hij.

'Wín. Edwín. Nu hoop ik niet dat dit u een afkeer bezorgt van de relatie editor-auteur, die gebaseerd hoort te zijn op wederzijds vertrouwen, maar…' Hij deed een stap naar achteren en bracht de geweerloop omhoog. 'Vaarwel Tupak.'

'Maar ik heb helemaal niets gedaan. Ik heb dat boek niet eens geschreven.'

'Ik wíst het! Een computer, heb ik gelijk of niet? Jij bent een soort kwaadaardig genie. Je hebt een computer geprogrammeerd om een manuscript van duizend pagina's eruit te laten zien alsof het op een typemachine geschreven was.'

'Nee, nee,' bracht de goeroe snikkend uit. 'Ik ben geen genie. Ik ben geen bolleboos. Ik ben maar een acteur.'

'Een acteur?'

'Ik heet Harold T. Lopez. De 'T' staat voor Thomas. Toe, dood me niet. Ik ben afgestudeerd aan de afdeling Drama van het Tri-State Community College. Ik ben nog nooit van mijn leven in Bangladesh geweest. Alstublieft, dood me niet.'

Edwin liet zijn geweer zakken. 'Harry? Jij heet Harry?'

De goeroe onderdrukte een snik en knikte.

'Maar als jij het boek niet geschreven hebt... wie dan wel?'

Harry Lopez (alias Tupak Soiree, alias Meester van het Universum) zocht verwoed in de la van zijn bureau, terwijl Edwin ernaast zat met de Atku-17 in de aanslag. Harry's hand bonsde van de pijn en was bovendien in een slordig in elkaar geknutseld verband gewikkeld, wat het doornemen van papieren bemoeilijkte. Maar Harry deed wat hij kon. De dreiging van een naderende dood pleegt de hersens op scherp te zetten.

'Hier,' zei Harry. 'Hier, zie je het? Dit is mijn curriculum vitae en dit is mijn portretfoto. Het is niet de beste foto; ik bedoel, door de camera lijkt ik minstens vier kilo zwaarder. Zie je het? Dit zijn de films. Deze lijst is toneel. Dit is mijn docent drama. Als je wilt kun je haar bellen. Zij zal mijn verhaal bevestigen.'

Stomverbaasd nam Edwin de boel door. Dit was inderdaad het cv van Tupak Soiree. 'Je staat te boek als "Het best geschikt voor rollen van kwaadaardige misdadiger en/of minnaar".' Hij trok een wenkbrauw op.

'Mijn agent zijn idee,' zei Harry een beetje schaapachtig.

'Kun je echt saxofoon spelen en tapdansen?'

275

'Nee, ik bedoel, niet echt. Maar iedereen maakt zijn cv wat mooi-er, toch?'

Edwin legde de levensbeschrijving opzij en stelde de vraag, de enige vraag die ertoe deed: 'Wie is Tupak Soiree? De échte Tupak Soiree?'

Het antwoord dat hij kreeg was niet wat hij verwachtte. 'Er is geen Tupak Soiree,' zei Harry. 'Die is er nooit geweest. Het is zwen-del. Je bent erin geluisd, Edwin. Ik ben ingehuurd als stand-in en dat kwam alleen maar doordat jouw baas geld voor interviews ging aanbieden. Ik werd ingehuurd om de media voor mijn rekening te nemen, de interviews te geven, het boek aan de man te brengen, om de lezers een object te geven waarop ze hun adoratie konden projecteren. Tupak Soiree bestaat niet. Het is gewoon een rol en ik werd ingehuurd om die rol te spelen.'

'*Wie*, Harry? Wie huurde je in?'

Harry haalde diep adem. 'Een vent in Paradise Flats. Ene Mc-Greary. Jack McGreary.'

Edwin leunde achterover. 'McGreary. Waarom komt die naam me zo bekend voor? Was dat je hospes niet?'

'Nee,' zei Harry. 'Hij is nooit mijn hospes geweest. Ik had hem zelfs nog nooit ontmoet voordat hij bij het castingbureau in Silver City verscheen. Ik deed avant-gardistisch theater, eenmans-mime-introspectieven, wat experimentele stukken; ik heb één decon-structivistisch stuk gedaan dat helemaal uit één klank bestond: "boe". Dat werd heel goed ontvangen, met name in de alternatie-ve pers. De artiestenwereld bij ons in de stad riep het uit tot –'

'Harry? Ik heb een geweer, weet je nog?'

'Sorry. Waar was ik?'

Edwin maakte een geluid dat het midden hield tussen een zucht en een grauw. 'Je deed alternatief theater in Silver City.'

'Inderdaad, en meneer McGreary komt binnenlopen en vraagt me of ik zin heb om veel geld te verdienen en in een groot huis te wonen. Waarop ik, om voor de hand liggende artistieke redenen, "ja" zei. Ik bedoel maar, zo'n rol krijg je nooit meer aangeboden. Hij vroeg me of ik dacht de rol te kunnen spelen van een Oost-Indiase mysticus. Tja, mijn moeder was Italiaanse en mijn vader kwam uit Mexico, dus ik dacht niet dat dit me echt goed af zou gaan. Wat weet ik helemaal over India? Maar toen zegt meneer McGreary: "Maak je daar geen zorgen over. Herinner je je Archibald Belaney? Een Engelsman met blauwe ogen die de wereld ervan overtuigde dat hij het indianenopperhoofd Grijze Uil was? Hij wist de mensheid jaren voor de mal te houden. Mensen zien wat ze willen zien." Dus wat kon het me bommen, ik accepteerde die rol. Geen auditie, niet nóg eens hoeven opdraven. Gewoon een handdruk en een percentage van de recette, bij wijze van spreken. Ik werd vlak voor het eerste *Oprah*-interview ingehuurd.' Harry kwam dichterbij, ging zitten en keek Edwin smekend aan. 'Je moet me geloven, ik had nooit kunnen dromen dat het zo zou aflopen. Het is hartstikke uit de hand gelopen. Aanvankelijk ging het meeste van mijn geld op aan het afkopen van vroegere kennissen. Jeweetwel, het omkopen van oude klasgenoten en smeergeld uitdelen aan voormalige docenten. Maar toen gingen ze het boek lezen en begonnen ze me mijn geld te retourneren. Zeiden dat ik een genie was, zelfs nadat ik hun vertelde dat ik geen woord van dat boek geschreven had. Ik heb alleen maar een paar sleutelpassages uit mijn hoofd geleerd.'

'Ik weet het,' zei Edwin. 'Ik heb je ze mechanisch zien spuien.'

'Het spijt me,' zei Harry. En hij meende het. Hij schoof heen en weer op zijn stoel, nog steeds met zijn verbonden hand in de lucht. 'Het is niet zo,' zei hij, 'dat ik een slecht mens ben; ik ben alleen een slechte goeroe. Het was een schnabbel, snap je. Ik actéérde, meer niet. Ik wachtte erop dat iemand het doorkreeg, maar dat gebeurde niet. Het leek wel alsof mensen voor de gek gehouden wílden worden. Het was alsof ze de voorkeur gaven aan de illusie boven de realiteit. Ik bedoel maar, dat accent heb ik nooit goed gekregen. Ik heb ooit één werkgroep dialecten gevolgd, een inleiding. Daar heb ik niets aan Oost-Indiase varianten gedaan. Ik deed wel tien verschillende varianten Cockney en ieder Brits accent dat er bestaat. De Pakistaanse en Hindoedialecten kwamen in het tweede jaar, maar in plaats daarvan nam ik computers als bijvak. Om die reden koos meneer McGreary een afgelegen dorp in Noord-Bangladesh als mijn geboorteplaats; hij dacht dat de kans dat niemand het zou kennen dan groter was. Ik had reuze veel moeite met het accent. Jammer hoor, want mijn Ierse accent is uitstekend. Echt waar. Ik had er een acht-plus voor. Wil je het 'es horen? *"Faith and begorra, me lassie child. 'Tis a wee fair sight for Irish eyes".'*

'Bespaar me je Ierse-kabouternummer,' zei Edwin.

'Maar ik doe een uitstekend Limmerick-accent,' zei Harry, en het kwam uit de grond van zijn hart.

'Geweer, Harry. Weet je nog?'

'O,' zei Harry, aan zelfvertrouwen inboetend.

'Het kan me niet schelen wat voor cijfer je bij Dialecten haalde, okay?'

Ontmoedigd keek Harry naar de grond. 'Dat zei meneer McGreary ook, alleen minder beleefd. Hij zei: "Rund, dat je bent. Wie zal er, godverdomme, een Italiaans-Mexicaanse-Amerikaan met een Iers accent en een naam als Tupak Soiree geloven?" En hij gaf me toch een paar hengsten voor m'n kop. Hij was geen erg aardig iemand. Ik denk echt dat hij contact moet maken met zijn innerlijke kind.'

'Waar is hij nu? Die meneer McGreary, hoe kan ik hem vinden?'

'Voor zover ik weet, zit hij nog in Paradise Flats.'

Edwin stond op om te vertrekken. 'Bedankt, Harry. Het was me een genoegen. Het spijt me van je vinger.'

'Hoor 'es,' zei Harry. 'Wees voorzichtig als je naar Paradise Flats gaat. Hij is slecht.'

Hoofdstuk 44

May Weatherhill veranderde haar naam in Suikerspin en ze dreef als een pluisje op een warme herfstwind van de ene open gemeenschap naar de andere, voordat ze ten slotte neerstreek in een Geluk® Klooster in de provincie (de Oneida Gemeenschap, afdeling 107), alwaar ze werd omringd door liefhebbende mensen zoals zijzelf.

In het klooster vloeiden de dagen in elkaar over en tijd leek niet te bestaan. Er waren geen kalenders, geen klokken, geen manieren om de wereld te verdelen in uren, minuten of dagen. Er waren geen ellendige maandagmorgens, geen vrolijke vrijdagavonden, geen eenzame zondagmiddagen.

May dwaalde door de kruidentuinen, ontmoette en vree met een hele stoet in identieke witte gewaden geklede vreemden en glimlachte tot haar gezicht en haar hart gevoelloos werden. Ze voelde hoe haar wereld langzaam in balans kwam. Stagneerde. Ze voerde aldoor dezelfde gesprekken. De mensen veranderden, het ene stralende, blije gezicht werd vervangen door het andere, maar de gesprekken zelf waren onderling verwisselbaar. Niemand maakte sarcastische opmerkingen. Niemand roddelde. Niemand huilde ooit, noch lachten mensen ooit tot hun ribbenkast er pijn van deed en de tranen over hun wangen rolden. Geen gelach. Geen tranen. Het was in de waarste zin van het woord de hemel op aarde. Iedereen was het altijd met elkaar eens, iedereen fladderde altijd van het ene kringetje naar het andere. Niemand wist iets van May af en toch had men haar innig lief. De zon was warm en de mensen waren mooi: holistische, liefhebbende vegetariërs die zich kleedden in eenvoudige zelfgesponnen gewaden. Langs de drempels waren bloemen gestrooid en 's avonds snorden de spinnewielen eindeloos, en de avonden waren lang en ademden een sfeer van gulden avondlicht.

En May was gelukkig. Ze was zo vreselijk, vreselijk gelukkig. De oppervlakte van haar leven was onbewogen en rustig, en wanneer ze in een spiegel keek zag ze niet langer een incompleet mens, zag ze niet langer een geheel van gebreken en tekortkomingen. Eigenlijk zag ze zichzelf nauwelijks nog. Niet dat dit ertoe deed. Op de zevende dag verwijderden de Zusters van het Geluk® de spiegels uit het klooster en verjoegen met één simpele daad trots, onzekerheid en ijdelheid.

Misschien was het de nabijheid van de Sheraton Timberland Lodge die als eerste Mays rustige houding begon te ondermijnen. Iedere dag, tijdens de lange wandeling op blote voeten naar de plaatselijke boerenmarkt, passeerde May het inmiddels verlaten en met klimranken overwoekerde hotel. En in het voorbijgaan fluisterde ze een naam; de naam die haar nog altijd in de war bracht, tot razernij dreef, bekoorde en kwelde: 'Edwin de Valu.' Edwin, nadrukkelijk aanwezig in zijn afwezigheid, zorgde voor duistere rimpelingen onder het oppervlak van haar rust, bracht gevaarlijke draaikolken en onvoorspelbare stromingen voort die alles dreigden te laten kapseizen.

De dagen bleven in elkaar overvloeien, de ene in de andere. De kruiden groeiden en het hotel werd bouwvallig. Mays leven kwam terecht in een Möbiusband; de dagen waren een eindeloze herhaling van elkaar, de glimlachjes haperden nooit.

En toen, op een dag, arriveerde er een brief. Hij kwam als een door een gebrandschilderd raam geworpen steen, werd binnengesmokkeld onder het mom van blijdschap en geluk® door de met grote letters op de envelop geschreven boodschap "Glorie zij Tupak Soiree!" Het handschrift was slordig maar vast (Edwin moest nog wennen aan zijn misvormde duim, had nog moeite om zijn woorden op een rechte lijn te houden).

Het epistel in de envelop liet een al even slordig handschrift zien, maar de erin uitgedrukte gevoelens waren dat allerminst. Het was een krachtig en duidelijk gestelde boodschap, en boven aan de bladzijde had Edwin met hoofdletters gekrabbeld: MANIFEST VOOR MAY. En eronder:

Ik weet nu wat er fout is. Het gaat niet om te veel sigaretten roken of te veel make-up gebruiken of te veel ongezonde kost eten. Het gaat veel dieper dan dat. Dé zwakke plek in de hele filosofie van Tupak Soiree is deze: hij begrijpt niets van het wezen van de vreugde.

Vreugde is geen zijnstoestand, May. Het is een activiteit. Vreugde is een werkwoord; geen zelfstandig naamwoord. Het bestaat niet onafhankelijk van onze daden. Vreugde hóórt vluchtig en van voorbijgaande aard te zijn, het is nooit bedoeld geweest als iets permanents. *Mono-no-awaré*, May. 'De droefheid der dingen.' De droefheid die alles doordringt, ook de vreugde zelf. Zonder dat kan vreugde niet bestaan.

Vreugde is wat we *doen*. Vreugde is naakt in de regen dansen. Vreugde is heidens en absurd en doortrokken van wellust en droefheid. Gelukzaligheid is dat niet. De gelukzaligheid wordt ons deelachtig wanneer we sterven.

Ik vertrek. Ik ga naar het zuiden, naar de woestijn, op een beslissende confrontatie af. Ik ga ons allemaal redden van het geluk. Ik ga vreugde en pijn en de schuldige geneugten van het leven hun rechtmatige plaats teruggeven.

Ik ga de wereld redden, May... En daarna kom ik je halen.

Over de hele onderkant van de pagina had Edwin, dik onderstreept en ruimhartig voorzien van uitroeptekens, *mbuki-mvuki* geschreven.

En voor het eerst in lange, heel lange tijd begon May te lachen.

Hard. Een lach die vanuit haar buik kwam. Een diepe, de ziel louterende lach. *Mbuki-mvuki!!!* May kende dat woord heel goed. Het was een van haar onvertaalbare termen, een Bantoewoord dat 'spontaan je kleren uittrekken om naakt in de regen te gaan dansen' betekende. Het was een dóé-woord, een woord dat ging over loslaten en over de boel op stelten zetten.

May zag het beeld voor zich van Edwin die naakt in de regen danste, een vogelverschrikkerfiguur die zwaaiend met zijn stakerige armen een ode aan de ondeugd bracht. Ze lachte en ze lachte. Edwin. Haar Conan. Haar man van de grote, zinloze gebaren, naakt in de regen. Mbuki-mvuki!!

'Suikerspin?'

Geschrokken draaide May zich om. Het was een van haar collega-zusters van het Eeuwige Geluk®, een oudere vrouw met grote Bambi-ogen. Ze zag er bezorgd uit. Erg bezorgd. 'Ik hoorde je lachen – wij allemaal hoorden je lachen – en ik moet zeggen het klonk niet als gepást lachen. Het klonk niet als het rustige, vredige lachen van iemand die één is met het universum. Sterker nog, als ik niet beter wist, zou ik zeggen dat het een beetje malicieus klonk.'

Hierdoor moest May alleen maar harder lachen. 'O, het wás malicieus. Het was érg malicieus.' En dit gezegd hebbende liet ze de banier van de gelukzaligheid van haar schouders glijden, vouwde hem netjes op en overhandigde hem aan de zuster. 'Ik geloof dat ik ondertussen mijn bekomst heb van geluk®.'

'Ach, lieve. Weet je het zeker? Scheelt er iets aan? Ben je hier niet gelukkig?'

'Ja,' zei May. 'Ik bén gelukkig. Dat is het probleem.'

En zo gebeurde het dat May, op hetzelfde moment dat Edwin zich voorbereidde op de beslissende krachtmeting tussen de machten van de gelukzaligheid en de machten van de ondeugd, haar spullen bij elkaar raapte en, met hernieuwde kracht in haar tred, door de Poort van het Geluk® de hof uit liep.

Het heeft haar nooit gespeten.

Deel III
Ragnarök

Is Ragnarök niet ietwat onduidelijk?

— red.

Tuurlijk is het onduidelijk!
Komt uit 'Onvertaalbaar'.
Correctie laten vervallen, verdomme!
VERVALLEN W.F.

Hoofdstuk 45

Nadat Tupak Soiree *sans* vinger in het openbaar was verschenen, lieten trouwe volgelingen in heel het land ook hun wijsvinger amputeren. Men zag dit als een 'teken van verbondenheid', een 'symbool van toewijding'. Had Tupak Zelf immers niet geschreven dat we met de vinger waarmee we naar de maan wijzen ook in onze neus peuteren? En nu had hij, de Grote Leraar, zijn vinger geheel en al uit de gelijkenis verwijderd. Dit werd opgevat als een teken, een teken dat er van nu af aan geen sprake meer was van 'ik' en 'gij', geen tussenschakel, geen 'vinger' om mee te wijzen. Voortaan zou het ervaren van de waarheid nog slechts zuiver en direct zijn en de verlichting kon in één sprong, onmiddellijk bereikt worden. Het was alsof een zen-koan zichtbaar werd.

Niets van dit al was door Tupak zelf bedacht. Rond Tupak had zich een parasitische doch bloeiende groep wetenschappers en uitleggers gevormd, erop gespitst om iedere scheet van hem te interpreteren en uit te leggen. In feite had Tupak (zoals hij nog steeds bekendstond) nooit iets over zijn ontbrekende vinger gezegd. Hij werd niet graag herinnerd aan wat er was gebeurd. Toen een aantal van zijn senior-managementacolieten hem in een vlaag van devotie voorstelden zijn afgehakte vinger te conserveren als 'een icoon van zelfverwerkelijking', had Tupak hen met een stok weggejaagd. Tupak vond de heisa die er om zijn vinger werd gemaakt weerzinwekkend, en ten slotte spoelde hij hem door de plee.

Hij was het goeroe spelen moe, beraamde zelfs zijn vlucht. Het publiekelijk afzweren van zijn goddelijke staat – nooit expliciet verwoord, maar altijd verondersteld – zou de eerste stap zijn. Godallemachtig, het was verdomme maar een boek. Er stond in hoe je kon afvallen en kon ophouden met tobben, hoe je je seksleven kon verbeteren en je goed kon voelen over jezelf. Meer niet. Het was een zelfhulpboek, niets meer. Waarom moest alles in Amerika uiteindelijk een religie worden? Waarom moest alles tot een dogma verstarren?

De volgende ochtend begon Tupak Soiree te pakken. Hij bezat niet veel spullen, althans geen spullen die in een vliegtuig niet in de gestandaardiseerde opbergruimte boven zijn stoel pasten: zijn witte gewaden van natuurlijke, ongebleekte katoen bezorgden hem huiduitslag en het was onmogelijk om de vaste ornamenten van zuiver goud uit zijn badkamer te verwijderen. In plaats daarvan stopte hij enkele aandenkens in zijn weekendtas, plus een paar rollen ongemerkte bankbiljetten en een kaart van villa's in Hollywood (*Waaruit de sterren komen om te schitteren!*). Het was een eenzaam afscheid – hij bezat vele vereerders, maar geen echte vrienden – en Harry (zoals hij voortaan weer door het leven zou gaan) liep verloren een laatste ronde door het complex. 'Ik ben zelfs nooit in de stad geweest,' zei hij in zichzelf. 'En ik ben nota bene de eigenaar van dat rotgat!'

Hoofdstuk 46

Edwin de Valu was ontketend.

Het dak van de auto was open, de motor snorde en de onderbroken strepen tikketikten voorbij als een in goudverf uitgeschreven morsebericht, als een rij bakstenen die hem naar zich toe trok. Naast Edwin zat de eigenaar van de cabriolet. 'Zeg maar Léon,' had deze edelmoedig gezegd. Waarop Edwin knikte. 'U zegt het maar, meneer Mead.'

Zelfs met het dak opgevouwen en in de gierende wind stonk het in de auto helaas nog steeds naar eucalyptusolie en raapzaad. Meneer Mead was namelijk aan het experimenteren geslagen met het zoveelste dubieuze middel tegen kaalheid, en zijn miserabele manen waren nu glibberig van het spul. *Driemaal daags, tijdens de maaltijd, stevig in de hoofdhuid masseren.* Weliswaar maakte niemand nog 'unieke wondermiddelen', niet sinds overal mannen hun kaalheid begonnen te omhelzen (en te vieren), maar meneer Mead had in het magazijn van een oude apotheek een half vergeten doos met het tonicum gevonden. 'Pak wat u wilt en zoveel u wilt,' had de winkelbediende gezegd. 'Het kost u alleen maar een knuffel.' Waarop meneer Mead de man een klinkende klap voor zijn raap verkocht met de woorden: 'Wanneer ik behoefte heb aan een knuffel, dan vráág ik er wel om.' En zodoende had meneer Mead, verwikkeld in vettige strijd met zijn eigen onafwendbare haaruitval, zichzelf sedert hun vertrek regelmatig doordrenkt met het goedje. 'Dit is niet zomaar wat geleuter,' beweerde hij met klem. 'Het reactiveert de haarzakjes ónder het oppervlak inderdaad.'

'Als ú het zegt, meneer Mead.'

Onder de achterbank verschool zich een angstige Sukkel, die, na jarenlang Edwins verachting en diverse maffia-aanslagen op zijn leven te hebben overleefd, nu klaaglijk miauwde. Uitgestrekt op de achterbank zelf lag niemand minder dan Meneer Ethiek, die voor de lol was meegekomen en erop hoopte dat hij de kans kreeg om 'degene die verantwoordelijk was voor Tupak Soiree dood te slaan'. ('Het zou niet geheel en al onethisch zijn om die McGreary-knaap aan stukken te snijden; langzaam,' had Meneer Ethiek eerder opgemerkt. Waarop Edwin antwoordde: 'Wij snijden niemand aan stukken. Tenminste niet als hij meewerkt.')

Alle drie de kruisvaarders – de kalende babyboomer, de broodmagere Generatie-Nix'er en de wrede doctor in de filosofie – alle drie droegen ze ongeveer dezelfde zonnebril, halfrond en ultrahip. De lucht was zwaarbewolkt en de schittering van het wegdek minimaal, maar wat was een lange autorit zonder zonnebril? 'Man, wat zien we er goed uit,' zei meneer Mead, zichzelf in de achteruitkijkspiegel opnemend. (Uiteraard bezigde hij de *pluralis majestatis*.) Er was nog een vierde persoon aanwezig, zij het niet in facto maar in de geest. Op het dashboard vastgeprikt, zoals Ecuadoraanse buschauffeurs dat doen met portretten van de Barmhartigheid en de Maagd Maria, was een oude, ietwat wazige, in het voorbijgaan genomen polaroidfoto van May Weatherhill, lachend in een waas van wijn, de ogen gesloten, de robijnrode lippen wachtend op een kus die nooit kwam.

Het stadsgezicht was allang verdwenen. Maïsvelden en scheefgezakte schuren bezoomden de toppen van rollende heuvels. Kleine, anonieme stadjes kwamen en gingen en de woestijn kwam dichterbij, almaar dichterbij.

In de auto meanderde de conversatie voort met een opmerkelijk gebrek aan zin of doel. Op een gegeven moment begon meneer Mead, zoals te verwachten viel, hardop te mijmeren over het verglogen idealisme van de jaren zestig.

'Woodstock,' zei hij, 'was een gebeuren zonder precedent in de moderne geschiedenis.'

Vanaf de achterbank klonk de schaterlach van Meneer Ethiek.

'Ja hoor. Tienerhedonisme dat werd geafficheerd als maatschappe-lijk bewustzijn. Gottegottegot, het is me toch wat! De revolutie werd gecoöpteerd nog voordat ze maar begonnen was.'

Meneer Mead richtte zich tot Edwin en zei, bij wijze van toe-lichting: 'Onze Bob was vroeger marxist.'

'Wás?' zei Meneer Ethiek, en hij kwam overeind. 'Ben ik nog steeds. Laat me jullie dít vertellen, het marxisme was meer dan een ideologie. Het was een religie. Het mag nu dan wel achterhaald lij-ken, maar indertijd bracht het heel wat teweeg. Het was dialectisch materialisme versus kapitalisme. Dat waren pas tijden, vrind.'

'Bent u een commie?' vroeg Edwin, hem met ongelovige, wijd-open ogen aankijkend. 'Een échte commie?' Voor iemand van Ed-wins generatie was dit zoiets als een Cro Magnonmens in levenden lijve tegenkomen.

'Het grappige is,' zei Meneer Ethiek, 'dat beide stelsels, kapita-lisme en communisme, uitgingen van dezelfde vooronderstellin-gen. Hun uitgangspunt was dat het leven in de eerste plaats draait om strijd, om concurrentie. Bij beide waren onrust en ongelijkheid kernbegrippen. Het ene stelsel omarmde dit en het andere schold erop, maar beide beschouwden het als een gegeven. Ze leken meer op elkaar dan we beseften. En nu... word ik geplaagd door een ze-kere twijfel die me wat van mijn stuk brengt.'

'En dat is?' zei meneer Mead.

'Wat als dit geluk®-gedoe klopt? Wat als dit ís hoe het met de wereld afloopt? Geen socialistische heilstaat. Geen kapitalistische cultus van het eigenbelang. Maar enkel dit: het einde van strijd. Het einde van onrust. Wat als dit is waar we altijd naar op weg zijn ge-weest? Onbestemd Amerika. Verwaterd en homogeen. Gelukkig. Oprecht. Nietszeggend. Bloedeloos.'

'Is dat waarvoor we hebben gevochten?' vroeg meneer Mead. 'Al die jaren? Al die eeuwen?'

'Misschien,' zei Meneer Ethiek. 'Wie weet is dit hoe het verhaal eindigt.'

Ethiek en Mead waren nu verloren in een nevel van nostalgie die zowel deprimerend als troostend was, zoals dat pleegt te gaan met nostalgie. 'Ik mis de oude religies,' zei Meneer Ethiek. 'Ik mis de opgeblazen zelfvoldaanheid, de rigide, gesloten leerstelsels. Ik mis de eigendunk. Ik mis de gedrevenheid. Ik mis de zuiveringen en de wreedheid en de bewustzijnvormende bijeenkomsten.' Hij zuchtte weemoedig terwijl hij naar het voorbijschietende landschap keek.

Er volgde een pauze, een ongemakkelijke pauze, waarin ze wachtten tot Edwin zou invallen met zijn eigen bijdrage tot hun gemeenschappelijke nostalgie. Maar met wat kon Edwin hier in vredesnaam op reageren? Wat kon hij in vredesnaam ten beste geven? Wat was na Karl Marx en Woodstock de volgende logische stap?'

'*Dallas*,' zei Edwin. 'De herhalingen. *Dallas* als sociale geschiedenis. *Dallas* als artefact. Jordache-jeans. Pat Benatar en getoupeerd haar. Je maagdelijkheid verliezen en je op datzelfde moment zorgen maken over aids. O, ik mis de heerlijke, vredige tijden van de late jaren tachtig en het begin van de jaren negentig.'

Edwin verwachtte half en half dat ze hem zouden bespotten, zouden komen met het gebruikelijke: 'Is dat alles? Wij, in onze tijd, schreven geschiedenis, jochie.' Maar de stemming was er een van bevestiging en niet van afwijzing, en ze lieten Edwin in zijn waarde. '*Geluk*® heeft van ons allemaal dinosaurussen gemaakt,' zei Meneer Ethiek.

En voort reden ze: een ex-commie, een ex-hippie en een ex-nixer. Drie generaties, verloren en op drift, een uitgestrekt leeg landschap door reizend dat was bezaaid met gevallen helden: Steinbeck, Kerouac, *Knight Rider*.

'Hoe kun je een ex-nixer zijn?' wilde Meneer Ethiek weten.

'Ik was lid van die broederschap,' zei Edwin. 'Maar toen werden ze zo soft en gevoelig dat ik opeens uit de toon viel. Ik werd zogezegd verstoten door de kudde. Toen de nixers hun gevoel voor humor eenmaal kwijt waren, waren ze alles kwijt. Ze verloren precies de dingen die hen beter maakten dan de babyboomers: hun ideologievrije cynisme, hun gevoel voor ironie, hun meedogenloze eerlijkheid.'

'Dat is ons ook overkomen,' zei meneer Mead. 'Zo gaat het nu eenmaal altijd. Op een gegeven moment ontgroei je je generatie. Of zij ontgroeit jou.'

Hoofdstuk 47

De trots van Paradise Flats was zijn bibliotheek, gebouwd gedurende de gloriedagen van het stadje, voor de zoutmijnen op de fles gingen. Met haar indrukwekkende, groen uitgeslagen koperen koepeldak was de bibliotheek het opvallendste bouwwerk in het district. En niet alleen dat, de bibliotheek had het stadje ook zijn bijnaam bezorgd: de smaragden stad. Feitelijk stelde Paradise Flats als stadje niet veel voor, en de daken waren van koper en niet van smaragd.

De bibliotheek was zoveel als een handelsmerk geworden. Dus toen het gemeentehuis en het seminarie werden gebouwd, besloot men deze eveneens te voorzien van een koperen dak en die moesten zijn voltooid vóór de viering van onafhankelijkheidsdag in 1897. Alleen was er een probleem. De gekoperde daken van de nieuwe gebouwen waren glanzend bruin als een pas gemunte cent, en ze bezaten niet de statig groene kleur die de daken van de oudere gebouwen gaandeweg hadden aangenomen. Dit veroorzaakte grote consternatie bij de gemeenteraadsleden, want zij hadden Paradise Flats maandenlang aangeprezen als een stadje dat wijd en zijd bekendstond om zijn 'gebouwen met majestueuze groene daken'.

Toen men vernam dat zuur het verouderingsproces zou bespoedigen en dat de urine van mensen hiervoor precies de juiste zuurgraad bezat, werd er op de vooravond van de optocht een heldendaad verricht. Koene mannen, arbeiders evengoed als zakenlieden, bundelden hun krachten en hielden een plasmarathon – hierbij overvloedig versterkt met rijkelijke hoeveelheden (op beukenhout gerijpte) pils uit de kroeg. En waarachtig, het koper nam de juiste, statige tint groen aan en het festijn van de vierde juli liep op rolletjes. De opgewekte mensenmenigte stelde zich op langs de Hoofdstraat om de ondergepiste daken van Paradise Flats te bewonderen. De toekomst lag voor hen uitgespreid als een luchtspiegeling, lokkend en op het oog nagenoeg voor het grijpen.

Helaas zou die glorieuze zomer van 1897 nooit weer geëvenaard worden. Toen de zoutmijnen eenmaal waren uitgeput barstte de zeepbelhuizenmarkt uiteen en werd de Berton-spoorlijn opgeheven. De spoorwegmaatschappij verlegde haar belangrijkste route meer naar het oosten, richting kust, en zij die achterbleven berustten, in eindeloze, weemoedige 'als-ik-maars' en 'misschien-op-een-dags'. De feestelijkheden van de vierde juli slonken met het jaar, tot er ten slotte meer mensen in de optocht meeliepen dan ernaar keken.

En dit vatte de laatste jaren van Paradise Flats wel aardig samen: meer mensen in de optocht dan ernaar keken. De wereld ging aan het stadje voorbij, als een processie waarvan men vanuit de verte een glimp opving, op tv, via radioberichten uit den vreemde. Het leven speelde zich elders af. De afgelopen vijf jaar had Paradise Flats niet eens de moeite genomen om op de vierde juli een optocht te organiseren. Men beperkte de feestelijkheden ter gelegenheid van onafhankelijkheidsdag tot de verkoop van thuisgemaakte lekkernijen en het roosteren van marshmallows. (Vroeger werden er op onafhankelijkheidsdag Weense worstjes gegrild, maar toen de gemeente haar faillissement eenmaal had aangevraagd werd de begroting gesnoeid.)

De gemeenteraad van Paradise Flats verdween zonder dat iemand daar eigenlijk erg in had, zoals een modderpoel opdroogt wanneer je even niet kijkt. Het district nam de financiën van het stadje over, de reguliere Kerken verdwenen praktisch, en hun plaats werd ingenomen door een extreme groep van slangenvereerders en in vreemde tongen sprekende baptisten, die het spoor volgden van troosteloze levens geleefd tegen een troosteloze achtergrond en in Paradise Flats een gemeenschap aantroffen hunkerend naar spiritualiteit. Of bij gebrek daaraan naar eenvoudig gospelvermaak.

Tegenwoordig strekt de Hoofdstraat van Paradise Flats zich breed en verlaten uit langs dichtgespijkerde winkels en braakliggende percelen. In de scheuren in de trottoirs groeit onkruid en midden op de rijweg liggen door de hitte versufte jachthonden. Zo'n soort plaats is het. Het soort plaats waar een hond niet direct gevaar loopt wanneer hij midden op de Hoofdstraat een dutje gaat liggen doen. Het verkeer was schaars en langzaam. Automobilisten zouden trouwens waarschijnlijk gewoon uitwijken en het beest laten slapen. (Dikke kans dat ze wisten wiens hond het was en hoe hij heette.) De straten van Paradise Flats lagen er vrijwel verlaten bij. Rollende bollen amarant in de straten en het beeld was compleet geweest. Let wel, het moderne equivalent van amarant was in ruime mate voorhanden: in de wind opbollende plastic zakken die door de stegen rolden, stof deden opwaaien en aan hekken bleven hangen.

'Goeie god,' zei Meneer Ethiek, terwijl Edwin snelheid minderde. 'Het is een spookstadje.'

Niet helemaal. Er waren nog enkele zaken open, waaronder een stoffig, zongebleekt pompstation met een roestig, traag in de wind zwaaiend, knerpend uithangbord.

Het pompstation was niet van deze tijd. In een oude, buikige koelkast lagen flesjes Fresca te koop. 'Fresca?' zei meneer Mead. 'Maken ze dat nog?' De flesjes hadden zelfs geen draaidoppen. Je moest de doppen er op de rand van de toonbank af slaan.

'Welkom in Paradise Flats,' zei de eigenaar, een man die zo te zien met reserveonderdelen in elkaar was gezet. Zijn oren waren vleermuisachtig, zijn ogen stonden sluw, zijn kin was non-existent en zijn hals leek op die van een kalkoen. Zijn ogen pasten niet bij elkaar. Man, ze stonden zelfs niet eens behoorlijk recht naast elkaar. (Zo verbazingwekkend was dat nou ook weer niet. Dit was tenslotte het centrum van de inteelt, waar een man placht te zeggen: 'Mag ik u aan mijn vrouw en zuster voorstellen,' terwijl er maar één vrouw naast hem stond.)

'Als de titelmelodie van *Deliverance* begint te spelen, ben ik hier weg,' fluisterde Meneer Ethiek.

'Akkoord,' zei meneer Mead. 'Bij het eerste teken van banjomuziek en sodomie smeren we hem.'

Stereotypen even terzijde gelaten; de eigenaar van het pompstation was een opmerkelijk man van vele talenten. Hij las ter ontspanning oude algebraboeken, sprak Spaans en twee Hongaarse dialecten en had ooit uitsluitend van allerlei losse troep een amfibievoertuig gebouwd. (Welk wapenfeit indrukwekkender was geweest indien zich ergens in de buurt een watermassa had bevonden waarin hij zijn voertuig kon testen. Misschien was hij toch het product van inteelt.)

De mensen in Paradise Flats mochten graag zeggen dat ze aan de rand van de woestijn woonden, maar feitelijk bestond er geen duidelijke scheidslijn, geen grens, tussen laten we zeggen met kreupelhout begroeid terrein en een droge woestenij. De inwoners van Silver City spraken in elk geval altijd over het stadje als liggend 'in de woestijn'. Paradise Flats glinsterde in de hitte, de droge wind golfde over de daken en de verschroeide, rode zandvlakte schilferde en barstte als door de zon verbrande huid.

'Hebben al in geen halfjaar een fatsoenlijke regenbui gehad,' zei de man van het pompstation. 'De laatste keer dat er regen viel was de bodem zo droog dat je hem zowat "ahhh" hoorde doen. Tuurlijk werden de zijstraten één modderbende en werd er tijdens het oversteken meer dan eens een schoen verloren. Maar de bloemperken kwamen in volle bloei, zij het voor maar een paar dagen. Daarom denk ik dat het toch prima was.'

'Dat denk ik ook,' zei Edwin, die een koud flesje Fresca tegen zijn gloeiende gezicht hield. Ware er geen kleverige nasleep geweest, dan had hij de hele inhoud over zijn hoofd uitgegoten en zich uitgeschud als een natte hond.

Meneer Mead liep naar de toonbank, wierp de man even zijn beste onoprechte stadsglimlach toe en zei: 'Zeg eens, vrind. We zijn op zoek naar een ouwe studiemaat van me. Een knaap die McGreary heet. Weet je toevallig waar we hem kunnen vinden?'

's Mans argwaan was onmiddellijk gewekt en zijn ogen vernauwden zich. 'Stúdie, zei u?'

'Inderdaad. We kennen elkaar al héél lang.'

'Heus? En hoe oud precies bent u dan wel niet? Weet u, ouwe Jack is minstens tachtig. Werd volwassen tijdens de grote depressie, diende tijdens de oorlog overzee. Landde op de stranden van Normandië; landde met de eerste aanvalsgolf. Werd drie keer geraakt, maar ze lapten hem op en stuurden hem de oorlog weer in. Hielp Europa bevrijden, zekers. U zult daar toch niet met Jack geweest zijn toen hij de stranden van Normandië bestormde, is het wel?'

'O, zei ik míjn studievriend?' meneer Mead lachte de vergissing weg. 'Wat ik bedoelde te zeggen, was mijn váder zijn studievriend. Zij vochten samen in de oorlog. Helden, alle twee.'

'Wat vertelt u me nou?' Inmiddels had de man zijn ogen tot hele smalle spleetjes geknepen, alsof hij tegen de zon in tuurde. 'Want hier gaat het verhaal dat Jack oneervol ontslag uit militaire dienst kreeg, eruit vloog omdat hij spullen uit de officiersmess naar buiten smokkelde. Zat zeven maanden in het cachot vanwege zijn zwarte-marktstreken. Verliet de dienst met een slechte naam. Dat zal toch zeker niet de Jack McGreary zijn naar wie u op zoek bent, is het wel?'

Meneer Mead leunde over de toonbank heen en zei met omfloerste, Clintoneske stem: 'Jack mag dan fouten hebben gemaakt, voor mij zal hij altijd een held blijven.'

'U meent het,' zei de eigenaar.

Terwijl meneer Mead steeds stunteliger poogde de inboorlingen in het ootje te nemen, slenterde Edwin wat door de paden van het armzalige pompstationwinkeltje, zich verbazend over de verbleekte verpakkingen en stoffige inventaris. Er waren oude, felgekleurde poppen te koop en ansichtkaarten uit de jaren veertig op rekken die niet meer draaiden. Op de planken lagen carburateurs naast Boxcar Willie-spoortreintjes, nog in de originele krimpfolieverpakking. En opeens, terwijl Edwin snuffelde in een willekeurige doos met spijkers van een incourante maat en oude bougies, viel hem iets in het oog. Hij keek op en zag recht tegenover zich een verbleekte, van alle kleur ontdane reclame voor Red Seven-kauwgom. Het duurde eventjes voordat Edwin de draagwijdte hiervan begreep en besefte wat het was aan deze tot pasteltinten vervaagde affiche met zijn omgekrulde hoeken dat zijn aandacht vasthield. Edwin herinnerde zich Red Seven uit zijn jeugd. Men staakte de productie ervan toen Edwin nog op de lagere school zat (had iets te maken met rode kleurstof nr. 7 die geboorteafwijkingen veroorzaakte bij proefratten), ofschoon het in de derde wereld verkocht bleef worden tot Wrigley's het bedrijf als een dot kauwgom verzwolg.

Wat was er met die Red Seven-kauwgom? Wat was er met deze affiche? En opeens… en opeens zag hij het. In verbleekte letters onder aan de affiche: de slagzin. Red Seven, namelijk, werd in een twee-halen-één-betalenverpakking verkocht en de slogan luidde: '*It's a Two-Pack Soiree of Good, Good Bubble Gum Flavour!*' Edwin werd er koud van. Hij huiverde, zoals dat gebeurt wanneer je over een graf loopt, net wanneer een zacht windje door het hoge gras ruiselt. Een *two-pack soiree*. Ze naderden hun doel. Het uur des oordeels kwam dichterbij.

Edwin liep terug naar de toonbank en fluisterde 'Kom mee!' tegen meneer Mead.

Maar inmiddels had meneer Mead zo'n breed web van leugens gesponnen dat het hem moeite kostte zich eruit te bevrijden.

'Dus,' zei de eigenaar, 'de drilmeester van de neef van uw vader probeert Jack McGreary op te sporen om de laatste wil en het testament van een anonieme schenker uit te voeren en hij heeft u gevraagd om als executeur op te treden?'

'Ja, ja, verdomme,' zei meneer Mead. 'Kom op, waar is hij nou?'

Edwin, door beide mannen genegeerd, zuchtte en bekeek de displays met snoep en goedkope prullaria die opgestapeld stonden naast het kasregister (zo'n oude kassa waar de cijfers uit aparte sleuven omhoogschoten). En daar, voor Edwins neus, in een kartonnen doosje naast de toverballen en plastic molentjes, lag een handvol stickers te koop. Madeliefjesstickers. Tien cent per stuk.

'Ik zie Jack niet vaak. Hij komt hier nooit.'

Edwin keek op van de doos met madeliefjes. 'Jack McGreary

komt hier voortdurend,' zei Edwin. 'Hij loopt rond, kijkt wat er op de schappen ligt, en een tijd terug kocht hij een handjevol van deze stickers.'

De man achter de toonbank hield op met praten. Hij draaide zich om en keek naar Edwin. 'Hoe weet jij dat? Hoe weet jij dat van die bloemen?'

'Waar is hij?' vroeg Edwin.

'Weet je,' zei de man, 'ik moet Jack niet echt. Niemand hier. Maar we verdragen hem, hebben dat altijd gedaan en zullen dat altijd blijven doen. En hij verdient beter dan een stelletje invorderaars met een snelle babbel dat hier stiekem komt rondsnuffelen. Ik heb hier een goed geolied dubbelloops jachtgeweer onder de toonbank liggen. Dus, jongens, als jullie mijn zaak niet nú verlaten dan heb ik de wil om op jullie te schieten wegens het betreden van verboden terrein. Met de nadruk op wíl.'

Meneer Mead snoof. 'Je kunt niet op iemand schieten wegens het zich bevinden op verboden terrein als hij zich tijdens officiële openingstijden in een openbare gelegenheid bevindt.'

'In het Dacob-district kan dat. Plaatselijke verordening nummero 7701. Dus wegwezen, voordat ik mijn geduld helemaal verlies.' Zijn hand verdween al onder de toonbank.

'Best, best,' zei meneer Mead, en ze stampten naar buiten, de hordeur met een klap achter zich dichtslaand.

'Waarheen nu?' zei meneer Mead.

'De bibliotheek,' zei Edwin.

De van prachtige zandsteen gebouwde, laat-Victoriaanse bibliotheek gold nog steeds als het imposantste bouwwerk in het district, ook al was haar ooit voorname plein gereduceerd tot een schriel lapje bruin gras rond een fontein die al in geen jaren water had gezien. De parkbanken gingen deels schuil achter en onder hoog opgeschoten dor onkruid en de verf bladderde dermate dat het deed denken aan eczeem in de terminale fase. Het verbrokkelende beton maakte diepe sleuven in het tuinpad en de treden van de trap die naar de bibliotheek zelf leidde zaten vol gaten.

Maar zelfs nu nog, na al die jaren, was het een schitterend gebouw.

Binnen was het stoffig en duister en in tegenstelling tot de verzengende zon buiten heerste hier niet zozeer koelte als wel ietwat minder hitte. De bibliothecaresse, een lange vrouw met dunne lippen, die het hellevuur zelve leek uit te stralen, verschool zich achter een stapel oude boeken en ze leek niet van zins hier uit zichzelf achter vandaan te komen.

'Hallo? Is daar iemand?'

Niets. Ze konden haar zien, in elkaar gedoken en veinzend hen niet op te merken, in de hoop dat ze zouden weggaan.

'Neem ons niet kwalijk dat we u lastigvallen, maar we vroegen ons af –'

'Bibliotheek is gesloten,' zei ze.

'Er stond "open" op het bordje op de voordeur.'

'Dat staat er altijd,' snauwde ze. 'Dat maakt niet uit, want de bibliotheek is gesloten. Ik ben alleen 's morgens open. Iedereen weet dat.'

Ik ken haar ergens van, dacht Edwin. *Amerikaanse griezelverhalen.* Zij stond naast die ouwe vent met de hooivork.

'We zijn op zoek naar Jack McGreary,' zei meneer Mead.

Hierop veranderde haar gezichtsuitdrukking van streng afkeurend naar stiekem nieuwsgierig. 'Meneer McGreary? Hoezo, zit hij in moeilijkheden?'

'Misschien,' zei Edwin.

Haar gezicht begon te stralen en ze klapte nog net niet in haar handen van plezier. 'Ik wist het wel! Ik wist dat het hem zou opbreken.'

'Het?' zei Edwin snel. 'Wat bedoelt u met "het"?'

'Zijn verleden. Zijn grove taal. Zijn vreselijke gebrek aan manieren. Hij is niet te vertrouwen; dat weet iedereen. Agnes van de kruidenier zei dat ze hem betrapte toen hij zó uit het blik sardientjes opat. Stelt u zich eens voor! Ze zei dat hij zijn eigen blikopener had meegenomen naar de winkel.'

'We zijn hier niet vanwege de sardientjes,' zei Edwin.

'Nee?' Ze klonk oprecht teleurgesteld.

'Nee, we zijn naar hem op zoek en we dachten dat u ons misschien zou kunnen helpen. Ik vermoed namelijk dat hij vrij vaak in de bibliotheek komt.'

'O, inderdaad,' zei ze met een stem waar de afkeuring van afdroop. 'Bijna iedere dag. Trekt er dit boek uit en dat boek uit, gooit mijn hele systeem in de war. Voert ieder boek onder de zon af, duwt ze naar huis in dat aftandse winkelwagentje van hem – dat hij bovendien ook bij de kruidenier stal. Meneer McGreary was hier vanmorgen nog. Leverde een stapel boeken in, allemaal te laat, met die verschrikkelijke krabbeltjes van hem in de kantlijn. Ik heb hem meer dan eens gezegd dat hij geen aantekeningen in mijn boeken mag maken, maar dan zegt hij gewoon: "Hoezo? Niemand anders in dit dondersе stadje leest ze." Behalve dan natuurlijk dat hij geen "dondersе" zei. Dat stuk heb ik maar gekuist. Hij slaat erg onbehoorlijke taal uit.'

Meneer Ethiek bekeek de stapels boeken, de plankenrijen op drie verdiepingen, de oude verrijdbare ladders die roestig op hun rails hingen. Het rook allesoverheersend muf en schimmelig. De hele sfeer hier was zwaar van woorden en ernstig van ideeën. Het was eerder een magazijn voor vergeten werken dan een bibliotheek.

'Al sinds de jaren twintig hebben we geen nieuwe aanwinsten.' De bibliothecaresse zei dit met een zekere mate van misplaatste trots. 'Het merendeel van de boeken maakt deel uit van de oorspronkelijke schenking uit 1894, ten tijde van de explosieve economische groei in onze stad. Wetenschappers van de universiteit in Phoenix zijn hierheen gekomen om onze collectie te catalogiseren. Ik wou maar dat meneer McGreary ophield met ze te lezen. Ze zijn veel te kostbaar om gelezen te worden, ziet u. Er zitten veel eerste drukken bij. Sommige zijn duizenden dollars waard. Let wel, duizenden.'

'Werkelijk?' vroeg Meneer Ethiek een beetje al te begerig. 'En welke mogen dat dan wel niet zijn?'

Iets zat Edwin dwars. 'U heeft alleen oude boeken? Niets recents? Niets nieuws? Dit zijn de enige boeken die meneer McGreary leest?'

'O, nee. Hij leest alles. Hij maakt misbruik van ons interbibliothecair uitleningssysteem, dát verzeker ik u. Bestelt altijd boeken uit de centrale bibliotheek, en maar klagen als ze niet komen. Er valt met die man geen goed garen te spinnen. Hij werd eens zo kwaad dat hij in het weekend met die vreselijke pick-up van hem naar de stad reed en daar elke tweedehandsboekhandel afliep. Hij kwam terug met dozen vol boeken in de laadbak. Let wel, dozen en dozen. En u zult nooit raden wat voor soort boeken dat waren. Nooit.'

'Zelfhulp,' zei Edwin. 'Hij kwam terug met dozen vol zelfhulp-boeken. Waarschijnlijk kan ik een lijst met titels voor u opschrij-ven: *De kracht van positief denken, Eenvoudig leven in een ingewik-kelde wereld, Welvarend en wijs-boeddhistisch zakendoen, Het minst begane pad...*

Dit overdonderde de bibliothecaresse. 'De details zijn me niet bekend, maar inderdaad, het waren zelfhulpboeken. Stuk voor stuk. Stapels en stapels zelfhulp. Hoe wist u dat in 's hemelsnaam?'

'Ach, ik ken meneer McGreary beter dan u denkt,' zei Edwin, en hoe meer hij hoorde des te meer kreeg hij het gevoel dat hij naar een zichzelf voortbrengende echo luisterde. En hij vroeg zich af of Jack misschien in feite niet zijn eigen versplinterde spiegelbeeld was, vroeg zich af of hij misschien al die tijd niet jacht had gemaakt op zichzelf.

'Nou, ik kan u wel vertellen,' zei de bibliothecaresse, 'dat Jack McGreary een akelige, akelige man is. Bijna iedere week gaat hij naar Silver City. Hij zegt dat het voor medisch onderzoek is, maar iedereen weet wat hij daar in werkelijkheid doet.' En hier daalde haar stem tot een dramatisch gefluister. 'Hoerenlopen en drinken. U hoort het goed, hoerenlopen en drinken. Het is een man met duistere driften. Ik vrees voor mijn veiligheid wanneer hij hier in de bibliotheek komt. Echt waar. Ik vrees voor mijn veiligheid; en ook voor mijn kuisheid. Vaak brengt hij hier de hele ochtend door, gebogen over een of ander obscuur boek dat hij helemaal achterin gevonden heeft. Wanneer we hier samen alleen zijn, heb ik een ge-voel alsof ik in de val zit. Waarachtig. Daar wordt een vrouw ner-veus van. Hij heeft... hij heeft een bepaalde, dierlijke uitstraling.

En nu, ik hoop dat u het mij niet kwalijk neemt, raak ik helemaal in de war. Het is die hitte. Ik smelt weg en ik moet naar huis om te gaan liggen.'

Meneer Mead stapte naar voren met een alles verschroeiende glimlach en diezelfde neerbuigende grotestadsmanier van doen die hij daarvoor geprobeerd had zonder het gewenste effect. Dit keer echter werkte het. De bibliothecaresse interpreteerde zijn neerbuigende openheid als vleierij.

'Juffrouw, ik ben u ongaarne tot last,' zei meneer Mead. 'Maar denkt u dat u ons zou kunnen helpen? We móéten meneer Mc-Greary vinden. Het is voor zijn eigen bestwil. Het enige adres dat we hebben is een postbusnummer. En toen we hem met mijn mobiele telefoon probeerden te bellen, bleek zijn nummer niet meer aangesloten te zijn.'

'Dat weet ik,' zei ze. 'De telefoonmaatschappij heeft hem afgesloten. Pas geleden, vorige week.'

'Wegens wanbetaling?'

'Nee, niet dit keer. Het ging om rare telefoontjes. Hij belde constant leden van de Kamer van Koophandel op en stak dan hele toespraken af over zijn ideeën. Ook tegen de bankdirecteur. We hebben hier maar één filiaal, ziet u, en toch dreigt meneer McGreary altijd dat hij zijn rekening gaat opzeggen en naar een andere bank stapt. Er gaan geruchten.'

'Geruchten?'

'Over zijn geld. Ze zeggen dat hij zijn geld in zijn matras bewaart. Ze zeggen dat hij in het geheim miljonair is. Ze zeggen dat hij zijn ziel aan de duivel heeft verkocht. Wat vindt u daarvan?' (In Paradise Flats was de duivel de troefkaart. Eenmaal uitgespeeld, was je niet meer te kloppen. En als Jack onder één hoedje speelde met de duivel, wat viel er dan nog te zeggen?)

'Zijn adres?' vroeg meneer Mead.

'O, ja. Hij woont op het caravanterrein, aan de overkant van het spoor bij het oude Compascorgebouw. U kunt het niet missen. U kunt het absoluut niet missen. De enige caravan daar is van hem. Alle anderen zijn daar lang geleden vertrokken.'

'Mag ik u iets vragen?' zei Edwin, terwijl ze zich opmaakten om te vertrekken. 'Heeft u weleens gehoord van een boek dat *Wat op de berg tot mij kwam* heet?'

'Ik lees niet,' zei ze resoluut. 'Boeken lezen is iets voor ledige geesten.'

Edwin glimlachte. 'Ik ben het roerend met u eens.'

Hoofdstuk 48

'Hij woont op het caravanterrein aan de overkant van het spoor bij het oude Compascorgebouw. U kunt het niet missen.'

Zij kónden het missen. En deden dat ook. Het 'oude Compascorgebouw' bleek een dichtgespijkerde keet van B-2-blokken met een dak van gegolfd ijzer dat in niets opviel anders dan door zijn totale onaanzienlijkheid. Het was me het oriëntatiepunt wel. (De rails zelf waren lang geleden verwijderd, maar het onzichtbare pad dat ze hadden gemaakt bestond nog: een lang recht litteken van verwaarlozing dat door het centrum van het stadje liep.)

'Het ouwe Compascorgebouw?' De oude man die op krukken door de Hoofdstraat strompelde was verbaasd dat iemand het gebouw niét zou kennen. 'Neemt u me nou in de maling? Dat was een enorm bedrijf. Iedereen weet waar het ouwe Compascorgebouw staat. Maar ze verkopen geen verzekeringen. Niet meer. Het is opgeheven, al bijna zeven jaar. Waar u het kan vinden? Het ouwe Compascorgebouw, bedoelt u? Bij de ouwe drogist. Weet iedereen toch.'

Edwin, wiens geduld zwaar beproefd werd, zuchtte/gromde en zei: 'En waar mag de oude drogist dan wel zijn?'

'O, die staat naast het ouwe Compascorgebouw.'

Natuurlijk. Op dat moment stapte Edwin uit de auto, liep eromheen en sloeg de man bewusteloos met een van zijn eigen krukken.

'We proberen het caravanterrein te vinden,' zei Edwin.

Hierop sloeg de man steil achterover. 'Het caravanterrein? Maar dat is al jaren gesloten. Daar woont niemand meer, alleen gekke Jack McGreary. Da's een kluizenaar, weet u. Gaat met niemand van ons om. Afstandelijk. Heel anders dan wij. Denkt dat hij beter is dan iedereen. Een echte snob. Nou, u mag gerust weten, als Jack McGreary denkt dat hij zo hoog boven ons verheven is, dan kan nie verdomme –'

Edwin zuchtte. 'Stuur ons nou gewoon maar de goede kant op, okay?'

'… en dus zegt Jack tegen het schoolbestuur dat we op school geen gebeden kunnen toestaan, omdat scholen "spectaculair van aard horen te zijn". Wat moet je daar, potverdorie, nou van bakken?'

'Seculair,' zei Edwin, wederom met een zucht. (Sinds zijn aankomst in Paradise Flats had hij heel wat afgezucht. Die uitwerking had het stadje op een mens.) 'Ik weet zeker dat hij "seculair" zei.'

'Nou, hij is een verdomde atheïst, als u het mij vraagt. U wilt Jack zien, mij best. Bij de volgende hoek neemt u de Iepenstraat (in de hele Iepenstraat was geen iep te bekennen), die rijdt u uit tot de Eikenlaan (dito), en die volgt u helemaal tot aan de Zeewind-Zeebocht' (dito, dito, dito; het was zelfs niet eens een bocht maar een zandpad). 'Daar ziet u een vlak, leeg terrein en één eenzame stacaravan. Daar woont Jack. Maar wees voorzichtig, McGreary is een gevaarlijke vent. Een herrieschopper. Een echte herrieschopper; en een snob. Eens, bij een vergadering over de stadsontwikkeling, staat hij op zijn achterste benen en, brutaal als de neten, vraagt hij op hoge toon wat Ellen heeft gedaan met de rente van het pensioenfonds van de gemeenteambtenaren. Toen zeg ik tegen hem: "Ga zitten, Jack, het kan niemand wat schelen wat jij te zeggen hebt." En raad 'es wat die smeerlap zegt. Raad 'es. Hij zegt tegen me –'

Edwin wist niet hoe snel hij moest wegkomen. De banden wierpen een droge cumulusstofwolk op toen Edwin plankgas gaf.

'Doodslag,' zei Meneer Ethiek op de achterbank. 'Als je zo'n oude babbelzieke lul doodde, zou geen jury je ooit veroordelen.'

Edwin keek in de achteruitkijkspiegel, zag de oude druiloor nog heftig tegen het stof fulmineren en zei: 'Je zou weleens gelijk kunnen hebben, Bob. Je zou weleens gelijk kunnen hebben.'

Hoofdstuk 49

De zilverkleurige caravan stond te braden in de hitte. De ondraaglijke ultraviolette stralen van de woestijnzon werden fel schitterend weerkaatst door het metaal. Een bord, de tekst verbleekt tot weinig meer dan een herinnering, gaf aan dat zich hier Schoonzicht, gemeenschap van caravanbewoners bevond. Maar behalve die ene 'eenzame' stacaravan duidde niets op enigerlei gemeenschap in heden of verleden, semi-nomadisch of anders. In een met rotzooi bezaaide voortuin stond een roestige pick-up zonder schokbrekers geparkeerd. Er was een slap, doorhangend verlengsnoer naar een elektriciteitspaal een eind verderop gespannen. De horizon strekte zich plat en gebakken naar alle kanten uit.

'Kun je je voorstellen dat je hier woont?' fluisterde meneer Mead. Zijn gezicht was nat van het zweet, zijn stem klonk zwak en schor. 'Een metalen caravan aan de rand van de woestijn, zonder enige schaduw? Alsof je in een oven woont.'

Edwin zette de motor uit en liet de auto het laatste stukje uitrollen tot hij tot stilstand kwam. Stilte. In de caravan was geen beweging te bespeuren; geen gegluur door zonneblinden, geen geknars van een deur.

'Rijd je ons er niet wat dichter naar toe?' vroeg Meneer Ethiek, kijkend naar de enorme lap grond die hun auto scheidde van de voordeur.

Edwin stapte uit, beschermde zijn ogen tegen de zon en tuurde naar de caravan. Ethiek en Mead voegden zich bij hem en op de achtergrond begon zachtjes de titelmelodie van *The good, the bad and the ugly* te spelen.

'*The wild bunch* weleens gezien?' zei Edwin. 'Sam Peckinpah. Aan het slot loopt een groep cowboys over het midden van de weg naar een beslissend treffen. Nou, dit is het dan. Willen we een echte Peckinpah-aanpak, dan hebben we nu de gelegenheid.'

'Werden ze aan het eind niet allemaal gedood?' vroeg Meneer Ethiek.

'Wácht!' Dit was meneer Mead. 'Zagen jullie dat? Het zijraam, daar. De gordijnen bewogen. Net nu... dáár! Weer, zagen jullie dat?' Hij liet zijn stem dalen. 'Er kijkt iemand.'

Meneer Mead rechtte zijn schouders en stapte naar voren met een exemplaar van *Wat op de berg tot mij kwam*, dat hij hoog boven zijn hoofd hield, als een baken. Het was hetzelfde zweet-vochtige exemplaar dat hij al vanaf dat ze de stad verlieten bij zich had gedragen, en hij hield het zo'n beetje beet zoals Oost-Europeanen amuletten en knoflooktenen tonen om gevaar af te weren. Of het kwaad.

'Meneer McGreary!' schreeuwde hij met het boek hoog in de lucht. Zijn stem bulderde door de leegte. In de kale woestijnvlakte buiten Paradise Flats leek het alsof je in een vacuüm schreeuwde; omdat niets geluiden terugkaatste, losten ze op in de stilte. Het was een landschap zonder bergen, een landschap zonder echo's. 'Meneer McGreary! Kunnen we u heel even spreken? We zijn fans van u. En we vonden uw boek prachtig!'

Het antwoord kwam onmiddellijk en onverwacht: een geweerschot, een hard whoemp. Het boek knalde uit elkaar en het regende brokstukken en papiersnippers.

'Jezus christus!' Meneer Mead viel op zijn knieën. Meneer Ethiek sprong halsoverkop op de achterbank. Edwin had zich in een reflex gebukt, maar week niet. Hij rende niet weg en verstopte zich niet.

'Die krankzinnige schoft vermoordt ons!' schreeuwde meneer Mead terwijl hij met gebogen hoofd naar de voorste passagiersstoel holde. In de roestige loop van een sovjetgeweer kijken was één ding, maar oog in oog staan met een kwaadaardig genie in diens eigen voortuin was gans andere koek. 'Laten we maken dat we hier wegkomen!' blèrde meneer Mead. 'Weg, weg, weg!'

Edwin draaide zich vol afkeer om en keek neer op de twee mannen die zich klein hadden gemaakt in de auto. 'Meneer Mead, als hij u had willen doden, dan zou u nu dood zijn. Hij mikte op het boek.'

'Kan me niet schelen! Het is over. Instappen en rijden, verdomme.'

'Ik heb altijd geweten dat u een lafaard was,' zei Edwin. (En op dat moment vloog de afkeer rond als spuug.)

'We gaan,' zei meneer Mead. 'Nú. Einde discussie.'

'O, ja? Nieuwsflits, Einstein: ik heb de autosleutels.' Edwin stak ze omhoog en rammelde ermee. 'En wij gaan nergens heen. We gaan dit doen; we gaan afmaken waarmee we begonnen zijn.' Hierop richtte Edwin zijn aandacht weer op de caravan met zijn zilverglinsterende huid. Hij haalde diep adem om tot bedaren te komen. Zijn shirt zat inmiddels op zijn rug vastgeplakt en de zweetparels drupten uit zijn haar. Maar hij forceerde zichzelf tot een koelbloedig rustige houding. 'Meneer McGreary!' schreeuwde hij. 'Ik ben Edwin de Valu. Ik was uw editor bij Panderic. We hebben met elkaar getelefoneerd, weet u nog?'

Niets. De stilte was zenuwslopend en de hitte maakte Edwin licht in het hoofd, bijna hallucinair. Hij zette een stap naar voren… en er wolkte stof op van een kogel die op een punt enkele centimeters van zijn voeten af was gemikt.

'Reservesleutels!' krijste meneer Mead. 'Onder de achtermat, Bob. Snel!'

Meneer Ethiek liet zich op zijn buik van de achterbank naar de bestuurdersplaats glijden, dook onder het dashboard, startte en gooide de auto in zijn achteruit. 'Edwin,' schreeuwde hij. 'We gaan hulp halen! Houd vol, we komen terug.'

'Stop!' schreeuwde Edwin, die tevergeefs begon te rennen, terwijl Meneer Ethiek de auto steeds sneller achteruit zijn eigen stofwolk in liet rijden. 'Kom terug!' schreeuwde Edwin. 'Kom terug, harteloze schoft die je bent!'

Weg waren ze. Edwin stond alleen, zonder een plek om zich te verstoppen. Met de handen omhoog draaide hij zich om en wachtte op het volgende schot. Dat niet kwam. In plaats daarvan hoorde hij vanuit het binnenste van de caravan een diep, bassend geluid komen. Het begon als gegrinnik, groeide uit tot een lach en zwol aan tot een bulderend, ruw geschater. Is dit het allerlaatste geluid dat ik zal horen, dacht Edwin. Waanzinnig mefistofelisch gelach? Is dit het laatste geluid dat ik hoor?

Het zweet liep nu in straaltjes langs Edwins lichaam, doorweekte zijn broekband, maakte strepen op zijn gezicht, prikte zoutig in zijn ogen. Hij zette een stap naar voren, toen nog een. Langzaam, langzaam. En toen de vizierhoek eenmaal kleiner was begon hij te rennen – soepel te springen eigenlijk – in elkaar gedoken zigde en zagde hij zo goed als hij kon tot hij de deur van de caravan bereikte.

'Niet schieten!' schreeuwde hij. 'Ik kom naar binnen en ik ben ongewapend. Dus niet schieten!'

Ah, maar dat was niet helemaal waar. Edwin was wel degelijk gewapend. Een klein pistool, het magazijn geladen en schietklaar, was met stukken Velcro tegen de binnenkant van zijn rechterkuit gebonden. 'Ik heb geen kwaad in de zin!' zei Edwin. En ook dat loog hij.

De hordeur zwaaide open in een benauwde somberte, waar de allesoverheersende, penetrante lucht van zweet en oude tabaksrook hing. 'Jack?' zei Edwin, terwijl hij naar binnen stapte.

Hij had verwacht in de loop van een geweer te zullen kijken met daarachter duivelse ogen als gloeiende kooltjes. In plaats daarvan zag hij een ruimte boordevol... boeken. Dozen en dozen met boeken. Ze stonden overal hoog opgestapeld. Een onopgemaakt divanbed met tot op de draad versleten, verschoten kussens was zo ongeveer de enig waarneembare open plek. Dat en een doorgezakte, geruite leunstoel met opengebarsten naden, waar broodkorsten en koffiekoppen omheen lagen als neerslag na een explosie. Dozen en boeken. Boeken en dozen. En daar in het midden, in het halflicht, stond Jack McGreary.

Het schietwapen, een of ander jachtgeweer, lag op een aanrecht met potten en pannen op stapels en bezaaid met borden... en nog meer boeken. Jack stond daar in zijn onderhemd met een fles Southern Comfort en een gebarsten glas voor zich. Zijn gezicht werd van opzij belicht door een speer van licht die door het raam naar binnen viel. Het was het gezicht van een beer. Het gezicht van een bokser. Zware kaken, dubbele kin, gebroken neus, ongeschoren. De ogen waren op Edwin gericht door een leesbril met halve glazen, wat bij deze man een ietwat zonderlinge aanblik bood. Het haar was spierwit en slecht geknipt en het stak alle kanten uit alsof hij zojuist was ontwaakt uit een Rip van Winklesluimer. De handen die de fles pakten om een scheut whisky in het glas te gieten waren enorm. Ze zagen eruit als de handen van een metselaar: de knokkels lomp en gegroefd, de vingers zwaar, de huid leerachtig. Dit waren niet de handen van een goeroe, noch die van een schrijver.

In later jaren, toen de herinnering aan deze ontmoeting allang was getranssubstantieerd tot een mythe, waren het niet de ogen – steengrijs koud – of de immense omvang en lengte van de man – één meter vijfennegentig, minstens, en honderddertig kilo of meer – die Edwin zouden bijblijven. Nee. Het waren die handen, die massieve, bovenmaatse handen. Dat was wat Edwin zich het beste zou herinneren.

De stem, toen ze klonk, was een schorre, diepe bariton: een derde aanwezigheid op zich. 'Nou, nou, nou. Edwin de Valu. Editor en beroepszel. Eindelijk heb je me dan opgespoord.'

'Hallo, Jack.'

'Een borrel?'

Edwin knikte. 'Schenk jezelf er ook een in.' *Een borrel voor het sterven.*

Maar Jack verroerde zich niet. Hij stond daar maar met half toegeknepen ogen naar Edwin te kijken, alsof hij probeerde om Edwin puur op wilskracht te laten oplossen in het niets. 'Waarom ben je hierheen gekomen?' vroeg Jack.

'Ik ben hier omdat ik het weet. Ik weet alles. Ik weet van Harry Lopez. Ik ben op de hoogte van de hele schertsvertoning. Ik heb verdorie zelfs geprobeerd om Harry te laten doden.' Het dreigement was impliciet, maar Jack raakte er allerminst van in de war.

'Dus hij is dood?'

'Helaas niet,' zei Edwin en maakte ondertussen een schatting van de afstand tussen Jacks whiskyhand en de trekker van het geweer, vergeleek dit met de tijd die het hem, Edwin, zou kosten om zich te laten vallen, het pistool los te trekken, één keer te vuren, een spectaculaire schouderrol naar rechts te maken en misschien nog enkele kernachtige afscheidswoorden te spuien, terwijl hij kogel na kogel in de borstkas van de omvangrijke man pompte. 'Trouwens,' zei Edwin, 'misschien heb je het al gehoord, Harry is met die hele "verlichte-meester"-schnabbel gestopt en heeft zijn goddelijke staat afgezworen. Maar beter ook, want erg goed speelde hij zijn rol niet. Ik bedoel, hij was niet de grootste toneelspeler aller tijden die ooit op een podium heeft gestaan.'

'Dat is een feit,' zei Jack met een diepe grinnik. 'Hij was geen Barrymore, dat verzeker ik je. Heb je hem ooit een Schots accent horen doen?'

'Nee, maar hij onthaalde me op – of beter gezegd teisterde me met – zijn versie van het Iers.'

'Zelfde. Dan zegt hij gewoon *"Och, laddie"* in plaats van *"faith and begorra"*. Een goed joch. Aardige knul. Maar niet de slimste.'

'Je boek, Jack. Zat vorige week op vijfenzestig miljoen verkochte exemplaren. De spin-offs, excerpten en geluidsbanden niet meegeteld. Vijfenzestig miljoen, Jack. En het gaat maar door. Zoiets hebben we nog nooit meegemaakt. Het is ongekend. Indertijd, toen je boek net begon te lopen, dacht ik bij mezelf, hé, wie weet is dit wel een nieuwe *Celestijnse belofte*. Maar die liet het ver achter zich.'

Jack lachte, een lach even ruw als canvas; even ruw als canvas dat in tweeën wordt gescheurd. 'Ach, ja. *De Celestijnse belofte*. Een dom iemand zijn idee van een slim boek.'

'Moet je horen, Jack.' Edwin zette nog een stap dichterbij. Het voelde alsof hij verstrikt zat in een dodelijk spelletje moeder-mag-ik. *Mag ik één klein stapje naar voren zetten? Je bent vergeten 'Moeder mag ik' te zeggen.*

'Blijf staan waar je staat,' zei Jack en zijn linkerhand schoof naar het geweer. Met één vloeiende beweging van zijn rechterhand sloeg hij gelijktijdig de Southern Comfort achterover. 'Tweehandig,' zei hij. 'Komt soms van pas.'

'Kom op, Jack. Mij kun je vertrouwen. Ik ben je editor. Relaties tussen auteur en editor horen op vertrouwen te zijn gebaseerd.'

'Jij bent de stomme klootzak die mijn boek wilde bewerken en uitbrengen als *Chocolaatjes voor uw ziel*, of wat voor lultitel ook.'

'Uh, ja. Dat was ík inderdaad. Maar ik erkende mijn fout, Jack. Ik zag de dwalingen mijns weegs in. En we gaven je manuscript ongewijzigd uit. We hebben er geen tittel of jota aan veranderd, conform jouw verzoek. Ik heb je wensen gerespecteerd, Jack, en weet je waarom? Omdat ik een integer persoon ben.'

'Gelul. Je deed het omdat je moest. Je deed het omdat je in je oneindige domheid de regels die de uitgever nog enige macht hadden gegeven uit het contract hebt geschrapt. Ik heb me rot gelachen toen ik dat zag. Kan iemand een groter stuk onbenul zijn dan jij? Een grotere ezel?'

Edwin trok een grimas die heel wel voor een glimlach aangezien had kunnen worden. 'Je bent me zéker te slim af geweest. Nou en of. Ik ben inderdaad een ezel. Maar ik wil één ding van je weten…' (voordat ik je vermoord, had Edwin bijna gezegd). 'Hoe heb je het gedaan? Hoe kwam je op de perfecte formule? Alles werkte, Jack. Alles. De oefeningen om het gevoel van eigenwaarde te vergroten. De afslankmethode. De technieken om met roken te stoppen. Zelfs Li Bok. Hoe, Jack? Ik moet het weten.'

'Li Bok?' Jack verslikte zich in zijn sigarettenrook en hoestte een borstvol slijm op. 'Tja, weet je,' piepte hij hijgend, 'Li Bok is een afkorting van Lila Bauchenmier. Een hoer die ik indertijd kende, toen ik in Louisiana gelegerd was. Na de oorlog. Ze had allerlei kunstjes, Lila wél. Maar die uit het boek was haar beste. Haar handelsmerk als het ware. Beste twaalf ballen die ik ooit heb uitgegeven, jong. Jezus, dat moet vijftig, zestig jaar, misschien wel langer geleden zijn. Laatste wat ik van Lila hoorde was dat ze in een verpleegtehuis in Florida zat. Ze trouwde, weet je, kreeg kinderen, kleinkinderen. Jaren in suburbia gewoond. Ik krijg zo nu en dan nog een ansicht van haar, maar ze wordt wat vergeetachtig. Alzheimer. Of misschien is het gewoon de leeftijd. Maar goed, toen ik mijn boek schreef, dacht ik dat ik er maar beter wat 'unieke seksuele technieken' in kon stoppen, en beter dan die van Lila zijn er niet. Ik noemde het gewoon Li Bok om het exotisch te laten klinken. Je weet wel, om er een mystiek, oriëntaals, tantristisch sausje overheen te gieten.'

'En het gedeelte over Li Bok voor homoseksuelen?'

Jack haalde zijn schouders op. 'Iedereen denkt graag van zichzelf dattie bij een subcultuur hoort, maar wanneer het aankomt op ons lijf – en ons hoofd – zitten we allemaal behoorlijk hetzelfde in mekaar. De overeenkomsten wegen zwaarder dan de verschillen, jong. Ik heb domweg geëxtrapoleerd.'

Jack gooide zijn peuk in een pan in de gootsteen; Edwin hoorde het zwak sissende geluid waarmee hij in het water belandde. En toen Edwins ogen aan het sombere duister wenden, kon hij Jacks gezicht meer in detail onderscheiden. Terwijl hij steeds dichter naar Jack toe schoof, met één heimelijke stap per keer, zag hij het spinnenweb van gebroken adertjes over de neus van de oude man liggen; bewijzen van een leven lang heftig drinken en nog heftiger leven.

Jack McGreary keek om zich heen, naar de dozen en naar de wanorde van zijn leven, en verzuchtte met knarsende stem: 'Wie zou gedacht hebben dat er zoveel rotzooi in zo'n kleine caravan paste?'

Er zaten vierkante lichte plekken op de muur, daar waar eens foto's hadden gehangen, die nu allemaal in dozen waren gepakt. Jack tilde een stapel losse papieren op, naar het leek tijdschriftknipsels (maar het waren met een stanleymes uit zeldzame boeken gesneden bladzijdes), en smakte hem in een kartonnen doos. 'Veertig jaar en nog wat,' zei hij. 'Toen ik op dit terrein arriveerde, was iedere standplaats bezet. De caravans waren met Pruisische precisie in rijen opgesteld, blinkend in de pre-ozongatzon. Ze waren het toppunt van moderniteit. Net zoals tv-maaltijden en de spoetnikruimtewedloop. Natuurlijk was Paradise Flats toen al een achterlijk gat, doods – narcoleptisch feitelijk – maar ik had nooit gedacht dat het zo zou wegkwijnen. Ieder jaar denk ik: Dit rotgat kan toch niet kleiner worden, maar dat doet het ieder jaar weer. Het is alsof je een lijk ziet wegteren.'

'Ben je hier geboren?'

Jack knikte. 'Nou en of. Geboren uit een Finse vroedvrouw tijdens halvemaan en onder een hemel vol sterren. Althans dat was hoe mijn moeder het zich herinnerde. Ik heb een paar jaar in Silver City gewoond. Was bij de marine en later bij de koopvaardij. Heb even aan de universiteit van Phoenix gestudeerd, met een beurs waar je als uit de oorlog teruggekeerd soldaat recht op had, tot ze een antecedentenonderzoek deden en me eraf trapten. Had te maken met rotzooi, indertijd in België.'

'Zwarte markt,' zei Edwin.

'Heb je van gehoord?'

Edwin knikte.

'En daarmee was mijn academische loopbaan voorbij, dát kan ik je wel vertellen. Eigenlijk wel zonde, want het beviel me op de universiteit. Ik hield van boeken. Ik hield van ideeën. Ik hield ervan om erover na te denken, ze van zo veel mogelijk kanten te bekijken. Ik studeerde natuurkunde, bedrijfsadministratie, literatuur, filosofie, wat niet al. Ieder college dat me wel wat leek volgde ik.'

'En uiteindelijk was je weer terug bij af,' zei Edwin. 'In dit ellendige, kleine hondenhok. Waarom? Hoezo?'

'Verkijk je niet op mijn kleine kluizenaarshut. In mijn leven heb ik meer gedaan dan jij in een dozijn levens zou doen. Ik ben naar Bangkok geweest en naar Guayaquil. In mekaar gemept en voor dood achtergelaten in Australië. Ik ben dronken geworden met koningen en clowns, met oplichters en schoonheidskoninginnen. Ik heb in iedere tijdzone en op zowat ieder continent geneukt. Ik heb littekens op mijn lijf waarvan ik me niet eens meer herinner hoe ik eraan kom. Ik ben van mijn stokje gegaan in achterbuurten en op warme, tropische stranden. Ik heb in andermans auto's gereden en andermans vrouwen geleend, en ben vaker rond de aarde geweest dan Magalhães. Maar Paradise Flats is altijd mijn thuis gebleven; ik ben altijd teruggekomen.' Hij keek zijn donkere, stikhete cel rond en zei: 'Ik ben altijd teruggekomen. Zoiets als een gevangene met nachtdetentie, veronderstel ik.'

Inmiddels was Edwin erin geslaagd zich steels helemaal tot aan het aanrecht te verplaatsen. Hij had zelfs kans gezien om de loop van Jacks geweer terloops opzij te schuiven. Toen hij bij het aanrecht ging zitten, bracht hij zijn hand nonchalant omlaag naar zijn been, trok de Velcro losser, een ietsje maar. Alleen om te checken. Hij voelde de kolf van het pistool, glad en uitnodigend.

'Je hebt mijn vraag niet beantwoord,' zei Edwin. 'Hoe deed je het? Hoe bedacht je de perfecte formule voor menselijk geluk? Het was niet op een bergtop in Tibet, denk ik zo.'

Hier moest Jack om lachen. 'Heb ik dat gezegd? Tibet? Ik dacht dat ik Nepal had gezegd. Niet dat het ertoe doet.'

Edwin schoof naar voren en liet zijn stem samenzweerderig dalen. 'Ik dacht aanvankelijk dat je misschien een ingewikkeld computerprogramma geschreven had. Of dat je misschien een kwaadaardig genie was dat een staaltje van massahypnose had weggegeven; een Raspoetin van de zelfhulpbende. Welke van de twee is het?'

'Je borrel,' zei Jack. 'Bijna vergeten.'

Hij viste een niet-zo-vuil-als-de-rest bekerglas uit de gootsteen, veegde de rand af met een punt van zijn onderhemd en schonk Edwin een borrel in.

Edwin aarzelde niet. Hij greep het glas, goot de inhoud in één teug naar binnen, slikte hard en onderdrukte een verwijfde huivering. 'Goed spul,' piepte hij min of meer mannelijk.

'Mijn ouwe was een keuterboertje,' zei Jack. 'Een keuterboertje uit St. Kilda op de Buiten-Hebriden. Spookeilanden van graniet, aan de buitenkant van nergens. In de geschiedenis van die eilanden komen maar vijf achternamen voor, en de mijne was daar één van. Er is niemand meer over op St. Kilda, niet sinds de jaren twintig. Een paar stenen huizen, een kerkhof en ontelbare naamloze graven. Mijn ouwe kwam naar de Nieuwe Wereld, op zoek naar iets beters. Maakte de overtocht met een stel anderen, een hele scheepslading McGreary's. Ze werden te werk gesteld in de kolenmijnen van Cape Breton. Op zoek naar werk zakte mijn ouwe de kust af, volgde de steenkolenbeddingen door de Appalachen, ruilde zijn arbeidskracht voor onderdak en ten slotte eindigde hij hier, als arbeider in de zoutmijnen – als dat geen laterale beweging is. Van zwarte kolen naar wit zout: mijn ouwe. Mijn arme ouwe. Kolengruis gaat onder je nagels zitten, maar zout onder je huid. "Wij zweten zout," zei hij altijd. "Vergeet dat nooit." Het was, zei hij "elementair". Hij raakte verliefd op mijn moeder en ze vestigden zich hier. Ze werkten hard en zaten de rest van hun kleine, saaie leven uit. Ze liggen allebei begraven op het kerkhof ten oosten van de stad. Naast elkaar. Hun graven lagen vroeger een beetje in de schaduw, maar een paar jaar terug doodde de iepziekte alle bomen daar, en nu liggen hun stenen zonder beschutting pal in de zon. Da's spijtig, aangezien ze alle twee uit een kouder klimaat kwamen. Mijn moeder, weet je, was een Scandinavische. Ze vertelde me altijd over de sneeuw, over hoe het voelde, hoe het smaakte, hoe het in je hand in water veranderde. Sneeuw was wit en zuiver. Elementair. "Als zout?" vroeg ik dan. En dan antwoordde ze scherp: "Nee. Niet als zout. Helemaal niet als zout."'

Jack haalde een nieuwe sigaret te voorschijn, draaide het filter eraf en zocht naar een lucifer. Hij zou net het gas aansteken, toen Edwin naar hem over leunde en zijn nep-Zippo openklapte. Jack accepteerde het vuurtje zonder met een opmerking of een hoofdknikje te bedanken. De binnenkant van Jacks caravan zat onder de rookaanslag, die zich als een vernislaag had afgezet, een patina van geuren en vettig vlies.

'Paradise Flats,' zei Jack. 'Geknakt en vervallen. Mijn ouwe kreeg werk op het spoorwegemplacement, bracht het tot voorman van de opslagplaats en meteen begon hij zijn droomhuis te bouwen. Het was groots. Een torenhoog huis met blinden en een enorme trap en een boekenkast in iedere kamer. Maar toen had je opeens de potas*boom* in het noorden, de hele economie veranderde, en op het hoogtepunt hieven ze de Berton-lijn op. Verlegden de spoorweg naar het oosten, achter de heuvels, richting kust; en mijn ouwe, die verloor alles. Zijn baan. Zijn huis. Alles. De fundering heeft hij gelegd, dat was het enige. Meer is er van al zijn dromen nooit terechtgekomen: een gat in de grond, vol onkruid en wilde bloemen. Toen mijn moeder overleden was, nam hij me er mee naar toe en wees me aan waar het moest komen: de trap, de veranda. Hij stond in de lucht te wijzen en over onstoffelijke dingen te praten alsof ze bestonden, er echt waren. Hij was een dwaas, mijn vader… En nu kom jij hier binnenstappen en vraagt me waar dat boek van mij vandaan komt. Het komt uit Paradise Flats. Het komt hieruit.' Jack legde beide handen op zijn omvangrijke buik. 'Hier komt het uit. Ieder boek dat ik ooit las, iedere borrel te veel, ieder gevecht dat ik verloor, iedere klap die ik uitdeelde. We zijn allemaal een verzameling verwijzingen, jong. Iedere vrouw die ik verleidde. Iedere leugen die ik heb verteld. Iedere zonde. Iedere triomf. Iedere kleine overwinning en grote mislukking. Het suddert vanbinnen, en wanneer we sterven nemen we veelheden met ons mee. Dat is Walt Whitman, tussen haakjes. "We bevatten veelheden."'

'Weet ik,' zei Edwin, bijna fluisterend. 'Whitman. "Spreek ik tégen mijzelf? Goed, dan spreek ik tégen mijzelf. Ik ben uitgebreid, ik bevat veelheden."'

'Je wilt mijn geheim kennen? Er was geen geheim. Ik ben gewoon gaan zitten en typte. Ik schreef dat hele verdomde kreng in één ruk. Zonder te stoppen of zelfs maar na te lezen wat ik geschreven had. Ik dacht bij mezelf: met zelfhulp kun je een cent verdienen. Je wilt weten waarom ik dat boek schreef? Voor het geld, zo simpel ligt dat.'

'Maar waarom heb je dan niet gewoon in schatkistpromesses geïnvesteerd en het geld met die tijdzonetruc door het land heen en weer geschoven?'

'Werkte dat echt?' vroeg Jack.

'Miljoenen, Jack. Mensen hebben daar miljoenen mee verdiend.'

'Krijg de pleuris. Ik stond verdomme gewoon in de rij bij de bank te wachten om mijn bijstandscheque te innen, en toen bladerde ik wat in een folder over de wettelijke bepalingen voor het bankwezen. De mazen waren zonneklaar. Iedere idioot kon dat zien.'

'Maar… maar het benodigde onderzoek voor het kunnen schrijven van *Wat op de berg tot mij kwam*. Okay, een groot gedeelte was niet anders dan herkauwde zelfhulp, maar de kern ervan niet en ook niet hoe het in elkaar was gezet. Dat boek vereiste een enorme deskundigheid, Jack. Het vereiste jaren van onderzoek doen en een grondig inzicht in de menselijke psyche. Ik dacht dat het misschien zelfs onder pseudoniem door een commissie of zo geschreven was.'

'Misschien schreef Francis Bacon het,' zei Jack. 'Of misschien waren het ufo's. Of engelen. Panderic geeft zat van die rotzooi uit. Misschien waren het engelen die dat boek schreven. Een commissie van engelen. Op een ufo. Met wichelroedes in hun reet.'

'Ik redigeer geen ufo-boeken,' zei Edwin gepikeerd. 'Ik redigeer zelfhulp.'

'Lood om oud ijzer. Nee. Het was geen commissie, jong. Het was alleen ik, ik alleen in mijn caravan. Wat ik deed, was naar Silver City rijden en paperbacks inslaan. Ik kocht ze per doos en worstelde me in de weken die daarop volgden door weerbaar worden, afsluiten, positieve zelfbeelden, bevestiging en emotionele masturbaties heen. *"Het is niet jouw schuld." "Jezelf leren liefhebben." "Je bent bijzonder en uniek – net zoals iedereen."* Ik zat te knarsetanden en rolde zo vaak met mijn ogen dat je gezworen zou hebben dat ik epileptisch was. Die boeken hoorden tot de paar allerslechtste die ik ooit gelezen heb. Ik kan je wel zeggen, het is een wonder dat het hele zelfhulpveld niet tot zelfparodie vervalt. Maar goed, ik las zoveel van die boeken als ik verdragen kon en daarna ben ik gaan zitten en ramde mijn eigen versie eruit. Wat ik niet wist verzon ik. Het kostte me een paar dagen. Misschien een week, hoogstens. Ik zei het net al, ik heb niet eens de moeite genomen om het te herschrijven. Ik wist dat het zou verkopen; daar was het om begonnen. Ik gaf mensen alleen maar wat ze wilden horen, waarop ze hadden gewacht om het te horen; in een portie van één enkel boek. Ik heb nog een heel pak papier over. Kocht het in Phoenix, in het groot, tweeduizend vellen voor de helft van de prijs.'

Er viel een stilte. Een lange, lange stilte.

'Dat is het?' zei Edwin ongelovig. 'Je bent gewoon gaan zitten en begon te typen?'

'Klopt. Ik had geen outline of niks. Bleef gewoon doortypen tot mijn polsen en mijn hoofd pijn begonnen te doen. Toen ben ik opgehouden.'

'En toen ben je opgehouden…' Edwin had moeite om deze openbaring te verwerken. (Voor zover openbaringen ooit helemaal 'verwerkt' kunnen worden.) Dit was níét wat hij verwacht had. In plaats van met een in een geheime boevenschuilplaats verscholen Lex Luthor stond Edwin oog in oog met een verslonsde schrijver die wel raad wist met Southern Comfort en er 'voor het geld' een manuscript uit ramde.

'Het wordt nog beter,' zei Jack, onverwacht grijnzend. 'Ik heb het naar niemand anders gestuurd. Alleen naar jullie. Het was een eenmalige operatie. Man, ik kon het me niet permitteren om het naar meer te sturen. Ik had amper geld over voor postzegels na de aanschaf van die rotpaperbacks.'

'Waarom wij? Waarom Panderic?'

'Omdat jullie Meneer Ethiek uitgaven. Ik dacht toen zo, als jullie díé rotzooi uitgeven, dan geven jullie alles uit. Ik dacht dat jullie minder hoge eisen stelden dan de meeste andere uitgeverijen.'

'Nou, dat wás Meneer Ethiek zonet buiten. Ik ben hier met hem heen gereden. Hij had me ruggensteun zullen geven.'

'Is het heus?' zei Jack. 'Meneer Ethiek? Die vent die met mijn boek wapperde?'

'Nee, die andere. Degene die wegreed en me liet stikken.'

Jack straalde. 'Serieus? Nou zallie fijn wezen! Verdomme. Ik had hém ook in het vizier. Ik had hem ter plekke moeten afknallen. Daar had ik de literatuur een dienst mee bewezen. De Engelse taal zou me ervoor bedankt hebben. Het proza van die man is abominabel. En de inhoud? Het is niet meer dan een opgewarmde introductie in de ethiek nummer 101 op een wijsje van poppsychologie en behaaglijk narcisme. Ethiek. Ha! Alleen al het woord heeft hij verkracht. Aristoteles moet zich in zijn graf omdraaien. Weet je, jong, ethiek gaat niet over kiezen tussen twee in dezelfde mate begeerlijke maar onverenigbare wegen. Vrijheid of veiligheid? Moed of gemak? Zelfonderzoek of gelukzalige tevredenheid? Kolom A of kolom B? Meneer Ethiek, me reet. Ik had hem moeten neerschieten toen ik de kans had.'

Jack vulde de glazen nog eens met Southern Comfort en wilde met alle geweld klinken.

'Op het geschreven woord,' zei Jack met geheven glas. 'Op personages die alleen op de bedrukte pagina bestaan. Op personages die alleen in boeken bestaan en dat niet eens beseffen; die alleen op de bedrukte pagina bestaan en toch springlevend zijn en node heengaan.'

'Op ons,' zei Edwin, die in verwarring verkeerde en zich vagelijk bevreesd voelde.

'Op ons,' zei Jack. 'Goed, Eddie. Vertel me nou 'es; het waren de madeliefjes die het 'em deden, waar of niet?'

'De madeliefjes?'

'Daarom zag je het manuscript zitten. Daarom heb je me van de baggerhoop gered. De madeliefjes, heb ik gelijk of niet?'

'God, nee. De madeliefjes waren het niet. Ik vond ze ontzettend. Onuitstaanbaar gekunsteld. In feite had ik je manuscript weggegooid, Jack. Ik smeet het weg zonder ernaar te kijken. Pas later –'

'Zal wel,' zei Jack, die hem duidelijk niet geloofde. 'Het waren de madeliefjes. Ik wíst het wel. Heb nog nooit zeventig centen beter besteed.'

'Maar… godsamme, Jack. Je deconstrueerde de keynesiaanse economische theorie in achtenhalve pagina. Dat kun je niet in één ruk gedaan hebben. Ik heb hoogleraren en beleidsambtenaren in dolle paniek aan de lijn gehad, die zeiden dat jij alles waarin zij geloofden aan het wankelen bracht.'

'O, dat. Kom nou, Keynes' theorie over marktinterventie gaat helemaal niet op. Dat kan iedereen toch zien. De markt werkt ondanks keynesiaanse politiek, niet dankzij. Dat is klaar als een klontje, dacht ik zo.'

'Heb jij economische theorieën bestudeerd?'

'Wat heb je eraan om economische theorieën te bestuderen? Dat is alsof je tarotkaarten bestudeert. Economie is geen wetenschap; enkel voodoo en vrome wensen vermomd als beleid. De keizer heeft geen kleren, jong. Hij heeft zelfs geen lichaam. Het is een hersenschim. Het deconstrueren van de moderne keynesiaanse theorie is ongeveer even moeilijk als het deconstrueren van een sprookje. Het is ongeveer even moeilijk als betogen dat "varkens in het algemeen niet in echte huizen wonen, althans niet van stro, takken of baksteen". Ik had niet het plan om een verhandeling te schrijven over economische theorie, het moest immers zelfhulp worden. Maar ik zat halverwege het manuscript toen ze op PBS een documentaire uitzonden. Onder het typen volgde ik die min of meer. Het had iets van doen met John Maynard Keynes. Die ouwe, getikte stommeling, wat wíst hij nou helemaal? Je hebt nog nooit zoiets doms gehoord. Dus toen heb ik ook nog een stukje over Keynes in elkaar gezet, voor de vuist weg, waarin ik op de gebreken en tegenstrijdigheden in zijn theorieën wees.'

'Jij deconstrueerde John Maynard Keynes na het zien van een documentaire op PBS?' Edwins ongeloof maakte alras plaats voor verbijstering.

'Niet helemaal. Het signaal werd minder en ik heb het laatste stuk gemist. We hebben hier geen kabel. Ik moet het doen met die kleerhanger boven op de tv. De ontvangst komt en gaat. Ik ontvang alleen PBS en wat lokale programma's uit Silver City.'

'Je deconstrueerde John Maynard Keynes na het zien van een gedéélte van een PBS-documentaire?'

'Klopt. Wil je nog een scheut Comfort?'

Edwin knikte, als verstomd. 'Ja,' zei hij toen. 'Ik geloof van wel. Ik kan nog wel een borrel gebruiken, denk ik.' Deze dronk hij al even gretig als de vorige. Hij voelde zijn ledematen tintelen als een voorproefje van naderende dronkenschap en vroeg, smekend: 'Maar *De zeven wetten van het geld*, Jack. Dat heb ik op de universiteit bestudeerd. Ik las het, herlas het, maakte aantekeningen, bekeek het nogmaals op hoofdpunten, vergeleek de theorie met andere theorieën. Dat heb je vast niet gewoonweg –'

'*De zeven wetten van het geld*? O, ja. Dat heb ik op de plee gelezen. Vluchtig doorgenomen eigenlijk. De dwaze, esoterische conclusies zijn nergens op gebaseerd, maar de grondgedachte was okay.

Dus die heb ik ook opgenomen, er als een extra kwak modder tegenaan gegooid. Hoezo?'

'Ik denk,' zei Edwin, en hij slikte zijn whisky door, waarna hij
zijn mond afveegde met de rug van zijn hand, 'ik denk...' en op
dat ogenblik kostte het hem moeite om niet met een dikke tong te
spreken. Wat heet, op dat ogenblik, zweette hij zowat Southern
Comfort; de whisky drupte uit zijn poriën, zijn verstand zwom erin. 'Ik denk dat ik wel genoeg gehoord heb. Meneer McGreary u
bent een oplichter en een bedrieger. U bent niet beter dan Stalin.
Uw boek heeft onuitsprekelijke schade berokkend aan degenen die
me lief zijn; aan degene die ik liefheb. Door u is de treurigheid uit
de ogen van mijn beste vriendin verdwenen. En daarvoor zult u
boeten!' Hij wierp zich voorover en deed blindelings een greep naar
het met Velcro op zijn kuit vastgebonden pistool. Door de plotse
beweging duizelde het hem en hij kieperde om, viel eerst met zijn
hoofd tegen de rand van het aanrecht en daarna lag hij op de grond.
Die rottige kromme duim ook, hij kon niks meer behendig doen!
Hij worstelde vergeefs met de band – wie had gedacht dat Velcro
zo stevig vast bleef zitten – toen hij de lichte aanraking van iets
kouds en glads tegen de zijkant van zijn hoofd voelde. Het was (hoe
kan het anders) de loop van Jacks geweer.

'Nuttige tip,' zei Jack, 'en misschien wil je dit wel opschrijven:
wanneer je het op iemand gemunt hebt, schiet dan eerst en drink later. Draai de volgorde om en je hebt dikke kans dat je het verknalt.'

'Ik wed dat dit Starsky en Hutch nooit is overkomen,' zei Edwin
bitter.

'Houd je bij het editen van boeken,' zei Jack, 'en laat heldenda-
den aan anderen over.'

Zodra Jack Edwin had ontdaan van zijn schietwapen en gefouil-
leerd op andere verrassingen, dwong hij de jongeman om weer te
gaan zitten en nog een borrel met hem te drinken. 'Het is vergeven
en vergeten,' zei Jack. 'Ik ben de tel kwijtgeraakt van het aantal mensen dat me in de loop der jaren geprobeerd heeft te vermoorden.'

Edwin, chagrijnig en terecht met van schaamte gekrompen tes-
tikels, zei niets. Hij keek stuurs naar het aanrecht.

'Waarom zou je een hulpeloze ouwe vent als ik willen neerschieten?' vroeg Jack. 'Achtenzeventig jaar en alleenwonend in een caravan in een godvergeten gat? Waarom zou je de moeite nemen?'

'Omdat,' zei Edwin met een rauw stemgeluid, 'je een moordenaar bent. Wat jij hebt gedaan, wat dat boek van jou heeft gedaan, is moord. Massamoord.'

'Werkelijk? Hoe zie je dat?'

Edwin keek op, keek Jack zonder een spier te vertrekken recht in de ogen. 'Wat zijn we, Jack? Wie zijn we? We zijn niet onze lichamen. We zijn niet onze bezittingen of ons geld of onze sociale status. Onze persoonlijkheid, dát is wat we zijn. We zijn onze zwakheden, onze nukken, onze zonderlinge eigenschappen, onze frustraties en onze fobieën. Neem die weg en wat hou je dan over? Niets. Alleen gelukkige, geesteloze menselijke omhulsels. Lege ogen en nietszeggende gezichten, Jack. Dat is al wat ik tegenwoordig zie. Het heeft Paradise Flats niet bereikt – nog niet. Dat komt nog wel, vertrouw daar maar op. En wat dan? Wanneer Paradise Flats valt, waar zul je dan bescherming vinden tegen geluk®? Binnenkort praat iedereen hetzelfde, lacht hetzelfde, denkt hetzelfde. Individuele persoonlijkheden worden steeds minder verschillend. Mensen verdwijnen. En dat komt door jou, Jack. Je bent een moordenaar.'

Er volgde een lange, ijzige stilte voordat Jack antwoordde. 'Ik ben géén moordenaar. Ik ben alleen geslaagd daar waar Thomas More en Plato, St. Augustinus en Charles Fourier, Karl Marx en hoe-heettie, Huxley, het probeerden en faalden. Ik heb geen *u*topia tot stand gebracht – niet een of andere verzonnen fantasiewereld, niet-bestaand alleen al op grond van haar definitie – maar een *eu*topia. Dat is *eu*, het Griekse woord dat "goed" betekent, zoals in "euforie". Eutopia: hier en nu. En het valt niet te ontkennen dat de wereld een veel aangenamer oord is door wat ík heb gedaan.'

'Aangenamer, maar niet beter. En dit is de grap, Jack. Nu dat ik je heb ontmoet, nu dat ik je heb gezien zoals je bent, doet het er niet echt toe of ik je dood of niet. Je dagen zijn geteld. Jij met je gele nicotinevingers, je naar whisky stinkende slechte adem en je afgrijselijk slechte manieren. Je bent een anachronisme, Jack. In de

Nieuwe Wereldorde die zich aftekent is geen enkele plaats voor jou. Wat de gloednieuwe Wereldreligie van het Geluk® betreft ben jij een ketter. Je hoort er niet bij, Jack.'

'Ha! Iets beters weet je niet te verzinnen? Is dat de grofste belediging die je me naar het hoofd kunt slingeren? Ik bén al een anachronisme, jong. En wat er met de rest van jullie gebeurt… dat kan me niet schelen. Het kan me werkelijk geen ene moer schelen. Na mijn heengaan doet niets er nog toe. Wanneer ik ga, gaat de wereld met mij. Wat maakt het uit of de toekomst somber is of bitter of een en al zoetheid en zonneschijn? Wanneer ik sterf, sterft alles met mij. Wat er nadien gebeurt is van geen belang.'

'Bij mij hoef je niet aan te komen met die solipsistische flauwekul.'

'Aha,' zei Jack, terecht onder de indruk. 'Solipsisme. Goed gezien. Jij kent je zaakjes.'

Edwin sprong overeind. 'Tuurlijk doe ik dat!' bulderde hij met gespreide armen. 'Ik ben editor! *Ik weet alles!* Mijn hoofd zit zo propvol nutteloze informatie dat ik er 's nachts bijna niet van kan slapen. Mijn gedachten snorren, ze snorren de hele tijd. *Nemo saltat sobrius*, Jack. *Nemo saltat sobrius.*'

'James Boswell,' zei Jack. 'Niemand die nuchter is gaat zomaar dansen.'

'Exact! De wereld verliest haar dronken dansers. O, we hebben kringknuffels en meezingers voor rond het kampvuur, maar de dronken dans om het leven te vieren loopt ten einde. En dat is allemaal jouw schuld.'

'Nee,' zei Jack en voor het eerst klonk hij kwaad. 'Dat is niet mijn schuld. Ik gaf de mensen wat ze wilden: geen vrijheid met haar zware, lastige verantwoordelijkheden, maar bescherming. Bescherming tegen moeten nadenken. Bescherming tegen zichzelf. Ik weet wat mensen willen: ze willen niet vrij zijn, ze willen gelukkig zijn. En die twee sluiten elkaar dikwijls uit. Kijk, ik wil je iets laten zien.' Hij trok een half ingepakte doos naar zich toe, rommelde erin en haalde er een ingelijste foto uit. Het was een foto van een jonge man (circa 1973) met komische tochtlatten en een polyester overhemd. Hij keek onverbloemd vijandig in de lens.

'Dit is mijn zoon,' zei Jack. 'Allan, bij mijn eerste vrouw. Ze verliet me toen hij twaalf was. Ze voedde hem op in Silver City en later in Phoenix. Hij werd volwassen in de late jaren zestig en begin jaren zeventig. Jij wilt weten waarom ik er zo van overtuigd was dat mijn boek zou verkopen? Vanwege Allan. Allan deed psychedelische drugs en transcendente meditatie en transactionele analyse. Hij deed met de massa mee bij iedere popculturele trend, bij iedere domme, genotzuchtige mode. En waarvoor? Hij eindigde in Cleveland, werkt voor een levensverzekeringsmaatschappij, leeft van mensen hun angst voor de dood en het hiernamaals en hij loopt de ene na de andere therapeut af. Allan is geen anomalie, hij is een trendvolger. Man, hij deed zelfs regressietherapie om zijn vorige levens te achterhalen. Blijkt dat hij vroeger koning was – wat een verrassing. Niemand ontdekt ooit dat hij een aan schurft overleden, ongeletterde boer was die in een moeras werd begraven. Mooi niet. We zijn allemaal bijzonder, is het niet in dit leven dan is het wel in het leven van een ander. Onze Allan heeft iedere moderne kwaal gehad die er maar bekend is. Eén therapeut stelde vast dat hij leed aan het chronisch vermoeidheidssyndroom en een andere dat hij ADHD bij volwassenen zou hebben. Beetje tegenstrijdig, vind je niet? Hij liet zich hypnotiseren en ontdekte dat ik hem als kind misbruikt had. Gelul! Wie weet had Allan me laten arresteren en achter de tralies laten gooien als zijn therapeut niet snel daarna ontmaskerd was. Alleen is hij zijn valse onderdrukte herinneringen niet kwijt en hij zei tegen me: "Ze mogen dan wel niet echt zijn, maar jij bent er toch verantwoordelijk voor." Daarna schreef hij me zo'n door eigenbelang ingegeven Onafhankelijkheidsverklaring – let wel, op de leeftijd van vijfenveertig jaar. Daarin vertelde hij me wat een onbekwame vader ik was geweest en hoe hij zichzelf eindelijk toestemming gaf om zichzelf te zijn, blablabla. Ik schreef hem terug dat hij de pot op kon en ik heb sindsdien nooit meer iets van hem gehoord.'

'Maar wat heeft dit verhaal nou te maken met –'

'Laat me uitpraten,' zei Jack. 'Wil je weten waar dat boek vandaan komt? Van Allan. Het komt door mijn zoon. Een paar jaar terug kreeg zijn vrouw een baby. Ik ging erheen om het ventje te zien en toen verliet Allan de kamer. "Ik wil niet met jou in één ruimte verkeren," zei hij. Opeens stiefelt hij weer naar binnen en begint te zaniken over hoe ik er tijdens zijn jeugd nooit voor hem geweest was en hoe ik de oorzaak van zijn scheiding was en hoe… tja, in wezen alles wat er in zijn leven erg of een beetje misging, niet zíjn schuld was. En zoals ik al zei, Allan is geen uitzondering. Allan ís de heersende stroming. Dus toen ik het besluit nam om een boek te schrijven en daarmee veel geld te verdienen, dacht ik gewoon: Wat voor rotzooi zou mijn zoon kopen? Welke boodschap die hem zou sterken in zijn zelfvoldaanheid zou hem aanspreken? Met welk net zou ik het grootste publiek vangen? Wat zou het meeste geld in het laatje brengen? Het resultaat was Tupak Soiree en *Wat op de berg tot mij kwam*.'

Edwin voelde zich misselijk. Of dit te wijten viel aan de Southern Comfort, de hitte of aan wat hij hoorde wist hij niet. Misschien was het een combinatie van die drie, maar het cumulatieve effect was desalniettemin ondraaglijk. Zijn maagzweer brandde, zijn huid voelde heet en jeukerig aan.

'Is dit het?' zei Edwin. 'Is dit hoe de wereld eindigt: niet met een knal maar met een warme, wollige knuffel?'

'Aanvaard de feiten, Edwin. De dagen van de herrieschopper zijn ten einde. Het tijdperk van aardig-zijn is ophanden en daar kunnen we niets tegen doen. Ik veroorzaakte dat niet, ik heb het alleen maar bevorderd. *Wat op de berg tot mij kwam* was domweg het juiste boek op het juiste moment. Het was zijn tijd niet vooruit, het was een boek ván zijn tijd.'

'*Zeitgeist*,' zei Edwin. 'Een Duits woord; het betekent –'

'Ik weet wat het betekent. En je hebt gelijk. Wat dit boek vastlegde was de geest van onze tijd. Onze *Zeitgeist*. Onze post-Reedapocalyps. Onze terugkeer naar de Hof. Onze definitieve witte vlag van overgave.'

'Reed,' zei Edwin. 'Je schreef iets op de achterkant van een pagina. Iets over Oliver Reed. In een slordig handschrift; zag eruit alsof je dronken was toen je het opschreef.'

'Kan wel kloppen.'

Jack bood Edwin nog een borrel aan, maar dit keer sloeg hij hem af.

'Een sigaret dan?'

'Probeer te stoppen.' Edwin draaide de Zippo rond in zijn hand, keek op en zei: 'Dat heb ik nou nooit begrepen. Oliver Reed, hoe past hij in het geheel?'

'Doet hij niet,' zei Jack. 'Dat is het punt.'

Edwin keek Jack verbluft aan.

'Ooit,' zei Jack, 'wanneer antropologen later de geest van onze tijd aan het licht brengen, wanneer ze reconstrueren wat er fout ging, waar we stukliepen, dan zullen ze onze ondergang ongetwijfeld terugvoeren op 2 mei 1999. De dag waarop Oliver Reed stierf.'

'Een B-filmacteur. Waarom?'

'O, Oliver Reed was meer dan gewoon een acteur. Hij was de laatste van de herrieschoppers. En nadien ging het steeds meer bergafwaarts. Op Ollie!' Jack hief een glas, niet naar Edwin, maar naar de lucht, naar de leegte. Toen, zich naar Edwin omdraaiend, zei hij: 'Je weet wannéér hij stierf, maar weet je ook hoe? Weet je waar?'

Edwin schudde zijn hoofd. Wat maakte het uit?

'Oliver Reed stierf op Malta nadat hij de Britse marine onder de tafel gedronken had. Hij had meer dan tien halve liters bier en meer dan tien glazen rum gedronken en armworstelde met matrozen van het fregat HMS Cumberland van de Koninklijke Marine. Hij gaf ze het ene rondje na het andere, maar ze konden hem niet bijbenen. De matrozen gaven op en wankelden weg, verslagen. En Oliver Reed stierf zegevierend. Hij stierf op de vloer van een bar op Malta en zijn laatste vaarwel, zijn laatste afscheidscadeau, was de rekening waarmee hij de mariniers opzadelde: voor dik zevenhonderd dollar losbandigheid. In dezen lachte hij het laatst.'

'Kende je hem? Oliver Reed?'

'Nee, niet echt. Ik heb hem één keer ontmoet. In Manilla. Hij werd door een stel uitsmijters uit een bordeel gegooid, en ik sleepte hem weg uit een knokpartij. Tot het aanbreken van de dag zwierven we door de stad, hij en ik, en we zongen en lachten en dronken de nacht weg. Ik kende hem alleen die ene nacht – hij splitste mij de laatste rekening ook in de maag, dik veertig piek. We dronken die nacht op de dood. We dronken op vriend Hein. De man met de zeis. 'Op de dood,' zei Ollie. 'Omdat hij de boel interessant houdt.' Ik vroeg hem er die nacht naar. Ik vroeg hem of hij bang was voor de dood, en hij zei "Ja." Pats. "Ja." Jaren later las ik een zeikbiografie en daarin tekenden ze uit zijn mond op: "Ik geloof niet dat we ooit ophouden te bestaan, al was het maar omdat we voortleven via anderen, in hun herinneringen en in de levens van onze kinderen en onze kindskinderen." Hij was een huiselijke man, had een aantal echtgenotes, kinderen van wie hij zielsveel hield. Maar hij was te groots, weet je? Ontzagwekkend, en bang om dood te gaan. "Toch is het beter om op te branden dan om weg te rotten," zei hij. "Ik ga liever dood bij een knokpartij in een kroeg dan op een ziekenhuisafdeling voor terminale kankerpatiënten." Weet je, Ollie gréép het leven. Greep het bij de keel. Schudde het tot bloedens toe door mekaar. Een vrouw, een schrijfster, Gilham geloof ik dat ze heette, zei: "Oliver Reed had diepblauwe ogen en een diepblauwe ziel." En ik denk dat ze dat wel goed zag. Hij was gewoon te groots, te groots voor deze wereld.'

Edwin zei niets. Hij wist niet helemaal over wie ze het op dit moment nu eigenlijk hadden, over Oliver Reed of over Jack. De herinnering aan een allang overleden acteur uit een andere tijdperk vulde de caravan even zeker en even onmerkbaar als rook.

'Oliver Reed is dood,' zei Jack, 'en zelf voel ik me ook niet zo goed. Die nacht in Manilla, die nacht zoop, piste en lachte ik harder dan Oliver Reed. Als ik één nacht uit mijn leven opnieuw mocht beleven…' Jacks glas was leeg.

Edwin had hierop niets te zeggen. Niets in te brengen. Hij was toeschouwer nadat de optocht voorbij was getrokken. Een optocht, of misschien een begrafenisstoet.

'Nostalgie,' zei Jack. 'De laatste toevlucht van mensen die hun tijd hebben gehad. Die nacht in Manilla zetten we de stad op stelten. Ollie was net een dolle mannetjesolifant, met gaten in zijn colbert en een vreemde, wilde blijheid in zijn blik. En praten dattie deed, hij denderde voort, sprong van de ene onsamenhangende tak op de andere. Hij daagde zijn eigen schaduw uit tot een vuistgevecht. Hij keilde rum in zijn gezicht en vroeg meisjes uit de *barrios* ten huwelijk. En toen ik hem van de zoveelste bonje wegsleepte, zei ik: "Ollie, je bent een verdomde onruststoker." En toen zegt hij: "Nee! Zie je verkeerd. Ik ben geen onruststoker. Ik ben een herrieschopper. En tussen die twee bestaat een groot verschil. Onruststokers worden later priesters, politici of maatschappijhervormers. Ze bemoeien zich altijd met andermans leven. Herrieschoppers bemoeien zich nergens mee. Ze gooien alle remmen los en razen, en ze vieren het leven en betreuren de kortheid ervan. Herrieschoppers vernietigen alleen zichzelf, en dat doen ze omdat ze te veel van het leven houden om in slaap te vallen."' Hierop volgde een langgerekte stilte. Jack schonk zijn glas nog eens vol, maar hij hief het niet. 'Ze houden te veel van het leven om in slaap te vallen.'

'Jack, over het boek.'

'Wist je dat hij een jonge haan op zijn pik had laten tatoeëren? Echt waar. Dat is een feit. Of dat hij geneukt heeft op het centre court van Wimbledon? Toen het toernooi voorbij was uiteraard. Wist je dat hij de eerste was die ooit "fuck" zei in een film? Wist je dat?'

'Ja,' zei Edwin, plotseling met een klein stemmetje. 'Dat wist ik.'

'En wist je dat Oliver Reed ook het geheim van het leven ontdekte?'

Edwin schudde zijn hoofd.

'Deed hij,' zei Jack. 'Het is waar. Het geheim van het leven zelf. Wil je het horen?' Toen Edwin niet antwoordde ging Jack gewoon door en declameerde uit zijn geheugen. 'Het geheim van het leven, door Oliver Reed: *Drink niet. Rook niet. Eet geen vlees. En ga toch dood.* Zeg 'es,' zei Jack, 'denk je werkelijk dat een bleke melkmuil zoals jijzelf hier iets aan kan toevoegen? Keiharder kun je het toch niet stellen, vind je niet?'

Hier had Edwin niets op te zeggen, en Jack wist dat. Buiten klonk het geluid van een naderende auto; het werd harder en harder. De hitte in de caravan was ondraaglijk geworden. Edwin dacht dat hij zou flauwvallen of van zijn stokje zou gaan.

'Je vrienden,' zei Jack, terwijl hij uit het raam keek. 'Ze zijn te-rug.'

Edwin knikte. Hij kwam overeind, wilde iets zeggen, maar ver-anderde van gedachten. Woorden schoten hem tekort.

'Wacht,' zei Jack. 'Voordat je gaat…'

Edwin draaide zich om. 'Ja?'

'Hier.' Jack schoof Edwins pistool over het aanrecht naar hem toe. 'Pak aan. Het is van jou. Doe wat je wilt, het kan me niet meer schelen.' Toen draaide hij Edwin de rug toe, opzettelijk naar het leek, en hij begon nog een doos met papieren te vullen.

Edwin voelde het gewicht van het pistool in zijn hand. Hij keek naar de brede, uitnodigende rug van Jack McGreary en hij dacht: Het zou makkelijk zijn. Niemand zou hem ooit missen. Het zou weken duren voordat het iemand zou opvallen dat hij er niet meer was. Hij zou hier binnen liggen roosteren als een mummie, als een stuk gedroogd vlees, als een anachronisme. Edwin bracht het pis-tool omhoog, mikte en fluisterde: 'Pief, paf! Je bent dood.'

Daarna liet Edwin het pistool zakken en liep naar de deur.

Jack draaide zich niet om. Hij mompelde alleen 'lafaard'.

Hoofdstuk 50

Buiten, onder een meedogenloze zon…

Meneer Ethiek had de auto aan de achterkant van Jacks caravan geparkeerd, uit de buurt van het raam en het gevaar van sluip-schuttersvuur.

'Edwin!' schreeuwde meneer Mead. 'Hier! Goddank, je leeft.'

'O, ja!' zei Meneer Ethiek, terwijl Edwin naar hen toe liep. 'We maakten ons zorgen over je veiligheid, is dat niet zo, Léon?'

'Zorgen, grote zorgen.'

Edwin bespeurde het flesje dorstlessende Fresca dat beide man-nen in de hand hielden. 'Hebben jullie er ten minste aan gedacht om iets koels te drinken voor me te halen?'

'O, sorry. Is ons ontschoten.'

'We zaten zo over je in dat we niet helder dachten. Nietwaar, Bob?'

'Ja, Léon. Is ons helemaal ontschoten.'

Edwin opende het portier. 'Geeft niet. Laten we gewoon gaan, okay?'

'Heb je op hem geschoten? Heb je hem laten knielen? Hoe zag hij eruit? Wat zei hij?' Het was een spervuur van vragen.

'Hij was twee meter tien lang en van staal,' zei Edwin.

'Heb je hem gedood?'

'Nee,' zei Edwin zacht. 'Hij was al dood toen ik kwam. Ik wil nu weg.'

'Wij ook,' zei Meneer Ethiek. 'Spring achterin en we gaan.' Hij klapte zijn rugleuning naar voren.

'Ik kan niet snel genoeg uit dit desolate gat wegkomen,' zei meneer Mead. 'In dit stadje valt niets te doen. Niets. Kun je je voorstellen dat je hier woont?'

Edwin hing nog half buiten, half binnen. 'U heeft gelijk,' zei hij. 'U heeft helemaal gelijk.' Met een blik op Jacks caravan schoof hij de auto weer uit. 'U heeft gelijk.'

'Wat doe je?' vroeg meneer Mead. 'Kom terug in de auto, voordat die gek naar buiten komt en gaat schieten.'

Alles viel op zijn plaats. Natúúrlijk. 'U heeft gelijk. U heeft helemaal gelijk,' zei Edwin met een lachje. 'Er vált niets te doen in Paradise Flats.' En dat gezegd hebbende liep Edwin met grote passen naar Jacks caravan.

'Ik ga weer naar binnen,' zei Edwin. 'En ik ga winnen.'

De tweede ronde ging beginnen.

Hoofdstuk 51

Jack McGreary had wat dozen verplaatst en hing onderuit in zijn gemakkelijke stoel, waar hij zo uit de fles dronk en zichzelf koelte toewuifde met een boek over metafysica. Een gammele ventilator bracht de vochtigheid in beweging, en op Jacks grijze onderhemd zaten hele landkaarten van zweetvlekken. Toen Edwin binnenkwam keek Jack op.

'Iets vergeten?' zei hij. 'Je ballen misschien?'

'Hoe lang?' zei Edwin.

'Hoe lang wat?'

'Hoe lang hebben ze je gegeven?'

De uitdrukking op Jacks gezicht onderging een nauwelijks merkbare verandering. 'De whisky is je naar het hoofd gestegen, jong. Ik zou verdomme niet weten waar je het over hebt.'

'De artsen,' zei Edwin. 'Hoe lang hebben ze je gegeven?'

Jack keek hem vol wrevel aan. Edwin had hem te grazen, en dat wist hij.

'Nou?' zei Edwin.

'Sodemieter op en laat me met rust.'

Maar Edwin liet zich niet wegsturen. 'Hoe lang Jack?'

Jack ging verzitten en keek Edwin aan met een haat die grensde aan respect en zei ten slotte: 'Wie zal het zeggen? De artsen zijn een stelletje idioten bij mekaar. Die weten geen bal. Kan een week zijn. Kan een jaar zijn. Zodra het zich door het hele lichaam verspreidt, is het een kwestie van dagen. Je kijkt naar Job zelf, jong. Ik ben geslagen met alle denkbare zweren, rampspoed en geloofsbeproevingen die God in zijn oneindige meedogenloosheid maar kon uitde-

333

len. En ik ben nog steeds niet te gronde gegaan. Waarom? Uit pure wrok.'

'Het was, laat 'es kijken, anderhalf jaar geleden; is het niet, Jack? Toen je het voor het eerst hoorde. En vrijwel meteen nadat je het wist besloot je een boek te schrijven, wat geld te verdienen. Een substantiële hoeveelheid. De bibliothecaresse zat ernaast. In Silver City ging je niet naar de hoeren en ging je niet drinken, je deed daar precies wat je zei dat je er deed: je ging erheen voor medisch onderzoek.'

'Naar de hoeren en drinken? Heeft Rebecca jullie dat verteld? Ha! Op mijn leeftijd zal ik dat maar opvatten als een compliment.' Hij stond langzaam op uit zijn stoel, als een walrus, als een koning, en hij zei langzaam: 'Wat wil je nou eigenlijk van me? Excuses? Boetedoening?'

'Het geld,' zei Edwin. 'Wat heb je met het geld gedaan?' Maar Edwin wist het antwoord al.

'Ik heb het verbrast!' schreeuwde Jack. 'Het onbekommerd over de balk gesmeten. Het erdoor gejaagd. Het is op. Ha!'

Edwin glimlachte. 'Nee. Niks hoor. Aan royalty's moet je inmiddels al dik honderdvijftig miljoen dollar gekregen hebben. Dat kun je onmogelijk allemaal hebben uitgegeven; niet hier, niet in Paradise Flats, niet in dit dooie gat waar je woont. Je hebt nog niet eens een nieuwe pick-up voor jezelf gekocht. Nee, Jack. Je hebt het niet verbrast. Verre van. Je wist dat je stervende was en je hebt het opgepot. Maar waarom?' Edwin liep hoofdschuddend om een stapel dozen heen. 'Raar, hoor. We hebben hier meer dan een uur met elkaar zitten debatteren als een stel talmoedgeleerden en het is geen moment tot me doorgedrongen dat je aan het vertrekken was. Je bent aan het inpakken. Waar ga je heen, Jack? Naar Silver City, hè? Je gaat weg om te sterven, is dat niet zo, Jack?'

'Tsjongejongejonge. Wat ben je toch slim. Maar als je denkt dat je met je gore rattenklauwen aan mijn centen kunt komen heb je het mis.' Hij deed een greep naar zijn geweer, maar Edwin was hem voor; hij rukte het weg en legde het voorzichtig opzij.

'O, ik weet precies waar je geld is, Jack.'

Edwin vond de doos met foto's, draaide de foto van Allan in zijn heupbroek met wijd uitlopende pijpen om en pakte er een kiekje van een jongetje onder vandaan; een peuter, een en al blijheid. Hij had lang haar, een brede grijns en Jacks ogen.

'Je kleinzoon?' vroeg Edwin.

Jack sloeg Edwin met groeiend wantrouwen gade. 'Laat mijn kleinzoon erbuiten.'

'O,' zei Edwin met een lachje, 'ik ben bang dat dat niet gaat. Hij is er toch al bij betrokken?'

'Als jij hier gekomen bent met het idee dat je een ouwe man kunt beroven, dan heb je de plank misgeslagen,' zei Jack. 'Je kunt hier de hele boel overhoop halen. Hier is geen geld. Nog geen rooie rot-cent. Geloof je me niet? Ga je gang. Kijk maar rond.'

'Ik geloof je, Jack. Zoals ik al zei, ik weet precies waar je geld is. En dat is niet hier. Nee, er bestaat een bankrekening, waarschijn-lijk in Silver City, met honderdvijftig miljoen dollar erop en op naam van je kleinzoon; hoe zei je ook alweer dat je kleinzoon heet-te?'

Jacks branie was gedoofd, de agressie uit zijn stem verdwenen. 'Benjamin,' zei hij. 'Hij heet Benjamin. Benjamin Matthew Mc-Greary. Hij is nu zes, da's een oude foto.'

'Slim joch?'

Jack knikte. 'Bijdehand als de neten. En het is geen honderdvijf-tig miljoen dollar, het zit eerder tegen de driehonderd aan.'

Edwin haalde zijn schouders op. 'Wat doet een miljoen meer of minder ertoe?' Hij ging op de kruk bij het aanrecht zitten. 'Ik denk dat ik nog een borrel neem, Jack.'

'Krijg jij de pest.'

'Met ijs, als je dat hebt. Het is buiten zo heet als de hel.'

Jack bromde, liep naar zijn bejaarde koelkast, bikte wat ijsafzet-ting uit het vriesvak (hij maakte nooit ijsblokjes) en gooide een brok in beide glazen, waarna hij er het laatste restje Southern Comfort op uitschonk.

'Allemachtig,' zei Edwin, onder de indruk. 'We hebben de hele fles soldaat gemaakt. *Salud!*'

Maar Jack had geen zin om zijn glas te heffen en op iets of op iemand te proosten.

'Je wilde je kleinzoon een erfenis nalaten,' zei Edwin. 'Je wilde hem verrassen, lang na je dood. Je wilde hem verrassen op zijn achttiende verjaardag –'

'Eenentwintigste,' zei Jack. 'Net zo min als ik een tiener de sleutels van mijn pick-up zou geven, zou ik hem driehonderd miljoen dollar geven.'

'Verstandig, Jack. Toch wilde je hem *iets* nalaten. Je wilde dat hij "Die ouwe kerel was zo slecht nog niet" zou zeggen. Je wilde dat hij zich je lang na je dood zou herinneren. Je wilde dat hij aan je dacht. Je wilde een laatste postuum gebaar maken. Da's nogal een verschil met die uitspraak van "wanneer ik sterf, sterft de wereld met mij" die je me eerder opdiste.'

'Driehonderd miljoen dollar. Hij zal zich nooit voor iemand hoeven afbeulen. Hij kan overal heen, kan alles doen. Dat joch wordt een wereldveroveraar.'

'Nee,' zei Edwin. 'Nee, dat wordt hij niet. Want er zal geen wereld meer zijn om te veroveren. De kleine Benjamin gaat een hele hoop geld erven, maar niet veel meer dan dat. Hij zal het nergens kunnen uitgeven en – erger nog – er niet van kunnen genieten. Weet je wat ons maakte tot wat we zijn? Weet je wat ons tot het grootste, gemeenste, Big Mac etende, calorieën tellende, de wereld dominerende, ruige, succesvolste land in de geschiedenis van het menselijk ras maakte? Het streven naar geluk. Niet geluk. Het stréven ernaar.'

'Luister,' zei Jack, maar Edwin was niet in de stemming om te luisteren.

'De eerste documenten die in de geschiedenis vermeld worden, Jack? De eerste woorden die werden opgeschreven, de eerste dingen waarvan men vond dat ze de moeite van het opschrijven waard waren? Boodschappenlijsten. Boodschappenlijsten en oorlogsverslagen. Dat is wat we het eerste in kleitabletten krasten, het eerste op papyrus krabbelden. Toen de Soemeriërs het leven in woorden gingen vatten, toen ze een geschreven verslag van de mensheid begonnen te maken, maakten ze lijsten. Lijsten van díngen, van bezit. Dat en van grootse daden. Hiermee begint de geschiedenis: duurdoenerij en de rechten van de mensen met de grootste bek. De eerste schrijvers, de eerste geletterde mannen, werd niet gevraagd of ze wilden schrijven over eigenwaarde en over in contact komen met hun innerlijke zelf. Ze schreven niet "Op onze eigen manier zijn we allemaal bijzonder". Nee. Ze schreven over de dood van koningen en de accumulatie van rijkdommen. Bezit, trots en heroïsche dromen. Dat is wat ons menselijk maakt. En die hele, gigantische zelfhulp-, zelfliefde-epidemie die we met jouw boek ontketenden heeft alles ondermijnd. *Wat op de berg tot mij kwam* is een misdaad tegen de mensheid.'

'Waarom?' vroeg Jack. 'Omdat het werkte? Omdat het echt deed wat het beloofde? Het beloofde de mensen geluk en dat gaf het hun. Mensen zijn nu gelukkig. Dat is het, einde verhaal.'

'Nee,' zei Edwin. 'Het is erger dan dat. Veel erger. Ze zijn niet zomaar gelukkig... ze zijn tevréden. Weet je waarvan wij getuigen zijn, Jack? We zijn getuigen van het einde van avontuur. Is dat de erfenis die jij wilt nalaten: het einde van avontuur?'

'Wanneer Benjamin dat geld krijgt, zal hij in staat zijn om –'

'Vergeet dat geld! Dit heeft niets met geld te maken. Wil je dat jouw kleinzoon, wanneer jij allang dood en begraven bent, opgroeit in een wereld zonder avontuur? Is dat wat je hem wilt nalaten? *Finis coronat opus*, Jack! "Het einde bekroont het werk." De laatste daden van een man onthullen het doel van zijn leven. *Finis coronat opus!*' Hij spoog die laatste drie woorden uit, alsof hij de lucht met zijn stem wilde geselen. Alsof woorden alleen alles veranderen konden.

Jack zei niets. Edwin bracht het glas naar zijn mond, liet het ijs naar binnen glijden en voelde hoe de van whisky doortrokken kou zijn tong verdoofde. Hij dacht aan May met haar nu levenloze lippen en grote, lege ogen en hij wachtte op Jacks reactie, zich er ten volle van bewust dat dit een cruciaal moment was.

Het antwoord liet lang op zich wachten. Jack liet het laatste restje Southern Comfort op de bodem van zijn glas ronddraaien en staarde zonder iets te zeggen voor zich uit. De koelkast sloeg aan, het gerammel van de compressor doorbrak de stilte.

'Wat wil je dat ik doe,' vroeg Jack ten slotte. 'Hoe maken we dit gedonder ongedaan?'

'Schrijf,' zei Edwin. 'Schrijf nog een boek. Schrijf een boek, niet voor het geld maar uit het hart. Vertel het zoals het echt is. Draai geen verzinsels in elkaar en spin geen suiker. Geen slaapliedjes meer, Jack. Geen gelukzaligheid. Geef het hun voor de kiezen. Vertel de lezers wat je écht leerde in een leven vol zinloos avontuur. Vertel hun over menselijke dwaasheid. Vertel hun over chaos, wilde meiden, vlindervleugels en onzichtbare, met onkruid overwoekerde paleizen. Vertel hun over zoutmijnen en kolenstof en de ondergang van de herrieschopper. Vertel hun over neuken, zuipen en rondzwerven zonder er eigenlijk van te genieten. Vertel hun hoe je er de pest in hebt dat je moet sterven. Vertel hun over Oliver Reed. Vertel hun over Benjamin. Vertel hun alles.'

Jack aarzelde, waarna hij zei: 'Jij typt. Ik praat. Het papier ligt daarzo. De schrijfmachine staat ergens onder die berg wasgoed.'

Behalve dan natuurlijk dat toen Jack 'wasgoed' zei, hij eigenlijk smerige, stinkende kleren bedoelde. Voorzichtig, op de manier waarop men giftig afval zou verwijderen, haalde Edwin de onderbroeken en verknoedelde sokken weg, gooide enkele afgekloven botten aan de kant en ging achter het toetsenbord zitten. Zijn vingers betastten eerst de ene en toen de andere zijkant van de schrijfmachine. Onzeker tilde hij haar voor nadere inspectie op haar kant.

'Jack?' zei hij.

'Er zit geen "aan"-knop op, ezel. Het gaat handmatig. Je stopt er gewoon papier in en dan typ je. Hightech, jong. Ik kan haar overal en altijd gebruiken. Ik kan er tijdens een elektriciteitsstoring op werken. Ik kan bij kaarslicht typen. Geen batterijen nodig.'

'Echt?' zei Edwin, die hier oprecht van onder de indruk was.

Na een kortstondige, prikkelbaar gegeven les in hoe je het papier om de rol draaide – 'Woorden rechtstreeks op papier,' zei Edwin. 'Wat ouderwets.' – en hoe je de rol aan het eind van iedere regel weer in de beginstand zette, ging Jack er met de armen over elkaar geslagen voor staan en begon met bulderende stem te spreken.

'*Ellende als zingeving,* door Tupak Soiree.'

Met een ratelend geluid zette Edwin de titel op papier.

'Regel één, pagina één,' zei Jack. 'Plato schreef dat geluk het hoogste levensdoel van de mens was. Maar Plato was een oen en de betekenis van geluk wordt schromelijk overschat...'

En zo gingen ze voort, Jack dicterend en Edwin typend, voort in de nacht. Buiten werden de schaduwen langer, de zon ging onder en de woestijn koelde af. In de auto vielen Bob en Léon in slaap. Ze waren nu ook weer niet zo laf dat ze Edwin compleet in de steek lieten, maar ook niet zo dapper dat ze naar binnen stormden om hem te redden. (Ze zouden om de beurt de wacht houden, maar Meneer Ethiek besloot na een puike *post hoc* redenatie over de wederkerigheid van morele plicht dat hij toch maar een uiltje ging knappen.)

Terwijl een door zout weggevreten maan haar bleke schijnsel over het land wierp, Paradise Flats sluimerde en plastic zakken langzaam door de Hoofdstraat rolden, sprak Jack en typte Edwin. Edwins knokkels begonnen pijn te doen en hij kreeg kramp in zijn polsen, en Jacks stem begon hem op den duur in de steek te laten. Maar ze lieten zich vollopen met slechte sterke drank en zetten door, ondanks de pijn. Ze schreven de nacht weg, vulden de duisternis met woorden tot het prille roze van de dageraad begon op te vlammen aan de verre horizon. En nog gingen ze door. Pagina na pagina. Woord na woord na woord.

Hoofdstuk 52

Ellende als zingeving was meteen een bestseller en hoewel het het aantal verkochte exemplaren dat van *Wat op de berg tot mij kwam* niet evenaarde, was zijn impact even opzienbarend. (Zowel geluk® als ellende® waren nu handelsmerken van Panderic, dus het geld bleef binnenstromen.) Het vervolg op Tupak Soirees boek, waarnaar met spanning was uitgezien, veroorzaakte een enorme opschudding. Velen verklaarden de eens geliefde auteur schuldig aan het verraden van de beweging die hij zelf had helpen ontketenen. Er werd een *fatwa* tegen hem uitgesproken, er werd een prijs op zijn hoofd gezet en door de uitgeloofde premie doken er plots honderden verwachtingsvolle moordenaars op.

De arme Harry Lopez, nu doelwit van talloze doodsbedreigingen, bleef zijn onschuld betuigen. 'Ik ben maar een acteur!' zo verdedigde hij zich. 'Tupak Soiree bestaat niet!' Maar de menigten lieten zich niet tot andere gedachten brengen en ze bleven 'Ketter!' en 'Aan de galg!' scanderen. Uiteindelijk zag Harry zich genoodzaakt onder te duiken en hij spendeerde zijn enorme fortuin aan 24-uursbewaking en gewapende (maar analfabete) lijfwachten. In heel het land vielen Geluk® Kloostergemeenschappen uiteen in elkaar bestrijdende facties. Er traden schismata op, holistische communes raakten onderling verbaal slaags en menig alfalfaveld werd platgetrapt. Knokpartijen waren niet ongewoon. De Geluk® Brigade maakte zich op voor de strijd met de Ellende® Alliantie. In het landelijke Vermont bereikte de staat van beroering een hoogtepunt toen een in wit gewaad gestoken volgeling een andere neerstak tijdens een communale knuffel. 'Hij zat verdomme aan me boek!' zo rechtvaardigde de discipel zich, toen men hem tegen de grond werkte.

Er verschenen T-shirts en bumperstickers met de tekst PLATO WAS EEN OEN en al even snel T-shirts van de tegenpartij met PLATO KAMPIOEN! erop. Terwijl de twee partijen het uitvochten, wakkerden naamtekeningen van rivaliserende benden een graffiti-epidemie aan.

'In ieder geval discussiëren ze over filosofie,' merkte één professor ietwat zwakjes op. 'Da's een begin.'

Het aantal inschrijvingen op universiteiten en hogescholen schoot omhoog. Evenals het alcohol- en drugsgebruik. Nu ze door Tupak Soiree aan hun lot waren overgelaten, begonnen vele voormalige geluk®junkies hun geluk en bevrediging te zoeken in modebladen, discotheken en liefdes voor één nacht.

Met de FBI op zijn hielen vluchtte Meneer Ethiek naar de Dominicaanse Republiek, alwaar hij *Op de vlucht – ethiek voor gezochte voortvluchtigen die voor hun leven vluchten voor dummies* schreef. Edwin de Valu kreeg de ondankbare taak toebedeeld om dit opmerkelijk dunne boek persklaar te maken – dertigduizend woorden, marges als landingsbanen en een lettersoort die doorgaans gereserveerd blijft voor krantenkoppen op *Victory in Europe Day*. Meneer Ethiek ontstak in toorn over Edwins redactionele bemoeizucht ('Maar denk je niet dat "gezochte voortvluchtige" een pleonasme is?') en hij werd gearresteerd op de luchthaven, toen hij was teruggevlogen naar de VS met de bedoeling Edwin te vermoorden. In zijn bagage werd een geladen handvuurwapen aangetroffen.

Ondertussen publiceerde Panderic Inc. de volgende lente een satirisch boek van de hand van een jonge, anonieme auteur: *Sterf, babyboomers, sterf!* Recensenten, merendeels mannen van in de vijftig met een wijkende haargrens, hekelden het boek als zijnde 'schaamteloos', 'onbenullig' en 'kinderachtig', om daarna huiswaarts te keren en in hun kussens te huilen. Niet dat het ertoe deed. Het boek flopte. Al na enkele maanden werd het verramsjt en lag het in de bak met afgeprijsde boeken, aldus Edwin de Valu's verborgen literaire aspiraties om zeep helpend.

Meneer Mead kreeg haarimplantaten die niet aansloegen en bleef zitten met een hoofd dat nu kaal én met littekens overdekt was. Geen probleem. Tegen die tijd kamde hij zijn buitensporige hoeveelheid zijhaar al omhoog en over zijn voorhoofd. Hij werd voor het laatst gesignaleerd bij een 'belangrijk' uitgeverscongres in Waikiki, waar hij zonnebaadde op het strand.

En hoe verging het May? En Edwin? En belangrijker nog hoe verging het May én Edwin?

Helaas, het werd niks tussen hen. Waarom? Kool. Gekookte kool. De Italianen, weet je, hebben er een woord voor: *cavoli riscaldati*, 'pogen om kool andermaal op te warmen'. En het wil zoveel zeggen als dat pogingen om een oude liefdesaffaire nieuw leven in te blazen evenzeer tot mislukken gedoemd zijn als proberen om opgewarmde kool als kliekjesmaaltijd op te dienen. Het opwarmen van kool is onvermijdelijk smerig, walgelijk en onappetijtelijk. Het wordt gewoon niks, en zo ging het ook met May en Edwin. May Weatherhill verliet Panderic en is momenteel uitgeefster bij Key West Books. Ze vliegt tegenwoordig eersteklas en het is haar zelfs gelukt om een paar topauteurs van meneer Mead te stelen. Nu stuurt Panderic zijn bagger kleingeestig door naar Key West. 'Wil ze oorlog? Nou, ze kan oorlog krijgen!' had meneer Mead gebruld.

En Edwin?

Tja, Edwin zit nog steeds bij Panderic Inc., krabbelt nog steeds op papier, zit nog steeds te koken van woede, te konkelen en te dromen van ontsnapping. Af en toe krijgt hij een ansicht van May, volgeschreven met ironische opmerkingen en gedeelde geheimpjes, maar toch is de vriendschap meer dan wat ook verflauwd tot nostalgie. Nu en dan komen ze elkaar tegen bij boekpresentaties of boekenbeurzen en er staat altijd een muur van ongemak tussen hen in. Een bedroefde stilte. Mokita. Ze zijn verdronken in een zee van mokita. Edwin redde de wereld en verloor zijn beste vriendin.

Geen en-ze-leefden-nog-lang-en-gelukkig tot besluit van dit verhaal. En dat, denk ik, is natuurlijk het hele punt.

Postscriptum

Op de berg

Edwin Vincent de Valu, gekreukelde stropdas en diplomatenkoffertje in de hand, dook op uit het metrostation op Faust en Broadview zoals een grondeekhoorntje een torenhoog ravijn in schiet.

De dag was nog jong, maar nu al was hij weggezakt in de zompigheid van matte stress en grootstedelijke lusteloosheid. Het was een hete, broeierige dag, het soort dag waarop zelfs de taxichauffeurs futloos leken. Ze scholden tegen je, vanzelf, maar je merkte zo dat ze het niet meenden. Je merkte dat ze in gedachten elders verkeerden, daarboven, op de toppen van de skyline waar het zonlicht de daken goud kleurde; vals goud, eeuwig lokkend, eeuwig buiten bereik.

Edwin stak Grand Avenue over op de eb en vloed van stoplichtbevelen, en hij dacht, zoals hij dat iedere dag op precies dit moment en precies deze plaats deed: Ik houd van deze rotstad.

Er lag een baggerberg manuscripten op hem te wachten toen hij zijn kantoor binnenstapte (Mays oude kantoor, nog altijd warm door de herinnering aan haar). Edwin zette zich aan de sisyfusarbeid zonder einde die zijn bestaan uitmaakte. De laatste stagiaire had het maar zes dagen uitgehouden, en de baggerhoop was hoger dan ooit.

'Geachte meneer Jones, ingesloten treft u een fictieroman aan, die feitelijk het eerste deel vormt van een driedelige trilogie die helemaal wordt verteld vanuit het gezichtspunt van de broodrooster van een gezin…'

Geachte meneer/mevrouw, na ampele overweging en een lange discussie ter redactie...

Edwin had zich net door de eerste stapel manuscripten heen gewerkt toen zijn pieper ging. Het telefoontje was van een dokter van het Medisch Centrum Silver City.

'Spreek ik met meneer de Valu?' vroeg ze.

Hij kreeg een gevoel van beklemming op zijn borst. 'Dit gaat over Jack, hè?' Hij had op dit telefoontje gewacht en nu het eindelijk kwam was hij verbaasd dat zijn ontzetting veel groter was dan hij had verwacht.

'Is hij...?'

'Nee, maar hij is overgebracht naar een ziekenhuis in Phoenix. Hij gaf ú op als naaste verwant. Tja, zijn exacte woorden waren "rechtmatig erfgenaam, maar zonder recht op één rooie rotcent van mijn geld". Dat is wat hij op zijn opnameformulieren schreef. Meneer de Valu, ik vrees dat het nu systemisch is. Het heeft zich uitgezaaid naar zijn lever en zijn keel, en dit veroorzaakte de collapsus van de capillairen die –'

'Bespaar me het jargon. Alstublieft, bespaar me dat.'

'Hij is blind aan het rechteroog en het gezichtsvermogen van zijn linkeroog is zeer beperkt.'

O, shit. 'Betekent dat... Kan hij nog lezen?'

'Nee, ik vrees dat hij bijna helemaal blind is.'

'Dan is hij dood.'

De dokter wist niet of ze dit goed gehoord had. 'Nee, hij is niet dood. Maar ik vrees dat het nu niet lang meer zal duren. Hij zei ons dat we u er niet mee moesten lastigvallen, maar we meenden dat we het u toch moesten laten weten. Misschien haalt uw vader de nacht niet.'

Hij is mijn vader niet, wilde Edwin gaan zeggen, maar hij maakte de gedachte niet af. In plaats daarvan zei hij: 'Het ziekenhuis in Phoenix. Kunt u me het adres geven?'

Het vliegtuig raakte de grond net toen de zon onderging. Passagiers liepen elkaar verdringend door de terminal, zeulden met koffers, wankelden roltrappen op en snauwden elkaar op uiterst onholistische wijze af. Edwin arriveerde zonder bagage, werkte zich snel door de menigte heen en liep door de AANKOMST-UITGANG naar buiten. Wat een prachtuitdrukking dacht hij bij het naar buiten lopen, 'aankomst-uitgang'.

De taxirit kostte hem vijftig piek. Het ziekenhuis bevond zich helemaal aan het andere eind van de stad, gerekend vanaf de luchthaven. Edwin haastte zich door de ingang de antiseptische rust van de zuidvleugel in. De 'sterfvleugel' in de terminologie van het personeel.

'Jack McGreary?' zei de verpleegster achter de balie. 'Is hij uw vader?'

'Ja, vooruit dan maar. Waar kan ik hem vinden?'

'Begane grond. Kamer 102. Gang door, tweede deur links. Maar, meneer,' riep ze Edwin na, toen deze de gang in rende, 'het bezoekuur eindigt over tien minuten!'

'Da's best,' zei Edwin. 'Ik maak het niet lang. Ik kom alleen maar gedagzeggen.' En opgeruimd staat netjes. En dank je wel. En doe de groeten aan Oliver Reed. En ik zal je missen. En ik zal je niet vergeten. En o zoveel meer banale, afgezaagde, belangrijke dingen.

Maar Jack was er niet.

Hij was ontsnapt. De kamer was leeg. Hartmonitorbanden waren weggetrokken en hingen los neer. De ziekenhuislakens waren opzij gegooid… en het raam stond open. De televisie wierp blauw flikkerende echo's over het bed; het geluid was uitgezet.

'Hij is weg,' mompelde Edwin verwonderd. 'Hij is ontsnapt.'

Langzaam liep Edwin terug naar de balie. 'Meneer McGreary is weg.'

'Alweer?' zei de verpleegster. 'Wat spijt me dat. Zo nu en dan doet hij dat. We moeten Jack in de gaten houden, hij probeert altijd weg te glippen. Ik zal iemand naar buiten sturen om hem te zoeken. We weten waar hij is. Hij zit op de berg.'

'De berg?'

'Dat is gewoon hoe Jack het noemt. Toen uw vader hier voor het eerst voor onderzoek kwam, dat moet minstens twee jaar geleden zijn, liep hij altijd de berg op, iedere dag, om wat te zitten nadenken, vermoed ik. Dat was vlak nadat hij de diagnose had gekregen, ziet u.'

'De berg.'

'Ja, achter het ziekenhuis. Hij is niet erg hoog maar het is een stevige klim en we hebben meneer McGreary uitgelegd dat hij zich met zijn verslechterende gezondheid niet moet inspannen. We hebben hem ondertussen wel honderd keer verteld dat hij er niet op moet klimmen, maar hij luistert niet.'

'De berg. Is er echt een berg?'

Ze glimlachte. 'Niet meer dan een heuvel eigenlijk. Een kleine rotshelling achter het parkeerterrein, waarschijnlijk bent u er zonet langsgekomen. Er staan een bank en een paar picknicktafels en er is wat schaduw. Het is geen echte berg, maar toch, met het vlakke landschap hier heb je vanaf de top een prachtig uitzicht. Je kunt bijna de hele prairie zien en de lichtjes van de stad en de sterren en een heuvelrug, helemaal in de verte. Het is een prachtige plek. We noemen het nu nóg Jacks berg.' Ze lachte en, opeens beseffend dat ze over een terminale patiënt spraken, voegde ze hier overdreven ernstig aan toe: 'Dat was niet oneerbiedig bedoeld.'

'Natuurlijk niet. En al was dat wel zo,' zei Edwin met een glimlach, 'ook dat zou terecht zijn. U hoeft er niemand op uit te sturen. Ik vind Jack zelf wel.'

Het was een steile klim over een kronkelend voetpad door doornige planten en cactusveldjes. Edwin was buiten adem tegen de tijd dat hij de open plek op de top bereikte.

Een rustige nacht. De lucht die over de prairie kwam aanwaaien droeg de vage geur van velden ver weg mee. Onder Edwin lag de glinsterende rasterstructuur van de stadslichtjes uitgespreid als het blootgelegde binnenwerk van een transistorradio. De zon was onder en de maan nog niet op, en aan de horizon draalde een zacht surrealistisch nalicht.

Jack McGreary zat op een bank, wandelstok naast zich, met afhangende schouders en zijn gezicht naar de wind toe gedraaid. Toen Edwin hem naderde, hoorde hij de hortende, moeizame ademhaling van de oude man. Het was het zware, harde ademhalen van een man die een loden last torst.

Jack draaide zich niet om toen Edwin naderbij kwam; hij zat daar gewoon, woordeloos, met het gezicht in de wind.

'Jack? Ik ben het, Edwin.'

'Wat mot je?' zei Jack, maar door de tumoren die uit zijn keel waren verwijderd was er van zijn eens glorieuze bariton niet meer over dan een zwak, krassend stemgeluid.

'Ik kwam even gedagzeggen.'

Jack knikte, turend naar het verdwijnende panorama voor hem. Er viel een lange stilte die ze geen van beiden verbraken. En opeens zei Jack, bijna alsof het pas nu in hem opkwam: 'Het is nog zo'n slechte wereld niet, hè?'

'Nee,' zei Edwin, 'het is helemaal nog niet zo'n slechte wereld.'

Jack knikte en zei: 'Goed. Rot op en laat me alleen.'

Edwin, helemaal overdonderd, begon te spreken, maar de oude man bracht zijn hand omhoog om hem het zwijgen op te leggen.

'Maar, Jack –' zei Edwin.

'Heb je me niet gehoord?' zei de oude man, starend in het vervagende licht. 'Ik zei "rot op en laat me alleen".'

'Okay,' zei Edwin.

En daarop draaide Edwin de Valu zich om en liep het pad naar beneden af, lachend. Hij lachte: een daverende lach die rechtstreeks uit het hart kwam. Hij lachte tot zijn gezicht er pijn van deed en zijn hart verdoofd raakte. Hij lachte tot de tranen hem in de ogen sprongen.

Dankwoord

Graag wil ik mijn agent, Carolyn Swayze, bedanken voor haar steun en enthousiasme, en ook Terrilee Bulger, de boekpromotiecoördinator die me met haar terloopse opmerking het idee voor dit boek gaf.

Dank ook aan Mark Olson, die me een kamer aanbood waarin ik me kon schuilhouden tijdens het schrijven van de eerste versie. Mijn speciale erkentelijkheid geldt Shannon Proulx, de productiemedewerkster, die me onbetaalbare diensten bewees. Als laatstgenoemde, maar niet minder belangrijk, bedank ik Michael Schellenberg, mijn editor – en ik haast me om dit eraan toe te voegen: hij stond op geen enkele wijze model voor het personage Edwin.